옮긴이 … 박광자

충남대학교 독어독문학과 명예교수로, 지은 책으로 『괴테의 소설』, 『헤르만 헤세의 소설』, 『독일영화 20』, 『독일 여성 작가 연구』 등이 있고, 옮긴 책으로 『페터 슐레밀의 기이한 이야기』, 『산책』, 『얽힘 설킴』 등이 있다.

저는 소속되지 않은 장소에 있습니다.

저를 모르는 사람들 사이에 살고,

가진 힘의 절반은 눈에 띄지 않는 노력에 쏟습니다.

—

마를렌 하우스호퍼

벽

마를렌 하우스호퍼
박광자 옮김

goat

오늘, 11월 5일에, 나는 이 글을 쓰기 시작한다. 모든 것을 될 수 있는 대로 정확하게 기록할 생각이다. 하지만 오늘이 정말 11월 5일인가부터 확실하지 않다. 지난겨울 며칠 동안이나 날짜를 잊고 지냈기 때문이다. 오늘이 무슨 요일인지도 알 수 없다. 그렇지만 이런 것이 그리 중요하다고는 생각하지 않는다. 지금 내가 의지할 수 있는 것은 짤막한 메모뿐이다. 이런 글을 쓰게 되리라고는 생각하지 못했기 때문에 짤막한 메모를 끼적거리는 데 그쳤었다. 그래서 글을 써가는 동안 기억 속의 여러 가지 일들이 내가 실제로 체험했던 것과 다르게 채색될까 두렵다.

이런 우려는 보고서를 작성할 때 으레 따라오는 것인지도 모르겠다. 나는 지금 글쓰기가 즐거워 쓰고 있는 것이 아니다. 이성을 잃지 않으려면 무엇이든 써야겠다는 생각에서 쓰고 있을 뿐이다. 이곳에 나를 생각하고 돌봐줄 사람은 아무도 없다. 나는 완전히 혼자이고 길고 어두운 겨울 몇 달을 견뎌야 한다. 이 기록이 언젠가 누군가의 눈에 띄게 되리라고는 생각지 않는다. 이 순간 내가 그것을 원하는지조차 모르겠다. 아마 이 글을 끝까지 다 쓰고 나면 알 수 있을 것이다.

내가 글을 쓰기로 결심한 이유는, 어둠이 내리는 하늘을 응시하며 두려움에 사로잡히는 순간에 글쓰기가 나를 지켜주기 때문이다. 나는 두려움에 떨고 있다. 사방에서 공포가 밀려든다. 그러나 공포가 나를 덮쳐 집어삼키기만을 기다리고 싶지는 않다. 나는 어두워질 때까지 글을 쓸 테고, 이 새롭고 서툰 작업에 피로해진 나의 머리는 텅 빈 채로 잠을 받아들일 것이다. 아침은 두렵지 않다. 다만 어스름한 기나긴 오후가 두려울 뿐이다.

나는 시간도 정확히 알지 못한다. 아마 지금은 오후 3시쯤일 것이다. 내 시계는 어느샌가 사라졌다. 별 쓸모가 없긴 했다. 금으로 도금된 그 작은 손목시계는 단 한 번도 시간을 제대로 가리킨 적이 없는 값비싼 장난감에 불과했다. 나에게는 볼펜 한 개와 연필 세 자루가 있다. 볼펜 잉크는 거의 다 말라버렸다. 나는 연필을 좋아하지 않는다. 누르스름한 종이 위에 희미하게 새겨지는 회색 글씨들은 잘 보이지 않기 때문이다. 그러나 지금은 어쩔 수 없다. 나는 지나간 달력의 뒷장과 빛바랜 사무용지에 쓰고 있다. 이 편지지는 대단한 수집가이며 우울증 환자인 후고 뤼틀링어의 것이다.

후고의 이야기부터 시작하는 것이 좋겠다. 후고의 수집벽과 우울증이 아니었다면 나는 오늘 여기 앉아 있지 않을 것이다. 어쩌면 오래전에 목숨을 끊었을지도 모른다. 후고는 나의 사촌 루이제의 남편인데 상당한 재산가였다. 그는 주방용품 공장으로 재산을 모았다. 후고가 독점 생산한 솥은 매우 특수한 것이었다. 여러 번 설명을 들었지만 유감스럽게도 나는 무엇이 그 솥의 장점이었는지 잊고 말았다. 이것도 그리 중요한 것은 아니다. 아무튼 후고는 굉장한 부자였기 때문에 무언가 특별한 일을 해야만 했다. 그래서 그는 사냥을 했다. 승마용 말이나 요트를 살 수도 있었겠지만, 후고는 말을 무서워했고 배는 타기만 하면 멀미를 했다.

그는 사냥도 그저 겉멋으로 했을 뿐이다. 그는 사격에 재능이 없었고 죄 없는 노루에게 총을 겨누는 것도 좋아하지 않았다. 그는 사업 파트너들을 사냥에 초대했다. 그러고는 아내와 산지기가 그들을 에스코트하며 사냥을 나간 동안 손을 배 위에 얹은 채 산장 앞에 놓인 벤치에 몸을 묻고 햇볕을 쬐며 꾸벅꾸벅 졸았다. 그는 늘

일에 쫓기고 피로에 젖어 있었기에 벤치에 엉덩이가 닿자마자 졸았다. 키가 무척 크고 뚱뚱한 후고는 늘 어렴풋한 걱정에 쫓기며 여러 가지 과중한 짐을 지고 사는 남자였다.

나는 그를 좋아했다. 그래서 그와 더불어 숲을 좋아하게 되었고, 그가 산장으로 며칠간 조용히 휴가를 보내려고 나설 때마다 뒤를 따라나섰다. 소파에 누워 잠을 청하는 동안 내가 곁에서 얼쩡거려도 그는 싫어하지 않았다. 나는 가까운 곳으로 산책을 다니며 도시의 소란을 뒤로하고 고요를 즐겼다.

반면 루이제는 극성스러운 사냥꾼이었다. 그녀는 건강하고 활력 넘치는 빨간 머리 여자였는데, 어떤 남자를 만나든 잘 어울릴 줄 알았다. 루이제는 집안일을 싫어했기 때문에 내가 후고에게 코코아를 끓여주거나 그가 좋아하는 칵테일을 만들어주면 고마워했다. 후고는 자신의 건강에 병적으로 집착했는데, 나는 그것이 잘 이해가 안 되었다. 건강에 그토록 집착하는 사람이 어떻게 인생을 끊임없는 몰이사냥처럼 몰아붙이고 햇빛 아래 낮잠자는 것을 유일한 낙으로 삼고 사는지 의아했다. 그는 매우 소심했고, 사업상 수완을 발휘할 때를 제외하면(그 방면의 능력은 인정해야만 했다.) 마치 겁먹은 어린아이처럼 보였다. 그는 완벽하게 갖춰진 것, 정리된 것을 좋아했으며 여행을 다닐 때는 항상 칫솔을 두 개씩 가지고 다녔다. 소모품은 뭐든 여러 개씩 비축해놓고 살았다. 그래야 안심이 되는 모양이었다. 어쨌든 그는 매우 교양 있고 예의 바른 사람이었으며, 카드 게임에는 별 재주 없는 남자였다.

그와 의미 있는 대화를 나눠본 기억은 없다. 때때로 그는 느닷없이 진지한 이야기를 꺼냈다가 갑자기 입을 닫아버리곤 했는데, 아마도 수줍음이나 곤혹스러움 때문이었을 것이다. 여하튼 나는 그가 말을 중단하면 다행스럽다고 느꼈다. 그가 말을 끊지 않고 어떻게든 대화를 이어가려 했다면 우리는 점점 더 당황스러운 상황에 몰릴 뿐이었겠지.

그 당시엔 어디서나 핵전쟁과 그 피해에 대한 얘기가 나왔다. 그 때문에 후고는 산장에 식료품이나 여타 중요한 물건들을 비축해두어야겠다고 생각했다. 루이제는 다 쓸데없는 짓이라고 말하며 화를 냈다. 집에 쌓아둔 것이 많다고 괜한 소문이 퍼져 도둑들의 표적이 되지 않을까 걱정스럽다고 했다. 루이제의 말이 옳은 것 같았지만 후고는 고집을 꺾지 않았다. 후고가 심장 장애와 위경련까지 일으키는 바람에 결국 루이제가 졌다. 사실 그런 일에 이기든 지든 루이제는 별 관심이 없었다.

4월 30일에 뤼틀링어 부부는 산장으로 나를 초대했다. 남편을 잃은 지 2년이 지났고 두 딸들은 이제 다 커서 나는 마음대로 내 시간을 쓸 수 있었다. 하지만 그 자유를 거의 누리지 않고 살았다. 나는 나돌아 다니는 타입이 아니었고 집에 있을 때 마음이 가장 편했다. 다만 루이제의 초대만큼은 거절하지 않는 편이었다. 그들의 산장과 숲을 좋아했고, 세 시간 걸리는 자동차 여행도 기꺼이 즐겼다. 그래서 그 4월 30일의 초대도 받아들였다. 우리는 사흘 동안 산장에 머물 예정이었고, 다른 사람은 초대하지 않았다.

산장은 굵직한 통나무로 지은 2층짜리 목조건물로 아직 튼튼했다. 1층에는 여느 농가처럼 거실 겸 부엌으로 쓰는 널따란 공간이 있고 그 옆에 침실과 작은 곁방이 있다. 목조 베란다가 있는 2층에는 손님용으로 쓰이는 작은 방이 세 칸 있다. 그 가운데 하나, 제일 작은 방을 내가 쓰고 있었다. 산장에서 쉰 걸음쯤 떨어진 곳, 개울로 이어지는 산기슭에는 작은 통나무집이 한 채 더 있다. 그것은 산지기가 쓰는 방 한 칸짜리 오두막이었다. 그 옆으로 큰길과 맞닿은 곳에 후고가 판자로 짓게 한 차고가 있다.

우리는 세 시간 동안 차를 몰고 가서 우선 마을에 들렀다. 산지기가 키워주는 후고의 개를 데려오기 위해서였다. 그 개는 바이에른산 사냥개인데 이름은 룩스였다. 룩스를 들인 것은 후고였지만 먹이고 키우는 일은 산지기가 하고 있었다. 산지기가 키웠음에도 그 개는 후고를 주인으로 대했다. 산지기가 어떻게 그것을 가르쳤는지 신기했다. 그런데 그 개는 루이제는 거들떠보지도 않았다. 루이제의 말은 듣지 않았고 항상 모르는 체하며 지나쳤다. 반면 나는 우호적으로 대하면서 종종 곁에 와 머물렀다. 붉은빛이 도는 밤색 털을 가진 잘생긴 룩스는 사냥에도 뛰어났다. 우리는 산지기와 잠시 얘기를 나누었다. 그는 다음 날 저녁에 루이제와 함께 사냥을 나가기로 약속했다. 루이제는 노루를 사냥할 생각이었다. 금렵기가 5월 1일부터 해제되기 때문이었다. 시골 사람들과의 대화가 흔히 그렇듯 이야기가 길어지고 있었다. 그런 것에 이해심이 없는 루이제였지만 애써 이야기를 듣고 있었다. 그녀는 다음 날 산지기의 도움이 꼭 필요했기 때문에 그의 기분을 맞춰주어야만 했다.

거의 3시가 다 되어서야 우리는 산장에 도착했다. 후고는 가져온 물건들을 자동차 트렁크에서 꺼내 부엌에 딸린 곁방으로 곧장 옮기기 시작했다. 나는 알코올램프에다 커피를 끓였다. 커피를 마신 뒤 후고가 꾸벅꾸벅 졸기 시작하자 루이제가 마을에 다시 가자고 졸랐다. 물론 그것은 순전히 심술이 나서였다. 어쨌거나 루이제는 몸을 움직이는 것이 건강에 좋다는 말로 영리하게 그를 설득했다. 4시 반경 루이제는 마침내 후고를 끌어내 의기양양하게 출발했다. 루이제는 벌채꾼이나 농부 들과 어울리는 것을 좋아했다. 속을 감춘 시골 사람들이 등 뒤에서 자신을 비웃는 것을 그녀는 눈치채지 못했다.

나는 식탁 위의 찻잔을 치우고 옷가지를 장에 걸었다. 그러고 나서 벤치에 앉아 햇볕을 쬐였다. 온화하고 맑은 날이었다. 일기예보에 따르면 쾌청한 날씨가 계속된다고 했다. 태양은 가문비나무 위로 기울고 있었다. 곧 해가 질 시간이었다. 산장은 계곡의 끝, 작은 분지에 자리 잡고 있었다.

그렇게 앉아서 저무는 해의 마지막 햇살을 얼굴에 느끼고 있을 때 룩스가 돌아오는 것이 보였다. 이번에도 루이제의 말을 듣지 않은 모양이었다. 그 벌로 루이제가 집으로 돌려보냈을 것이다. 그녀가 개를 쏘아볼 때의 표정이 눈에 선했다. 개는 내게 다가와 조심스럽게 눈치를 살피더니 머리를 내 무릎에 늘어뜨렸다. 우리는 한동안 그렇게 앉아 있었다. 나는 룩스를 쓰다듬고 위로의 말을 건넸다. 루이제가 개를 몹시 사납게 다루었음을 알았기 때문이다.

가문비나무 너머로 해가 떨어지자 서늘해지며 푸르스름한 나무 그늘이 숲속 공터를 가득 채웠다. 나는 룩스와 함께 집 안으로 들어와 불을 지피고 저녁을 준비했다. 내가 저녁 준비까지 할 필요는 없었지만 배가 고프기도 했고, 제대로 차린 따뜻한 저녁상을 후고가 좋아한다는 것을 알고 있었기 때문이다.

7시가 되었는데도 집주인들은 돌아오지 않았다. 나는 그들이 늦어도 8시 반까지는 돌아올 거라고 생각했다. 그래서 개에게 먹이를 주고 혼자 저녁을 먹은 다음, 석유 등잔 불빛으로 후고가 가지고 온 신문을 읽었다. 따스하고 조용했기 때문에 졸음이 오기 시작했다. 룩스는 아궁이에 기어들어가 나지막하게 킁킁대며 기분 좋게 몸을 뉘었다. 9시에 나는 그만 잠자리에 들기로 했다. 나는 문을 잠그고 열쇠를 내 방으로 가지고 갔다. 피곤한 나머지 눅눅한 누비이불을 덮고도 곧 잠이 들었다.

얼굴에 떨어지는 햇살이 잠을 깨웠다. 정신이 들자마자 지난밤 생각이 났다. 산장 열쇠는 하나뿐이었다. 다른 열쇠는 산지기가 가지고 있었다. 그러니 간밤에 루이제와 후고가 돌아왔다면 나를 깨웠을 것이다. 잠옷 바람으로 아래층으로 내려가 현관문을 열었다. 룩스가 반갑게 꼬리치며 문밖으로 뛰어나갔다. 아무도 없을 것 같긴 했지만 나는 침실에도 가보았다. 덧창이 내려져 있었다. 덧창이 내려져 있지 않았더라도 후고가 창을 넘어 들어올 수는 없었을 것이다. 침대에는 사람이 잔 흔적이 없었다.

8시였다. 두 사람은 전날 밤 마을에 묵었음에 틀림없다. 하지만 그건 이상한 일이었다. 후고는 폭이 좁은 여관 침대를 싫어했으며 나를 산장에 혼자 재울 정도로 생각 없는 사람도 아니었다. 도대체 무슨 일이 일어난 것인지 알 수가 없었다. 나는 2층의 침실로 돌아와 옷을 갈아입었다. 날이 아직 쌀쌀했다. 후고의 검은 벤츠에는 이슬이 내려앉아 있었다. 나는 차를 끓여 마시며 몸을 덥힌 다음, 룩스와 함께 마을로 내려갔다.

사촌 내외에게 무슨 일이 일어났을까 곰곰이 생각하느라 나는 계곡이 얼마나 춥고 습한지 거의 느끼지 못했다. 후고가 심장발작을 일으켰을지도 모르는 일이었다. 우울증 환자에게는 그런 발작이 언제든 일어날 수 있는데도 우리는 그의 상태를 너무 가볍게 생각하고 있었다. 발걸음을 재촉하면서 나는 룩스를 앞장세웠다. 룩스는 신이 나서 짖으며 뛰어갔다. 나는 등산화를 신는 것을 깜박 잊어버렸기 때문에 뾰족한 돌 위를 절뚝거리며 개를 뒤쫓고 있었다.

마침내 계곡의 끝에 이르렀을 때 나는 룩스가 겁에 질려 고통스럽게 울부짖는 소리를 들었다. 시야가 산모퉁이에 가려 있었다. 산모퉁이를 돌아섰을 때 나는 룩스를 보고 비명을 질렀다. 개의 입에서 피가 흐르고 있었다. 나는 몸을 수그린 채 개를 쓰다듬어주었다. 개는 몸을 떨고 킁킁대며 내 품 안으로 파고들었다. 나는 개가 실수로 혀를 깨물었거나 이빨이 나오기 시작하는 것이라 생각했다. 개를 쓰다듬으며 발길을 재촉했지만 개는 꼬리를 감추며 뒷걸음질을 쳤다.

개가 무엇을 그렇게 두려워하는지 알 수 없었다. 길은 거기서부터 계곡을 벗어나고 있었다. 내가 서 있는 곳에서 보이는 길에는 사람 하나 없었다. 아침 햇살을 받고 있는 길은 평화스러워 보이기만 했다. 나는 할 수 없이 개를 옆으로 밀치고 혼자 걸음을 내딛었다. 개가 길을 막는 바람에 내 걸음이 느려진 것은 다행이었다. 몇 발짝도 못 가 나는 어딘가에 머리를 세게 부딪치고 말았다.

룩스가 다시 킁킁거리더니 내 다리를 물고 잡아당겼다. 손을 앞으로 내밀어보니 무언가 매끄럽고 차가운 것이 만져졌다. 공기 이외의 다른 것이 있을 리 없는 곳에 매끄럽고 차가운 장애물이라니! 나는 멈칫거리며 다시 손을 앞으로 내밀어보았다. 그러자 다시 유리창 같은 것이 손에 닿았다. 두드리는 듯한 소리가 크게 울리는 것 같아서 뒤돌아보았는데, 내 심장이 뛰는 소리였다. 심장이 쿵쿵 뛰는 소리가 귓가에 메아리치고 있었다. 심장이 나보다 먼저 공포를 감지하고 있던 것이다.

나는 길가에 서 있는 나무 그루터기에 앉아 생각을 가다듬어보았다. 하지만 아무 생각도 나지 않았다. 생각이란 생각은 모조리 사라져버린 것 같았다. 룩스가 내게 다가왔다. 피가 섞인 개의 침이 내 외투에 떨어졌다. 나는 개가 진정할 때까지 쓰다듬어주었다. 우리는 큰길을 건너다보았다. 길은 아침 햇살 속에 고요하고 찬란하게 놓여 있었다.

나는 세 번을 더 시도해보았다. 그리고 여기, 3미터 앞에 눈에 보이지 않는, 매끄럽고 차가운 물체가 있다는 것을 확신하게 되었다. 그것 때문에 더 나아갈 수 없었다. 나는 내 감각이 잠시 혼란에 빠진 것은 아닐까 생각했다. 하지만 이 일이 그런 문제가 아니라는 것도 알고 있었다. 눈에 보이지 않는 끔찍한 물체가 있다는 사실을 인정하느니 차라리 잠시 정신을 놓았다고 생각하는 편이 낫겠다 싶기도 했다. 그렇지만 입에서 피를 흘리고 있는 룩스가 보였다. 내 이마에 나 있는 혹에서도 서서히 통증이 느껴지기 시작했다.

얼마나 오랫동안 그 나무 그루터기에 앉아 있었는지 모르겠다. 하지만 머릿속으로 쓸데없는 생각들만 떠올리던 것은 똑똑히 기억한다. 어떤 대가를 치르더라도 그 어처구니없는 상황을 받아들이지는 않겠다는 듯이.

태양은 점점 더 높이 떠올라 등이 따뜻해지기 시작했다. 룩스는 제 상처를 혀로 핥고 또 핥았다. 마침내 출혈이 멈췄다. 심한 상처는 아니었던 모양이다.

나는 뭔가를 해야 한다고 생각했다. 그래서 룩스에게 앉아 있으라고 명령한 뒤 두 손을 앞으로 뻗은 채 보이지 않는 장애물로 다시 조심스럽게 다가갔다. 장애물을 더듬으며 나는 계곡 끝의 바위에 이를 때까지 내려갔다. 거기서 길은 끊겨 있었다. 길 반대쪽으로는 개울까지 갈 수가 있었는데 자세히 살펴보니 장애물이 개울을 막고 있었다. 개울은 거의 말라 있었다. 4월 내내 비가 오지 않았고 눈 녹은 물이 사라진 지 오래였다. 벽의 건너편에 있는 장애물을 나는 어느새 벽이라고 부르고 있었다. 그것이 거기 있는 이상 어떤 이름이든 붙여야 했으니까. 개울은 바닥이 다 드러날 만큼 말라 있는 부분도 있었지만 개울물이 수로를 이루면서 흐르는 부분도 있었다. 침투성의 석회석으로 벽을 세워놓은 것이 틀림없었다. 벽은 땅속에 깊이 묻히지는 않은 모양이었다. 갑자기 마음이 가벼워졌다. 하지만 개울을 건너가보고 싶은 생각은 들지 않았다. 벽이 가까이에서 끝날 것 같지 않았기 때문이었다. 만약 그렇다면 후고와 루이제가 쉽사리 건너왔을 것이다.

그때 불현듯 머리에 떠오르는 것이 있었다. 무의식 속에서 지금까지 나를 괴롭혀왔던 생각, 즉 길이 텅 비어 있는 모습이 머리를 스쳤다. 누군가 경보를 울리고 오랜 시간이 흐른 것 같았다. 그게 아니라면 눈이 휘둥그레진 마을 사람들이 모두 이쪽으로 달려나와 있어야 할 것이다. 아무도 벽을 발견하지 못했다 하더라도 적어도 후고와 루이제는 이 벽에 부딪혔을 것이다. 길에 한 사람도 보이지 않는다는 사실이 나에게는 벽보다 더한 수수께끼였다.

환한 햇살 속에 서 있는데도 몸이 으스스 떨리기 시작했다. 다음번 모퉁이 근처에 작은 농가 한 채가, 엄밀히 말해 작은 오두막 하나가 서 있었다. 개울을 건너 언덕 위로 조금만 올라간다면 그 집을 내려다볼 수 있을 것 같았다.

나는 룩스가 있는 곳으로 되돌아가서 개를 안심시

켰다. 룩스는 영리한 개여서 실제로 위로가 필요한 것은 내 쪽이었다. 내 곁에 룩스가 있다는 것이 큰 위로가 되었다. 나는 구두와 스타킹을 벗고 개울을 건너기 시작했다. 건너편에서 벽은 언덕 기슭을 따라 이어지고 있었다. 드디어 농가가 눈에 들어왔다. 농가는 여름 햇살 속에 고요히 서 있었다. 친근감이 드는 평화로운 풍경이었다. 한 사람이 샘터에 서 있었다. 그는 둥글게 오므린 오른손을 샘에서 얼굴로 가져가려는 참이었다. 꽤 나이 든 남자였다. 그의 바지 멜빵은 마치 뱀처럼 어깨에서 흘러내리고 있었고 셔츠 소매는 걷어붙인 채였다. 그는 손으로 얼굴을 닦지 못하고 꼼짝도 않고 있었다.

나는 한참 눈을 감고 있다가 다시 눈을 떠보았다. 노인은 여전히 꼼짝 않고 있었다. 그가 무릎과 왼손으로 수조에 기대고 있는 것이 보였다. 그래서 그가 바닥에 쓰러지지 않은 모양이었다. 집 옆에는 꽃밭이 있었다. 그곳에 작약, 물매화, 채소가 자라고 있었다. 손질이 안 된 하늘하늘한 라일락도 있었는데 꽃은 벌써 시들어 있었다. 이번 4월은 마치 여름처럼 더웠다. 그건 산속도 마찬가지였다. 도시에서는 작약도 시들어버린 뒤였다. 굴뚝에서는 연기가 보이지 않았다.

나는 주먹으로 벽을 쳐보았다. 손이 조금 아팠다. 달

라지는 것은 아무것도 없었다. 갑자기 벽을 부수어야 한다는 생각이 사라졌다. 벽이 샘터의 노인에게 일어난, 알 수 없는 사고로부터 나를 떼어놓고 있는 것 같았기 때문이다. 나는 조심스럽게 다시 개울을 건너 룩스에게 돌아왔다. 개는 코를 킁킁거리며 돌아다니고 있었다. 아마도 공포에 질렸던 순간을 까맣게 잊어버린 것 같았다. 땅바닥에는 죽은 딱따구리 한 마리가 떨어져 있었는데, 머리가 깨지고 가슴이 온통 피투성이였다. 그 딱따구리는 찬란한 5월의 어느 아침 이렇게 비극적인 죽음을 맞이한 수많은 작은 새들 가운데 내 눈에 띈 첫 번째 새였다. 이상하게도 내 머릿속에서 이 딱따구리의 모습이 계속 아른거렸다. 새를 바라보고 있는 동안 새의 비명을 들었던 기억이 났다. 나는 꽤 오래전에 그 소리를 들은 적이 있었다. 그것이 무슨 소리인지 의식하지도 못한 채.

갑자기 나는 그곳을 떠나고 싶어졌다. 어서 산장으로 돌아가 그 고통스러운 새의 비명과 피를 뒤집어쓴 작은 시체로부터 벗어나고 싶었다. 룩스도 다시 동요하기 시작했다. 개는 킁킁대면서 내 품으로 파고들었다. 계곡을 지나 집으로 돌아오는 동안 개는 내 옆에 바싹 붙어 따라왔다. 나는 말을 걸며 개를 안심시켰다. 그때 무슨 말을 했는지는 기억나지 않는다. 그 순간 내게 중요했던 것은 그 우울하고 습한 계곡의 적막을 깨뜨리는 일이었다. 너도밤나무 나뭇잎 사이로 초록빛 햇살이 비치고 돌바닥이 거의 다 드러난 얕은 개울이 흐르는 소리가 졸졸 울리던 계곡의 적막을.

룩스와 나는 심각한 상황에 처한 것이었다. 그러나 당시 나는 그것이 얼마나 심각한지는 깨닫지 못했다. 둘이 함께 있었기 때문에 우리는 그나마 완전히 절망적이지는 않았다.

산장은 환한 여름 햇살 속에 서 있었다. 벤츠 위에 내려앉았던 이슬은 사라졌고 열기를 머금은 검은 지붕은 붉게 보일 지경이었다. 나비 몇 마리가 공터 위로 날아가고 있었다. 가문비 솔잎 냄새가 훅 코를 찔렀다. 나는 벤치에 가서 앉았다. 내가 조금 전 계곡에서 보았던 광경이 모두 거짓말 같았다. 그건 도무지 사실일 수가 없었다. 그런 일은 절대로 일어나지 않는다. 만에 하나 일어난다 해도 산속의 이런 작은 마을에서는 일어나지 않는다. 오스트리아에서, 유럽에서는 일어나지 않는 일이다. 이런 생각이 얼마나 우스꽝스러운 것인지 나는 잘 알고 있다. 그러나 당시에 나는 정말 그렇게 생각하고 있었는데, 그 사실을 굳이 숨기고 싶지는 않다. 나는 햇빛 속에 가만히 앉아서 나비를 바라보았다. 아무 생각도 하지 않고 한참을 그렇게 앉아 있었던 것 같다. 룩스는 샘에서 물을 마시고 오더니 벤치로 뛰어올라 내 무릎에 머리를 올려놓았다. 나는 개가 살갑게 구는 것이 기뻤다. 그러나 다음 순간 이 불쌍한 개에게 그 밖의 다른 길은 없다는 생각이 들었다.

한 시간 뒤 나는 산장으로 돌아와 룩스와 내가 먹을 저녁을 데웠다. 그러고는 정신을 가다듬기 위해 커피를 끓였고, 커피를 끓이는 동안 담배를 세 대나 피웠다. 그것이 내가 가진 마지막 담배였다. 줄담배를 피우는 후고는 마을로 내려갈 때 틀림없이 외투 주머니에 담배를 네 갑 정도 넣어 가지고 갔을 것이다. 그러면서도 그는 핵 전쟁에 대비하여 산장에 비축해둔 물건들을 챙겨올 때 담배 생각은 미처 하지 못했던 것 같다. 담배를 피우고 난 뒤 산장 안에 그냥 앉아 있을 수 없어서 룩스와 함께 다시 계곡에 내려가보았다. 개는 내키지 않는 모습으로 따라나서더니 내 발뒤꿈치에 꼭 붙어 다녔다. 가는 내내 거의 뛰다시피 했기 때문에 경계선 앞에 다다랐을 때는 몹시 숨이 찼다. 거기서부터는 두 팔을 앞으로 뻗고 천천히 걸었다. 내 손에 차가운 벽이 닿았다. 뻔히 예측한 상황이었음에도, 벽을 처음 만졌을 때보다 훨씬 더 당혹스러웠다.

개울은 여전히 막혀 있었지만 하류 쪽은 물길이 조금 넓어져 있었다. 나는 신발을 벗고 물을 건넜다. 룩스는 마지못해 나를 따라오는 눈치였다. 물을 싫어하지는 않았지만 개울물이 얼음처럼 차가운 데다가 물이 배까지 차올랐기 때문이다. 벽을 눈으로 볼 수 없다는 사실에 자꾸 신경이 쓰였다. 그래서 나는 개암나무 가지를 한 아름 꺾어다 벽 앞에 줄지어 꽂았다. 그것이 지금 내가 무엇보다 먼저 해야 할 일인 것 같았다. 부지런히 그 일을 하는 동안에는 다른 생각을 하지 않아도 되었다. 나는 나뭇가지들을 가지런히 심었다. 길이 조금 가팔라진다 싶더니 어느새 농가가 내려다보이는 곳에 다시 다다라 있었다.

아까 보았던 노인은 아직도 동그랗게 오므린 손을 얼굴 쪽으로 쳐든 채 샘터에 서 있었다. 골짜기는 햇볕을 가득 머금고 있었고 산기슭의 바람은 연둣빛 이파리에서 투명하게 떨고 있었다. 이번에는 룩스도 노인을 보았다. 개는 주저앉아서 목을 비스듬히 빼더니 길게 늘어지는 괴상한 울음소리를 냈다. 샘터에 있는 사람이 살아 있는 사람이 아니라는 것을 개도 알아차린 것이었다.

개의 울음소리가 내 가슴을 아프게 했다. 무엇인가가 나도 함께 울어야 한다고 보채는 것 같았다. 마치 온

몸이 찢겨나가는 것처럼 마음이 아팠다. 나는 개의 목에 감은 줄을 잡아당겨 개를 데리고 그곳을 떠났다. 개는 울음소리를 그치고 몸을 떨면서 따라왔다. 나는 천천히 벽을 따라 걸으면서 나뭇가지를 차례차례 땅에 박았다.

돌아다보니 새로 만들어진 경계선이 개울까지 이어져 있었다. 마치 아이들이 한바탕 신나는 봄놀이라도 한 것처럼 보였다. 벽 너머 과일나무의 꽃들은 벌써 떨어지고 없었다. 대신 연초록의 잎사귀들이 햇살에 반짝이고 있었다. 벽은 산등성이를 타고 오르며 초원 한가운데 낙엽송이 군락을 지어 서 있는 곳까지 이어져 있었다. 그곳에서는 다른 농가 두 채와 골짜기가 내려다보였다. 후고의 망원경을 들고 나오지 않은 나 자신에게 화가 났다. 어쨌거나 살아 있는 사람은커녕 살아 있는 그 어떤 것도 보이지 않았다. 농가들에서는 연기가 올라오지 않았다. 참사는 저녁때쯤 일어난 것 같았다. 사촌 부부는 마을에서, 아니면 집으로 돌아오는 도중에 일을 당했을 것이다.

샘터의 노인이 죽은 게 틀림없다면, 그건 의심의 여지가 없는 일이었으니, 골짜기에 있던 사람들은 틀림없이 모두 죽었을 것이다. 사람뿐 아니라 살아 있는 모든 것들이 다 죽은 것이었다. 오직 살아 있는 것이라곤 초원의 풀과 나무 들뿐이었다. 어린 나뭇잎이 햇살 속에서 빛을 발하고 있었다.

두 손바닥을 차가운 벽을 갖다 댄 채 나는 산 아래를 내려다보았다. 그때 갑자기 아무것도 더는 보고 싶지 않다는 생각이 들었다. 나는 낙엽송들이 서 있는 곳에서 땅을 파헤치고 있던 룩스를 불렀다. 그러고는 소꿉놀이로 만든 것 같은 경계선을 따라 되돌아왔다. 개울을 건너고 길을 따라 바위까지 내려온 뒤 나는 천천히 산장으로 돌아왔다. 계곡의 푸르고 서늘한 그늘에서 벗어나자 강한 햇살이 쏟아졌다. 룩스는 오늘의 탐사에 지쳤는지 집 안으로 달려가 난롯가에 웅크리고 앉았다. 달리 뾰족한 수가 없을 때면 늘 그렇듯 개는 조금 킁킁거리다가 금세 잠이 들었다. 나는 그럴 수 있는 개의 재주가 부러웠다. 개가 잠이 들고 나니 그가 끊임없이 일으키던 약간의 소란이 아쉬웠다. 어쨌거나 혼자 있는 것보다는 잠들어 있는 개라도 한 마리 곁에 있는 것이 훨씬 나았다.

후고는 술을 마시지 않았지만 산장에 오는 손님들을 위해 코냑, 진, 위스키를 항상 준비해두고 있었다. 나는 위스키 한 잔을 따라 커다란 떡갈나무 탁자 앞에 앉았다. 술에 취하고 싶은 생각은 없었다. 다만 멍한 머릿속을 깨우기 위한 약을 절망적으로 찾고 있었을 뿐이다.

그때 내가 후고의 위스키를 마치 내 것인 양 마시고 있다는 걸 깨달았다. 그러니까 나는 위스키의 법적인 주인이 다시 돌아올 거라고 믿지 않은 것이다. 내가 그렇게 생각하고 있었다는 것은 조금 충격적이었다. 세 모금을 마시고 나서 나는 술잔을 밀어버렸다. 위스키에서는 소독약에 담근 지푸라기 냄새가 났다. 머릿속에서 말끔하게 정리해야 할 생각 따위도 더 없었다. 하룻밤 자고 났을 때 보이지 않는 그 벽이 무너져 내렸거나 더 높아졌거나, 둘 중 하나일 것이 분명했다. 아무리 애써봐야 벽이 그곳에 있는 이유를 설명할 길은 없었다. 나는 걱정에도 절망에도 빠지지 않았다. 억지로 걱정거리나 절망적인 상상을 불러일으키는 것은 아무 의미도 없었다. 내 상황이 얼마나 절망스러운지를 알 만큼은 나이를 먹었다. 가장 중요한 문제는 재앙을 당한 곳이 이 골짜기뿐인지, 아니면 이 주변이 온통 다 그런지 하는 것이었다. 나는 첫 번째 가정을 믿기로 했다. 그래야 누군가가 며칠 뒤 나를 이 산속 감옥으로부터 구해줄 거라는 희망이 생기기 때문이었다. 그런데 돌이켜보면 나는 그때 이미 누군가가 나를 구해줄 가능성은 없다고 생각했던 것 같다. 물론 확실히 그랬다고 말할 수 있는 것은 아니다. 어쨌거나 나는 한동안 희망을 포기하지 않을 만큼은 현명했다. 조금 시간이 흐른 뒤 발에 통증이 느껴졌다. 신발과 양말을 벗어보니 발꿈치에 물집이 잡혀 있었다. 통증은 시기적절하게 찾아와주었다. 덕분에 나는 쓸데없는 생각을 하지 못했다. 깨끗이 씻은 발에 연고를 바르고 반창고를 붙이고 난 뒤, 나는 산장 안을 내 마음에 들도록 바꿔볼 계획을 세웠다. 우선 루이제의 침대를 침실에서 부엌으로 끌어내 그것을 벽 쪽에 붙였다. 그렇게 하면 침대에서 집 안과 현관과 창문을 한번에 다 지켜볼 수 있기 때문이었다. 루이제의 앙털 담요를 침대 옆에 깔았다. 룩스가 그것을 잠자리로 택하기를 은근히 바랐다. 하지만 룩스는 그렇게 하지 않고 계속 난로 앞에서 잤다. 침실용 탁자도 내왔고 얼마 뒤엔 옷장도 부엌으로 끌어왔다. 침실의 덧창을 잠그고 침실로 들어가는 문도 부엌 쪽에서 잠갔다. 위층에 있는 방들도 모두 잠갔고 열쇠는 난로 옆에 있는 못에 걸었다. 왜 그랬는지는 모르겠다. 일종의 본능적 행동이었던 것 같다. 모든 것을 한눈에 볼 수 있어야 한다고 생각했고, 사고에 대비한 안전장치도 해놓아야 했다. 나는 후고의 쌍권총을 장전해서 침대 옆에 매달아놓았고 손전등도 탁자 위에 갖다 놓았다. 내가 해둔 모든 조치들이 인간을 겨냥한 것임을 알고 있었다. 물론 그 조치라는 것들은 하나같이 우스꽝스러웠다. 그렇지만 그때까지 내가 경험했던 위험이란 모두 인간들에 의해 야기된 것이었기 때문에 내 관념을 갑자기 바꿀 수도 없는 노릇이었다. 내 생애를 통틀어 유일한 적은 인간이었다. 나는 여행용 자명종과 손목시계를 꺼내놓고 베란다에 쌓여 있는 장작을 부엌으로 들여와 난로 옆에 다시 쌓았다.

그러는 동안에 날이 저물었고 산에서 내려온 차가운 공기가 집 안으로 스며들었다. 공터엔 아직 햇빛이 남아 있었지만 주변은 점점 서늘해지고 컴컴해졌다. 딱따구리 한 마리가 산에서 나무를 쪼고 있었는데 그 소리가 좋았다. 나는 딱따구리 소리와 샘물이 나무관을 타고 졸졸 흘러가는 소리를 듣고 있었다. 나는 외투를 어깨에 걸친 채 벤치에 앉아 있었다. 그곳에서는 계곡 저 아래까지 내려다보였다. 산장과 차고, 그리고 그 뒤에 빽빽하게 서 있는 가문비나무까지도 바라볼 수 있었다. 때로 골짜기에서 발소리 비슷한 것이 들리는 듯했다. 하지만 그건 물론 어김없이 착각일 뿐이었다. 잠시 나는 아무 생각 없이 커다란 불개미 몇 마리가 바삐 내 옆으로 지나가는 것을 물끄러미 바라보고 있었다.

딱따구리가 나무 쪼는 것을 멈추었다. 공기가 점점 차가워졌고 해는 푸르스름하고 냉랭했다. 머리 위의 한 조각 하늘은 분홍빛으로 물들고 태양은 가문비나무 숲 뒤로 지고 없었다. 일기예보가 맞았다. 일기예보 생각을 하다가 자동차에 있는 카 라디오가 떠올랐다. 차창은 반쯤 내려둔 채였다. 나는 작고 검은 버튼을 눌렀다. 잠시 뒤에 나지막하게 울리는 윙윙 소리가 들려왔다. 전날 차를 타고 오는 내내 루이제는 짜증이 날 정도로 댄스음악을 틀어댔다. 지금은 어떤 음악이든 들을 수만 있다면 기뻐서 죽을 것 같았다. 나는 버튼들을 이리저리 돌리고 또 돌려보았다. 아득하고 낮게 윙윙대는 소리뿐이었다. 라디오 장치의 주파음인 것 같았다. 어쩌면 그때 이미 나는 깨닫고 있었는지도 모른다. 단지 인정하고 싶지 않았을 뿐. 나는 밤사이에 라디오가 고장 난 것뿐이라고 스스로 위로하고 있었다. 그래서 계속 이리저리 채널을 돌려보았지만 라디오에서 들려오는 것은 윙윙 소리뿐이었다.

결국 라디오를 포기하고 나는 다시 벤치에 앉았다. 룩스가 집에서 나와 머리를 내 무릎에 묻었다. 개는 내가 말을 걸어주기를 바랐다. 내가 말을 건네자 개는 열심히 귀를 기울이면서 내 품으로 파고들었다. 개는 내 손을 핥고 꼬리로 주저주저 땅바닥을 쳤다. 우리 둘 다 무서웠다. 그래서 서로에게 용기를 북돋아주려고 노력했다. 내 목소리가 낯설고 이상하게 들렸다. 나는 개울물이 흐르는 소리에 묻혀 내 목소리가 들리지 않을 때까지 목소리를 낮추었다. 이 개울물 소리 때문에 깜짝 놀란 적도 많았다. 멀리 떨어진 곳에서는 물 흐르는 소리가 마치 잠에 취한 두 사람이 나누는 이야기처럼 들렸다. 그러나 그때 나는 그것을 모르고 있었다. 나는 개에게 속삭이는 것을 멈추고도 그것을 인지하지 못하고 있었다. 외투를 걸치고 앉아 추위에 몸을 떨면서 나는 하늘이 회색빛으로 바래는 것을 바라보았다.

그러다가 산장으로 돌아와 불을 지폈다. 룩스가 계곡 끝까지 가서 거기에서 꼼짝 않고 가만히 서 있는 것이 보였다. 한참 뒤 개는 돌아서더니 머리를 늘어뜨린 채 집으로 돌아왔다. 그 뒤에도 사나흘 동안 개는 똑같은 행동을 했다. 그러더니 결국엔 포기하는 것 같았다. 여하튼 다시는 그런 행동을 하지 않았다. 그가 단순히 할 일을 잊은 것인지, 개 나름의 방식으로 나보다 빨리 진실을 깨달은 것인지는 모르겠다.

나는 개에게 밥과 비스킷을 주고 그릇에 물도 채워주었다. 개에게는 아침에만 먹이를 준다는 규칙을 잘 알고 있었지만 혼자서 밥을 먹기는 싫었다. 나는 차를 끓여 커다란 탁자 앞에 앉았다. 실내는 따뜻했다. 석유 등잔이 어두운 탁자 위에 노란 불빛을 비추고 있었다.

그제야 내가 얼마나 지쳐 있었는지 알 수 있었다. 룩스는 저녁을 먹고 난 뒤 내게로 다가와 의자에 뛰어오르더니 한참 나를 뚫어지게 바라보았다. 개의 눈은 적갈색이었고 따뜻해 보였다. 털 빛깔보다 조금 더 짙은 밤색이었다. 눈동자 주위의 흰자위는 축축하고 푸르스름해 보였다. 순간적으로 루이제가 개를 돌려보낸 것이 다행이라는 생각이 들었다.

나는 찻잔을 치우고 더운물을 함석대야에 부어 세수를 한 다음 잠자리에 들었다. 더 해야 할 일 같은 것은 없었다.

잠자리에 들기 전엔 덧창을 닫았고 문도 잠갔다. 잠시 후 룩스가 의자에서 내려오더니 다가와 내 손의 냄새를 맡으며 킁킁거렸다. 그러고는 문 쪽으로 가고, 거기서 다시 창가로 갔다가 다시 내 침대 곁으로 왔다. 나는 개에게 다정한 말을 해주었다. 개는 마치 사람처럼 한숨을 쉬더니 난로 앞에 잠자리를 잡았다.

나는 잠시 등을 켜두었다. 불을 끄니 방 안이 칠흑처럼 어두워지는 것 같았다. 아니, 그렇게 어둡지는 않았다. 아직도 불씨가 남아 있는 난로의 불빛이 희미하게 깜박이며 마룻바닥을 비추고 있었다. 조금 있자 의자와 탁자의 윤곽이 보였다. 나는 후고의 수면제를 몇 알 먹어볼까 하는 생각도 했지만 그렇게 할 수는 없었다. 혹 어떤 소리를 놓치게 될까 걱정되었기 때문이다. 그때 갑자기 그 끔찍한 벽이 밤의 적막과 어두움 속에서 서서히 조여들지도 모른다는 생각이 들었다. 그러나 나는 너무나 지쳐 있어 그런 것을 두려워할 기력조차 없었다. 발은 점점 더 아파왔다. 나는 등을 대고 몸을 쭉 편 채 누워 있었는데 너무 피곤해서 고개도 돌릴 수 없을 지경이었다. 그날 일어났던 그 모든 일들 때문에 편안히 잠들지 못하고 괴로운 밤을 보내게 되겠다고 생각했다. 그러나 그런 생각을 하면서도 나는 어느새 잠이 들고 말았다.

나는 꿈을 꾸지 않았다. 새들이 지저귀기 시작하는 소리에 6시쯤 잠에서 깨었을 때는 몸이 개운했다. 하지만 곧장 전날의 일들이 모두 떠올랐다. 순간 몰려드는 두려움에 눈을 꼭 감았다. 그리고 다시 잠 속으로 빠져들기를 바랐다. 하지만 물론 잠이 더 올 턱이 없었다. 조금도 뒤척이지 않았는데도 룩스는 내가 깨었다는 것을 눈치채고 침대 곁으로 다가와 반갑게 킁킁대면서 인사를 했다. 나는 자리를 털고 일어나 덧창을 열었고 룩스를 밖으로 내보냈다. 공기는 제법 싸늘했고 하늘은 아직도 창백하도록 푸른 빛깔이었으며 잡목들은 이슬에 젖어 있었다. 화창한 하루가 시작되고 있었다.

불현듯 이 화창한 5월의 하루를 살아내는 일이 불가능할 것 같다는 느낌이 들었다. 그렇지만 나는 그 하루를 살아 넘겨야 하며 도망갈 길은 없다는 것도 알고 있었다. 나는 침착성을 잃지 않으면서 버텨내야 할 것이었다. 내가 그렇게 살아남아야 했던 날이 그날 생애 처음 닥친 것도 아니었다. 빨리 저항을 단념해야 더 견딜 만해질 것이었다. 전날의 멍함은 이제 머릿속에서 완전히 사라졌다. 나는 전에 없이 명료하게 사고할 수 있게 되었다. 단지 생각이 벽에 미치면 무언가 차갑고 미끈거리는, 절대로 극복할 수 없을 것 같은 장애물에 부딪히는 기분이었다. 벽에 관해서는 될 수 있는 대로 생각을 하지 않는 편이 나을 것 같았다.

나는 나이트가운에 슬리퍼 차림으로 눅눅한 길을 지나 자동차로 가서 라디오를 켜보았다. 낮고 공허한 윙윙 소리뿐이었다. 그 소리가 너무나 낯설고 냉랭하게 들려 나는 곧 라디오를 꺼버렸다.

나는 더 이상 라디오가 고장 난 거라고 생각하지 않았다. 싸늘한 빛이 찾아온 아침에 그렇게 생각한다는 것은 불가능했다.

그날 아침 무슨 일을 했었는지는 기억이 나지 않는

다. 얇은 실내용 슬리퍼를 뚫고 올라온 축축한 한기에 몸서리를 칠 때까지 한동안 꼼짝도 않고 차 옆에 서 있었던 것만 생각날 뿐이다.

어쩌면 그다음 몇 시간 동안 너무나도 엄청난 일이 일어났기 때문에 새벽의 일은 모두 잊어버렸는지도 모른다. 어쩌면 일종의 마비 상태에서 그 시간을 보냈기 때문인지도 모른다. 기억이 나지 않는다. 내가 룩스와 함께 계곡에 내려가보았던 오후 2시경의 일부터는 다시 떠오른다.

처음에 나는 그 계곡이 마음을 끌 정도로 낭만적이라고는 생각지 않았다. 그저 습하고 황폐한 곳이라고만 생각했다. 한여름에도 그랬다. 햇살이 계곡의 바닥 깊숙이까지 비쳐 드는 일은 별로 없었다. 비가 많이 온 뒤에는 돌 틈에서 도롱뇽이 기어 나왔다. 나중에, 여름이 왔을 때, 나는 도롱뇽들을 더 자주 보았다. 상당히 많은 숫자였다. 오후 반나절 사이에 열 마리나 열다섯 마리를 보게 되는 날도 있었다. 검붉은 점이 있는 도롱뇽은 수수한 회녹색의 도마뱀보다는 오히려 참나리나 응달나리 같은 꽃들과 닮아 보였다. 도마뱀은 손으로 덥석 잡곤 했지만 도롱뇽을 만져본 적은 없었다.

그날, 5월 2일에는 도롱뇽이 눈에 띄지 않았다. 비

도 오지 않았으니 도롱뇽이 눈에 띌 리 없었을 것이다. 그리고 그때까지만 해도 나는 계곡에 도롱뇽이 있다는 건 모르고 있었다. 나는 해가 들지 않는 습하고 푸르스름한 계곡을 벗어나기 위해 빨리 걷고 있었다. 그날은 더 든든한 채비를 갖추고 나왔다. 등산화를 신고, 등산용 반바지에다 방한용 사냥복을 입었다. 긴 외투는 방해가 된다는 것을 전날 알았다. 나뭇가지들을 꽂아 경계선을 만들 때 풀밭 위의 외투 끝자락이 자꾸 딸려갔다. 후고의 망원경도 들고 나왔고 배낭에는 코코아를 담은 보온병과 버터를 바른 빵도 들어 있었다. 내가 쓰던 작은 주머니 칼(연필 깎는 칼이었다.) 외에 후고의 예리한 접이칼도 가지고 나왔지만 그 칼은 사용할 수 없었다. 나뭇가지를 자르는 데 쓰기에는 위험했기 때문이다. 자칫하다간 손을 베기 십상이었다. 스스로 인정하고 싶지는 않지만 나는 그 칼을 호신용으로 가지고 다녔던 셈이다. 그것은 그럴듯한 안도감을 주는 물건이었다. 나중에는 칼을 산장에 놓고 다니는 날이 많았다. 그러다가 룩스가 죽고 난 뒤부터는 다시 칼을 몸에 지니고 다닌다. 어쨌거나 지금은 그 칼을 어디에 사용할 것인지 아주 잘 알고 있다. 개암나무 가지를 자르는 데 쓸 거라는 변명 따위는 더 이상 하지 않는다. 벽은 나뭇가지를 땅에 꽂아두었던 그 자리에 그대로 있었다. 내가 전날 밤 상상한 것처럼 산장 쪽으로 더 다가오지는 않았다. 더 물러난 것도 아니었다. 사실 물러나 있으리라는 기대 같은 것은 하지도 않았다. 개울은 평상시의 흐름을 되찾고 있었다. 무른 돌멩이를 파고드는 것이 어렵지는 않았을 것이다. 나는 돌에서 돌로 건너뛰며 개울을 건너 내가 어설프게 만들어 놓은 경계선을 따라 낙엽송 옆의 전망대까지 올라갔다. 거기서 나는 다시 나뭇가지를 꺾어 벽을 따라 땅에 꽂기 시작했다.

매우 힘든 작업이었다. 수그리고 일을 했더니 금세 허리가 아파왔다. 하지만 나는 반드시 이 일을 해야 한다는 생각에 몰입해 있었다. 일은 나에게 안정감을 주었고, 이 엄청나고 끔찍한 혼란에 조금은 진정된 숨결을 가져다주었다. 벽 같은 것은 원래 있을 수 없는 것이었다. 내가 나뭇가지를 땅에 꽂았던 것은, 그 벽이 어쨌거나 거기 있었으니까, 정확한 위치를 표시해두고 싶어서였을 뿐이다.

벽을 따라 나뭇가지를 땅에 꽂으며 초원을 두 번 지나게 되었다. 어린 가문비나무 숲을 지나고 무성한 머루밭을 지나갔다. 태양은 뜨겁게 타고 있었고 가시와 덤불에 찢긴 손에서는 피가 났다. 작은 나뭇가지는 평평한 초원에만 꽂을 수 있었다. 관목지역에는 제대로 된 말뚝이 필요했다. 곳곳에서 나는 벽 옆에 있는 나무에다 주머니칼로 표시를 해두었다. 이런 일들을 하는 데는 시간이 꽤 걸렸기 때문에 일은 매우 느리게 진척되었다.

머루가 무성한 언덕에 올라가보니 골짜기 전체가 내려다보였다. 망원경으로 보니 전부 똑똑히 보였다. 수레를 만드는 목수의 집 앞에는 웬 여자가 꼼짝도 않고 햇볕을 받으며 앉아 있었다. 얼굴은 볼 수가 없었다. 그녀는 고개를 푹 수그린 채 잠들어 있는 것만 같았다. 나는 눈에 눈물이 고여 그녀의 모습이 일그러져 보일 때까지 계속 쳐다보았다. 양치기 개 한 마리가 문지방에 걸쳐 있었는데 머리를 앞발에 얹은 채 꼼짝도 하지 않았다.

그것이 만약 죽음이었다면 죽음은 매우 갑작스럽고도 부드럽게, 사랑스럽다고 말해도 좋을 방식으로 닥쳐왔던 것이다. 만약 내가 후고와 루이제를 따라 마을에 갔더라면 나의 상황은 오히려 지금보다 나았을지도 모른다.

나는 이 평화로운 풍경에서 눈을 떼고 다시 나뭇가지를 꽂기 시작했다. 벽은 거기서부터 자그마한 분지로 이어지고 있었는데 그곳에 단층짜리 농가가 한 채 보였다. 산속에서 흔히 볼 수 있는 작은 농가로 그 지방에 흔한 사각 지붕 집들과는 전혀 달랐다.

벽은 그 집 뒤에 있는 작은 마당을 둘로 나누고, 사과나무에서도 나뭇가지 두 개를 경계선으로 갈라놓고 있었다. 사과나무 가지는 부러진 것처럼 보이지는 않았다. 마치 녹아버린 것처럼 보였다. 녹아버린 나무의 형상을 상상할 수 있다면 말이다.

나는 나뭇가지에는 손을 대지 않았다. 벽 너머 풀밭에는 소 두 마리가 누워 있었다. 나는 그들을 한참 바라보았다. 소는 조금도 움직이지 않았다. 죽었다기보다는 곤히 잠들어 있는 것처럼 보였다. 발그스레한 소의 코에는 물기가 전혀 없었고 번들거리지도 않았다. 소는 마치 아름답게 색칠한 바위처럼 보였다.

룩스는 고개를 돌려 산을 바라보았다. 개는 이제 끔찍한 신음을 낸다든가 하지 않았다. 마치 벽 너머에 있는 모든 것을 모른 체하기로 작정한 것처럼 벽 너머는 쳐다보지도 않았다. 예전에 나의 부모님은 개를 한 마리 기른 적이 있었는데 그 개도 꼭 그런 식으로 거울 앞에서 고개를 돌리곤 했다.

죽은 소 두 마리를 멍하니 바라보고 있는데 갑자기 뒤에서 음매 하는 소 울음과 룩스가 흥분해서 짖는 소리가 들렸다. 돌아보니 관목 숲에서 소 한 마리가 흥분한 룩스를 따라서 음매 소리를 내면서 나타났다. 소는 곧장 내 쪽으로 다가오며 고통을 호소했다. 이틀 동안 그 불쌍한 소의 젖을 짜준 사람이 없었던 것이다. 얼마나 울었는지 목소리는 거칠게 쉬어 있었다. 나는 지체하지 않고 소를 편안하게 해주기로 했다. 어렸을 때 재미삼아 소 젖 짜는 법을 배운 적이 있긴 하지만, 20년 전의 일이라 이미 그런 기술을 잊어버린 지 오래였다.

소는 차분히 기다리고 있었다. 내가 자기를 도와주려고 한다는 것을 알아차렸다. 노란 소 젖이 땅바닥에 뿌려졌고 룩스는 그것을 핥아먹었다. 젖이 많이 나왔다. 소 젖을 짜느라 손아귀에 힘주기를 반복했더니 손이 아팠다. 소는 금세 기분이 좋아져 고개를 수그리며 커다란 입을 룩스의 갈색 코에 갖다 댔다. 둘 다 기분이 괜찮은 모양이었다. 소와 개는 서로 만족해하며 안심하는 눈치였다.

그렇게 해서 나는 숲속의 낯선 풀밭에서 별안간 소 한 마리를 갖게 되었다. 소를 집에 돌려보낼 수 없을 것임은 분명했다. 나는 소의 입가에 핏자국이 있는 것을 보았다. 소 역시 벽을 뚫고 나가보려고 부단히 시도했던 모양이었다. 하지만 소가 외양간과 주인에게로 돌아가는 것을 벽이 철통같이 막았을 것이다.

소 주인은 보이지 않았다. 주인은 아마도 참사가 벌어질 때 집 안에 있었던 모양이었다. 창문마다 커튼이 내려져 있는 것을 보면 그 일은 저녁에 일어났음에 틀림없다. 아주 늦은 시간은 아니었을 것이다. 어제 보았던 샘터의 노인은 막 세수를 끝내려던 모습으로 죽어 있었고, 노파는 고양이와 함께 벤치에 앉아 있던 채였으니 말이다. 쌀쌀한 이른 아침이라면 노파가 고양이를 데리고 벤치에 앉아 있었을 리가 없다. 만약 참사가 아침에 일어났다면 후고와 루이제는 무사히 집에 돌아와 있었을 것이다. 이런저런 생각들을 하다가 나는 그 모든 것이 나에게는 아무 소용없음을 깨달았다. 그래서 생각하는 것을 집어치우고 숲 한가운데 선 채 다른 소가 더 없나 나지막한 소리로 불러보았다. 그러나 아무 기척도 없었다. 가까운 곳에 소가 더 있었다면 룩스가 찾아냈을 것이다.

이제는 산을 넘고 계곡을 지나 소를 집으로 데려가는 길밖에 없었다. 그것으로 경계선 만들기는 끝내야 했다. 안 그래도 시간이 꽤 흘러 오후 5시 정도 된 것 같았다. 태양은 공터에 희미한 빛만 겨우 비추고 있었다.

그렇게 셋이서 집으로 향했다. 나뭇가지들을 꽂아놓은 것은 잘한 일이었다. 벽을 일일이 손으로 짚어가며 확인하느라고 걸음을 늦춰야 할 필요가 없었다. 나는 벽과 소 사이에서 천천히 걸었다. 혹시 소가 접질리지 않을까 걱정스러웠다. 그렇지만 소는 산길을 걷는 데 능숙해 보였다. 특별히 몰 필요도 없었다. 단지 소가 벽으로부터 적당히 떨어져 걷도록 신경 써주기만 하면 되었다. 룩스는 내가 만들어놓은 경계 표시의 의미를 알아차리고 벽에서 일정한 거리를 두고 뒤따라오고 있었다.

산장으로 돌아오는 동안 나는 벽에 관해서는 아무 생각도 하지 않았다. 그만큼 그날 발견한 소에 온 신경을 쏟고 있었다. 가끔씩 소는 걸음을 뚝 멈추고 풀을 뜯었다. 그럴 때면 룩스도 곁에 걸음을 멈춘 채 소에게서 눈을 떼지 않았다. 소가 너무 오래 지체하면 룩스는 소를 가볍게 떠밀었고, 그러면 소는 다시 묵묵히 걷기 시작했다. 그게 맞는지 아닌지는 지금도 모르겠지만, 시간이 지날수록 나는 룩스가 소를 제대로 다룰 줄 안다는 인상을 받았다. 아마 산지기가 가을에 소들을 초원에 풀어놓을 때 룩스를 데려가 소 지키는 법을 가르쳤을 거다.

소는 아주 평온하고 만족스러워 보였다. 소는 이틀 동안 끔찍한 고생을 하다가 사람을 만났고, 젖을 짜지 못해 견뎌야 했던 통증에서도 벗어났다. 그래서 달아날 생각 같은 것은 절대 하지 않았다. 어디엔가 외양간도 하나 있을 테고, 새 주인이 자기를 그곳으로 데려갈 거라고 기대했을 것이다. 소는 신이 나서 내 옆을 걷고 있었다. 조금 힘들게 개울을 건너고 난 뒤에는 걸음걸이가 더 빨라졌다. 내가 따라가기 벅찰 정도였다.

그러는 동안에 나는 이 소가 나에게 축복인 동시에 커다란 짐이기도 하다는 생각을 품게 되었다. 이제부터는 멀리 나가 돌아다니는 일도 힘들 것 같았다.

소 같은 가축은 먹이를 챙겨주어야 하고 젖을 짜주어야 한다. 그래서 붙어 앉아 보살펴줄 사람이 있어야 한다. 나는 소의 주인이자 소의 노예가 되고 만 것이었다. 그러나 비록 내가 소를 원하지 않았더라도 그곳에 소를 남겨두고 오는 일은 불가능했을 것이다. 소는 그만큼 나에게 의지하고 있었다.

공터에 다다랐을 때는 어둑어둑해진 후였는데, 소는 걸음을 멈추더니 고개를 돌려 낮고 평화로운 소리로 음매 하고 울었다. 나는 소를 산지기의 오두막으로 데리고 들어갔다. 안에는 간이용 침대 두 개와 탁자 하나, 의자 하나, 그리고 울을 쳐놓은 화덕이 있었다. 나는 탁자를 밖으로 끌어내고 침대에서 짚을 채운 매트리스를 꺼내 소에게 새 외양간을 만들어주었다. 소 한 마리가 들어가 지내기에는 충분히 널찍했다. 나는 화덕 위에 있는 양철통에 물을 부은 다음에 그것을 매트리스를 뺀 침대 안에 다 갖다놓았다. 그날 저녁엔 소를 위해 더 해줄 것이 없었다. 나는 소를 쓰다듬어준 다음 소에게 그의 새로운 처지를 잘 설명해주고 외양간의 빗장을 잠갔다.

너무 피곤해서 산장까지 걸어오지도 못할 지경이었다. 내 발은 두툼한 등산화 속에서 불이라도 붙은 것 같았고 허리도 아팠다. 나는 룩스에게 먹이를 주고 보온병에 담았던 코코아를 따라 마셨다. 너무 지친 나머지 빵은 먹을 수가 없었다. 그날 밤 나는 우물가에서 찬물로 씻고는 곧장 잠자리에 들었다. 룩스도 피곤했는지 저녁을 먹자마자 난롯가로 기어갔다.

다음 날 아침은 전날처럼 비참하지 않았다. 눈을 뜨자마자 소가 생각났기 때문이었다. 머릿속은 금세 맑아졌지만 전날 익숙지 않은 일을 한 탓에 몸 여기저기가 쑤셨다. 늦잠을 잤는지 햇살이 벌써 덧창 사이로 환한 빛을 비추고 있었다.

나는 자리에서 일어나 곧 할 일을 시작했다. 산장에는 식기들이 굉장히 많았다. 나는 양동이 하나를 우유통으로 쓰기로 하고 외양간으로 갔다. 소는 얌전히 침대 앞에 선 채 다정하게 내 얼굴을 핥으며 인사를 했다. 나는 소의 젖을 짜주었다. 온몸이 아팠기 때문에 이 일은 전날보다 더 힘이 들었다. 소 젖을 짜는 것은 보통 힘든 일이 아니었다. 나는 그 일을 다시 배워야만 했다. 그나마 어디를 쥐고 어떻게 손에 힘을 넣어야 하는지를 내가 아직 기억하고 있는 것이 다행이었고 큰 힘이 되었다. 소 젖을 짜고 난 뒤에는 소를 풀밭으로 내보내 거기서 풀을 뜯도록 했다. 집 안에는 건초가 없었기 때문이다. 나는 소가 도망가지 않으리라는 것을 잘 알고 있었다.

젖 짜는 일을 마치고 나는 아침을 먹었다. 따뜻한 우유와 전날 가지고 다니기만 하다가 딱딱해진 빵을 먹었다. 아직도 생생하게 기억하건대 그렇게 시작한 하루가 소에게 온전히 바쳐졌다. 먼저 내 형편껏 최선을 다해 외양간을 꾸몄다. 짚이 눈에 띄지 않아 외양간의 바닥은 나뭇가지를 꺾어다 깔아주었다. 소의 첫 번째 배설물은 외양간 옆으로 치웠다. 점점 쌓이게 될 퇴비더미의 초석인 셈이었다.

'외양간'이 된 집은 굵직한 통나무로 튼튼하게 지은 오두막이었다. 다락방 아래 한구석에는 좁은 공간이 있었는데, 나중에 나는 그곳에 짚을 천장에 닿도록 쌓아두었다. 그러나 5월에는 아직 짚이 나올 때가 아니었다. 그래서 가을이 올 때까지는 계속 나뭇가지를 쌓아주어야만 했다.

물론 나는 소에 관해서 여러 가지 생각을 해보았다. 내게 운이 따라준다면 송아지를 얻게 될지도 모르는 일이었다. 하지만 그렇게까지 바랄 수는 없는 일이었고, 우선은 소에게서 우유라도 오랫동안 얻을 수 있다면 다행이었다.

나는 소를 기르는 일에 대해서 아는 것이 거의 없었다. 송아지 낳는 장면을 꼭 한 번 본 적이 있지만 소가 몇 달이나 새끼를 뱄다가 낳는지조차 모르고 있었다. 그것은 나중에 농사력(農事曆)을 보고 알게 되었지만, 그 밖의 것들에 대해서는 지금도 잘 모른다. 무엇을 더 알아야 하는지, 어떻게 배워야 하는지도 모른다.

오두막을 외양간으로 개조할 때 처음에는 작은 화덕을 없애버리려고 했었다. 나중에는 화덕이 아주 쓸모가 있다는 것을 알게 되었다. 필요한 경우에는 외양간에서 바로 물을 끓일 수 있었다. 탁자하고 의자 하나를 차고로 옮겼다. 차고에는 이미 연장이 잔뜩 쌓여 있었다.

후고는 오래전부터 연장의 중요성에 대해서 강조하곤 했었는데 정직하고 성실한 산지기가 언제라도 꺼내 쓸 수 있도록 그의 연장들을 잘 간수했던 것이다. 후고가 왜 그렇게 연장에 대해서 신경을 썼는지는 알 수가 없다. 그는 연장에 손을 대지도 않았으면서도 이곳에 올 때마다 그것들을 찬찬히 살펴보았다. 별난 취미였을 뿐인지는 몰라도 나는 그 덕택에 목숨을 건질 수 있었다. 내가 지금까지 어쨌거나 죽지 않고 살아 있는 것은 다 후고의 별난 취향 덕분이다. 선량한 후고, 그에게 신의 은총이 있기를. 그는 지금도 어느 주점에서 레모네이드를 한 잔 앞에 놓고 앉아 있을 것이다. 마침내 질병과 죽음에 대한 두려움을 모두 떨쳐버리고 말이다. 이제는 회의와 회의 사이를 떠밀려 다닐 필요도 없다.

내가 외양간을 손질하고 있는 동안 소는 풀밭에서 풀을 뜯었다. 소는 매끈하고 통통하게 생겼으며 회갈색이었다. 딱히 이유를 댈 수는 없지만 성격이 밝아 보였고, 태어난 지 얼마 되지 않은 것 같았다. 나뭇잎을 털어내기 위해 고개를 사방으로 흔들 때 모습은 촉촉한 갈색 눈으로 어깨 너머를 살짝 바라보는 매력적이고 애교 넘치는 젊은 여자를 떠올리게 했다. 나는 소를 정말로 좋아하게 되었다. 소를 바라보는 일은 즐거웠다.

룩스는 내 주위를 맴돌면서 소를 쳐다보거나 수조에서 물을 마시거나 덤불 속을 누비고 다녔다. 그는 옛날처럼 명랑한 개로 돌아갔다. 지난 며칠 동안의 끔찍한 일들은 잊어버린 것 같았다. 개는, 비록 잠시뿐일지는 몰라도, 내가 이제는 자기 주인이라는 상황에 익숙해진 것 같았다.

점심때 나는 완두콩 수프를 끓이고 소고기 통조림을 땄다. 점심을 먹고 나니 노곤함이 밀려왔다. 나는 룩스에게 소를 잘 지키라고 하고 옷을 입은 채 기절하듯 침대에 쓰러졌다. 그때 일어났던 일들을 생각하면 절대 잠을 잘 수 없었어야 정상이었다. 그러나 나는 산장에서 보낸 첫 일주일 동안 유난히 잠을 푹 잤다. 내 몸이 힘든 노동에 익숙지 않았기 때문이었을 것이다. 불면증에 시달리게 된 것은 훨씬 후의 일이다.

4시경에 나는 잠에서 깨었다. 소는 입을 우물거리며 앉아 있었다. 룩스는 벤치에 앉아 졸면서 소를 지키고 있었다. 나는 룩스를 임무에서 풀어주었다. 개는 다시 산장 주위를 어슬렁거리기 시작했다. 당시 나는 개가 눈앞에 보이지 않으면 금세 불안해졌다. 개를 속속들이 알게 된 이후에야 비로소 나는 그런 불안감에서 완전히 벗어날 수 있었다.

서늘해지기 시작하자 나는 난로에 물을 얹었다. 목욕 생각이 간절했기 때문이었다.

해가 질 무렵 나는 소를 외양간으로 데려와 젖을 짜주고 깨끗한 물을 먹인 다음 외양간에 남겨두고 나왔다. 목욕을 하고 난 다음 나는 잠옷을 입고 따뜻한 우유를 마신 뒤 생각을 가다듬기 위해서 탁자 앞에 앉았다. 내가 슬프지도 절망적이지도 않다는 사실이 놀라웠다. 졸음이 몰려와 두 손으로 머리를 받치고 있어야 했다. 앉은 채 그대로 잠이 들 수도 있을 것 같았다. 어차피 생각을 제대로 할 수 없을 것 같아 나는 책을 읽기로 하고 후고가 소장한 추리소설 가운데 한 권을 골랐다. 내가 고른 것이 제대로 된 소설은 아닌 것 같았다. 젊은 여자들을 사고파는 이야기에 나는 흥미가 없었다. 후고도 책을 펼치고는 서너 페이지도 못 넘기고 꾸벅꾸벅 졸곤 했었다. 어쩌면 그가 추리소설을 갖다놓은 것은 수면제 대신이었는지도 모른다.

내가 기껏 버틸 수 있는 시간도 10분을 채 넘지 못했다. 나는 미련 없이 책을 덮고 자리에서 일어나 램프를 구석에 밀어두고 문을 잠근 뒤 잠자리에 들었다.

다음 날은 날씨가 몹시 춥고 궂었다. 소에게 먹일 건초가 필요하다는 생각이 들었다.

개울가의 풀밭에서 헛간을 보았던 기억이 났다. 헛간에는 건초가 있을지도 모른다. 후고의 차는 나한테 아무 쓸모도 없었다. 그가 산장을 나갈 때 자동차 열쇠를 가지고 갔던 것이다. 열쇠를 놓아두었다 해도 소용은 없었을 것이다. 내가 딸들 성화에 못 이겨 간신히 운전면허를 딴 게 겨우 2주 전이었기 때문에 계곡으로 차를 몰고 간다는 것은 생각도 못 할 일이었다. 나는 차고에서 낡은 자루 몇 개를 찾아냈다. 외양간 일을 끝낸 뒤 나는 자루를 메고 건초를 찾으러 갔다.

개울가의 헛간에는 정말로 건초가 있었다. 나는 건초를 여러 개의 자루에 쑤셔넣고, 자루를 엮어서 끌고 나왔다. 그러다 잠시 후 자갈길 위에까지 그것들을 끌고 오기가 보통 힘든 게 아니라는 걸 알게 되었다. 나는 자루 두 개는 길가에 놓은 채 나머지 두 개만 어깨에 메고 산장으로 왔다. 그러고는 차고에 있는 연장들을 부엌 옆의 방으로 옮긴 다음, 나머지 건초 자루들을 끌어다가 차고에 쏟았다.

그날 오후에 나는 두 번 더 건초를 가지러 갔고 다음 날에도 또 갔다. 겨우 5월 초를 지나고 있었다. 그즈음에는 산속의 기온이 갑자기 뚝 떨어질 수도 있었다. 날씨가 조금 선선한 정도거나 보슬비가 오는 날에는 소를 그냥 풀밭에 내보내 풀을 뜯게 했다. 소는 새로운 생활에 만족하는 것처럼 보였고 젖 짜는 내 서투른 솜씨를 인내심을 가지고 참아주었다. 때로는 커다란 머리를 돌려 내가 애쓰는 모양이 재미있다는 듯 쳐다볼 때도 있었다. 그럴 때도 언제나 얌전히 서 있을 뿐 나를 걷어찬

다든가 하는 일은 없었다. 소는 언제나 상냥했으며 종종 기분이 조금 들떠 보인다 싶을 때도 있었다.

나는 소에게 이름을 하나 붙여주어야겠다는 생각을 했고 벨라라는 이름을 지었다. 그 이름은 이런 산골과는 어울리지 않았지만 짧고 부르기 좋았다. 소는 자기 이름이 벨라라는 것을 금세 알아차렸고 내가 이름을 부르면 고개를 돌렸다. 소가 전에는 어떻게 불렸는지 궁금했다. 디른들, 그레틀, 아니면 그라우에였는지도 모를 일이다. 사실 소에게는 이름이 필요 없었다. 그 소는 산속에 있는 유일한 소였고, 어쩌면 온 세상에 한 마리밖에 없는 소인지도 몰랐다.

사실 룩스도 어울리지 않는 이름이다. 사람들이 잘 모르고 지어놓은 이름이다. 여하튼 오래전부터 계곡의 사냥개들은 모두 룩스*라고 불렸다. 진짜 살쾡이는 씨가 마른 지 오래기 때문에 산속에 사는 사람들도 살쾡이가 어떻게 생겼는지조차 잘 모를 것이다. 룩스의 선조들 중 하나가 마지막 남아 있던 진짜 살쾡이를 죽이고 룩스라는 이름을 전리품으로 얻었는지도 모른다.

날씨가 흐리더니 계속 비가 오고 눈까지 왔다. 벨라

* 독일어로 스라소니, 살쾡이라는 뜻.

는 외양간 밖으로 나가지 못하고 건초만 먹었다. 나는 차분히 생각을 정리할 시간과 여유를 갖게 되었다. 나의, 아니 후고의 업무용 달력에는 5월 10일 날짜에 재고 정리라고 쓰여 있다.

그 5월 10일은 꼭 한겨울 같았다. 처음에는 내리자마자 스르르 녹아버리던 눈들이 서서히 쌓이기 시작하더니 점점 그칠 줄 모르고 쏟아져 내렸다.

그날 아침 눈을 떴을 때 나는 의지할 것이 아무것도 없다는 절망적인 기분에 사로잡혔다. 몸의 피로가 더는 나를 괴롭히지 않았기 때문에 여러 가지 생각을 차근차근 할 수 있었다. 열흘이 지나갔다. 그런데도 내 상황은 변한 것이 없었다. 열흘 동안 죽도록 일만 하며 딴생각을 하지 않으려 했는데, 벽은 아직도 그 자리에 있고 아무도 나를 구하러 오지 않았다. 이제는 현실을 직시하는 수밖에 없었다. 그러나 당시 나는 희망을 아직 버리지 않았다. 그 후로도 오랫동안 그랬다. 구조의 손길을 더는 기다려서는 안 된다고 스스로 다짐하는 순간까지도 나는 이 어리석은 희망을 버리지 못했다. 그것은 이성과 믿음의 모든 논리를 벗어난 희망이었다.

그 5월 10일에 이미 나는 참사가 대규모라는 것을 짐작하고 있었다. 모든 것이 그 사실을 말해주고 있었다.

구조자들이 오지 않는 것, 라디오에서 사람의 목소리가 사라진 것, 내가 두 눈으로 벽을 통해 보았던 몇 안 되는 사람들의 모습이 그러했다.

하지만 한참 시간이 흐른 뒤, 내 마음속에서 거의 모든 희망이 사라진 뒤에도 내 아이들 역시 죽었으리라는 것, 샘터의 노인이나 벤치의 할머니처럼은 아니더라도, 그 아이들도 죽었을 것이라고는 믿을 수가 없었다.

오늘 내 아이들을 떠올려보면, 아이들은 다섯 살짜리 모습으로 나타난다. 아이들은 그 나이에 벌써 내 인생에서는 멀어져갔던 것 같다. 아마도 자식들이란 그 나이가 되면 으레 부모의 인생에서 멀어지기 시작하는지도 모르겠다. 아이들은 서서히 하숙인으로 변해간다. 단지 이런 일이 눈에 띄지 않게 진행되기 때문에 거의 느끼지 못할 뿐이다. 아이들이 멀어지는 것 같다는 서늘한 생각이 얼핏 머리를 스치는 순간도 있었지만, 나 역시 다른 부모들처럼 그런 생각을 얼른 머리에서 지워버리곤 했다. 나는 어쨌든 살아야만 했다. 어떤 어머니가 아이들의 그런 변화를 눈치채고서도 살아나갈 수 있단 말인가?

5월 10일, 잠에서 깨어났을 때 내가 머릿속에 떠올렸던 딸들은 손에 손을 잡고 놀이터로 달려가고 있는 어린아이의 모습이었다. 내가 도시에 남겨놓고 온 뻔뻔스럽고 인정머리 없고 싸움만 하려 드는 애어른 같은 아이들의 모습이 갑자기 비현실적으로 느껴졌다. 나는 그 아이들을 생각하며 슬픔에 잠긴 적은 없었다. 내가 슬픔을 느낀 것은 오래전 그 아이들이 어렸을 때의 모습을 떠올렸을 때였다. 어쩌면 이런 말이 잔인하게 들릴지도 모른다. 하지만 이제 와서 내가 누구한테 더 거짓말을 할 필요가 있단 말인가. 나는 진실을 쓰기로 결심했다. 내가 일생 동안 거짓말을 하며 위해주었던 사람들은 모두 죽고 없다.

침대에 몸을 묻고 추위에 떨며 나는 내가 할 수 있는 일이 무엇일까 생각해보았다. 자살을 할 수도 있었다. 벽 아래 땅을 파고 건너편으로 나갈 수도 있었다. 결국 더 힘들게 자살하는 방법에 불과하겠지만 말이다. 물론 이곳에 머물며 살아보려고 노력할 수도 있었다.

진지하게 자살을 생각하기에는 이제 너무 나이가 많았다. 무엇보다도 룩스와 벨라를 돌보아야 한다는 생각이 앞섰고, 일종의 호기심도 생겼다. 벽은 수수께끼였다. 나는 풀리지 않는 수수께끼 앞에서 단념하지는 못하는 사람이었다. 후고 덕택에 여름은 충분히 넘길 만한 비상식량이 있었고, 집과 평생 때고도 남을 목재와 소 한 마리가 있었다. 소 역시 풀리지 않는 수수께끼였다. 어쩌면 새끼를 배고 있는지도 모르는 일이었다.

일단 송아지가 태어나게 될지의 여부를 알게 될 때까지는 기다려보고 결정을 내리기로 했다. 벽에 대해서는 신경을 곤두세우지 않기로 했다. 나는 벽이 강대국 중 하나가 몰래 개발한 신무기일 거라고 추측했다. 아마 그 무기는 땅에는 아무런 피해도 입히지 않고 사람과 동물만 살해하는 이상적인 무기일 것이다. 물론 더 좋은 무기였다면 동물들은 살려두었어야 했겠지만 그렇게까지는 성공하지 못한 모양이었다. 인간들이 살아 있는 한 그들은 죽이고 죽는 살육전에서 동물들까지 배려하지는 않았을 것이다. 그 독가스의(왠지 모르게 나는 독가스를 상상하고 있었다.) 효력이 끝나고 나면 이 땅을 차지할 수 있을 것이다. 희생자들이 평화로워 보이는 것으로 추정하건대 그들이 고통스러웠던 것 같지는 않다. 이것이야말로 인간의 두뇌가 생각해낸 가장 인간적인 악행이라는 생각이 들었다.

땅이 앞으로 얼마 동안이나 불모 상태로 있을지는 알 수 없었다. 발을 들여놓아도 좋을 만한 상태가 되면 벽이 사라지고 승리자들이 들어올 것이다.

지금은 그 실험이, 정말로 실험 같은 것을 했다면, 별로 성공적인 것은 못 되는 것이 아닌가 의심스러울 때가 많다. 승리자들이 너무 오래 지체하고 있기 때문이다.

어쩌면 승리자 같은 것은 없을지 모른다. 이런 것에 대해 생각하는 것은 아무 의미가 없다. 학자, 또는 집단 살상 무기 전문가라면 나보다 많은 것을 알아낼 것이다. 하지만 설사 그렇다고 한들 그들도 별수 없을 것이다. 아무리 아는 것이 많다고 해도 나와 마찬가지로 기다리며 생명을 부지하려는 노력밖에는 별 도리가 없을 것이다.

내가 가진 지식과 경험을 모두 동원해서 인간에게 지금 가능한 것이 무엇인가에 대해 온갖 생각을 다 해본 다음 나는 이불을 박차고 일어나 불을 지폈다. 그날 아침은 유난히도 추웠다. 룩스가 난로 앞에서 기어 오면서 내게 위로의 눈길을 보냈다. 외양간으로 가서 벨라를 돌봐줄 시간이었다.

아침을 먹고 나서는 비축된 물건들을 침실로 날라다가 목록을 만들었다. 그때 작성한 목록은 지금 내 앞에 놓여 있지만 그것을 여기에 다시 옮기고 싶지는 않다. 이 글을 써가는 동안에 내가 가지고 있었던 물건들은 거의 다 언급될 것이다. 나는 식량을 침실로 옮겼다. 침실은 한여름에도 선선했다. 이 산장은 산허리에 맞대 지었기 때문에 뒤쪽은 항상 그늘이 져 있었다.

옷가지는 충분했고 등잔을 켤 석유와 버너에 필요한

알코올도 넉넉했다. 초도 한 통이나 있었고 비상 배터리까지 준비된 손전등이 두 개 있었다. 약도 없는 게 없었다. 반창고와 진통제는 물론이고 다른 약도 충분했다. 후고가 비상약품에 대해 특별히 신경을 쓴 까닭이었다. 대부분의 약은 오래전에 유통기한이 지났을 것 같았다.

목숨을 부지하는 데 가장 중요했던 것은 감자와 성냥과 탄약이었다. 물론 여러 가지 연장들, 쌍권총과 소총, 망원경, 낫, 밭을 가는 데 필요한 갈퀴와 쇠스랑, 콩 한 자루도 요긴하긴 했다. 후고의 불안 심리와 별난 취미 덕분에 이곳에 비축되었던 이런 물건들이 없었다면 나는 살아남지 못했을 것이다.

목록을 만들며 식량을 벌써 너무 많이 소비했다는 것을 깨달았다. 여기에 있는 식량으로 룩스의 먹이도 주었던 것이 무엇보다도 큰 낭비였다. 게다가 그것은 개에게도 좋지 않은 일이었다. 개에게 어서 신선한 고기를 먹여야 했다. 밀가루는 아껴 먹으면 세 달은 갈 것 같았지만 그 안에 내가 구조되리라고 믿을 수는 없었다. 언젠가 구조되리라는 생각조차 할 수 없었다.

가장 소중한 재산은 감자와 콩이었다. 우선 밭을 갈 만한 땅을 찾아야 했다. 그리고 신선한 고기도 마련해야 했다. 나는 총을 조금 다룰 줄 알았다. 총으로 과녁을 맞혀본 적도 몇 번 있지만 살아 있는 동물을 쏘아본 적은 없었다.

후에 나는 가축우리에서 여섯 개의 불그스레한 암염을 찾아내 부엌에 가져다 말렸다. 이미 오래전부터 나에게는 이 막소금만 남아 있다. 여름에는 루이제의 낚싯대로 송어를 잡을 수 있었다. 낚시는 한 번도 해본 적이 없었지만 별로 힘들지 않았다. 살생하는 것이 꺼림칙했지만 나와 룩스가 목숨을 부지하려면 다른 길이 없었다.

점심에는 우유를 넣고 쌀죽을 끓였다. 설탕을 넣는 것은 포기했다. 아껴서 먹었음에도 8주 만에 설탕이 떨어졌던 것이다. 그 뒤로 단 음식은 모두 포기할 수밖에 없었다.

나는 매일 시계를 감아주고 달력에서 하루씩 날짜를 지우기로 했다. 당시엔 이런 일이 굉장히 중요하게 생각되었다. 나는 내게 남아 있는 인간으로서의 행동양식을 소중하게 생각하고 있었다. 그래서 몇 가지 생활습관들은 지금도 지키고 있다. 나는 매일 씻고, 이를 닦고, 빨래를 하며 집 안을 깨끗하게 정리해놓고 있다.

내가 왜 그렇게 하고 있는지는 잘 모르겠다. 내 마음속의 어떤 목소리가 나에게 그렇게 명령하고 있는 것 같다. 나는 내가 인간이기를 포기하고 더러운 냄새를 풍기면서 기어 다니고, 알아들을 수 없는 말을 하게 되지 않을까 두려웠던 것 같다. 동물이 될까봐 두려웠던 것은 아니다. 그것은 나쁘지 않다. 그러나 인간은 결코 동물이 될 수 없다. 인간은 동물 이하로 전락한다. 나는 그런 일이 나에게 일어나는 것을 원치 않았다. 최근에 와서는 결국 동물 이하로 전락하고 말 것이 가장 두렵고, 그러한 두려움이 나로 하여금 이 글을 쓰게 만들었다. 이 글을 끝까지 다 쓰고 난 뒤에는 어딘가에 숨겨두고 잊어버리려 한다. 나중에 뭐라 말할 수 없는 존재로 전락해버리고 난 뒤에 이 글을 다시 찾아내고 싶지는 않다. 물론 변하지 않고 지금의 나로 남아 있기 위해 나는 필사적으로 노력할 것이다. 하지만 내가 앞선 사람들에게 일어났던 일들에 맞서서 뭔가 다르게 처신할 수 있으리라는 확신은 없다.

사실 지금도 나는 이미 과거의 내가 아니다. 그러니 앞으로 내가 어떻게 될지 누가 알겠는가? 어쩌면 나는 이미 나로부터 너무 멀어졌고 이를 느끼는 것도 버거운지 모른다.

벽이 내 인생에 등장하기 전 내가 어떤 여자였는지 생각해보면 그녀에게는 지금의 내가 없다. 달력을 보고 5월 10일을 "재고 정리의 날"이라고 써놓았던 내 모습도 이제는 낯설어지고 말았다. 내가 그녀였을 때 메모를 해놓은 것은 잘한 일이었다. 그렇게 해두었기 때문에 내가 지금도 그녀를 기억할 수 있는 것이다. 내 이름을 어디에도 적어놓지 않았다는 것이 불현듯 떠올랐다. 내 이름은 벌써 거의 잊히고 있다. 그렇게 앞으로도 잊힐 것이다. 아무도 그 이름으로 나를 부르는 사람이 없다. 그러니 이젠 이름 같은 것은 존재하지 않는 것이다. 내 이름이 어느 날 승전군의 잡지 같은 데 실리는 것도 원치 않는다. 아직도 잡지 같은 것이 있으리라고 생각하다니 바보 같긴 하지만 말이다. 그렇지만 누가 알겠는가? 만약 발루치스탄*에서 그 참사가 벌어졌다면 지금쯤 우리는 아무렇지도 않게 카페에 앉아 신문에서 그 기사를 읽고 있지 않겠는가. 오늘은 우리가 발루치스탄 사람이 되어 있는 것이다. 굉장히 멀고 낯선 땅, 어디에 있는지도 알 수 없는 그런 나라 말이다. 인간이라고 할 만하지 않은 사람들, 미개하고 고통도 잘 느끼지 못할 것 같은 사람들이 사는 그런 땅. 낯선 신문들에 실리는 숫자들. 염려할 필요는 하나도 없다. 나는 사람들 대부분의 상상력이 얼마나 빈약한지 잘 알고 있다. 사실 그런 편이 다행

* 이란 고원 남동부에 자리한 곳.

이다. 상상력은 사람을 과민하게 만들고 상처받기 쉽게, 무기력하게 만든다. 상상력은 퇴화의 증상일지도 모른다. 나는 상상력이 없는 사람을 모자라는 사람이라고 생각해본 적이 없다. 오히려 그들을 부러워한 적이 많았다. 그들이 더 쉽고 편안한 인생을 살기 때문이다.

이런 얘기를 굳이 여기에 쓸 필요는 없다. 그런데도 아무 소용도 없는 일들에 관해서 골똘히 생각하는 내 버릇은 버릴 수 없다. 혼자이기 때문에 쓸데없는 생각에서 헤어나지 못할 때가 많다. 룩스가 죽고 난 뒤부터는 상태가 악화되었다.

달력에 써놓은 메모에서 너무 멀리 벗어나지 않도록 노력해야겠다.

5월 16일에 나는 마침내 감자 심을 만한 곳을 찾아냈다. 그것을 찾아서 룩스와 함께 하루 종일 돌아다녔다. 감자밭은 산장에서 너무 멀어서도 안 되고 그늘이 져서도 안 되며 무엇보다도 흙이 기름져야만 했다. 특히 세 번째 조건에 맞는 땅을 구하기가 힘들었다.

이 부근의 흙은 대개 석회석 위에 얇은 층으로 덮여 있을 뿐이다. 햇볕이 내리쬐는 작은 빈터에서 적당한 자리를 찾아냈을 때는 감자밭 찾는 일을 포기하기 직전이었다. 그곳은 평평했고 바싹 마르고 주위는 숲으로 둘러

싸여 있었는데, 진짜 흙이 거기에 있었다. 흙은 이상할 정도로 가벼웠으며 검은 숯가루가 섞여 있었다. 전에, 아주 오래전에 그곳에 숯가마가 있었던 것이 틀림없었다. 오래전부터 산에서는 더 이상 숯을 굽지 않는다.

감자가 그런 흙에서 잘 자랄지 어떨지 알지는 못했다. 어쨌든 그곳에다 감자를 심기로 결정했다. 토심이 그만큼이라도 깊은 장소가 달리 없었기 때문이었다.

나는 산장에서 삽과 쇠스랑을 가져다가 흙을 갈아엎는 일을 시작했다. 일은 쉽지 않았다. 덤불들이 자라 있는 데다 뿌리가 긴 억센 잡풀들이 무성했기 때문이었다. 땅을 다 갈아엎기까지 나흘이나 걸렸는데, 일을 끝내고 나서는 녹초가 되고 말았다. 땅을 가는 일을 끝내고 하루를 푹 쉰 다음에는 감자를 심으러 갔다. 감자를 심을 때 눈이 적어도 하나씩은 들어가도록 감자를 잘라서 심어야 한다는 것이 어렴풋이 생각났다.

감자에 흙을 덮은 다음 집으로 돌아왔다. 이제는 잘 자라기를 기다리는 일만 남았다.

상처가 난 내 손에 산지기의 초막에서 찾아냈던 사슴 기름을 발랐다. 며칠 쉬고 난 뒤에는 외양간 옆의 땅을 개간하여 콩을 심었다. 좁다란 밭에나 심을 정도의 콩밖에 없었는데 정말로 싹이 날지 알 수 없었다. 너무 오래된 콩이거나 화학적으로 가공한 콩인지도 모르지만 어쨌든 한번 심어볼 수밖에 없었다.

그러는 동안 날씨가 좋아졌다. 화창한 날과 비 오는 날이 교대로 찾아왔다. 한번은 천둥이 치며 소나기가 쏟아지더니 산이 무럭무럭 연기가 피어오르는 연둣빛 가마솥이 되고 말았다. 소나기가 그친 뒤에는 여름처럼 무더워지더니, 당시에 나는 그 풍경을 그림에 담아둘 만하다고 생각했는데, 초원의 풀이 높이 자라며 무성해졌다. 그것은 이상할 정도로 질기고 가시가 돋은 풀이었는데 굉장히 컸다. 나는 그 풀을 사료로밖에는 쓸 수 없을 거라고 생각했다. 다행히 벨라는 그 풀에 만족하는 눈치였다. 벨라는 매일매일을 초원에서 보내더니 점점 통통해지는 것 같았다. 날씨가 갑자기 나빠질 때를 대비해서 헛간에 남아 있던 마지막 건초더미도 가져왔다. 그리고 하루건너 한 번씩 나뭇가지들을 새로 잘라와 벨라의 잠자리를 갈아주었다. 나는 소가 깨끗하고 정리된 곳에서 자라기를 바랐다. 벨라를 돌보는 일은 손이 많이 갔다. 이제 나와 룩스가 마실 우유는 충분했다. 하지만 벨라한테서 우유를 얻을 수 없었다고 하더라도 나는 벨라를 지금처럼 잘 돌보아주었을 것이다. 얼마 지나지 않아 벨라는 나에게는 쓸모 있는 소 이상의 존재가 되었다. 이런 생각이 어리석은지도 모른다. 하지만 그것을 거부할 수도 없고, 거부하고 싶지도 않다. 내가 가진 것이라고는 그 동물들뿐이었고, 나는 이 이상한 가족의 가장으로 느끼기 시작하고 있었다.

천둥이 지나간 날, 5월 30일에는 하루 종일 따뜻하고 촉촉한 비가 내렸다. 밖에 나서자마자 푹 젖을 것이 분명해서 나는 산장 안에 머물렀다. 저녁엔 몸이 으슬으슬할 정도로 추워져서 불을 지폈다. 외양간 일을 끝내고 몸을 씻고 난 다음에는 잠옷을 입고 등잔불 옆에서 책을 좀 읽어보려고 자리를 잡았다. 산장에서 농사력을 하나 발견했는데 내가 읽어두어야 할 책인 것처럼 보였다. 그 책에는 작물 재배와 가축 사육에 관한 내용들이 많았다. 그런 것들이야말로 내가 하루빨리 알아두어야 할 것이었다. 룩스는 난로 앞에 앉아서 따스하게 몸을 녹이며 졸고 있었고, 나는 쌉싸래한 차를 마시면서 떨어지는 빗소리에 귀를 기울이고 있었다. 그때 갑자기 어린아이의 울음소리를 들은 것 같았다. 나는 착각이려니 생각하고 다시 농사력을 들여다보았다. 그런데 룩스가 고개를 들더니 귀를 쫑긋 세우는 것이었다. 그리고 나지막한 신음 같은 것이 다시 들렸다.

그날 저녁, 그렇게 고양이가 나의 집에 왔다. 온몸이

흠뻑 젖은 채 고양이는 산장 문 앞에 와서 울고 있었다.

안으로 들어온 고양이는 겁을 먹은 채 발톱으로 내 잠옷 자락을 쥐더니 짖고 있는 룩스를 향해서 털을 쭈뼛 세웠다.

나는 개를 야단쳤다. 개는 기분이 상했는지 난롯가로 다시 기어갔다. 나는 고양이를 들어 탁자 위에 앉혔다. 고양이는 여전히 룩스를 향해 털을 세우고 있었는데 진회색 줄무늬가 있는 가냘픈 시골 고양이였다. 굶주리고 흠뻑 젖어 있었지만 얼마든지 싸울 태세가 되어 있었다. 내가 룩스를 침실로 쫓아 보내고 나서야 고양이는 안심을 했다.

고양이에게 따뜻한 우유와 고기를 조금 주었더니 허겁지겁 먹으면서 계속 주위를 둘러보았다. 나는 고양이를 쓰다듬어주었다. 고양이는 탁자에서 뛰어내려 방을 한 바퀴 돌아보더니 내 침대로 올라갔다. 그곳에 자리를 잡더니 고양이는 자기 몸을 핥으며 씻기 시작했다. 털의 물기가 마른 후에 보니 아주 잘생긴 고양이였다. 덩치가 크지는 않아도 독특한 매력이 있었다. 제일 아름다운 부분은 눈이었는데, 크고 둥글고 호박빛이 도는 갈색 눈이었다. 고양이는 샘터에 죽어 있던 노인의 소유였던 것 같다. 저녁에 먹이 사냥을 나왔다가 집으로 돌아가는 길에 벽에 부딪쳤을 것이다. 고양이는 4주 동안이나 우리 집 주위를 맴돌면서 나를 주시하다가 마침내 집 안으로 들어온 모양이다. 실내의 유혹적인 온기와 불빛, 무엇보다도 우유 냄새가 불신감을 몰아냈을 것이다.

룩스는 침실에 갇힌 채 킹킹 소리를 냈다. 나는 개의 목에 줄을 매어 데리고 나와 고양이와 대면시켰다. 우선 개를 먼저 쓰다듬고 나중에 고양이를 쓰다듬은 뒤 새 식구라고 서로를 소개시켰다. 룩스는 매우 얌전히 굴었는데, 모두 이해한 것 같았다. 그러나 고양이는 하루 정도 더 개에게 적대적이었고 거부하는 태도를 보였다. 고양이는 그동안 말할 수 없는 고생을 했음에 틀림없다. 룩스가 호기심을 가지고 다가가는데도 공격적 태도를 버리지 않은 걸 보면.

고양이는 밤마다 내 침대에서, 내 다리에 바싹 붙어서 잤다. 나에게는 성가신 일이었지만 시간이 흐르면서 거기에 익숙해졌다. 고양이는 아침에 나가면 저녁 어스름에야 돌아와 먹고 마시고 내 침대에서 잠을 잤다. 고양이는 그렇게 대엿새를 보냈다. 그러고 나더니 그다음부터는 내 곁을 떠나지 않고 제대로 기른 집고양이처럼 굴었다.

룩스는 고양이에게 다가가는 일을 포기하지 않았

다. 룩스는 호기심이 굉장히 많은 개였다. 마침내 고양이는 더 이상 털을 곤두세우지 않고, 개가 킁킁 냄새를 맡아도 가만히 있게 되었다. 하지만 그러고 있는 고양이의 기분이 편안해 보이지는 않았다. 고양이는 매우 예민하고 의심이 많은 성격이었다. 작은 소리에도 움찔거렸고, 항상 긴장한 채 도망갈 태세를 하고 있었다.

고양이가 마음을 놓고 더 이상 겁을 내지 않게 되기까지는 일주일 이상 걸렸다. 발걸음 소리만 나도 고양이는 도망을 갔다. 신기하게도 고양이는 나보다 룩스에 대한 의심을 먼저 거두었다. 개에 대해서는 더 이상 겁을 먹거나 하지 않았다. 그러더니 고양이는 이내 변덕스러운 아낙네가 무뚝뚝한 남편을 대하는 것처럼 개를 대했다. 개를 보고 털을 곤두세우며 달려들다가도 개가 물러서면 그에게 다가가 옆에서 잠이 든 적도 있다.

고양이가 인간들에게 당했던 일은 굉장히 끔찍했던 모양이었다. 시골에서 고양이들이 얼마나 푸대접을 받는지 잘 알았기 때문에 놀랄 것은 조금도 없었다. 나는 고양이를 다정하게 대했다. 고양이에게 다가갈 때는 항상 천천히, 그리고 뭔가 다정한 말을 건네며 다가갔다. 6월 말에 처음으로 고양이가 탁자를 넘어 나에게 다가와 머리로 내 이마를 문질렀는데, 나는 대성공을 거둔 듯 기분이 좋아졌다. 그때부터 우리의 서먹함은 사라졌다. 고양이가 나에게 특별히 다정하게 굴기 시작한 것은 아니지만, 적어도 전에 사람들에게 당했던 나쁜 일들만큼은 잊어버린 것 같았다.

고양이는 지금도 내가 너무 갑작스레 움직이면 겁을 먹고 물러나거나 문 옆으로 도망을 간다. 그럴 때면 마음이 상하지만 고양이가 나 자신보다 나를 더 잘 아는지도, 내가 어떤 일을 벌일 수 있는 사람인지 더 잘 느끼고 있는지도 모를 일이다. 이 글을 쓰는 동안 고양이는 탁자 위에 앉아 커다랗고 노란 눈으로 내 어깨 너머 벽에 있는 어떤 것을 바라보고 있다. 세 번이나 돌아다보았지만 내 눈에는 밤색의 낡은 탁자밖에는 보이지 않는다. 고양이는 나를 그렇게 물끄러미 쳐다볼 때도 종종 있지만 벽만큼 오래 응시하지는 않는다. 벽을 뚫어지게 쳐다보다 불안해지면 고양이는 고개를 돌리거나 눈을 감는다.

룩스도 내가 오래 쳐다보면 시선을 돌린다. 나는 인간의 눈이 최면 작용을 한다고는 생각지 않는다. 사람의 눈이 너무 크고 반짝거리기 때문에 동물들을 불안하게 만드는 것이 아닌가 생각한다. 접시만큼 큰 눈이 나를 바라본다면 나라도 싫을 것이다.

룩스가 죽고 난 뒤 고양이는 나에게 더 살갑게 다가

왔다. 우리가 서로에게 의지하고 있음을 아는 것 같다. 드러내지는 않았지만 개를 질투했던 것 같다. 사실 고양이가 나한테 의지하는 것보다는 내가 고양이한테 더 많이 의지하고 있다. 나는 고양이에게 말을 하고 고양이의 몸을 쓰다듬는다. 고양이의 온기는 내 손바닥을 통해 나의 온몸으로 스며들어 나를 위로한다. 내가 고양이를 필요로 하는 것만큼 고양이가 나를 필요로 하지는 않을 것 같다.

시간이 흘러가면서 룩스는 고양이에게 호감을 갖게 되었다. 룩스에게 고양이는 가족 또는 같은 편이 된 것이다. 고양이를 보호하기 위해서라면 룩스는 어떤 공격에도 맞설 태세였다.

그렇게 우리는 네 식구가 되었다. 소, 고양이, 룩스, 그리고 나. 나와 가장 가까운 것은 룩스였다. 룩스는 나의 개였을 뿐만 아니라 나의 친구였다. 힘들고 외로운 세상에서 내가 가진 유일한 친구. 그는 내가 하는 말을 모두 알아들었다. 내가 슬픔에 빠져 있건 즐거움에 들떠 있건 나의 기분을 이해했으며 자신의 소박한 방식대로 나를 위로하려고 했다.

고양이는 전혀 달랐다. 용감하고 강인한 동물이었다. 나는 고양이를 존경하며 부러워하고 있었다. 고양이에게 무엇보다 중요한 것은 자유를 누리는 것이었다. 고양이는 어떤 경우에도 나를 주인으로 대한 적이 없었다. 룩스에게는 선택의 여지가 없었다. 개는 주인에게 의존적이었다. 주인 없는 개는 이 세상에서 제일 불쌍한 동물일 것이다. 가장 악한 인간이라고 하더라도 개에게는 소중한 주인이 될 수 있다.

고양이는 서서히 나에게 여러 가지 요구를 하기 시작했다. 고양이는 아무 때라도, 한밤중이라도, 마음대로 들어왔다 나갔다 하려고 했다. 그런 것쯤은 충분히 이해해줄 수 있었다. 그러나 추운 날씨 때문에 창문은 닫아두어야 했으므로 대신 옷장 뒤의 벽에 작은 구멍을 하나 뚫어주었다. 무척 힘이 들긴 했어도 해준 보람은 있었다. 구멍을 내준 뒤로는 밤에 편안히 잘 수 있었기 때문이었다. 겨울에는 옷장이 차가운 바람을 막아주었다. 여름에는 창문을 열어두고 잤지만, 고양이는 여전히 이 작은 출입구만을 고집했다. 고양이는 나름대로 규칙적인 생활을 했는데, 낮에는 자고 저녁 무렵 나갔다가 아침이 되면 다시 들어와 침대 속의 내 곁에서 몸을 녹였다.

고양이의 커다란 눈에 작고 일그러진 모습으로 비친 내 얼굴이 보인다. 고양이는 내가 말을 걸면 대답을 한다. 오늘 밤에는 나가지 마. 나는 말한다. 숲에는 부엉이

하고 여우가 있잖니, 내 옆에 있으면 따뜻하고 안전해. 그르릉, 그르릉, 야옹 하고 고양이는 대답한다. 나가보면 알겠지, 아줌마, 난 여기 갇혀 있고 싶지만은 않아요, 그런 뜻인 것 같다. 고양이는 벌떡 일어나 등을 오그렸다가 두 번 길게 펴고 탁자에서 뛰어내려 저녁 어스름 속으로 소리 없이 사라진다. 그러면 조금 뒤에 나는 가문비나무에 바람이 스치는 소리와 우물에서 물이 찰랑대는 소리를 들으며 고요히 잠에 빠진다.

날이 밝을 무렵 친근한 작은 몸뚱이가 내 발밑으로 기어들어 오면 나는 조금 더 깊은 잠에 빠질 것이다. 물론 아주 깊은 잠은 아니다. 산장을 지켜야 하니까.

사람처럼 보이는 물체가 곡괭이를 등 뒤에 숨기고 살그머니 창가로 다가올 수도 있다.

장전된 총은 침대 옆에 걸려 있다. 집이나 외양간 쪽으로 다가오는 발소리가 나지는 않는지 귀를 기울여야 한다. 침실을 비우고 거기에 벨라의 외양간을 옮길까 하는 생각을 점점 자주하게 되었다. 걸림돌이 많기는 하지만, 그래도 소를 침실로 데려다놓고 소가 바로 문 뒤에 안전하게 있다는 것을 항상 확인할 수 있으면 훨씬 안심이 될 것 같다. 그러기 위해서는 침실에 문 하나를 바깥쪽으로 내야 하고, 마룻바닥을 뜯어낸 뒤 배수구도 만들어야 한다. 배수구는 산장 뒤쪽 하수구로 연결해 오두막 밑으로 빠지게 만들 수 있을 것이다. 걱정거리는 문이었다. 젖 먹던 힘까지 다하면 문을 떼어내기는 할 수 있을 것이다. 그러나 외양간 문을 다시 맞추어 다는 것이 문제였다. 그것은 나 혼자 할 수 없을 것이다. 매일 밤 나는 잠자리에 누운 채 이 문에 대해 궁리해보았다. 내가 왜 이토록 속수무책이고 무능한가를 생각하면 눈물이 날 지경이었다. 생각하면 할수록 문은 떼어내는 것이 좋을 것 같다. 겨울이면 벨라는 바로 부엌 옆에서 춥지 않게 지낼 수 있을 것이다. 그리고 내 목소리도 가까이에서 듣게 될 것이다. 날이 춥고 눈이 쌓여 있는 동안 나는 매일 그 생각만 했다.

벨라의 외양간은 6월에도 나에게 새로운 도전거리를 주었다. 마룻바닥이 벨라의 오줌에 젖어 썩으면서 냄새가 나기 시작했던 것이다. 그냥 둘 수는 없는 일이었다. 나는 널빤지 두 개를 뜯어내고 오줌이 밖으로 흘러나갈 수 있도록 배수로를 파주었다. 외양간이 된 오두막은 개울까지 이어지는 경사로에 비스듬히 서 있었다. 바닥은 세월이 흐르면서 약간 기울어진 것 같았는데 덕분에 내 일은 수월해졌다. 석회 바닥은 배수가 썩 잘되었고, 일부는 땅속으로 스며들었다.

여름에는 외양간 뒤쪽에서 냄새가 났지만 나는 그쪽에 가지 않았다. 어쨌거나 외양간 안은 깨끗하고 보송보송했다. 외양간 뒤의 언덕은 항상 불쾌하고 기분이 나빴다. 늘 그늘이 져 있었고 가문비나무가 빽빽이 들어서 있었으며 축축했다. 희멀건 색의 버섯이 그곳에서 자라고 있었는데 항상 썩는 냄새가 났다. 외양간에서 흘러나온 오물이 개울로 스며들겠지만 별로 꺼림칙하지 않았다. 샘물은 산장 위쪽에서 내려오기 때문에 맑고 시원했으며 내가 지금까지 마셔본 그 어떤 물보다도 훌륭했다.

내가 사냥을 했던 것이 언제였는지 달력에다 기입하지 않은 것이 생각난다. 지금 되돌아보면 그때 그런 것을 기입하기가 싫었던 것 같다. 내가 그런 일을 해야 한다는 현실만으로도 충분히 괴로웠다. 지금도 그 일에 대해서는 쓰고 싶지 않다. 다만 내가 몇 번의 오발을 쏜 다음엔 총알을 별로 허비하지 않고 우리가 먹기에 충분한 고기를 구해 왔다는 것만 밝히겠다. 나는 도시에서 태어났지만 어머니는 시골 사람이었고, 바로 내가 지금 살고 있는 이 지방 태생이었다. 나의 어머니와 루이제의 어머니는 자매였다. 우리는 여름방학을 항상 시골에서 보냈다. 방학을 리비에라 해변에서 보내는 일은 당시로서는 흔치 않았다. 시골에서 보내던 그 여름 내내 노는 데 정신이 팔려 보내곤 했었지만, 그때 무심코 들었던 것들이 기억에 남아 지금 내가 견뎌내야 하는 삶에 도움을 주고 있다. 적어도 나는 완전히 무지한 것은 아니다. 어렸을 때부터 나는 루이제와 함께 사격을 하곤 했다. 루이제보다 내가 실력이 나았지만 나중에 사냥에 열광하게 된 것은 루이제였다. 이 산골에 왔던 첫해 여름에 나는 송어도 자주 낚았다. 송어를 죽이는 일은 별로 부담스럽지 않았다. 이유는 잘 모르겠다. 그러나 노루를 잡는 일은 아직까지도 끔찍하다. 마치 누군가를 배반이라도 하는 것 같다. 그 일에는 절대 익숙해지지 못할 것 같다.

비상식량이 너무 빨리 줄어들었기 때문에 나는 좀 더 알뜰하게 살아야 했다. 과일, 채소, 설탕과 빵이 다른 무엇보다 그리웠다. 아쉬운 대로 상추와 가문비나무의 새순을 먹었다. 나중에는 감자를 수확하기까지 기다리는 동안 마치 임신한 여자처럼 강렬한 식욕을 참지 못해 시달린 적도 있었다. 풍성한 음식들에 대한 상상이 꿈속까지 따라오기도 했다. 다행히 그런 상태가 오래 지속되지는 않았다. 전쟁 때 그런 상태를 겪어보고도, 사람이 채워지지 않는 육체적 열망에 끌려 다니는 것이 얼마나 끔찍한 일인지 나는 잊고 있었다. 햇감자를 거두었을 때 갑자기 그 무서운 식욕은 씻은 듯 사라졌다. 신선한 과일과 초콜릿, 아이스커피의 맛이 어땠는지도 서서히 잊기 시작했다. 갓 구운 빵 냄새를 생각한 적은 한 번도 없었다. 그렇지만 빵을 완전히 잊을 수는 없었다. 지금도 가끔 빵이 먹고 싶다는 생각이 갑작스레 엄습하곤 한다. 평범한 검은 빵이 나에게는 상상을 초월하는 맛을 자랑하는 음식이 되어버린 것이다.

그해 여름을 떠올려보면 나는 갖가지 일거리와 골칫거리들 때문에 한시도 쉴 틈이 없었다. 밀려드는 일들에서 놓여날 수가 없었다. 고된 노동에 익숙지 않았기 때문에 나는 언제나 녹초가 되어 있었다. 일을 제대로 분배할 줄도 몰랐다. 일을 너무 빨리 하거나 너무 천천히 했다. 하는 일마다 여러 번 실패를 겪고 나서야 그 모든 일들을 제대로 익힐 수 있었다. 나는 점점 마르고 힘을 잃어갔다. 외양간 일만 해도 힘에 겨울 지경이었다. 그 시기를 내가 어떻게 극복할 수 있었는지 지금도 잘 모르겠다. 정말로 알 수 없는 일이다. 아마도 내가 그 모든 일들을 해내기로 결심했기 때문에, 가축을 셋이나 돌보아야 했던 상황이었기 때문에 가능했을 것이다. 끊임없이 몸을 혹사한 탓에 나 역시 곧 불쌍한 후고처럼 되고 말았다. 의자에 앉기만 하면 스르르 잠이 들었던 것이다. 낮이고 밤이고 맛있는 음식 생각만 하는 날도 있었다.

그러다가도 막상 무얼 먹으려고 하면 한 입도 내키지 않았다. 나는 벨라의 우유만으로 연명했던 것 같다. 그것이 거부감을 일으키지 않는 유일한 음식이었다.

너무나 힘에 부친 나머지 내 상황을 똑똑히 헤아려 볼 여유도 없었다. 견뎌내기로 작정했기 때문에 나는 견디고 있었을 뿐이다. 그것이 왜 중요한지는 잊은 채 나는 그날그날을 살아가고 있었다. 당시 계곡에 자주 내려갔는지는 이제 기억나지 않는다. 하지만 아마 자주 가지는 않았을 것이다. 언젠가 한번, 6월 말이었던 것 같은데, 풀이 어느 정도 자랐나 보기 위해 개울가로 내려갔던 적은 있었다. 그때 벽 너머를 보게 되었다. 샘터에 죽어 있던 노인의 몸은 벌렁 눕혀져서 등을 대고 누워 하늘을 바라보는 자세가 되어 있었다. 무릎을 약간 구부린 채 아직도 동그랗게 오므린 손으로는 얼굴을 닦으려 하고 있었다. 바람이 몸을 쓰러뜨린 같았다. 그는 시체처럼 보이지는 않았다. 오히려 폼페이에서 발굴된 유물처럼 보였다. 거기 우두커니 선 채 화석처럼 변한 모습들을 바라보는 동안 벽 너머 한 잡목 아래 두 마리의 새가 잡초 위에 누워 있는 것이 눈에 띄었다. 새들도 바람 때문에 잡목 아래로 떨어진 모양이었다. 새들은 마치 색을 입힌 장난감처럼 예뻤다. 새들의 눈은 세공한 돌멩이 같았고 깃털의 색깔은 아직도 선명했다. 새들은 죽은 것처럼 보이지 않았다. 살아 있었던 적이 한 번도 없는 무생물처럼 보였다. 그러나 그들은 모두 언젠가 살아 있었던, 따뜻한 숨결이 자그마한 목젖을 울렸던 새들이었다. 여느 때처럼 내 곁에 붙어 있던 룩스는 고개를 돌리고 주둥이로 나를 밀었다. 나에게 어서 발길을 떼라고 말하고 싶었던 것이다. 그가 나보다 영리했다. 나는 그렇게 개에게 이끌려 화석들로부터 발길을 돌렸다.

그 뒤에 풀밭에 다시 가야 했을 때에도 나는 가급적 벽 너머는 쳐다보지 않았다. 그곳에서 처음 맞이한 여름에 그 풀밭은 이미 무성할 대로 무성해졌다. 내가 심어둔 개암나무 가지는 신통하게도 뿌리를 내려 벽을 타고 녹색의 울타리를 만들어가고 있었다. 개울가에는 패랭이꽃, 매발톱나무, 길쭉한 노란 풀들이 자라고 있었다. 계곡과 달리 풀밭은 상쾌하고 기분이 좋았지만, 벽과 가까이 붙어 있어 끝내 그곳에 친숙해지지는 못했다.

나는 벨라 때문에 거의 산장에 묶여 지냈지만 기회가 있는 대로 주변을 좀 돌아보기로 했다. 언덕에 있는 산지기 초막까지 이어진 길이 생각났다. 길은 거기서부터 다시 건너편 골짜기로 이어지고 있었다. 나는 그곳에 한번 가볼 작정이었다. 오랫동안 소를 혼자 놔둘 수는 없기 때문에 밤중에 출발하기로 했다. 마침 보름이었고 날씨는 맑고 따뜻했다. 나는 일부러 저녁 늦게 벨라의 젖을 짜주고 외양간에 건초와 물을 넣어주었다. 고양이가 먹을 우유도 난로 앞에 놔주었다. 보름달이 떠올랐을 때(11시쯤이었다.) 나는 룩스와 함께 출발했다. 나는 약간의 비상식량과 쌍권총과 망원경을 준비했다. 이런 것들이 짐이 되긴 했지만 무장도 하지 않고 나설 수는 없는 일이었다. 룩스는 한밤중의 산보에 흥분해서 날뛰었다. 나는 우선 후고의 사냥 구역 안에 있는 산지기 초막에 올라갔다. 길은 아직 상태가 좋았고 달빛은 무척 환했다. 도시에 살 때는 항상 밤이 무서웠지만 숲에서는 밤에 무섭다는 생각을 해본 적이 없었다. 이유는 모르겠다. 아마도 숲속에서는 사람을 만날 리가 없다고 생각했기 때문이었던 것 같다. 초막까지 올라가는 데는 세 시간이 걸렸다. 숲이 드리운 어두운 그림자에서 벗어나자 작은 공터가 나타났고, 그 한가운데 초막이 환한 달빛을 받으며 모습을 드러냈다. 초막 안은 돌아가는 길에 들여다보기로 했다. 나는 초막 앞에 있는 벤치에 앉아 잠시 숨을 고르고 보온병에서 차를 따라 마셨다. 그곳은 골짜기보다 훨씬 서늘했다. 어쩌면 서늘한 달빛 때문에 그런 느낌을 받았는지도 모르겠다.

가슴을 갑갑하게 조이던 느낌이 사라지고 가볍고 자유로운 기분이 되었다. 내가 평화로움을 한 번이라도 느낀 적이 있었다면 그것은 달빛이 쏟아지는 공터에서 맞은 그 6월의 밤이다. 룩스는 내 옆에 바싹 붙어 앉아서 칠흑처럼 깜깜한 숲을 조용히, 그리고 조심스럽게 건너다보고 있었다. 다시 일어나 더 걷고 싶은 생각은 없었다. 그러나 우리는 이슬에 젖은 풀밭을 지나 다시 캄캄한 숲으로 들어섰다. 어둠 속에서 간혹 바스락거리는 소리가 들렸다. 한 무리의 작은 짐승들이 지나다니는 것 같았다. 룩스는 내 곁에서 소리 없이 걸음을 멈추었다. 짐승들을 덮치기라도 할 모양이었다. 길은 숲속에서 반 시간 정도 이어지고 있었다. 나는 천천히 걸어야만 했다. 이 길까지는 달빛이 거의 닿지 않았기 때문이었다. 올빼미 울음소리가 들렸다. 그 울음소리는 다른 동물들의 소리처럼 불쾌하지는 않았다. 나는 조심조심 걸었다. 달리 방법이 없었다. 알 수 없는 무엇인가가 나를 그렇게 만들고 있었다. 숲속에서 나오니 날이 서서히 밝기 시작했다. 새벽의 뿌연 햇살이 지고 있는 달빛과 뒤섞였다. 길은 왜송나무와 석남꽃 사이로 나 있었다. 크고 작은 석남꽃들은 어스름 속에서 허연 경단처럼 보였다. 가끔 돌멩이가 내 발에 부딪혀 산비탈을 굴러 계곡 아래로 떨어졌다. 산꼭대기에 오른 뒤 나는 작은 바위에 걸터앉아 기다렸다. 4시 반쯤 되자 해가 떠올랐다. 시원한 바람이 불어와 내 머리카락을 스치고 지나갔다. 연분홍빛 하늘이 오렌지색으로 변하더니 주홍빛으로 물들어갔다. 산 속에서 해가 떠오르는 것을 본 것은 그때가 처음이었다. 룩스만이 내 곁에 앉아 나와 함께 일출을 응시하고 있었다. 개는 매우 흥분한 것 같았지만 요란하게 짖지는 않았다. 귀가 종긋 서고 등의 근육이 물결치듯 떨릴 뿐이었다. 갑자기 대낮같이 밝아졌다. 나는 일어나서 골짜기를 내려가기 시작했다. 그 골짜기는 나무가 우거진, 꽤 긴 골짜기였다. 망원경으로 내다보아도 나무밖에 보이는 것이 없었다. 건너편 산등성이가 시야를 막고 있었다. 그쯤에서라면 적어도 마을 하나는 볼 수 있으리라 기대했기 때문에 실망이 컸다. 거기서 시야를 확보하려면 왜 송나무들 사이로 난 길을 한참 더 나아가야 한다는 것을 이제는 알고 있다. 산을 더 올라가면 목초지가 나올 것이고 거기에서라면 저 멀리까지 이 지방이 한눈에 내려다보일 것이다. 그러나 목초지와 골짜기를 다 가볼 수는 없었다. 나는 골짜기 쪽을 선택했다. 그때는 골짜기가 더 중요할 거라고 생각했던 것 같다. 어리석게도 그 아래로 내려가면 혹시 벽이 뚫려 있지 않을까 하는 희망을 품었던 모양이다.

그랬던 것 같다. 그러지 않았다면 그 아래로 내려가지 않았을 것이다.

거기서부터 나는 이웃 사람의 사냥 구역으로 들어갔다. 내 기억으로 그 지역은 어느 돈 많은 외국인이 임대하고 있었는데, 그는 기껏해야 1년에 한 번, 사슴의 발정기에만 나타났다. 그랬기 때문에 길 상태가 그렇게 나쁜 것이었다. 봄에 물이 범람한 흔적이 곳곳에 남아 있었다. 후고의 사냥 구역에는 피해 입은 부분이 말끔히 보수되어 있었다. 길은 곳곳이 거의 강바닥처럼 평평했다. 개울의 양쪽으로는 나무가 빽빽한 산등성이뿐이었다. 이 계곡이 나의 계곡보다는 더 평화로운 모습이었다. 나는 "나의 계곡"이라는 말을 썼다. 그곳의 새 주인은, 뭐 그런 것이 있다면 말이다, 내 앞에 아직 나타나지 않았다. 길만 그렇게 씻겨 내려가지 않았다면 그런 나들이쯤은 산책이라고 부를 수 있었을 것이다. 골짜기 바닥에 가까워질수록 나는 더 조심스러워졌다. 나는 등산용 지팡이로 앞을 짚어가며 걸었고 룩스도 조심조심 발을 내딛도록 주의시켰다. 개는 불길한 예감이나 나쁜 기억 따위는 전혀 없는지 내 옆에서 기분 좋게 타박타박 걷고 있었다. 아직 숲을 벗어나지 못했는데 지팡이가 벽에 닿았다.

나는 매우 실망했다. 눈앞에 보이는 것은 숲과 길뿐이었다. 여기 아래쪽에서 벽과 가장 가까운 인가와의 거리는 저 위쪽에서보다 훨씬 멀었다. 2년 전 갖은 사치품을 다 들여 지었다는 새 산장도 여기서는 보이지 않았다.

갑자기 피로감이 몰려와 거의 기진맥진한 상태가 되었다. 먼 길을 되짚어 돌아가야 한다는 생각을 하면 거의 기절할 지경이었다. 천천히 돌아가는 길로 오면서는 무심코 지나쳤던 벌목꾼 초막을 발견했다. 초막은 산허리에 있는 작은 분지에 있었는데 입구에는 쐐기풀이 무성했다. 초막 안에는 양은그릇 하나와 곰팡이가 슬고 쥐들에게 뜯긴 베이컨 한 조각밖에 없었다. 나는 형편없는 탁자 앞에 앉아 나의 식량을 꺼냈다. 룩스는 물을 마시러 개울로 달려갔다. 열려 있는 문틈으로 그를 볼 수 있었다. 그래서 어느 정도 안심이 되었다. 나는 보온병에서 차를 따라 마시고 빵을 뜯어 먹었다. 빵은 나중에 룩스에게도 조금 던져주었다. 적막과 지붕 위로 내리쬐는 햇살과 고요함이 낮잠을 부추겼다. 하지만 나는 속을 건초로 채웠을 잠자리에 벼룩이 득실거리지 않을까 겁이 났고, 괜히 어설프게 잠이 들었다가는 노곤함만 더해질 것 같다는 생각을 했다. 차라리 잠의 유혹을 이겨내는 편이 나았다. 그래서 배낭을 챙겨 초막을 나왔다.

한밤중에 길을 떠날 때 의기양양했던 기분은 사라져 버렸고 무거운 등산화 때문에 발이 아파왔다. 태양은 머리 위에서 뜨겁게 타고 있었다. 룩스도 지쳤는지 나에게 용기를 북돋아주는 일마저 포기하고 있었다. 돌아오는 오르막길은 가파르지는 않았지만 매우 길고 단조로웠다. 기분이 가라앉아 길이 단조롭게 느껴졌는지도 모른다. 나는 주위를 둘러보지도 않고 터덜터덜 걸으면서 우울한 생각에 빠져 있었다.

이제 가볼 수 있는 골짜기들은 다 돌아다닌 셈이었다. 산꼭대기의 목초지에 올라가 그 지역을 조망해볼 수는 있겠지만 더 이상 가파른 산등성이를 올라갈 수는 없었다. 저 위에 벽이 없다면 그곳 사람들이 벌써 나를 발견했을 것이다. 그렇다, 이미 오래전에 그렇게 되었어야만 했다. 나는 얌전히 집에 들어앉아서 기다리는 수밖에 없었다. 그럼에도 불확실한 상황에 맞서 무언가를 시도해보고 싶은 생각이 들 때가 많았다. 하지만 나는 아무것도 하지 못하고 기다릴 수밖에 없었다. 이건 내가 제일 싫어하는 상황이었다. 그동안 나는 누군가 나타나거나 무슨 일이든 일어나기를 지나치게 많이, 지나치게 오래 기다려왔다. 대부분 그들은 한 번도 나타나지 않거나 나한테 아무 의미도 없을 정도로 뒤늦게 나타났다. 산장으로 돌아가는 긴 길 위에서 나는 나의 지난 삶을 돌이켜보았다. 그러고는 모든 면에서 불만스럽다고 생각했다. 내가 원했던 것 가운데 이룬 것은 거의 없었고, 내가 이루어놓은 것들은 하나같이 내가 원치 않았던 것이었다. 다른 사람들도 아마 그랬을 것이다. 이런 문제에 대해서는 서로 얘기를 나누어본 일이 없다. 다른 사람들과 그런 일에 관해 얘기를 나눌 기회가 언젠가 나에게 다시 주어질 거라고는 생각하지 않는다. 물론 순전히 나의 추측일 뿐이지만 말이다. 그때, 내가 살던 계곡으로 되돌아올 때만 해도 나는 내 인생이 갑작스러운 종말을 맞이하게 되었음을 인지하지 못하고 있었다. 말하자면 그것을 알고는 있었지만 머리로만 알고 있었다. 나는 그것을 믿지는 않았던 것이다. 어떤 것에 대한 앎이 몸 구석구석까지 스민 뒤에야 그것을 정말로 안다고 할 수 있다. 살아 있는 다른 모든 것들과 마찬가지로 나도 언젠가는 죽으리라는 것을 알고 있다. 그러나 나의 손, 나의 발, 나의 내장은 아직 그것을 모르고 있다. 그렇기 때문에 죽음이 나에게는 그토록 비현실적인 것이다. 6월의 그날 이후 시간은 흘러갔고, 나는 서서히 다시는 돌아가지 못하리라는 사실을 깨닫기 시작했다.

오후 1시경, 왜송나무 숲 사이로 난 길에 이르러 바

위에 걸터앉아 쉬었다. 숲은 한낮의 햇살에 안겨 있었고 왜송나무 쪽에서 훈훈한 아지랑이가 피어올랐다. 그때 석남꽃이 피어 있는 것을 처음 보았다. 꽃들은 산등성이 위로 붉게 무리지어 피어 있었다. 한낮이 달밤보다 훨씬 더 고요했다. 숲이 노란 태양 아래 노곤하게 잠들어 있는 것처럼 보였다. 새 한 마리가 푸른 하늘을 선회하고 있었다. 룩스는 귀를 쫑긋거리며 잠이 들었고 거대한 적막이 나를 덮어버렸다. 나는 영원히 거기 앉아 있고 싶었다. 따스함 속에, 햇살 속에, 발밑에는 개가 잠들어 있고 머리 위로는 새 한 마리가 하늘을 맴돌고 있는 그 한가운데에. 걱정과 기억이 전부 다 사라진 것처럼 나는 한동안 아무 생각도 하지 않고 앉아 있었다. 그곳에서 발길을 떼어야 했을 때는 마음이 정말 무거웠다. 산장으로 돌아가는 동안 나는 서서히 이 숲속의 고요에 어울리지 않는 유일한 존재, 머릿속은 혼란스러운 생각으로 뒤죽박죽이며 무지막지한 신발로 나뭇가지를 밟고 피비린내 나는 살생을 불사하는 인간으로 되돌아왔다.

산지기 초막에 돌아왔을 때는 과거의 나로 완전히 되돌아와 있었다. 나는 초막 안에 쓸 만한 것이 없나 열심히 살펴보기 시작했다. 그러나 그 뒤로도 몇 시간 동안은 희미한 연민 같은 것이 내 마음속에 남아 있었다.

그날 산에 올라갔던 기억은 지금도 생생하다. 혼자가 된 이후로 그렇게 멀리 가보았던 것은 그때가 처음이었고, 한 달 정도를 매일 단조롭고 힘든 일로만 보내던 일상에서 벗어난 날이었기 때문이다. 그리고 그날 이후 나는 그 길을 다시는 가보지 않았다. 생각은 늘 하고 있었지만 정작 길을 나서게 되지는 않았다. 룩스 없이 그렇게 먼 길을 갈 엄두도 나지 않는다. 이제 한낮의 햇살 속에서 석남꽃을 내려다보며 바위에 걸터앉아 그 거대한 고요에 귀를 기울일 일은 없을 것이다.

산지기 초막의 열쇠는 널빤지 지붕 아래 못에 매달려 있어 찾기 어렵지 않았다. 나는 곧장 집 안을 뒤지기 시작했다. 초막은 산장보다 훨씬 좁았다. 부엌과 좁은 침실 하나뿐이었다. 담요 몇 채와 텐트 천, 딱딱한 나무베개가 있었다. 베개와 담요는 필요하지 않았다. 비가 새지 않을 두툼한 텐트 천은 가지고 나왔다. 옷가지는 하나도 보이지 않았다. 부엌 부뚜막 위에 있는 상자 속에는 밀가루, 돼지기름, 건빵, 차, 소금, 계란가루, 말린 자두가 있었다. 산지기는 말린 자두를 만병통치약쯤으로 생각하고 있었던 것 같다. 산지기가 항상 그것을 입에 우물우물 씹고 다녔던 기억이 난다. 탁자 서랍에서 다 낡은 타로 카드도 나왔다. 나는 카드 게임은 어깨너머로 구경한 적밖에 없었지만 그림이 마음에 들었기 때문에 카드를 가져왔다. 나중에 나는 이 카드로 새로운 게임을 생각해냈다. 한 외로운 여자를 위한 카드 게임. 여러 날 저녁을 나는 이 낡은 카드로 타로 게임을 하면서 보냈다. 카드에 그려진 인물들은 오래전부터 아는 사이처럼 낯이 익어갔다. 나는 그들에게 각각 이름을 붙였다. 유난히 마음에 드는 인물들도 몇 있었다. 카드 속의 인물들과는 마치 내가 스무 번쯤 읽었던 디킨스 소설의 주인공들처럼 친밀해졌다. 나는 이제 카드 게임은 하지 않는다. 카드 한 장은 고양이가 낳은 아들 티거가 물어뜯었고, 또 한 장은 룩스가 물을 엎질러 못쓰게 만든 까닭이다. 나는 룩스나 티거 생각만 하고 있기는 싫다. 하지만 이 산장 안에 그들을 생각나지 않게 하는 것이 있던가?

언덕의 산지기 초막에서 낡은 자명종을 발견했다. 그것은 쓸모가 많았다. 나에게도 작은 여행용 자명종과 손목시계가 있었지만 자명종은 어디론가 사라져버렸고, 손목시계는 시간이 제대로 맞은 적이 한 번도 없었다. 산지기 초막에서 가져온 자명종은 지금도 가지고 있지만 그 낡은 시계가 멈춘 지도 이미 오래다. 나는 해가 뜨면 일어나고 해가 지면 잠이 든다. 해가 나오지 않는 날에는 까마귀가 날아오고 날아가는 것이라든가 그 밖의 다른 징후들을 읽어내며 살아간다. 인간이 없는 곳에서 정확한 시간이란 것이 무엇을 의미하는지 알고 싶다. 전에는 5분도 늦지 않고 약속 시간에 도착하는 일이 얼마나 중요했던가 생각날 때가 가끔 있다. 시계를 마치 우상처럼 떠받드는 사람들도 많았다. 그리고 나는 그들의 태도가 현명하다고 생각했었다. 노예로 살고 있을 때는 규정들을 잘 따르면서 주인의 뜻을 거스르지 않는 것이 중요하다. 나는 인공적인 시간에, 째깍거리는 시계에 맞춰 사는 것에 잘 적응하지 못했으며 그것 때문에 어려움을 겪은 적도 많았다. 나는 시계를 좋아한 적이 없다. 시계를 마련하면 모두 얼마 안 가서 망가지거나 없어졌다. 체계적인 시계 제거의 방법을 나는 자신에게까지도 비밀로 하고 있었다. 지금은 그런 일들이 어떻게 일어났던 것인지 물론 다 알고 있다. 지금은 그만큼 생각할 시간도 많고, 나이를 먹으면 모르는 것이 없게 된다.

나는 잘 지내고 있으며 아무 불편도 겪지 않고 있다. 어느 날 갑자기 굉장한 사실을 알게 된다고 하더라도 나한테는 별 의미가 없을 것이다. 지금까지처럼 하루에 두 번씩 외양간을 치울 것이고 나무를 해 오고 풀을 베어 올 것이다. 나의 머리는 자유롭다. 하고 싶은 생각을 하면 된다. 단지 이성은 잃지 않아야 한다. 내 생명과 동물들의 생명을 지켜야 할 이성 말이다.

산지기 초막의 부엌 식탁 위에는 4월 11일자 신문 두 장과 숫자를 적어 넣은 복권 한 장, 싸구려 담배 반 갑, 성냥, 실이 감긴 실패 하나, 바지 단추 여섯 개와 바늘 두 개가 남아 있었다. 산지기가 산에 남기고 간 마지막 흔적이었다. 그의 물건들을 활활 타오르는 불 속에 태워버렸어야 한다. 산지기만큼 성실하고 착한 사람은 다시없을 것이다. 그러고 보니 그를 자세히 관찰해본 적이 한 번도 없는 것 같다. 그는 어딘가 우울해 보이는 데가 있었다. 얼굴에 수염을 기르지 않은 중년 남자로 마른 체격에, 산지기 치고는 이상할 정도로 피부가 희었다. 제일 눈에 띄었던 것은 초록빛이 도는 푸른 눈이었는데 날카로운 눈빛이 이 소박한 남자를 자존심이 무척 강한 사람으로 보이게 했다. 망원경을 사용할 때면 그는 언제나 상대를 무시하는 듯한 미소를 입가에 띠고 있었다. 이것이 내가 산지기에 관해서 알고 있는 전부였다. 그가 매우 착실한 사람이었고 말린 자두 씹기를 좋아했다는 것, 그리고 개를 돌보는 손길이 능란했다는 것을 제외하면 말이다. 벽에 갇히고 나서 처음 얼마 동안은 종종 그가 머릿속에 떠올랐다. 후고가 여기 도착했을 때 그를 산장으로 데리고 함께 왔었을 수도 있었다. 그랬더라면 지난 몇 년 동안 내가 좀 편했을지도 모른다. 하지만 요즘엔 나의 이런 판단들에 자신이 없기도 하다. 눈에 띄지도 않을 만큼 조용한 그 남자가 벽에 갇혀 지내며 어떻게 변했을지 누가 알겠는가. 어쨌거나 그는 육체적으로 나보다는 강했을 것이고 나는 그에게 의존하게 되었을 것이다. 어쩌면 그는 오늘 같은 날 게으름을 부리면서 산장에 누워 나에게는 일을 시켰을지도 모른다. 일을 하지 않아도 된다면 하지 않으려고 궁리하는 것은 누구나 다 마찬가지이다. 누구의 비난에 대해서도 걱정할 필요가 없는 사람이 도대체 무엇 때문에 일을 한단 말인가. 그렇다, 차라리 나 혼자 지내는 편이 낫다. 나보다 힘이 약한 파트너와 함께 지내는 것도 좋지 않을 것이다. 그에게서 받는 부정적인 영향들을 죽도록 키워가기만 할 것이다. 지금의 내가 그런 모습이기도 하다. 이것은 숲에서 홀로 지내는 삶도 바꾸지 못한 것이다. 나를 참아줄 수 있는 것은 어쩌면 동물들뿐인지도 모른다. 후고와 루이제가 여기 남아 있었다면 시간이 흐르는 동안 우리의 말다툼이 끊이지 않았을 것이다. 우리의 공동생활을 행복하게 만들어줄 만한 것은 아무것도 없었다.

이런 생각을 하는 것은 아무 의미도 없다. 이제 루이제도, 후고도, 산지기도 여기에 없으니. 나는 그들이 돌아오기를 원하지도 않는다. 나는 2년 전의 내가 아니다. 내가 지금 함께 있을 사람을 고를 수 있다면 현명하고 재미있어서 함께 웃음을 나눌 수 있는 할머니를 원할 것이다. 웃음은 지금도 너무나 그리운 것이기 때문이다. 그러나 할머니라면 나보다 먼저 세상을 떠나게 될 것이고 나는 또다시 혼자 남게 된다. 그것은 할머니를 아예 모르고 지내던 것보다 더 힘들 것 같다. 웃음에 대한 대가를 너무나 비싸게 치러야 하는 것이다. 할머니가 죽은 뒤에는 계속 할머니 생각을 해야 할 것이다. 그런 일은 겪고 싶지 않다. 지난 추억이라면 안 그래도 넘칠 지경인데 더는 싫다. 그러다 머리가 터져버리기라도 하면 어쩐단 말인가?

내 머릿속에 떠오르는 일들을 다 써내려가다가는 이 글을 끝내지 못할 것 같다. 지금은 그날 떠났던 탐색에 대해 더는 기록하고 싶은 의욕도 없다. 그때 산지기 초막으로 오르던 길에 대해서 기억나는 것도 없다. 아무튼 나는 단단하게 꾸린 배낭을 메고 산장으로 돌아와 벨라를 돌봐주고는 곧 잠자리에 들었다.

달력에 표시해둔 것을 보면 그다음 날 치통이 시작된 걸로 되어 있다. 너무나 끔찍한 통증이었다. 그래서 달력에 표시까지 해놓았던 것 같다. 그 이전에도, 이후에도 이가 그렇게까지 아파본 적은 없었다. 그 이에 대해서 내가 잊고 있었던 것은 그것이 별일 아닐 거라고 생각했었기 때문이다. 구멍을 뚫고 봉하며 치과 의사는 사흘 후에 다시 오라고 했었다. 그 사흘이 석 달이 되고 말았다. 나는 후고의 진통제를 한 움큼 집어먹었고 사흘째 되는 날에는 기운이 쭉 빠져서 꼭 해야 할 일만 겨우 했다. 너무 아파서 미칠 것 같은 순간도 있었다. 마치 이에 가늘고 긴 뿌리가 있어 그것이 계속 머리를 후벼 파는 것만 같았다. 나흘째 되는 날에는 진통제가 전혀 듣지 않았다. 나는 탁자 앞에 앉아 머리를 두 손으로 받친 채 머릿속에서 요동치는 그 무시무시한 고통을 참아내고 있었다. 룩스는 내 옆에 앉아 우울한 표정을 지었다. 나는 룩스에게 다정한 말 한마디 건넬 수도 없을 지경이었다. 나는 그렇게 앉아서 밤을 새웠다. 누우면 고통은 더 심했다. 닷새째 되는 날 염증이 생겼다. 나는 절망과 분노가 극에 달해 내 잇몸을 후고의 면도칼로 쨌다. 칼로 째는 아픔이 고맙게 느껴졌다. 그 순간만큼은 다른 고통을 잊을 수 있었기 때문이다. 고름이 쏟아져 나왔다. 나는 신음하고 울부짖으며 결국 기절하고 말 거라고 생각했다.

하지만 나는 기절하지 않았다. 내게 그런 일은 일어

나지 않았다. 지금까지 사는 동안 기절한 적이 없다. 결국 나는, 그 경황에도 정신은 말짱했기 때문에, 떨면서 일어나 피와 고름과 눈물을 닦아낸 다음 침대에 몸을 눕혔다. 그 후 몇 시간 동안 나는 너무나도 행복했다. 나는 문을 열어놓은 채로 잠이 들었다. 그리고 저녁에 룩스가 나를 깨울 때까지 잤다. 잠에서 깬 뒤, 여전히 어지럽긴 했지만, 일어나서 벨라를 외양간으로 데려가 먹이를 준 다음에 젖을 짜주었다. 천천히 그리고 조심스럽게 움직였다. 몸을 급히 움직이면 쓰러질 듯 휘청거렸기 때문이었다. 우유를 조금 마시고 룩스에게도 먹이를 준 다음 나는 탁자 앞에 앉은 채 다시 잠이 들었다. 그날 이후 잇몸은 때때로 곪았다 터졌다 다시 아물기를 반복했다. 그러나 더 이상 통증은 없었다. 그런 상태가 얼마나 지속될지는 알 수 없었다. 틀니를 해 넣는 것은 생존과도 직결된 문제인지 모른다. 하지만 아직은 스물여섯 개의 이를 가지고 있다. 물론 그중에는 오래전에 뽑았어야 했는데도 쓸데없는 오기 때문에 덧씌우기만 한 것들도 있다. 어쩌다 새벽 3시에 잠이 깨는 날이 있다. 그러면 스물여섯 개의 이에 대한 생각이 나를 무서운 절망감으로 휘감는다. 마치 시한폭탄처럼 내 잇몸에 박혀 있는 이들. 내가 이를 혼자 뽑을 수 있는 날이 올 거라고는 생각지 않는다. 이가 아파지면 참는 수밖에 없다. 숲속에서 몇 년 동안 온갖 어려움을 견뎌낸 사람이 결국 이가 곪아 죽게 된다면 웃음거리가 되고도 남을 것이다.

치통에서 회복되는 데는 오랜 시간이 걸렸다. 진통제를 너무 많이 먹어서 그런 것 같았다. 그 뒤에 몇 번인가 노루를 잡을 때 총알을 많이 썼다. 총을 쏠 때 손이 떨렸기 때문이다. 나는 거의 아무것도 먹지 않았다. 우유만 많이 마셨다. 아마도 우유가 내 몸에서 약 기운을 몰아내주었던 것 같다.

6월 10일에 나는 감자밭에 가보았다. 초록색 싹이 제법 높이 자라 있었다. 그곳에 심었던 감자들이 거의 모두 싹을 틔웠던 것이다. 잡초도 키가 많이 자라 있었다. 전날 비가 왔기 때문에 나는 당장 풀을 뽑아야 했다. 감자밭을 지키는 데도 신경을 써야겠다는 생각이 들었다. 주변에 맛 좋은 풀들이 널려 있어 산짐승들이 감자 싹을 먹을 것 같지는 않았지만, 혹시 귀중한 감자 싹을 건드리는 동물이 있을지도 몰랐다. 그래서 나는 그 뒤 며칠을 감자밭 주변에서 나뭇가지로 덩굴을 엮는 일로 보냈다. 그것은 특별히 힘이 드는 일은 아니었지만 상당한 손재주가 필요했다.

일을 끝내놓고 보니 나의 작은 감자밭은 숲속의 요

새처럼 보였다. 사방을 다 막았지만 쥐는 어떻게 할 수가 없었다. 물론 쥐구멍에 석유를 들이부을 수도 있었지만 석유를 그런 데 낭비할 수는 없었다. 나중에 감자에서 석유 맛이 날지도 모르는 일이었다. 나는 모르는 것이 많았다. 그렇다고 여러 가지 실험을 멋대로 해볼 수 있는 처지도 아니었다.

외양간 옆에 심었던 콩은 반밖에 싹을 틔우지 못했다. 아마도 너무 오래된 콩을 심었던 것 같다. 하지만 날씨만 좋으면 콩 수확도 괜찮을 것 같았다. 내가 밭에 콩을 심을 생각을 했던 것은 순전히 우연이었다. 곰곰이 생각하고 내린 결정이었다기보다는 그저 장난삼아 한번 시도해본 일이었다. 콩이 얼마나 중요한 식량인가를 비로소 깨닫게 된 것은 훨씬 뒤의 일이다. 콩은 빵을 대체할 수 있었다. 지금 내게는 굉장히 넓은 콩밭이 있다.

나는 콩밭에도 울타리를 쳤다. 감시가 소홀한 틈을 타 벨라가 콩밭을 못쓰게 만들 수도 있을 거라는 생각이 들어서였다. 일을 하다가 잠시 시간이 날 때면, 예컨대 비가 내리는 날 같은 때에는 근심과 걱정에 휩싸였다. 벨라는 계속 젖이 많이 나오긴 했지만 눈에 띄게 배가 둥그레졌다. 하지만 나는 그때까지도 벨라가 송아지를 밴 건지 아닌지 알지 못했다.

벨라가 정말 새끼를 낳게 되면 어쩌나? 나는 탁자 앞에 턱을 괸 채 여러 시간 동안 벨라에 대해 생각해보았다. 나는 소에 관해서는 아는 것이 별로 없었다. 새끼를 낳을 때 내가 제대로 돌봐주지 못한다면, 만약에 벨라가 새끼를 낳다가 죽는다면, 벨라하고 새끼가 다 죽는다면, 벨라가 풀을 뜯다가 독이 있는 풀이라도 먹는다면, 만약 다리를 헛디디거나 독사한테 물린다면? 어릴 적 여름방학을 시골에서 보낼 때 들었던 소에 관한 어렴풋한 이야기들이 떠올랐다. 소가 걸리는 어떤 병이 있는데 그 병에 걸리면 몸 어느 곳인가를 칼로 찢어주어야 한다고 했었다. 어디를 찔러야 하는지는 몰랐다. 알고 있었다 하더라도 벨라를 칼로 찌르지는 못했을 것이다. 그러느니 차라리 총을 쏘아 죽이는 게 나을 것 같았다. 풀밭에는 못과 유리 조각도 많았다. 루이제는 이런 면에서 신경이 무뎠다. 못이나 유리 조각을 벨라가 삼키기라도 하는 날에는 위장들이 다칠 수도 있었다. 나는 소의 위장이 몇 개인지조차 몰랐다. 그런 것들은 시험을 보기 위해 잠시 알았다가 금세 잊어버리기 마련이다. 벨라가 제일 걱정거리긴 했지만 룩스도 언제나 위험에 노출되어 있었다. 덫에 빠질지도 몰랐고 독사에 물릴지도 모르는 일이었다. 그때 내가 왜 그렇게 독사를 무서워했는지 모르겠다. 여기서 지낸 2년 반 동안 나는 한 번도 뱀을 본 적이 없다. 고양이한테 벌어질 수 있는 일들에 대해서도 나는 완전히 무방비였다. 고양이를 엄호하는 일도 나는 할 수 없었다. 고양이는 밤에 숲속으로 나가 산장에서 멀리 떨어진 곳에서 돌아다니기 때문이었다. 올빼미나 여우에게 잡힐 수도 있고 덫에 빠질 위험도 컸다.

이런 상상에서 벗어나려고 그토록 애를 썼건만 단 한 번도 마음먹은 대로 되지 않았다. 나는 그것이 쓸데없는 망상이라고 여기지는 않았다. 왜냐하면 동물들이 죽지 않도록 내가 그들을 잘 건사하는 일이 오히려 더 있음직하지 않은 일이었기 때문이다. 되돌아보면 나는 항상 그런 불안에 떨며 살았던 것 같다. 나에게 의지하고 있는 생명이 하나라도 남아 있는 한 앞으로도 불안의 고통을 떨치지는 못할 것이다. 벽에 갇히기 훨씬 전에도 나는 그런 짐을 벗어던지고 차라리 죽었으면 좋겠다고 생각한 적이 종종 있었다. 하지만 이 무거운 짐에 대해 말한 적은 한 번도 없었다. 말해보았자 남자들은 내가 무슨 이야기를 하는지 이해하지 못했을 것이다. 그리고 여자들은 나와 똑같이 처신했을 것이다. 그렇기 때문에 우리들은 차라리 옷이라든가, 친구들, 연극에 관해 떠들면서 웃어댄다. 누구에게도 말하지 않는 근심들은 두 눈에 숨긴 채로. 우리 모두가 그것을 알고 있기 때문에 결코 그것에 관해 이야기하지 않는다. 이것이 바로 무언가를 사랑하는 능력 때문에 우리가 치러야 하는 대가다.

후에 나는 이런 이야기를 룩스에게 한 적이 있었다. 말하는 법을 잊어버리지 않기 위해서였다. 개는 모든 고민거리에 대하여 단 하나의 처방을 해준다. 숲속에서 신나게 앞서거니 뒤서거니 달리는 것이다. 고양이는 꽤 열심히 귀를 기울여주는 것 같지만, 그것은 내가 감정의 동요를 조금도 보이지 않을 때만 그렇다. 내가 아주 경미한 히스테리를 보이기만 해도 고양이는 참지 못하고 나가버린다. 벨라는 내가 무슨 말을 하든지 내 얼굴만 핥는다. 그건 분명 위로가 되지만 해결책은 아니다. 하긴 애초에 해결책이란 없다. 나의 소도 그것을 알고 있다. 오로지 나만 아직도 고통을 받아들이지 못하고 있는 것이다.

6월 말이 되었을 때, 고양이가 이상하게 변했다. 뚱뚱해지고 신경질적이 되었다. 몇 시간씩 같은 자리에서 마치 알을 품은 듯한 보기 흉한 자세로 웅크리고 있었다. 룩스가 다가가면 머리로 들이받았다. 나한테는 지나치게 쌀쌀맞게 굴지 않으면 전에 없이 살갑게 굴었다. 어디 아픈 데도 없었고 먹이도 잘 먹는 것으로 보아 고양이의 상태는 의심의 여지 없이 확실했다. 나는 소한테만 기대하고 있었는데, 어느새 고양이의 몸속에서 새끼들이 자라고 있던 것이다. 나는 고양이에게 우유를 많이 먹였다. 고양이는 전보다 갈증을 훨씬 심하게 느끼는 것 같았다.

6월 27일은 비가 마구 쏟아진 날이었는데 저녁을 먹고 난 뒤 상자에서 고양이의 나지막한 울음소리를 들었다. 외양간에 가면서 상자를 열어두고 갔었는데 그 안에는 루이제가 보던 잡지 몇 권이 들어 있었다. 들여다보니 그 안에서 고양이는 새끼를 낳았다. 바로 《엘레간테 다머*》라는 잡지의 표지 위였다.

고양이는 큰 소리로 울었다. 나를 올려다보는 고양의 크고 촉촉한 눈엔 자랑스러움과 행복이 담겨 있었다. 나는 고양이를 쓰다듬어주고 새끼를 들여다보았다. 한 마리는 어미를 닮아 회색 무늬가 있었고 또 한 마리는 꼬불거리는 털이 눈처럼 하얬다. 회색 고양이는 죽어 있었다. 나는 죽은 새끼를 외양간 곁에 묻어주었는데 어미는 별로 애석해하는 눈치가 아니었다. 오히려 하얀 새끼를 돌보는 데만 정신을 쏟고 있었다.

* '우아한 여성'이라는 뜻.

룩스는 호기심을 참지 못하고 상자 속에 머리를 들이밀었다가 고양이의 사나운 공격을 받고 혼비백산 밖으로 뛰쳐나갔다. 어미 고양이는 상자 속에 들어앉아 조금도 움직이려 하지 않았다. 나는 문을 열어두고 끈으로 한쪽을 매어 문이 활짝 열리지 못하게 해놓았다. 새끼는 어슴푸레한 저녁노을 속에 얌전히 앉아 있었다.

여하튼 고양이는 극성스러운 어미였다. 새끼를 낳은 뒤로는 밤나들이 시간이 짧아졌다. 새끼를 정성껏 돌보았으며 밤에만 잠깐 나갔다. 이제는 먹이를 찾으러 다닐 필요가 없었다. 내가 고양이에게 고기와 우유를 넉넉히 먹였기 때문이다.

열흘째 되는 날, 고양이는 우리에게 새끼를 소개했다. 새끼의 목덜미를 물어서 방 한가운데로 데리고 오더니 마룻바닥에 내려놓았다. 새끼는 하얗고 분홍빛이 도는 것이 정말 예뻤다. 단지 내가 지금껏 길러보았던 고양이들과는 털 모양이 조금 달랐다. 새끼는 야옹 소리를 내면서 어미 품으로 되돌아갔고 소개 시간은 그것으로 끝났다. 어미는 매우 자랑스러워 보였다. 어미가 새끼를 상자에서 꺼내올 때마다 나는 쓰다듬어주고 칭찬해주지 않으면 안 되었다. 고양이는, 세상의 모든 어미가 그렇겠지만, 유일무이한 어떤 것을 창조한 기분인 것 같았다.

두 고양이가 서로 눈곱만치도 닮은 데가 없어 보이는데도 그랬다. 외모만이 다른 것이 아니라 성질까지도 그 둘은 완전히 달랐다.

얼마 지나지 않아 새끼가 혼자 상자에서 기어 나왔다. 새끼는 나한테로 왔다가 룩스의 발 앞으로 가곤 했다. 새끼는 조금도 겁이 없었다. 룩스는 어미가 가까이에 없을 때면 새끼 고양이를 흥미롭게 바라보면서 코를 킁킁거렸다. 하지만 어미는 거의 새끼 옆에 붙어서 룩스와 새끼 간에 새로 시작되는 관계를 의심의 눈초리로 바라보았다.

나는 새끼 고양이에게 페를레*라는 이름을 지어주었다. 그 녀석이 너무나 하얬기 때문이다. 그 작은 귀의 얇은 피부에는 핏줄이 비쳐 보였다. 나중에는 귀 위로 털이 덥수룩하게 자랐지만 어릴 적에는 피부가 투명하게 들여다보이는 부분이 많았다. 당시 나는 새끼 고양이가 암놈인지 몰랐었다. 부드럽고 굴곡이 없는 얼굴 모양을 보면 암놈인 것 같긴 했다. 페를레는 룩스를 좋아했다. 룩스와 난로 앞에 누워 개의 기다란 귀를 가지고 장난치기 시작했다. 그러나 밤에는 상자로 들어가 어미와 함께

* 독일어로 진주라는 뜻.

잤다.

몇 주도 안 되어 그 귀여운 꼬마 고양이 페를레가 아름다운 모습으로 변하기 시작했다. 비단처럼 부드러운 긴 털이 자랐다. 생긴 것을 보아서는 앙고라 고양이 같았다. 물론 생긴 것만 보았을 때 그랬다는 말이다. 선조 중에 털이 길었던 놈이 있었던 모양이다. 페를레는 작은 기적이었다. 나는 그때 이미 페를레가 때와 장소를 잘못 타고났다고 생각했다. 이 깊숙한 산골에 하얗고 긴 털을 가진 고양이라니. 요절의 운명을 타고난 것이나 마찬가지였다. 오래 살 가망이 없었다. 그래서 내가 페를레를 더 사랑했는지도 모른다. 아무튼 나는 새로운 짐을 하나 더 지게 되었다. 페를레가 산장 밖으로 나갈 날을 생각하면 몸이 다 떨릴 만큼 걱정이 앞섰다. 그게 그리 먼 훗날의 일도 아니었다. 얼마 안 가 페를레는 집 앞에서 어미나 룩스와 장난을 치며 뛰놀기 시작했다. 어미는 페를레에게 무척 신경을 썼다. 어미 고양이도 내가 생각했던 것을 생각하고 있었는지 모른다. 새끼가 위험에 노출되어 있다는 것 말이다. 나는 룩스에게 페를레를 잘 지켜보라고 했다. 우리가 산장 안에 있을 때에는 룩스가 페를레에게서 눈을 떼지 않았다. 힘든 어미 노릇을 다하느라고 지친 고양이는 룩스가 페를레의 보호자 역할을 하자 좋아했다. 새끼 고양이는 보통 집고양이들과는 어딘가 달랐다. 더 조용하고 부드럽고 다정했다. 때때로 고양이는 벤치에 앉아 나비를 바라보았다. 푸르른 눈은 몇 주가 지나자 초록빛으로 변했고 보석처럼 빛났다. 코는 어미 고양이보다 뭉뚝한 편이었고 목덜미의 털은 탐스러웠다. 고양이가 벤치에 앉아 앞발을 통통한 꼬리 앞으로 내밀고 허공을 뚫어지게 바라보는 모습을 쳐다볼 때면 나는 마음이 평화로워졌다. 그럴 때마다 나는 고양이가 무사히 자라 지금처럼 베란다 아래 앉아 편안한 삶을 살도록 마음속으로 기원했다.

첫해 여름을 돌이켜보면 나는 나 자신의 절망적인 상황보다는 동물들에 대한 걱정이 더 많았던 것 같다. 참사는 나를 무거운 책임들에서 해방했지만 나도 모르는 사이에 내게 새로운 짐을 지워주었던 것이다. 내가 상황을 어느 정도 파악했을 때쯤에는 이미 그것을 바꿀 만한 능력이 내겐 없었다.

나의 태도가 감상적이거나 나약했다고 생각하지는 않는다. 나는 내게 뿌리 박혀 있는 본능을 따랐을 뿐이다. 스스로 파멸하려고 하지 않는 한 그것에 맞서 싸울 수는 없었다. 우리가 자유라고 부르는 것은 정말 보잘것없다. 그것은 아마 종이에서나 찾아볼 수 있을 것이다.

외적인 자유는 이야기할 것도 없다. 내면이 자유로운 사람도 본 적이 없다. 나는 이것이 치욕스럽다고, 불명예스러운 것이라고도 생각지 않는다. 인간은 다른 동물들과 마찬가지로 자기에게 부과된 짐을 지고 가다가 결국에는 다른 동물들과 마찬가지로 죽는다. 나는 명예라는 것이 무엇인지 모르겠다. 태어나고 죽는 일은 명예와는 관계가 없다. 그것은 모든 생명체에게 그저 일어나는 일이고, 그 이상도 그 이하도 아니다. 벽을 만든 사람들도 자유의지의 결정에 따라 행동한 것은 아니었다. 그저 본능적인 호기심을 따랐을 것이다. 인간들이 합의한 거대한 질서를 지키며 그들의 발명이 실행에 옮겨지는 것만은 막을 수 있었더라면 좋았을 것이다.

이제 7월 2일의 이야기로 넘어가야겠다. 그날 나는 나의 목숨이 남아 있는 성냥의 개수에 달려 있다는 것을 깨달았다. 상서롭지 못한 생각들이 으레 그렇듯 이 깨달음은 새벽 4시에 불현듯 찾아왔다.

그때까지만 해도 나는 이 문제에 관해 너무나도 무심했다. 성냥 한 개비를 태워버릴 때마다 내 삶의 하루를 대가로 치른다는 생각은 하지도 못했다. 나는 침대에서 일어나 남아 있는 성냥을 꺼내 왔다. 골초였던 후고는 당연히 담뱃불을 붙일 도구들을 챙겨두었다. 그는 라이터에 쓸 돌까지 한 상자 마련해놓았다. 그러나 나는 식탁용 붙박이 라이터를 어떻게 켜는지 몰랐다. 성냥은 열 갑이 남아 있었다. 대충 4000개비쯤 되는 것이다. 내 계산법으로는 5년은 버틸 것 같았다. 지금 보니 내가 계산을 제대로 했던 것 같다. 성냥을 매우 아껴 쓴 덕분에 앞으로도 2년 반 정도 쓸 만큼은 남아 있다. 그날 나는 안도의 숨을 내쉬었다. 5년이면 나에게는 끝없이 긴 시간처럼 보였다. 성냥을 마지막 한 개비까지 다 쓸 날은 올 것 같지 않았다. 지금은 마지막 성냥을 그을 날이 손에 잡힐 듯 가깝게 느껴진다. 하지만 지금도 나는 스스로에게 그렇게까지는 되지 않을 거라고 말한다.

2년 반은 서서히 흘러갈 것이다. 그러면 나의 불은 꺼질 테고 주변에 땔감이 아무리 많아도 내가 아무것도 먹지 못하고 꽁꽁 얼어 죽어가는 것을 막지는 못할 것이다. 그런데도 나는 아직 어리석은 희망을 버리지 않고 있다. 그 문제에 있어서라면 나는 너그러운 미소를 보낼 수 있다. 어렸을 때 나는 막무가내로 죽지 않을 거라고 생각했었다. 이 희망은 마치 눈먼 두더지처럼 내 마음속에 들어앉아서 제멋대로 굴고 있다. 그 어리석은 두더지를 끌어내지 못하기 때문에 그냥 내버려둘 수밖에 없다.

언젠가는 이놈과 나에게 마지막 일격이 가해질 것이

다. 그러면 나의 눈먼 두더지는 우리 둘이 죽어가기 전에야 인정할 것이다. 내가 그의 고집스러움에 어떤 승리감도 안겨주지 못하는 것이 유감스러울 뿐이다. 그렇지만 두더지도 제정신은 아니니 내가 그의 버릇을 고쳐줄 수 있다면 기뻐해야 할 일이기도 하다.

생존과 직결된 또 한 가지 매우 중요한 문제가 있다. 바로 탄약 문제다. 지금 남은 탄약으로는 1년 정도 버틸 만하다. 룩스가 죽고 난 뒤부터는 고기가 별로 필요치 않다. 여름에는 송어를 잡을 수 있고 감자와 콩 수확도 기대할 수 있다. 나는 감자와 콩, 우유만으로 살아갈 수 있다. 그러나 우유는 벨라가 새끼를 가져야만 먹을 수 있다. 어쨌든 굶주림은 추위와 어둠보다는 훨씬 덜 두려웠다. 먹을 것이 떨어지면 나는 이곳을 떠나야 할 것이다. 앞일을 걱정하는 것은 아무 소용이 없다. 나는 이곳에 건강하게 잘 적응하기 위해 노력하면 된다. 최근 몇 주 동안은 사실 별로 걱정을 하지 않았다. 그것이 좋은 징후인지 나쁜 징후인지는 모르겠다. 벨라가 새끼를 배고 있는 것을 알았다면 좀 달랐을 것이다. 때로는 새끼가 태어나지 않는 것이 나을 거라고 생각한다. 어차피 종말은 피할 수 없을 테고, 내게는 새로운 짐만 더해지는 데 불과할 것이다. 하지만 무엇인가 새로운 것, 어린 것이 나타난다면 그것은 분명 멋진 일이다. 특히 캄캄한 외양간에서 혼자 쓸쓸히 서서 무언가를 기다리고 있는 불쌍한 벨라에게는 좋은 일일 것이다.

이제는 숲속에서 사는 일이 좋아졌다. 여길 떠나야 한다면 마음이 무거울 것이다. 하지만 벽 너머에서 생명을 유지하며 살 수 있게 된다면 나는 기꺼이 그곳으로 돌아갈 것이다. 이따금 여기서 아이들을 키웠더라면 얼마나 좋았을까 하는 상상을 한다. 나에게는 파라다이스였을 것이다. 그러나 나의 아이들도 그만큼 좋아했을 것 같지는 않다. 아니다, 파라다이스는 되지 못했을 것이다. 파라다이스 따위는 애초에 없었다. 파라다이스란 자연을 벗어난 곳에 있는 것인데 그런 파라다이스는 나의 상상력을 벗어난 것이다. 그런 것들을 생각하다 보면 지루해진다. 그리고 나는 그런 것에 아무 욕심도 없다.

7월 20일에 나는 풀을 베기 시작했다. 날씨는 한여름 무더위였고 개울가의 풀은 무성하게 높이 자라 있었다. 나는 낫과 쇠스랑과 갈퀴를 가지고 나갔다. 그 후로 연장은 계속 거기다 놔두었다. 그것을 훔쳐갈 사람이라고는 아무도 없었으니까.

개울가에 서서 풀밭을 바라보니 이 일은 도저히 끝낼 수 없을 것 같았다. 학창시절에 풀 베는 일은 해본 적이 있었다. 교실에 지루하게 앉아만 있다가 해보는 일이었기 때문에 그때는 재미있었다. 하지만 그것은 20년 전 일이었고 지금은 풀을 어떻게 베어야 하는지도 다 잊어버리고 말았다. 풀은 꼭두새벽이나 이슬이 내린 저녁에만 벤다는 것은 기억났기 때문에 나는 새벽 4시에 집을 나왔다. 몇 번 낫질을 하다 보니 옛날에 익혔던 손놀림이 되살아났고 굳은 근육도 풀어졌다. 물론 일은 매우 더디게 진척되었고 굉장히 힘들었다. 그래도 이틀째 되는 날은 솜씨가 늘었다. 사흘째 되는 날엔 비가 내려 쉬는 수밖에 없었다. 그 뒤로 나흘 동안 계속 비가 내렸다. 베어둔 풀이 풀밭에서 썩었다. 다 썩은 것은 아니고 그늘진 땅에 두었던 것이 썩었다. 지금이라면 어느 정도 날씨를 예측할 수 있는 징후들을 그때는 전혀 읽을 줄 몰랐다. 날씨가 계속 좋을지 다음 날 비가 올지 알 수 없었던 것이다. 그래서 풀을 베는 내내 예측할 수 없는 날씨와 싸워야만 했다. 나중에는 어느 때쯤이 날씨가 적당한지 알게 되었지만 첫해 여름에는 날씨에 대해 아무 대책이 없었다.

풀을 전부 베는 데 3주가 걸렸다. 변덕스러운 날씨 탓도 있었지만 나의 미숙함과 허약함 때문이기도 했다. 8월에 건초를 전부 헛간에 옮기고 나서는 지칠 대로 지쳐 풀밭에 주저앉아 울었다. 더는 아무것도 할 수 없을 것 같은 무기력 상태에 빠져 그때 처음으로 내가 얼마나 비참한 상황에 처해 있는가를 절실히 느꼈다. 동물들을 돌봐야 한다는 책임감에서 최소한의 불가피한 일이라도 하지 않았다면 그때 내가 어떻게 되었을지 알 수 없다. 나는 그때를 별로 기억하고 싶지 않다. 내가 정신을 가다듬어 다시 일상을 시작하기까지는 2주가 걸렸다. 룩스도 그사이 무척이나 고통을 받았을 것이다. 개는 나에게 완전히 의존할 수밖에 없었으니 말이다. 개는 내게 용기를 북돋아주려고 애를 썼으며 내가 알은체하지 않으면 완전히 기운이 빠져서 탁자 아래로 기어들어갔다. 개가 너무나 가여워 보였기 때문에 나는 편안하고 안정된 기분을 되찾기 위해 노력했다.

나는 변덕스러운 사람이 아니다. 그때 무력감에서 쉽게 헤어나지 못했던 이유는 육체적으로 기운이 완전히 바닥나 있었기 때문인 것 같다.

사실 얼마든지 기분이 좋아질 일도 많았다. 그 힘든 건초 베기도 다 해치웠다. 그 일로 힘을 너무 많이 빼버렸다고 한들 내가 더 잃을 것이 무어란 말인가? 새롭게 시작하기 위해서 나는 감자를 캤고 다가올 겨울에 쓸 장작을 준비하기 시작했다. 이 일은 요령을 세운 뒤 덤벼

들었다. 힘이 부족해서 요령을 부리지 않으면 안 되었을 것이다. 장작더미가, 정확히 말해 일곱 더미의 장작이 산장 위쪽 길가에 쌓여 있었다. 파란색 분필 표시를 보면 그것은 가스너라는 사람이 준비해둔 겨울용 장작이었다. 가스너 씨가 누군지는 몰라도 그 사람은 이제 장작이 필요치 않을 것이다.

나는 차고에서 꺼내온 모탕에 장작을 올려놓고 톱질을 시작했다. 그리고 내가 톱질에 매우 서툴다는 것을 금세 깨달았다. 톱날이 나무에 자꾸 물렸기 때문에 그것을 다시 빼내려면 무척 힘이 들었다. 사흘째 되는 날 마침내 나는, 그러니까 나의 손과 팔과 어깨는, 이 작업을 이해하기 시작했다. 나는 일평생 톱질을 해온 사람처럼 능숙하게 톱질을 할 수 있게 되었다. 나는 천천히, 그러나 쉬지 않고 일했다. 손에 물집이 잡히고 터지고 가라앉았다. 나는 이틀 동안 쉬며 상처에 노루기름을 발랐다. 나는 장작 패는 일이 좋았다. 동물들 곁에서 일할 수 있었기 때문이다. 벨라는 풀밭에 선 채 나를 가끔씩 쳐다보았다. 룩스는 계속 내 주변을 돌아다니고 있었고 벤치에는 페를레가 햇볕을 쬐며 눈을 반쯤 감은 채 하늘을 쳐다보고 있었다. 그리고 집 안에는 내 침대에서 잠든 어미 고양이가 있었다. 모든 것이 그 순간만은 완벽했다.

아무 걱정거리도 없었다.

이따금 나는 후고의 플라스틱 빗으로 벨라를 쓸어주었다. 벨라는 매우 좋아하며 얌전히 서 있었다. 나는 룩스도 빗질을 해주었고 산지기 초막에서 가져온 참빗으로 고양이의 몸에 있는 벼룩도 잡아주었다. 룩스도 그랬지만 고양이한테도 항상 벼룩 몇 마리는 붙어 있었기 때문에 내가 그렇게 해주면 무척 좋아했다. 벼룩은 다행히 사람은 물지 않았다. 작은 풍뎅이라고 해도 믿을 만큼 크고 누르스름한 벼룩이었는데 잘 뛰어오르지 못했다. 깔끔한 후고도 벼룩 생각은 못 했는지 벌레약은 준비하지 않았다. 후고는 자기 개한테 벼룩이 있으리라는 생각은 못 했을 것이다.

벨라에게는 벼룩이 없었다. 벨라는 매우 깔끔한 동물로 자기 똥도 밟지 않으려고 항상 조심했다. 물론 나는 외양간을 아주 깨끗하게 청소해주었다. 외양간 옆에는 차츰 퇴비가 쌓여갔다. 나는 그것을 가을에 감자밭 비료로 줄 작정이었다. 퇴비더미 옆에는 쐐기풀이 무성했는데 거기에는 손을 댈 수가 없었다. 이곳에서 구할 수 있는 유일한 채소인 시금치에 곁들일 만한 어린 쐐기풀을 늘 찾아 헤매고 있었지만, 그래도 퇴비더미 옆에서 자라는 쐐기풀을 먹을 수는 없었다. 그것이 어리석은 편견이었다고는 생각하지만 아직도 나는 그 편견에서 벗어나지 못하고 있다.

가문비나무 싹이 어두운 초록색으로 변하더니 질겨지고 봄처럼 맛있지 않았다. 그래도 나는 항상 그것을 씹었다. 푸른 채소에 대한 갈망은 가라앉을 줄 몰랐다. 때때로 나는 산속에서 시큼한 맛이 나는 토끼풀을 찾아냈다. 정확한 이름이 무엇인지는 몰라도 나는 어릴 때부터 그 풀을 잘 먹었다. 내 영양 상태는 불균형했다. 비상식량은 아직도 좀 남아 있었지만 나는 가을 수확을 애타게 기다리고 있었다. 산에서는 평지에서보다 감자가 늦게 수확된다는 것을 알고 있었기 때문에 나는 비축된 식량을 아끼면서 주로 고기와 우유를 먹고 지냈다.

나는 바싹 말라가고 있었다. 루이제의 손거울을 들여다보다가 나의 새로운 몰골에 깜짝 놀랄 때가 많았다. 텁수룩하게 자란 머리카락은 손톱 가위로 짧게 잘랐다. 머리카락의 웨이브는 조금도 남아 있지 않고 햇볕에 머리 색깔도 바랬다. 얼굴은 야위고 햇볕에 검게 그을었으며 어깨는 자라다 만 사내아이처럼 각이 졌다.

물집이 잡히고 온통 못이 박힌 두 손은 나의 가장 중요한 연장이 되었다. 나는 이미 오래전에 손에서 반지를 빼버렸다. 누가 연장을 금반지로 장식한단 말인가. 내가 전에 했던 일들이 모두 바보 같고 우습게 생각되었다. 이상한 일이지만 나는 전보다 오히려 더 젊어 보였다. 40대 여자가 갖는 특징들, 물결진 머릿결, 앙증맞은 이중턱, 둥그스름한 엉덩이 같은 것은 완전히 사라지고 말았다. 그와 동시에 여자라는 의식도 사라졌다. 나보다 더 현명한 내 몸이 벌써 환경에 적응하며 여성스러움을 유지해야 한다는 부담감을 축소해버린 것이다. 나는 내가 여자였다는 사실을 맘 편히 잊을 수 있었다. 나는 딸기를 따러 다니는 어린아이였다가 장작을 톱질하는 청년이 되기도 했고 페를레를 야윈 무릎 위에 앉혀놓고 벤치에서 지는 해를 바라볼 때는 아주 늙은, 남자도 여자도 아닌 존재가 되었다. 지금은 그때 가지고 있던 묘한 매력도 다 사라지고 말았다. 나는 더 말랐지만 몸에는 근육질이 생겼고 얼굴에는 온통 잔주름이 잡혔다. 보기 흉할 것도 없지만 매력적이지도 않다. 사람의 모양새라기보다는 나무와 비슷한 모습이 되었다. 살아남기 위해 온 힘을 다하고 있는 갈색 나무 그루터기 말이다.

과거의 언젠가 나였던 여자를 떠올리면, 그러니까 앙증맞은 이중턱에 나이보다 젊어 보이려고 부단히 애쓰던 여자를 생각하면 아무런 애착도 느껴지지 않는다. 그러나 그녀를 엄하게 질책하고 싶지는 않다. 그녀에게는 삶을 자신의 생각대로 꾸려갈 기회가 없었을 뿐이다. 젊었을 때 아무것도 모른 채 무거운 짐을 덥석 안고 한 가정을 이루었다. 그리고 그때부터 수많은 의무와 근심에서 벗어나지 못했다. 여장부였다면 거기서 벗어날 수 있었을지도 모른다. 그러나 그녀는 결코 여장부 타입은 아니었고, 평범한 이성을 가진, 과중한 짐을 지고 고통받는 여자에 불과했다. 게다가 그녀는 여자들에게 적대적이며 낯설고 불안한 세상에서 살고 있었다. 별로 아는 것이 없었으며 어떤 것에 대해서는 완전히 무지했다. 머릿속은 끔찍한 혼돈 그 자체였다. 그녀가 살고 있던 사회 역시 그녀와 마찬가지로 무지하고 궁지에 빠져 있었다. 그러나 한 가지만은 대견하다고 말하고 싶다. 그녀가 항상 알 수 없는 불편한 기분에 사로잡혀 있었고, 이것이 전부는 아닐 거라는 느낌을 가지고 살았다는 사실이다.

2년 반 동안 나는 내가 현실적인 삶을 살아가는 데 아무 준비도 안 된 여자가 아니었나 하는 생각에 시달렸다. 지금도 나는 못 하나를 제대로 박지 못한다. 벨라를 위해서 문을 부숴야 한다는 생각을 하면 등줄기가 서늘해진다. 물론 내가 혼자 문을 부숴야만 하는 상황이 오리라는 것은 누구도 예상하지 못한 일이었으므로 그것에 대비하여 어떤 준비를 할 수는 없었다. 그건 그렇다

치더라도 그 밖에도 나는 아는 것이 거의 없다. 개울가에 피어 있는 꽃 이름 하나도 모른다. 과학시간에 책과 그림을 통해서 배웠겠지만 내가 관심을 두지 않은 다른 모든 것들과 마찬가지로 다 잊어버리고 말았다. 수학도 몇 년 배웠지만 그런 것은 어디다 쓰는 건지, 무엇을 뜻하는지조차 몰랐다. 외국어는 쉽게 배웠지만 그걸 써볼 기회가 없었기 때문에 말하는 법은 끝내 익히지 못했고, 맞춤법과 문법도 고스란히 잊어버렸다. 카를 6세가 언제 살았는지, 서인도제도가 어디에 있으며 거기 어떤 사람들이 살고 있는지도 모른다. 그런데도 나는 항상 우등생이었다. 모르겠다. 우리 교육제도에 뭔가 잘못된 것이 분명 있었을 것이다. 외계에서 온 사람들이 나를 보았다면 이 시대의 정신박약을 목격했을 것이다. 그리고 나는 내가 아는 대부분의 사람들도 나보다 나을 게 별로 없었다고 생각한다.

이런 결핍을 내가 만회할 기회는 없을 것 같다. 주인이 세상을 떠난 집에 가득 쌓여 있는 책더미를 찾아낸다고 하더라도 거기서 읽은 것들을 잊지 않고 기억할 능력이 내게는 없다. 세상에 처음 태어났을 때는 내게도 기회가 있었다. 하지만 나의 부모님이나 선생님들뿐만 아니라 나 자신에게도 그런 기회가 주어져 있다는 것을 알지 못했다. 지금은 너무 늦었다. 나는 기회를 써보지도 못한 채 죽고 말 것이다. 나는 초반의 인생에서 어중간한 인간에 불과했다. 그리고 이곳 산속에서도 다르지 않을 것이다. 나의 유일한 교사는 꼭 나만큼 무지하고 무식하다. 그 교사는 바로 나 자신이니까.

며칠 전부터 나는 누군가 이 글을 읽어주기를 바라고 있다는 것을 알게 되었다. 왜 그것을 바라는지는 모르겠다. 누군가 이 글을 읽는다 한들 달라질 것은 없는데 말이다. 하지만 누군가의 눈이 내가 써놓은 문장들을 스치고 사람의 손이 한 페이지 한 페이지를 넘길 생각을 하면 나의 가슴은 마구 뛴다. 하지만 그 전에 쥐들이 보고서를 갉아먹을 것이다. 이곳에는 쥐가 많다. 고양이가 없었더라면 산장 안도 온통 쥐로 뒤덮였을 것이다. 언젠가는 고양이가 죽을 것이고, 그렇게 되면 쥐가 내 식량도 먹어치우고 종이도 남김없이 갉아먹을 것이다. 글이 적힌 종이도 아무것도 안 쓰인 종이나 마찬가지로 다 먹어치울 것이다. 연필이 쥐의 비위를 상하게 할 수도 있을 것 같다. 연필에 독이 있는지 없는지는 모르겠다. 쥐를 위해 글을 쓴다는 생각을 하면 기분이 묘하다. 가끔은 사람을 위해서 내가 글을 쓰고 있다는 생각을 해야 한다. 그러면 기분이 좀 나아진다.

8월에는 맑은 날씨가 이어졌다. 다음 해에는 건초 수확을 좀 느지막이 해야겠다고 생각했다. 나중에 보니 그것이 역시 더 현명한 방법이었다. 어느 날 사냥을 나갔다가 딸기밭을 발견했던 일이 기억난다. 딸기밭은 집에서 한 시간은 걸어야 닿는 곳에 있었지만 그때 나는 뭔가 달콤한 것을 먹을 수만 있다면 두 시간이라도 걸어갈 수 있었다. 딸기밭은 독사들의 소굴이라는 말을 들은 적이 있었기 때문에 나는 룩스를 집에 두고 갔다. 룩스는 집에 남기 싫어하며 자꾸 따라오려고 했지만 결국엔 풀이 죽어 산장으로 기어들어갔다. 나는 신발 위에 산지기의 각반을 둘렀다. 각반이 무릎 위까지 올라왔기 때문에 걷기가 여간 힘들지 않았다. 그러나 딸기밭에서 독사는 한 마리도 보지 못했다. 지금은 독사에 대해 신경도 쓰지 않는다. 이곳에 뱀이 거의 없든가 아니면 뱀들이 나를 피해 다니는 것 같다. 내가 뱀을 위험하다고 생각하는 것처럼 뱀들도 나를 위험하다고 생각하는 모양이다.

산딸기는 한창 무르익어 있었다. 나는 커다란 양동이 한 가득 딸기를 따서 산장으로 돌아왔다. 설탕을 넣고 딸기를 끓여 잼을 만들 여건은 아니었기 때문에 딸기는 그 자리에서 먹어치워야 했다. 하루걸러 한 번씩 나는 딸기밭에 갔다. 그보다 더 완전한 행복감은 다시없을 것이다. 햇볕은 무르익은 과일 위로 내리쬐고 있었고 태양과 한창 익어가는 과일의 향기는 나를 감싸고 취하게 만들었다. 룩스를 데려오지 않은 것이 유감이었다. 딸기 덤불 속으로 굽혔던 몸을 일으켜 허리를 펼 때면 혼자라는 생각이 불쑥 덮쳐 왔다. 두려움은 아니었다. 단지 가슴이 답답하게 조여드는 느낌이었다. 관목들과 꿀벌, 말벌, 파리밖에 없는 딸기밭에 홀로 서서 나는 룩스가 나에게 얼마나 중요한 존재인가를 깨달았다. 그가 없는 삶은 상상할 수도 없었다. 하지만 딸기밭에만은 룩스를 한 번도 데려가지 않았다. 독사 생각을 떨쳐버릴 수 없었기 때문이다. 단지 내가 함께 아늑함을 느끼고 싶다는 이유만으로 개를 위험에 빠뜨릴 수는 없었다.

내가 정말로 독사를 보게 된 것은 시간이 꽤 흐른 뒤 고원에 올라갔을 때였다. 독사는 자갈밭에 누워 햇볕을 쬐고 있었다. 그날 이후 나는 뱀을 조금도 두려워하지 않게 되었다. 독사는 매우 아름다웠다. 노란 태양 아래 누워 있는 독사를 보았을 때 나는 확신했다. 독사는 나를 물 생각이 없었다. 독사의 머릿속에 나 같은 것은 들어 있지 않았다. 하얀 자갈 위에서 아무 방해도 받지 않고 햇볕을 쬐면서 따사로움을 즐기려는 생각뿐이었다. 어쨌거나 룩스를 데려가지 않은 것은 다행이었다. 물론 룩스가 그곳에 있었더라도 뱀한테 다가가거나 하지는 않았을 것이다. 나는 룩스가 뱀이나 도마뱀을 공격하는 것을 본 적이 없다. 쥐를 보고 짖기는 했지만 온통 돌로 뒤덮인 길에서 쥐를 낚아채는 데 성공하지는 못했다.

산딸기 수확은 열흘이 걸렸다. 나는 한껏 게으름을 피우며 벤치에 앉아서 딸기를 하나씩 입에 넣었다. 내 몸이 딸기가 되지 않은 게 오히려 이상할 지경이었다. 그러다 어느 순간 갑자기 산딸기에 물렸다. 넌더리가 난 것까지는 아니었지만 산딸기의 단맛과 냄새에 질린 것이었다. 마지막 남은 산딸기 두 양동이는 헝겊에 싸서 짰다. 산딸기 즙은 병에 따라서 개울에 담가놓았다. 개울물은 한여름에도 얼음처럼 차가웠다. 산딸기는 달콤하기만 했는데 딸기즙의 맛은 새콤하고 산뜻했다. 그것을 오래 저장해두고 마실 수 없는 것이 유감이었다. 직접 겪어본 것은 아니지만 설탕을 넣지 않은 딸기즙은 차가운 개울물에 담가두었더라도 발효되었을 것이다. 단단히 밀봉할 수 있는 용기도 없었기 때문에 산딸기를 졸여둘 수도 없었다. 단맛에 대한 갈망을 채우고 나니 그 뒤 몇 달 동안은 참을 만했다. 지금은 단맛이 전혀 그립지 않다. 사람은 설탕 없이도 얼마든지 살 수 있다. 시간이 흐르면 단것을 먹고 싶다는 갈망도 점차 사라진다.

내가 마지막으로 딸기밭에 간 날은 햇볕이 유난히도 뜨겁게 내 등에 내리쬐었다. 구름 한 점 없는 하늘은 납빛 회색을 띠었다. 뜨겁고 무거운 공기는 끈끈하게 관목들을 내리누르고 있었다. 2주 동안이나 비가 내리지 않았다. 나는 천둥이 칠까 봐 겁을 먹었다. 그때까지는 거센 비바람이 몰아쳤어도 아무 피해는 없었다. 하지만 산속에 몰아치는 천둥과 폭우가 얼마나 무시무시한지 알았기 때문에 조금 겁에 질려 있었던 것이다. 천재지변까지 몰려오지 않아도 내 인생은 이미 너무나 괴롭고 힘든 것이었다.

오후 4시쯤 갑자기 시커먼 구름들이 가문비나무 뒤에서부터 하늘을 뒤덮기 시작했다. 양동이를 아직 다 채우지 못했지만 나는 산장으로 돌아가기로 했다. 그날따라 말벌과 파리 들이 하루 종일 나를 성가시게 하며 머리 위에서 윙윙거리고 있었다. 딸기밭에 벌이 좀 있긴 했지만 내가 그곳에 나타나면 늘 멀찍이 떨어져 있었다. 그런데 그날은 요란한 재봉틀 소리를 내며 이리저리 날아다니는 것이었다. 말벌은 마치 순금으로 만들어진 것처럼 보였다. 그들이 너무나 아름다워 딸기밭을 그들에게 넘겨주어야 마땅할 것 같았다.

말벌은 얼마간 나를 따라오더니 숲으로 들어서기 직

전 내 양동이에 담긴 딸기를 포기하고 돌아갔다. 가문비나무와 너도밤나무에 덮인 숲속의 공기는 마치 커다란 가마솥에 가둬둔 것처럼 후덥지근했다. 구름떼가 위협적으로 몰려왔고 태양은 그 장막 뒤로 숨었다. 산장까지 남아 있는 길은 거의 뛰다시피 했다. 산장에 돌아가 벨라를 외양간에 넣어주고 집 안에 들어앉고 싶은 생각뿐이었다.

룩스는 꼬리를 흔들면서 나를 맞아주었다. 그러고는 걱정스럽고 불안하게 하늘을 쳐다보았다. 개도 폭풍이 다가오는 것을 느끼고 있었다. 벨라도 허겁지겁 돌아오더니 샘물을 마시고는 순순히 외양간 안으로 따라왔다. 쇠파리들이 하루 종일 귀찮게 굴었던 터라 외양간으로 들어가는 것이 반가운 눈치였다. 나는 젖을 짜주고 덧창을 내린 다음 문에 자물쇠를 채웠다. 폭풍이 몰려오면 빗장만으로는 안전하지 않을 것 같았다.

그런 다음 나는 집 안으로 들어와 룩스와 고양이에게 먹이를 주었고 산딸기 즙을 만들어 병에 부었다. 병을 개울에 담그지는 않았다. 비바람이 몰아치면 깨질 것 같았기 때문이다. 그러는 동안 6시 혹은 6시 반 정도가 되었다. 하늘은 컴컴해졌다. 시커먼 하늘에 꺼림칙한 유황빛이 깔리기 시작했다. 우박이나 폭풍우가 쏟아질 징조였고 매우 불길해 보였다. 해는 거의 넘어가 희미한 빛만 겨우 남아 있었지만, 공터는 아직도 끓는 도가니 같았다. 숨을 쉬기가 힘들었다. 바람 한 점 불지 않았다. 나는 시원한 우유를 마셨고 아무 맛도 느끼지 못한 채 빵 한 조각을 먹었다. 그러고 나자 할 일이 없었다. 나는 2층으로 올라가 방마다 덧창이 잘 잠겼나 확인해보았다. 침실의 창문도 확인했다. 부엌 창문과 현관은 열어두었지만 바람 한 점 불지 않았다.

어미 고양이는 먹이를 먹고 나더니 숲으로 갔다. 페를레는 창틀에 올라앉아 시커먼 하늘을 쳐다보고 있었다. 귀를 쭈뼛 세우고 어깨를 바짝 움츠리고 있었다. 불안함과 두려움이 고스란히 드러나는 자세였다. 룩스는 문지방에 누워 혀를 내밀고 헉헉대고 있었다. 나는 페를레를 쓰다듬어주었다. 고양이의 하얀 털이 바삭 소리를 내는 듯하더니 내 손에서 정전기가 일었다. 내 머리카락을 손으로 쓸어도 마찬가지였다. 팔과 다리에 마치 개미떼가 스멀스멀 기어가는 느낌이 들었다. 나는 마음을 좀 가라앉히기로 하고 집 앞 벤치에 나가 앉았다. 무덥고 캄캄한 감옥 같은 외양간에 갇혀 있는 벨라가 불쌍했지만 별 도리가 없었다. 내가 도와줄 방법은 없었다. 곧 천둥번개가 치고 폭우가 쏟아질 기세였다. 하지만 조금 더 정적이 흘렀다.

숲속이 완전한 정적에 빠지는 일은 없다. 단지 사람들이 숲속은 고요할 거라고 생각할 뿐이다. 숲은 항상 소리들로 가득하다. 딱따구리가 멀리서 나무를 쪼는 소리, 새가 우는 소리, 바람이 풀밭 위를 스치는 소리, 나뭇가지 하나가 나무둥지로 떨어져 부딪치는 소리, 작은 짐승들이 나뭇잎 사이사이를 누비는 소리가 난다. 모두가 살아 있고 모두가 움직인다. 그러나 그날 저녁은 정말로 거의 완전한 정적에 가까웠다. 귀에 들리던 온갖 소리들이 멎자 나는 겁이 났다. 개울물이 흐르는 소리도 그날은 갑갑하고 석연치 않았다. 물도 마지못해 억지로 흐르는 것 같았다. 룩스가 일어나더니 천천히 내가 앉아 있는 벤치로 와서 코를 내게 슬그머니 비볐다. 나는 기운이 없어 개를 쓰다듬어줄 수도 없었다. 그러나 나는 룩스에게 이야기를 하기 시작했다. 나지막하게, 끔찍한 적막에 기가 죽은 목소리로.

폭풍이 무엇 때문에 주춤대는지 알 수 없었다. 해가 다 저물어 어둑어둑했다. 도시에서는 소나기가 내려도 아무 걱정이 없었다. 오히려 아늑한 기분이 들 때도 있었다. 유리창 밖으로 쏟아지는 비를 내다보면 마음이 차분해지기까지 했었다. 소나기가 오는 것을 모르고 지나칠 때도 많았다.

갑자기 칠흑 같은 어둠이 내렸다. 나는 벤치에서 일어나 룩스와 함께 집 안으로 들어왔다. 넋이 빠진 사람처럼 무엇을 하면 좋을지 알 수 없었다. 우선 촛불을 켰다. 등잔불은 켜고 싶지 않았다. 케케묵은 미신이긴 하지만, 등잔불은 번개를 부른다고 했다. 나는 문을 굳게 잠갔다. 하지만 창문은 열어두고 탁자 앞에 앉았다. 촛불은 조용히 타고 있었다. 바람 한 점 불지 않았다. 룩스는 난로 앞으로 가더니 머뭇거리고 서 있다가 다시 나한테로 되돌아왔다. 개는 좀 더 안전한 난로 앞으로 기어가도 되었지만 나를 혼자 내버려둘 수가 없었던 것이다. 더 안전한 곳이 있다면 나도 거기로 숨어들고 싶었다. 그러나 내게 더 안전한 장소 따위는 없었다. 땀이 얼굴에서 흘러내려 입가에 고이는 것이 느껴졌다. 셔츠도 흠뻑 젖어 살에 달라붙었다. 그때 천둥이 처음 적막을 깨트렸다. 페를레는 깜짝 놀라 창틀에서 뛰어내려 난로 앞으로 도망갔다. 나는 창문과 덧창을 닫았다. 집 안의 후덥지근함은 숨이 막힐 정도였다. 구름 사이에서 다시 요란한 천둥소리가 났다. 덧창의 틈새로 노란빛이 번쩍이는 것을 보았다. 어둠 속에서 어미 고양이가 나타나 털을 곤두세운 채 방 한가운데 서서 고통스러운 울음소리를 내더니 침대 밑으로 기어들어갔다. 흐릿한 불빛으로 고양이의 눈이 누렇게 반짝이는 것이 보였다. 나는 동물들을 안심시키려고 했다. 그러나 또 한번의 천둥이 내 목소리를 집어삼켰다. 바로 머리 위에서 일어나는 듯한 그 요란한 소리는 거의 10분이나 지속되었다. 나에게는 그 시간이 무한히 길게 느껴졌다. 귀가 아팠다. 머릿속 깊숙한 곳까지 아픈 것 같았다. 이도 아프기 시작했다. 나는 소음을 잘 견디지 못했다. 나에게 소음은 육체적인 고통이었다.

순간 1분 정도 완전한 적막이 흘렀다. 그 적막은 소음보다 더 참기 힘들었다. 거인이 우리 앞에 두 다리로 버티고 서서 장난감 집을 부수려고 무시무시한 도끼를 휘두르기 직전의 순간에 처한 기분이 들었다. 룩스는 킹킹거리며 나에게 몸을 바싹 붙였다. 천둥이 다시 요란하게 시작되며 집을 뒤흔들어놓을 때는 도리어 살았구나 하는 기분이 들었다. 번개의 번쩍임과 천둥소리가 요란스레 이어졌다. 하지만 최악의 것은 지나간 것 같았다. 룩스도 이를 눈치챘는지 의자에서 내려와 난로 앞에 있던 페를레에게 갔다. 하얀 고양이의 털이 개의 갈색 털과 잘 어울렸다. 나는 혼자 탁자 앞에 앉아 있었다.

그때 거센 바람이 일더니 지붕 위를 두들겼다. 촛불이 흔들리기 시작했다. 그러자 좀 서늘해지는 기분이 들었다. 흔들리는 촛불이 차갑고 시원한 바람을 떠올리게 했다. 나는 번개가 치고 나서 천둥이 울릴 때까지 몇 초나 걸리는지 세어보았다. 사나운 천둥과 번개는 여전히 지붕을 울리고 있었다. 전에 산지기가 사흘 동안 천둥이 멈추지 않고 지속되었던 이야기를 해준 적이 있었다. 그때 나는 그의 말을 믿지 않았다. 지금이라면 믿을 수 있을 것 같다. 내가 할 수 있는 일은 기다리는 것밖에 없었다. 하루 종일 딸기밭에서 수그리고 있었기 때문에 피곤해서 죽을 지경이었다. 침대에 누울 엄두를 내지는 못했지만, 초의 불꽃이 호수 위에 이는 파문처럼 보일 만큼 내가 지쳐 있음은 느낄 수 있었다. 비는 그때까지도 쏟아지지 않았다. 불안할 법도 한데 나는 내가 생각해도 놀랄 만큼 마음이 가라앉고 있었다. 내 생각들은 잠에 취한 듯 두서가 없었다. 내가 무척 가엾다는 생각이 들었다. 너무나 고단한데도 잠들 수가 없었기 때문이다. 그래서 나는 화가 잔뜩 나 누군가에게 짜증을 부렸다. 잠에서 화들짝 깨었을 때는 내가 누구에게 화를 냈는지 잊어버리고 말았다. 불쌍한 벨라가 머릿속에 떠올랐다. 감자밭도 생각났고 도시에 있는 집의 창문을 열어놓고 온 것이 떠올랐다. 이런 생각은 무의미하다고 스스로 다그쳤지만 머릿속에서 떨쳐버리기가 힘들었다. 나는 큰 소리로 "빌어먹을 창문은 잊어버려."라고 말하고는 정신을 차렸다.

천둥소리에 그릇들이 덜그럭거렸다. 아주 가까운 데서 천둥이 친 것 같았다. 폭격을 피해 지하실에 숨어 보내야 했던 밤들이 생각났다. 오래전에 잊었던 공포가 되살아나 이가 마주칠 정도로 떨렸다. 공기도 그 시절의 지하실처럼 탁하고 후덥지근했다. 문을 열어보려는 순간, 바람이 일더니 지붕 위에 얹은 널빤지들이 덜거덕거리기 시작했다. 나는 다시 침대에 누울 엄두도 나지 않았고 탁자 앞에 앉아 있을 수도 없었다. 그 불쾌하고 몽롱한 상태에 다시 빠져들고 싶지 않았기 때문이었다. 나는 두 손을 뒷짐 진 채로 방 안에서 이리저리 걸어 다녔다. 기운이 없어 비틀거리기도 했다. 룩스는 이제는 난로 속에 들어가 바깥으로 고개를 빼고 나를 불안하게 바라보고 있었다. 천둥과 번개가 몇 시간이나 계속 친 것 같았지만 사실은 겨우 9시 반이었다. 번개와 천둥 사이의 간격이 점점 길어지고 있었다. 나는 안도의 숨을 내쉬었다. 비는 여전히 내리지 않았고, 바람 소리는 잦아들지 않고 있었다. 그때 갑자기 멀리서 종소리가 들렸다. 설명하기 어려운 일이지만 아무튼 나는 소란한 바람 소리 속에서 아득한 종소리를 들었다. 내 머릿속에서 울린 것이 아니라면 종소리는 마을에서 들려온 것임에 틀림없다. 마을엔 사람이라고는 없을 테니 바람이 종을 울렸을 것이다. 그것은 마치 유령의 소리 같았다. 절대 들을 수 없지만 들리는 소리. 그 뒤에도 산속에 천둥과 번개가 몰아친 적이 있었지만 종소리가 들린 것은 그때 한 번뿐이었다. 바람에 줄이 끊어졌을 것이다. 천둥소리에 먹먹해진 나의 귀에 환청이 들린 것이었을 수도 있다. 마침내 바람이 멎자 으스스한 종소리도 들리지 않았다. 그러더니 갑자기 거대한 헝겊이 찢어지는 듯한 소리가 나며 하늘에서 비가 쏟아지기 시작했다.

나는 문을 활짝 열었다. 빗방울이 얼굴을 때렸고 무서움과 졸음을 말끔히 씻어주었다. 나는 다시 숨을 쉴 수 있었다. 공기는 신선하고 서늘했으며 폐 깊숙이 스며들었다. 룩스가 난로에서 기어 나오더니 호기심에 가득 찬 눈으로 문 밖을 바라보았다. 그러더니 기분 좋게 한바탕 짖으며 기다란 귀를 털고는 점잖게 새하얀 여자 친구에게 돌아갔다. 새끼 고양이는 몸을 웅크린 채 평화롭게 잠들어 있었다. 나는 외투를 걸치고 손전등으로 길을 밝히며 비가 쏟아지는 어둠을 뚫고 외양간에 가보았다. 벨라는 줄이 풀어진 채 문을 바라보며 서 있었다. 소는 슬픔을 토로하듯 음매 하고 울더니 내게로 다가왔다. 나는 겁에 질려 들썩거리는 소의 옆구리를 쓰다듬어주었다. 소는 순순히 돌아서 제자리를 찾았고 나는 소를 단단히 묶어두었다. 그런 다음 창문을 열었다. 외양간으로는 비가 들이치지 않았다. 가문비나무들이 지붕의 후면을 막아주고 있었기 때문이었다. 벨라도 그날 밤을 두려움에 지냈으니 시원한 공기를 좀 쏘여야 했다. 나는 산장으로 돌아왔다. 이제는, 이제야말로 안심하고 자리에 누워도 될 것 같았다. 고양이가 침대 밑에서 기어 나와 내게로 왔다. 몇 분 안 되어 나는 깊이 잠들었다. 폭풍이 몰아치는 꿈을 꾸었고 천둥소리에 놀라 잠에서 깨었다. 꿈이 아니었다. 조금 전의 요란한 비바람이 다시 돌아와 있었다. 어쩌면 새로운 폭우가 몰려왔는지도 몰랐다. 비가 세차게 뿌리고 있었다. 나는 일어나서 창문을 닫고 마룻바닥에 고인 빗물을 닦아냈다. 방 안은 서늘했다. 나는 다시 누웠고 금세 잠이 들었다. 그 뒤로 여러 번 나는 천둥소리에 잠이 깨었다가 다시 잠이 들곤 했다. 밤새도록 나는 현실과 꿈속의 뇌우 사이를 오락가락했다. 동이 터올 즈음엔 뇌우가 몰아치는 것이 꿈이든 현실이든 아무 상관도 없게 되었다. 그제야 나는 이불을 머리끝까지 덮어쓰고 깊고 편안한 잠에 빠졌다.

둔탁하게 쿵 울리는 소리에 잠에서 깨었다. 들어본

적이 없는 소리였다. 그 소리에 정신이 번쩍 들었다. 아침 8시였다. 늦잠을 잤던 것이다. 우선 안달하는 룩스부터 밖으로 내보낸 다음 어디서 그런 소리가 났는지 알아보기로 했다. 집 앞에는 아무것도 눈에 띄지 않았다. 숲에 휘몰아친 태풍은 관목들을 쓰러뜨리고 몇몇 나뭇가지들을 부러뜨렸다. 외양간 쪽으로 가는 길에 커다란 웅덩이가 생겼다. 나는 옷을 입고 우유통을 들고 벨라에게 갔다. 외양간에는 아무 일도 없었다. 쿵 소리는 개울 쪽에서 난 모양이었다. 언덕을 내려가보니 누런 흙탕물이 뿌리 뽑힌 나무들과 잡풀들과 암석들을 휩쓸며 흘러가고 있었다. 그때 계곡이 생각났다. 개울물이 벽에 막혀 더 흘러가지 못했다면 그곳에서 범람했을 것이다. 나는 서둘러 그곳에 가보기로 했다. 하지만 다른 날들과 마찬가지로 그보다 먼저 해야 할 일들이 있었다. 우선 벨라를 외양간에서 내보냈다. 날씨는 서늘했고 이슬비가 내리고 있었다. 그날만큼은 쇠파리들이 소를 건드리지 않을 것 같았다. 초원에는 큰 참나무 한 그루가 있었다. 벼락에 맞은 흔적이 남아 있던 나무였다. 간밤의 번개가 이 나무를 희생물로 삼았다. 이번에는 흔적만 하나 남긴 것이 아니었다. 늙은 참나무는 완전히 꺾어지고 말았다. 나는 마음이 아팠다. 이 숲속에는 참나무가 매우 드물었다. 산장으로 돌아가는데 우르릉 하는 소리가 멀리서 들려왔다. 뇌우가 아직 산을 떠나지 않은 모양이었다. 산지기가 전에 말했던 것처럼 이 분지에서 저 분지로 떠돌아다니고 있는지도 몰랐다.

점심을 먹은 뒤 나는 룩스와 함께 계곡에 가보았다. 길은 물에 잠기지 않았다. 길이 개울보다 위쪽에 나 있었기 때문이다. 하지만 물이 반대편으로 길을 틀면서 나무들과 관목들, 잡석들과 흙덩이를 쓸고 내려갔다. 내가 좋아하던 맑은 개울은 누런 흙탕물로 변해 있었다. 나는 개울 쪽을 더 자세히 살펴볼 생각은 하지 못했다. 미끄러운 돌들을 자칫 헛디뎠다가는 나의 온갖 시름들과 함께 차가운 물속에서 최후를 맞을 것 같았다. 내가 예상했던 것처럼 물은 벽을 뚫고 지나갈 만큼 세차게 흐르지는 않았다. 벽 앞에 작은 저수지 같은 것이 생겼고 개울가에서 자라던 풀들이 물 위에 이리저리 떠다니고 있었다. 벽 앞에는 나무, 관목, 돌멩이 같은 것이 산처럼 쌓여 피라미드를 이루고 있었다. 벽은 보이지 않을 뿐 아니라 부서지지도 않는 모양이었다. 나무 그루터기나 바위가 와서 부딪칠 때 충격이 굉장했을 텐데도 남아 있는 것을 보면 말이다. 저수지는 걱정한 만큼 큰 것이 아니어서 며칠만 지나면 물이 다 빠질 것 같았다. 산더미처럼 쌓인 잡목과 돌 들 때문에 건너편은 어떤지 보이지 않았다. 그쪽은 흙탕물이 이쪽보다 잔잔히 흐르고 있을 것 같았다. 물이 넘쳐 집과 다리를 쓸어가고 창문과 문을 부수고 들어가, 한때 인간이었던, 그러나 지금은 숨 쉬지 않는 돌덩이가 되어버린 몸뚱이들을 침대와 의자에서 쓸어갔을 것이다. 그리고 어딘가 널찍한 모래둔덕에 가로막히면 그곳에 널브러진 채 햇볕에 바싹 말라갈 것이다. 돌멩이가 된 인간, 돌멩이가 된 동물, 그리고 그 사이사이로 돌 이외에는 다른 무엇도 되어본 적이 없는 돌멩이와 바위 들이 널려 있게 되는 것이다.

이 모든 것이 눈앞에 선명히 보이는 것 같았다. 그러자 속이 좀 메슥거렸다. 룩스가 주둥이로 나를 옆으로 밀었다. 범람한 물이 개의 마음에 들지 않았을 것이다. 내가 멀리 떨어져 있는 것을 눈치채고 자기가 곁에 있다는 것을 말하고 싶었는지도 모른다. 언제나 그랬듯 나는 개의 말을 듣기로 했다. 룩스는 내가 어떻게 하는 것이 좋은지 나보다 더 잘 알고 있었다. 산장으로 돌아가는 길 내내 개는 내 옆에 바싹 붙어서 옆구리로 나를 암벽 쪽으로 밀었다. 나를 집어삼킬지도 모르는, 콸콸 소리 내며 흘러가는 괴물로부터 뚝 떨어져 걷게 하려는 것이었다. 나를 이렇게 염려해주는 개의 모습을 보며 나는 웃음을 터뜨리고 말았다. 그러자 개는 젖은 발로 내 가슴에 뛰어오르면서 신이 나서 크게 짖었다. 룩스에게는 강하고 쾌활한 주인이 있었더라면 더 좋았을 것이다. 나는 삶의 의욕에서 그를 따라가지 못한다고 생각할 때가 많았다. 개를 실망시키지 않기 위해 일부러 즐거운 척해야 할 때도 많았다. 비록 내가 그에게 그다지 즐거운 일들을 만들어주지는 못하지만 개는 내가 얼마만큼 그에게 의존하고 있는지, 그를 얼마나 필요로 하고 있는지를 잘 알고 있었다. 룩스는 누가 봐도 다정한 개였다. 사랑을 당당히 요구하고, 사람들에게 사랑받을 만한 개였다. 산지기는 선량한 사람이었던 것 같다. 나는 룩스한테서 악의라든가 교활함의 흔적 같은 것은 본 적이 없었다.

산지기 초막에 도착했을 때 우리는 둘 다 흠뻑 젖어 있었다. 나는 불을 피우고 난로 위에 걸쳐놓은 막대기에 젖은 옷을 벗어 널었다. 자동차 학원의 광고지를 공처럼 말아서 채운 신발들은 장작더미에 올려놓았다.

그러는 사이에도 먹구름 속에서는 우르릉 소리가 들려왔다. 한 번은 왼쪽에서, 또 한 번은 오른쪽에서. 화가 난 것 같기도 하고, 실망한 것 같기도 한 소리가 하늘에서 울려왔는데 그 소리는 하루 종일 계속되었다. 그러나 태풍으로 인한 피해는 크지 않았다. 송어들은 많이 죽었다. 그것이 태풍이 남기고 간 가장 큰 피해였다. 그러나 시간이 지나면 송어는 다시 늘어날 것이었다. 지붕 위에는 널빤지 몇 개가 흔들거렸다. 파손된 부분은 될 수 있는 대로 빨리 보수해야 했다. 어지럼증이 있었기 때문에 지붕에 올라가는 것은 끔찍했다. 하지만 끔찍하든 말든 간에 지붕에 올라가 망가진 널빤지를 고치는 수밖에 없었다.

폭풍이 오기 전 산장 앞의 넓은 공터에 장작들을 높이 쌓아놓고 톱으로 자르기 시작했었다. 그런데 산딸기를 따다 먹느라고 이 중요한 일을 중단했다. 장작은 비에 푹 젖어버려 햇볕에 다시 마를 때까지 기다려야만 했다. 비에 톱밥이 씻겨 내려가 길에 누런 흔적을 남기면서 자갈 사이로 스며들었다. 계곡 사이의 길도 빗물에 씻겨 사라졌다. 하지만 걱정한 만큼 심각하지는 않았다. 시간이 나면 거기도 손을 봐야만 했다. 해야 할 일이 너무나 많았다. 장작을 패고, 감자를 수확하고, 밭을 갈아엎고, 건초를 날라 오고, 길을 고치고, 지붕을 수리해야 했다. 좀 쉬어도 되겠지 생각하면 금세 또 해야 할 일이 산더미처럼 쌓였다.

벌써 8월 중순이었다. 산속의 짧은 여름이 곧 끝날 것이었다. 이틀 더 비가 왔고 멀리서 나지막한 천둥소리가 아직 간간이 들려왔다. 사흘째 되는 날 하얀 안개가 들판에 내려앉았다. 산이 안개 속으로 사라지고 가문비나무는 허리가 잘린 것처럼 보였다. 나는 벨라를 들판에 데려다주었다. 서늘하고 축축한 날씨가 소에게 좋을 것 같아서였다. 나는 산장 안을 치우고 바느질을 하며 날씨가 좋아지길 기다렸다. 닷새째 되는 날, 드디어 하얀 안개 속에서 해가 나타났다. 날짜까지 정확하게 알고 있는 것은 그것을 달력에 표시해놓았기 때문이다. 그때만 해도 나는 메모를 열심히 했다. 나중에는 메모도 시들해지고 대체로 기억력에 의존하며 살았다.

긴 비바람이 지나간 뒤, 날씨는 더 이상 여름 같지는 않았다. 해가 나고 장작은 잘 말랐지만 숲속 풍경은 갑자기 가을의 분위기를 띠었다. 줄기가 긴 용달꽃이 습기 찬 산허리에 피어나기 시작했고, 덤불의 그늘 속에서는 시클라멘이 피어났다. 산속에서는 7월부터 시클라멘이 피기도 하는데, 그러면 그해엔 겨울이 일찍 온다고 한다. 시클라멘은 여름의 빨강과 가을의 파랑이 뒤섞인 보랏빛을 띤다. 이 꽃은 달콤했던 지난날의 향기를 머금고 있다. 하지만 시클라멘 향기를 오래 맡고 있으면 그 뒤에서 달콤함과는 완전히 다른 냄새, 즉 몰락과 죽음의 냄새가 난다. 나는 시클라멘을 어딘가 특별한 꽃, 뭔지 모를 불안감을 일깨우는 꽃이라고 생각하곤 했다.

다시 해가 난 뒤 장작 패는 일에 매진했다. 장작 패는 일은 톱으로 나무를 켜는 일보다 훨씬 쉽게 느껴졌다. 요령도 점점 늘었다. 장작을 팬 뒤엔 그날그날 베란다 아래로 날라 차곡차곡 쌓아두었다. 지난번처럼 산더미가 될 때까지 공터에 내버려두었다가 난감하게 비를 맞히기는 싫었다.

내가 이곳에서 해야 하는 모든 일들에 점점 체계가 잡히기 시작했다. 그리고 그것이 내 삶을 조금은 가볍게 만들어주었다. 아무 계획 없이 살아온 것이 사실 내 탓은 아니었다. 계획을 세우고 그것을 관철할 만한 처지가 아니었던 것뿐이다. 내가 무언가 열심히 하고 있으면 어김없이 내 계획을 수포로 돌리는 누군가가 나타나거나 예기치 못한 일이 벌어지곤 했었다. 그러나 여기, 산속에는 내 계획을 방해할 사람이 아무도 없었다. 만약 계획을 지키지 못한다면 그것은 내 잘못이었다. 내가 탓할 수 있는 사람은 나 자신뿐이었다.

8월 말까지 장작을 팼다. 일은 손에 익었다. 그러나 매일 나무가시가 손에 잔뜩 박혀 저녁마다 족집게로 뽑아내야만 했다. 족집게는 눈썹을 손질할 때 쓰던 것이었다. 눈썹은 내버려두었더니 마구 자라 수북해졌고 머리카락보다 짙은 빛깔을 띠었다. 그래서 음산한 인상을 주었다. 그래도 신경이 쓰이지 않았다. 나는 매일 저녁 손에서 가시를 빼내는 일만으로도 정신이 없었다. 다행히 손에 박힌 나무가시가 곪은 적은 없었다. 이따금 작은 염증이 생기기는 했지만 요오드를 바르고 하룻밤 자고 나면 말짱해졌다.

장작을 패는 일로 아름다운 늦여름을 다 보내고 말았다. 나는 풍경에 눈을 돌릴 사이가 없었다. 장작을 많이 쌓아두어야 한다는 생각뿐이었다. 마지막 팬 장작더미를 베란다 아래로 나르고 나서 나는 허리를 폈다. 그리고 내 몸을 조금 돌보기로 했다. 이상하게도 나는 일을 다 끝낸 뒤의 기쁨 같은 것을 한 번도 느끼지 못했다. 한 가지 일을 다 끝내고 나면 그 일은 금세 잊어버리고 새 일거리를 생각했다. 별로 많이 쉬지 않았다. 항상 그런 식이었다. 몸이 괴로울 정도로 일을 하는 동안에는 벤치에 가만히 앉아 편안하게 쉰다면 얼마나 좋을까 하는 생각을 하곤 했다. 그러다가도 마침내 벤치에 앉게 되면 금방 불안해져서 새 일거리를 찾았다. 내가 유난히 부지런해서 그렇다고는 생각하지 않는다. 나는 오히려 천성적으로 게으른 편이었다. 그것은 아마도 자기방어 본능이었을 것이다. 가만히 쉬고 있으면 자꾸 지난 일을 생각하게 되고 잡념에 빠지게 된다. 나는 그런 것이 싫었다. 내게 남은 선택은 계속 일을 하는 것뿐이었다. 일거리를 찾으려고 애쓸 필요는 없었다. 가만히 있어도 해야 할 일들은 끊임없이 밀려왔다.

빨래와 바느질을 하면서 집 안에서 이틀을 보낸 뒤에는 길을 복구하기 시작했다. 나는 쇠스랑과 삽을 들고 계곡으로 갔다. 손수레가 없었기 때문에 일하기가 힘들었다. 쇠스랑으로 땅을 평평하게 고르고 삽으로 단단히 다졌다. 다음에도 태풍이 오면 길은 물에 패일 것이고, 그러면 다시 흙을 돋우고 다지는 수밖에 없을 것이다. 손수레가 있었으면 좋겠다는 생각이 들었다. 후고는 손수레 생각은 하지 못했다. 자기 손으로 길을 복구해야 하는 상황 같은 것은 상상도 못 했을 것이다. 나는 후고가 산장보다는 내심 방공호를 하나 파고 싶어 했을 거라고 생각한다. 하지만 반사회적으로 비칠 것이 우려되어 차마 그렇게 하지는 못했을 것이다. 후고는 반사회적인 인간으로 보이지 않기 위해 굉장히 신경을 쓰는 사람이었다. 그래서 그는 취미 삼아 하는 일처럼 보이는 반쪽 조치밖에 취하지 못했던 것이다. 그나마 이 조치가 그의 불안감을 어느 정도는 씻어주었다. 그도 이것을 분명히 알고 있었을 것이다. 그는 철저하게 현실적으로 생각하는 사람이었다. 심지어 그는 자신이 은밀히 걱정하는 일들에 대해 남들 앞에서 대놓고 비아냥거리기도 했다. 그래야만 거리낌 없이 일을 계속하며 살아갈 수 있기 때문이었다. 어쨌거나 손수레는 불안감에 휩싸인 그가 꿈속에서 그리던 생존 계획에는 포함되지 못했다. 그 결과 길은 지금 엉망이 되어 있다. 눈에 보이는 돌멩이들을 그 자리에서 치워버리는데도 시간이 갈수록 흙은 점점 없어지고 돌바닥이 드러난다. 개울가의 흙을 날라와 길에 깔 수도 있지만 그럴 의욕이 나느냐가 문제다. 자루에 흙을 가득 담아 너도밤나무 가지 위에 올려 끌고 올 수도 있을 것이다. 열다섯 자루면 충분할지 모른다. 가늠하기가 쉽지는 않다. 그 일은 1년 전에 끝내버릴 수도 있었을 것이다. 하지만 지금은 그렇게까지 할 필요가 없다고 생각한다. 말라붙은 개울 바닥의 건초를 통째로 끌고 오는 것이 열다섯 자루의 흙을 날라 길에 뿌리는 일보다 쉬울 것이다.

9월 6일에는 감자밭에 가보았다. 감자는 아직 너무 잘고 잎은 초록색이었다. 아직 몇 주는 더 배고픔을 참아야 했다. 하지만 작은 아기 감자들을 쳐다만 보아도 새로운 희망이 솟아났다. 그해 겨울에 감자를 다 먹지 않고 비축해두었기 때문에 지금은 식량에 대해 큰 걱정없이 살 수 있게 되었다. 재앙 같은 기후 변화가 일어나 농사를 완전히 망치지 않는 한 이제 굶어 죽을 염려는 없을 것이다.

콩도 벌써 다 자랐다. 싹이 전부 나오지는 않았지만 수확은 몇 배로 늘어났다. 수확한 콩의 일부는 종자로 남겨두기로 했다. 과실을 거두는 일도 시작해야 했다. 하지만 길을 복구하느라 기진맥진한 상태였다. 며칠 비가 왔기 때문에 나는 꼭 해야 하는 일을 할 때만 몇 번 일어나고 하루 종일 누워서 지냈다. 낮에도 잠을 잤다. 자면 잘수록 더 피곤해졌다. 어디가 잘못되었던 것인지 모르겠다. 아마도 비타민이 부족했거나 아니면 단순히 과로였을지도 모른다. 룩스는 내가 누워만 있는 것을 싫어했다. 그는 나에게 다가와서 주둥이로 나를 보챘다. 그래도 아무 소용이 없으면 앞발을 딛고 침대 위로 뛰어올라 큰 소리로 짖어대었다. 그 소리를 들으며 잠을 계속 잔다는 것은 상상할 수도 없는 일이었다. 그 순간만큼은 룩스가 미웠다. 마치 그는 노예를 가혹하게 부리는 주인 같았다. 나는 투덜대며 옷을 입고는 총을 들고 개와 함께 나섰다. 사냥할 때가 되긴 되었다. 집 안에는 고기가 한 점도 남아 있지 않았기 때문에 나는 룩스에게 얼마 남지 않은 귀한 국수를 먹이고 있었다. 나는 힘없는 산양을 맞혔다.

룩스는 크게 만족했다. 즐거운 척하면서 나는 산양을 끌고 집으로 돌아왔다. 나는 기운이 없어 보이는 산양만 잡았는데 그것은 오랜 생각 끝에 내린 결정이었다. 나는 이 숲이, 좀 더 엄밀하게 말하자면 나의 사냥 구역이 몇 년 안 가서 먹을 것이 하나도 남지 않은 황폐한 골짜기가 되지는 않을까 걱정이었다. 나중에 어려움을 당하지 않기 위해서 나는 될 수 있는 대로 산양만을 쏘았던 것이다. 지금 돌아보면 내 생각이 틀렸던 것 같지는 않다. 2년 반이 지난 지금 숲은 전보다 훨씬 황량해졌다. 만약 언젠가 내가 이곳을 떠나게 된다면 나는 벽 아래로 깊은 터널을 팔 것이다. 이 숲이 아무도 벗어날 수 없는 덫으로 남지는 않도록. 나와 함께 이 숲에 살았던 노루와 사슴 들은 기름지고 너른 들판으로 나가게 되거나 혹은 갑작스러운 죽음을 맞이하게 될 것이다. 어느 쪽이 되더라도 점점 황량해져가는 산속에 갇혀 지내는 것보다는 낫다. 맹수들의 씨가 마른 숲의 보복이 시작되고 있었다. 숲속에 인간 이외의 천적이 하나도 남지 않은 것이 동물에게는 천벌이나 마찬가지다. 눈을 감고 있으면 동물이 무리 지어 산을 떠나는 굉장한 장면이 떠오를 때가 있다. 그러나 그것은 꿈일 뿐이다. 인간이란 한낮에도 꿈꾸기를 멈추지 않는 존재이다.

나는 양을 토막 냈다. 처음에는 이 일이 정말 힘들었다. 토막 낸 살덩이는 양동이에 넣고 소금을 뿌린 다음 커다란 뚜껑을 덮었다. 양동이를 샘터로 가지고 가 차가운 샘물에 담가놓았다. 우리 산장 구역에 있는 샘은 아니다. 이곳에는 샘이 여러 개 있다. 이 샘은 너도밤나무 아래서 솟은 물이 뿌리 사이의 움푹한 곳에 고여 웅덩이가 된 것이다. 샘물은 거기서부터 몇 미터 떨어진 곳까지 물길을 만들다가 다시 땅속으로 스며들고 있다. 후고의 사냥친구 가운데 몸집이 작고 안경을 쓴 사람이 있었다. 그가 언젠가 이 산과 골짜기의 땅 밑을 파보면 어마어마한 동굴이 있을 거라고 말한 적이 있었다. 그의 말이 맞는지 아닌지는 모르겠다. 어쨌든 나는 작은 샘이나 개울이 흔적도 없이 땅속으로 사라져버리는 것을 여러 곳에서 보았다. 그 작은 남자의 말이 맞는지도 모르겠다.

동굴에 대한 생각이 하루 종일 머리에서 떠나지 않는 날도 있었다. 흙과 석회석이 걸러진 아주 깨끗하고 맑은 물이 땅 밑에 고이고 있을 것이다. 동굴에는 동굴뱀과 하얀 장님 물고기 같은 동물들도 살고 있을 것이다. 그들이 커다란 종유석 동굴 안, 맑은 물속에서 끝없이 빙빙 도는 모습이 보이는 듯했다. 그곳에서는 물이 찰랑대는 소리 외에는 아무 소리도 들리지 않을 것이다.

이 세상에 그보다 더 적막한 곳이 있을까? 내가 그런 물고기들을 보게 될 날은 오지 않을 것이다. 그들은 존재하지 않는지도 모른다. 그러나 동굴에 무엇이든 살아 있는 것이 있었으면 좋겠다. 동굴은 굉장히 매력적인 동시에 무시무시하다. 젊었을 때, 죽음을 치욕스러운 일이라고 생각했던 나는 죽을 때 아무한테도 눈에 띄지 않도록 동굴로 기어들어갈 생각을 했었다. 이 생각에는 아직도 변함이 없다. 그것은 어릴 적에 자주 했던 놀이처럼 지금도 이따금 돌이켜보면 즐거워진다. 그러나 나는 죽기 전에 동굴을 찾을 필요는 없게 되었다. 내가 죽을 때는 아무도 곁에 있지 않을 것이다. 나의 죽은 몸을 들여다보며 만지고, 온기가 도는 살아 있는 손으로 내 차가운 눈꺼풀을 감겨줄 사람은 없다. 내가 세상을 떠날 때 곁에서 속삭여주며 마지막 쓰디쓴 약을 내 입에 억지로 넣어줄 사람은 없다. 한때는 룩스가 나의 죽음을 슬퍼하며 울어줄 거라고 생각했었다. 그러나 룩스는 나보다 먼저 죽었고, 그렇게 된 것이 나은 것 같다. 룩스는 이제 위험이 없는 곳에 가 있다. 내가 죽어갈 때는 나를 위해 우는 사람의 소리도, 동물의 소리도 들을 수 없을 것이다. 아무것도 나를 지난날의 고통에 잡아매지는 못할 것이다. 아직은 그럭저럭 삶을 즐기며 살고 있지만, 언젠가는 그것이면 충분하다고 생각할 날이 올 것이다. 그러면 나는 삶이 끝나가는 것을 아무 미련 없이 받아들일 것이다.

그러나 물론 아주 다른 상황이 벌어질 수도 있다. 사실 이미 오래전부터 나는 그 무엇도 확신할 수 없게 되었다. 그들은 언제라도 다시 돌아와 나를 데려갈지 모른다. 이방인들이 와서 이방인 여자를 하나 발견하게 되는 것이다. 우리가 서로 나눌 말은 별로 없을 것이다. 그들이 오지 않는 편이 나에게는 더 좋을 것 같다. 그러나 그때, 이곳에서의 첫해에는 지금처럼 생각하거나 느끼지 않았다. 모든 것이 부지불식간에 변하고 말았다. 그렇기 때문에 나는 이제 너무 먼 앞일을 미리 계획하지 않는다. 2년 뒤에는 내가 어떻게 느끼고 생각할는지 알 수 없기 때문이다. 하물며 5년이나 10년쯤 뒤엔 어떻게 될지 알 수가 없다. 그처럼 먼 앞날은 상상할 수도 없다. 그렇다고 하루하루를 아무 계획 없이 사는 것은 아니다. 나는 농사꾼이 다 되었고 농사꾼은 계획을 세워야만 한다. 어쩌면 나는 평생 동안 서툰 농사꾼이었을 뿐인지도 모르겠다. 손자들은 지금쯤 나비가 되어 홀가분하게 날아다니고 있을지 모른다. 딸들은 모든 구속에서 벗어났을 것이다. 나는 더 이상의 생명도, 죽음도 낳지 않는다. 수많은 세대를 거치는 동안 우리를 따라다녔던 유아독존,

그것 역시 나와 함께 이 세상에서 사라질 것이다. 그것은 좋은 것도 아니고 나쁜 것도 아니다. 누구나 알 만큼 단순한 일이다.

그건 그렇고 나는 겨울을 어떻게 나야 할까?

나는 새벽의 어슴푸레한 미명 속에서 눈을 뜬다. 그리고 곧장 침대에서 몸을 일으킨다. 누워 있으면 생각을 하기 시작한다. 어슴푸레한 새벽녘 속에서 생각에 빠지는 것이 두렵다. 그래서 나는 일을 하러 나간다. 벨라가 반갑게 인사를 한다. 요즘 벨라에게는 즐거운 일이 없다. 소는 어떻게 혼자 이 침울한 외양간 속에서 밤낮 참으며 서 있는 것일까. 나는 벨라에 대해서 아는 것이 너무 없다. 소도 이따금 꿈은 꾸겠지. 햇볕이 등에 내리쬐고 맛있는 풀을 뜯고 송아지가 달려와 따스한 몸을 비비던 일, 그 다정함과 지난겨울 주고받았던 끝없는 침묵의 대화들에 대한 꿈을. 꿈속의 송아지는 건초더미 안에서 뒹군다. 친근한 숨결을 콧구멍으로 내보낸다. 지나간 일들에 대한 기억이 소의 무거운 몸에서 피어올랐다가 흐르는 피를 타고 다시 가라앉는다. 소는 그런 꿈을 꾸는지도 모르겠다. 나는 매일 아침 소의 얼굴을 쓰다듬고 말을 걸면서 내 얼굴을 향한 소의 축축하고 커다란 눈을 들여다볼 뿐이다. 만약 그것이 사람의 눈이었다면 나는 그가 매우 이상한 사람일 거라고 생각했을 것이다.

등잔은 작은 화덕 위에 놓여 있다. 노란 불빛 속에서 나는 벨라의 젖을 따뜻한 물로 닦아주고 젖을 짜기 시작한다. 젖이 나온다. 많이 나오지는 않는다. 하지만 고양이와 내가 먹기에는 충분하다. 나는 소에게 이야기를 한다. 송아지가 새로 태어날 거라고, 길고 따뜻한 여름이 다시 올 거라고, 신선하고 푸른 풀을 뜯게 될 것이고 모기를 몰아낼 따스한 비를 맞을 수 있을 거라고 말한다. 그리고 다시 송아지 이야기를 한다. 소는 부드럽고 신비로운 눈으로 나를 바라본다. 넓은 이마를 내게 들이밀면 나는 뿔 언저리를 쓰다듬어준다. 내게는 온기가 남아 있다. 나는 살아 숨 쉬고 있다. 소는 내가 자기를 좋아하는 것을 안다. 소와 나는 그 이상 서로에 대해 알게 되지는 못할 것이다. 젖을 짠 다음엔 외양간을 치운다. 차가운 겨울바람으로 환기한다. 나는 꼭 필요한 만큼만 문을 열었다 닫는다. 그렇지 않아도 외양간 안은 싸늘하다. 소 한 마리의 숨결과 체온으로 약간의 온기만 어려 있을 뿐이다. 나는 향기로운 건초를 벨라 앞에 던져주고 여물통에 물을 채운다. 그리고 일주일에 한 번은 솔로 털을 쓸어준다. 그 일들이 끝나면 나는 소를 어둠 속에 외롭게 남겨둔 채 등잔을 들고 외양간에서 나온다. 내가 외양간을 나온 뒤의 일들은 모른다. 벨라가 내가 닫고 나온 문을 오래 쳐다볼까? 아니면 저녁이 올 때까지 그저 조용히 선잠에 빠져 있을까? 침실 문을 부술 방법을 알 수만 있다면. 벨라를 혼자 두고 나올 때마다 나는 하루도 빠짐없이 이 생각을 한다. 벨라에게 벌써 이야기도 해놓았다. 그 얘기를 다 듣기도 전에 소는 내 얼굴을 핥았다. 가여운 벨라.

나는 우유를 산장 안으로 가지고 들어와 불을 지피고 아침을 준비한다. 고양이가 내 침대에서 일어나 밥그릇 앞으로 와서 우유를 핥아 먹는다. 그러고는 난로 앞으로 기어가 몸을 웅크리고 혀로 털을 핥는다. 룩스가 죽은 뒤부터는 고양이가 룩스의 자리를 차지하고 하루 종일 거기 누워 잠을 잔다. 고양이를 그 자리에서 몰아내고 싶은 생각은 없다. 룩스의 텅 빈 자리를 쳐다보는 것보다는 차라리 그것이 낫다. 아침에 우리는 얘기를 나누는 법이 없다. 고양이는 까탈스럽고 내향적이다. 나는 헛간으로 가서 그날 땔 장작을 가져온다. 그러는 동안 날이 다 밝는다. 흐린 겨울아침엔 날이 밝아도 아주 환하지는 않다. 까마귀가 요란한 소리를 내며 날아와 가문비나무에 앉는다. 그러면 8시 반쯤 된 것이다. 쓰레기가 있는 날은 그것을 공터로 들고 나가 가문비나무 아래에 놓는다. 바깥에서 일을 해야 할 때는, 예컨대 장작을 패거나 눈을 치우거나 건초를 들여와야 할 때에는 후고의 가죽바지를 입는다. 바지통을 줄일 때는 꽤나 애를 먹었다. 바지는 복사뼈까지 내려오는데 추운 날에 입으면 따뜻하다. 점심을 먹고 설거지를 한 뒤에는 탁자 앞에 앉아 글을 쓴다. 잠을 잘 수도 있지만 그렇게 하지는 않는다. 피곤할 만큼 피곤해져야 밤에 금세 잠이 들기 때문이다. 그리고 밤에 등잔불을 오래 켜놓을 수도 없다. 내년 겨울에는 노루기름으로 만든 초를 켜야 할 것이다. 그걸 한번 켜본 적이 있었는데 냄새가 지독했다. 그러나 거기에도 익숙해져야 할 것이다.

4시쯤, 등잔에 불을 켜면 고양이가 난로에서 기어와 탁자 위로 올라온다. 고양이는 내가 글을 쓰는 것을 조용히 바라본다. 고양이도 나만큼이나 노란 등잔불을 좋아한다. 공터에서 까마귀가 요란하게 우는 소리가 들려온다. 고양이는 예민해져서 귀를 쫑긋 세운다. 고양이가 다시 마음을 가라앉히면 우리 둘만의 시간을 갖는다. 고양이는 앞발로 나를 살짝 치며 연필을 뺏고 내가 글을 쓰고 있는 종이 위에 드러눕는다. 나는 고양이를 쓰다듬어주고 고양이에게 옛날얘기를 해주거나 노래를 불러준다. 나는 노래를 잘하지 못한다. 겨울 오후의 적막을 깰까 겁을 먹은 것처럼 나지막이 노래를 읊조린다. 고양이는 내가 노래하는 것을 좋아한다. 고양이는 심각한 노래, 특히 찬송가를 좋아한다. 높은 음은 고양이가 좋아하지 않는다. 나도 그렇다. 노래를 실컷 듣고 나면 고양이는 가르릉 소리를 뚝 멎는다. 그러면 나도 노래를 멈춘다. 장작은 난로 속에서 딱딱 소리를 내며 타고 있다. 눈이 내리면 우리는 함께 커다란 눈송이를 구경한다. 비가 오거나 바람이 불면 고양이는 우울해진다. 나는 고양이의 기분을 북돋아주기 위해 애를 쓴다. 가끔은 성공할 때도 있지만 대개는 우리 둘 모두 절망적인 침묵 속에 빠져든다. 흔히 있는 일은 아니지만 기적이 일어날 때도 있다. 고양이가 일어나서 이마를 내 뺨에 대고 앞발로 내 가슴을 짚는다. 아니면 내 손가락 마디를 이빨 사이에 넣고 잘근잘근 씹으면서 장난을 친다. 그러나 그런 일은 자주 일어나지 않는다. 고양이는 애정 표시가 될 만한 행동은 좀처럼 하지 않기 때문이다. 어떤 노래를 부르면 고양이는 너무나도 황홀한 기분이 되어 발톱으로 종이를 긁곤 한다. 그럴 때 보면 고양이의 코는 촉촉하게 젖어 있고 눈은 신비로운 장막으로 덮이는 것 같다.

고양이들은 비밀스러운 사랑에 빠지곤 한다. 그러면 그들의 마음은 아득히 멀어진다. 페를레는 루이제의 작고 빨간 우단 쿠션과 사랑에 빠졌었다. 쿠션은 페를레에게 말할 수 없이 매력적인 상대였다. 페를레는 쿠션을 핥고 부드러운 우단의 주름을 잡아당기고 그 위에 누워서 쉬었다. 고양이의 하얀 가슴은 빨간 우단과 선명한 대조를 보여주었다. 가늘게 뜬 페를레의 눈은 초록빛 보석처럼 빛났다. 동화에서 튀어나온 것처럼 아름다운 모습이었다. 새끼 중에서 마지막에 태어난 티거는 향기를 유난히 좋아했다. 티거는 향긋한 풀 앞에서라면 시간이 얼마나 흐르든 상관없이 앉아 있을 수 있었다. 그럴 때 보면 그는 수염은 한껏 뽐내며 두 눈을 감은 채 작은 아랫입술을 침으로 적시고 있었다. 어느 순간에 이르면 티거의 몸이 터져버려 수천 조각으로 찢길 것만 같았다. 그러나 그런 순간이면 티거는 과감하게 현실로 돌아와 꼬리를 추켜올리고 작은 비명을 지르면서 산장 안으로 뛰어들어왔다. 그런 장난을 하고 난 뒤면 티거는 더 버릇없이 굴었다. 마치 시를 읽다가 발각된 사춘기 소년처럼 말이다. 아무튼 꼭 알아두어야 할 것은 어떤 일이 있어도 고양이를 보고 큰 소리로 웃어서는 안 된다는 것이다. 고양이들은 그것을 매우 기분 나빠한다. 물론 티거를 보며 웃음을 참는 일은 쉽지 않을 때도 많다. 페를레는 웃음거리가 되기에는 너무나 아름답다. 어미 고양이를 쳐다보며 웃는 일은 감히 생각할 수도 없다. 그들의 묘한 기벽에 대해 나는 얼마나 알고 있는 것일까? 내가 그들의 삶에 대해 도대체 무엇을 안단 말인가? 한번은 어미 고양이가 산장 뒤에서 죽은 쥐를 가지고 장난을 치고 있는 걸 목격한 적이 있었다. 고양이가 그 작은 동물을 죽인 것은 바로 직전인 것 같았다. 내가 그때 보았던 것으로 나는 고양이는 쥐를 신나는 장난감으로만 생각한다는 확신을 갖게 되었다. 고양이는 죽은 쥐의 가슴팍을 깔고 앉아서 쥐를 살살 핥고 있었다. 그러더니 그것을 조심스럽게 밀어내고는 거의 다정하게 보일 만큼 살짝살짝 건드려보았다. 그러고는 다시 잡아당겨서 핥다가 마침내 작은 소리로 울기 시작하며 나를 바라보았다. 나더러 자기 장난감이 다시 움직일 수 있게 해놓으라고 떼를 쓰는 것 같았다. 고양이한테서 악의나 심술 같은 것은 전혀 찾아볼 수 없었다.

조금 전 쥐를 죽인 어미 고양이의 눈보다 더 순진무구해 보이는 눈은 본 적이 없다. 고양이는 자기가 그 불쌍한 작은 동물에게 고통을 주었다는 것을 모르고 있었다. 신나는 장난감이 더는 움직이지 않는 것에 속이 상할 뿐이었다. 나는 쨍쨍 내리쬐는 햇볕 속에 서 있었지만 몸이 덜덜 떨렸다. 증오심 같은 것이 가슴속에서 끓어올랐다. 나는 넋이 빠진 채로 고양이를 쓰다듬어주면서 증오심이 점점 커지는 것을 느꼈다. 그렇지만 나는 아무것도, 그 누구도 증오할 수 없었다. 나는 알고 있었다. 내가 이해하지 못하리라는 것을 알고 있었다. 나는 이해하고 싶지도 않았다. 나는 두려웠다. 나는 지금도 두렵다. 어떤 것들에 대해서는 모르고 있어야만 살아갈 수 있다는 것을 알기 때문이다. 여하튼 고양이가 쥐를 잡는 것을 본 것은 그때가 처음이자 마지막이었다. 고양이는 그 끔찍하고도 천진난만한 게임을 밤에만 하는 모양이다. 나에게는 다행스러운 일이다.

지금 고양이는 내 앞에, 탁자 위에 누워 있다. 고양이의 눈은 호수처럼 맑다. 저 깊은 밑바닥에서 갖가지 해초들을 키우고 있을 호수. 등잔불을 너무 오래 켜놓았다. 외양간에 가서 벨라와 함께 있어줘야 할 시간이다. 그러고 나면 나는 벨라를 다시 어둠 속에 혼자 남겨둘 것이다. 내일도 오늘처럼, 어제처럼 흘러갈 것이다. 잠에서 깨어나면 잡념에 빠지지 않기 위해 후다닥 침대를 박차고 나올 것이고 검은 까마귀 떼가 공터에 내려앉아 거친 울음소리로 하루의 시작을 알릴 것이다.

전에는 저녁에 오래된 신문이나 잡지를 읽곤 했었다. 지금은 그것들에 손을 대지도 않는다. 신문이나 잡지는 지루하다. 숲속 생활에서 나에게 지루함을 주는 유일한 것이 바로 묵은 신문들이었다. 어쩌면 이곳에 갇히기 전에도 나는 신문들을 볼 때마다 지루해했을지 모른다. 다만 언제나 따라다니던 그 희미한 불쾌감이 지루함이라는 사실을 몰랐을 것이다. 나의 가여운 딸들도 지루함을 참지 못해 단 10분도 가만히 있지 않았다. 우리는 모두 지루함에 마비되어 있었다. 지루함에서 벗어나는 것, 그것의 끝없는 파동과 그림자로부터 벗어나는 것은 불가능했다. 더 이상 놀랄 만한 일은 없다. 벽 역시 고통받던 한 인간의 절망적인 마지막 시도였을 것이다. 부서져야만 했던 한 인간. 부서지지 않으면 미치고 말 한 인간의 몸부림.

벽은 지루함을 몰아내는 데에는 단단히 한몫했다. 벽 너머의 들판과 나무와 강은 이제 지루함을 모를 것이다. 단 한 방에 들끓던 소란이 멎었다. 저 너머에서는 비와 바람 그리고 텅 빈 집이 덜컹거리는 소리만 들릴 뿐이다. 그 지긋지긋하던 시끄러운 목소리는 잠잠해졌다. 그러나 이제는 그 거대한 적막을 즐길 사람이 없다.

9월에는 날씨가 화창하고 따뜻했다. 피로도 어느 정도 회복되었기 때문에 나는 딸기밭을 더 찾아보기로 했다. 나는 마을 사람들이 고원에서 월귤을 따오곤 했던 것을 알고 있었다. 월귤을 찾을 수 있다면 나에게는 정말 행운이었다. 월귤은 설탕 없이도 졸일 수가 있는데 타닌산이 들어 있어 상하지 않는다. 9월 12일, 나는 벨라의 젖을 일찍 짠 다음 룩스와 함께 출발했다. 벨라는 외양간에 가두고 떠났다. 걱정거리는 페를레였다. 페를레는 개울가로 나다니는 데 재미를 붙이고 있었다. 며칠 전엔 송어 한 마리를 입에 물고 와 베란다 아래에서 먹어치웠다. 처음 물고기를 낚은 것이 자랑스럽고 기쁜 눈치였다. 나는 칭찬을 하며 쓰다듬어주지 않을 수 없었다. 다음 날부터 페를레는 매일 개울 한가운데 놓인 바위에 앉아 오른쪽 앞발을 치켜들고 물고기가 나타나기를 기다린다. 새끼 고양이의 하얀 털은 햇볕에 반짝거리기 때문에 머리에 눈이 달린 이상 그것을 보지 않을 수는 없다. 그래도 페를레를 말릴 수는 없다. 얌전한 집고양이로 키우려던 나의 꿈은 완전히 무너지고 말았다. 사실 나는 그렇게 될 수 있으리라고 믿지도 않았던 것 같다. 어미 고양이나 나중에 태어난 티거는 개울에 간 일이 한 번도 없었다. 둘 다 유난히 물을 싫어했는데 페를레만 돌연변이 같았다. 어미 고양이는 새끼의 그 이상한 행동을 미심쩍어하는 눈으로 쳐다보았지만 간섭은 하지 않았다. 페를레가 아직도 어린애나 마찬가지였는데도 어미는 새끼를 돌보아야 한다는 생각은 하지 않는 것 같았다. 어미는 이내 새끼를 낳기 전의 삶으로 돌아갔다. 그래서 나는 위층에 있는 방에 페를레를 가두고 물과 고기를 넣어주었다. 그 방에는 나무껍질과 마른 가지들을 쌓아두고 있었다. 페를레에게는 안됐지만 다른 방법이 없었다.

고원으로 오르는 길은 찾기 어렵지 않았다. 꼭대기에 이를 때까지 세 시간이 걸렸다. 길은 상태가 좋았고 넓었다. 그 위에서 한때 소를 쳤기 때문이었다. 만약 벽이 며칠만 더 늦게 생겼더라면 여기 한 무리의 소 떼와 목동이 남았을 것이다. 하지만 아쉽다고 말하려는 것은 아니다. 그랬더라면 사태가 더 나빴을 수도 있으니까.

목동의 초막은 너른 들판 한가운데 있었다. 들판의 풀들은 이미 누렇게 물들어가고 있었다. 부드러운 풀밭 위를 거니는 동안 나는 벨라를 생각했다. 벨라는 여름 내내 딱딱하고 맛없는 풀만 먹어야 했다. 여기 고원에 벨라가 먹을 만한 부드러운 풀이 자라고 있었는데 말이다. 내년 5월에는 벨라를 이곳에 데리고 와야겠다고 생각했다. 그러나 바로 그 순간 벨라를 이곳에 데려오기 위해 감수해야 하는 온갖 어려운 일들이 떠오르자 마음이 섬뜩해졌다. 목동의 초막은 망가진 곳이 없었다. 비상시에는 한여름 정도 여기에서 살 만도 했다. 초막 안에는 버터통과 낡은 달력 두 개, 잘 모르는 배우의 사진을 압핀으로 고정한 상자가 있었다. 그러니까 목동은 남자였던 모양이다. 초막 안은 굉장히 지저분했다. 그릇마다 누런 기름때가 앉아 있었고 식탁은 한 번도 닦지 않은 것 같았다. 수박색 모자 한 개와 해질 대로 해진 앞치마도 하나 있었다. 나는 몹시 피곤했다. 월귤을 따러 가야 한다는 생각도 점점 희미해지고 있었다. 그래도 스스로를 다그쳐 다시 발길을 떼었다. 마침내 월귤이 자라고 있는 곳을 찾아냈다. 월귤은 아직 분홍빛이었다. 한창 익어가고 있었기 때문에 나중에 다시 올라와야 할 것 같았다. 산장으로 돌아가기 전에 나는 그 지역이 한눈에 내려다보일 만한 곳을 찾아보았다. 들판은 숲으로 이어지다가 산등성이를 따라 내려가고 있었다. 나는 나무 그루터기에 앉아 망원경으로 멀리 내다보았다.

화창한 가을날이었다. 멀리까지 잘 보였다. 빨간 교회 탑을 세기 시작했을 때 몸이 조금 떨렸다. 모두 다섯 개였다. 그리고 작은 집들이 보였다. 숲과 들은 아직 물이 들지 않았다. 드문드문 누르스름한 직사각형의 땅이 보였는데, 그것은 추수를 하지 못한 밭이었다. 길은 텅 비어 있었다. 작은 물체가 몇 개 보였는데 트럭인 것 같았다. 움직이는 것은 아무것도 없었다. 굴뚝에서 연기가 올라오는 집도 없고 들판을 나는 새도 없었다. 나는 하늘을 바라보았다, 한참 동안. 하늘은 텅 비어 있었다. 아무 움직임도 없었다. 뭔가 다른 것을 더 볼 수 있으리라고 기대했던 것은 아니었다. 망원경이 손에서 미끄러져 무릎 위로 떨어졌다. 이제는 어느 것이 교회 탑이었는지도 알아볼 수 없었다.

룩스가 지루해하면서 발길을 재촉했다. 나는 일어나서 개를 따라갔다. 빈 양동이는 목동의 초막에 그냥 놓아두었다. 다음에 다시 들고 올라오는 고생을 할 필요가 없도록 말이다. 대신 달력과 밀가루, 버터통은 가지고 왔다. 이것들을 배낭에 단단히 묶었는데 얼마 걷지도 않아서 짐은 벌써 내 등을 무겁게 내리눌렀다. 그래도 나는 그 물건들을 포기할 수 없었다. 버터를 작은 용기에 조금씩 덜어서 막대기로 젓는 일은 매우 번거로웠다. 이제는 버터통을 구했으니 버터를 쉽게 녹일 수 있을 것이다. 룩스는 신이 나서 기다란 귀를 바람에 휘날리며 들판을 달려갔다. 나는 버터통을 지고 내려오느라 헐떡이고 있었다. 무거운 짐을 지는 걸 질색하며 살았는데 끝내 한 번도 거기서 벗어나지는 못했다. 어려서는 무거운 책가방을, 그다음에는 트렁크, 딸들, 시장바구니와 석탄, 그러고는 건초더미와 장작에 이어 버터통까지 지게 되었으니 말이다. 내 팔이 무릎에 닿을 정도로 늘어지지 않은 것이 놀라울 따름이다. 그랬더라면 구부릴 때 허리는 덜 아플 텐데. 사나운 발톱과 무성한 털, 긴 이빨만 있다면 야생동물이라고 해도 될 판이다. 나는 가벼운 몸으로 들판을 달리는 룩스가 부러웠다. 그때 내가 아침에 고원에서 샘물을 조금 마신 것 말고는 하루 종일 아무것도 먹지 않았다는 것이 생각났다. 먹는 일을 완전히 잊어버리고 있었던 것이다. 먹을 것은 버터통 밑에 들어 있었다. 마침내 산장에 도착했을 때는 몸에 기운이 하나도 남지 않은 상태였다. 그날 내내 어깨가 아팠다. 그래도 버터통은 구해온 것이었다.

그다음 2주 동안은 달력에 아무 표시가 없다. 그때 일은 아무 기억이 없다. 너무 잘 지냈던 것일까? 달력에 아무것도 쓰고 싶지 않을 정도로 힘들었던 것일까? 힘들어서 그랬을 거라고 생각하는 편이 맞을 것이다. 편식과 과로로 나는 점점 허약해져갔다. 떨어진 마른 가지와 나무껍질을 주워 2층 방에 쌓아놓기 시작한 것이 그때쯤인 것 같다. 그전에도 한번 마른 가지를 주워온 적은 있었다. 불쏘시개가 필요했기 때문이었다. 베란다 아래에 쌓아둔 장작들은 날씨가 좋을 때에는 괜찮았지만, 바람이 심하게 부는 날이나 비가 와서 장작이 젖어 있는 날은 불이 잘 붙지 않았다. 차고에 장작을 쌓아둘 수도 있었겠지만 거기에는 이미 건초가 쌓여 있었다. 젖은 장작의 장점도 있었다. 젖은 장작은 천천히 타들어가기 때문에 장작을 자주 넣을 필요가 없었다. 밤새도록 불이 꺼지지 않았으면 하는 날은 젖은 장작을 불에 올려두고 자면 되었다.

마치 긴 잠에서 깨어나 새 삶을 시작하는 것처럼 **10월 2일**부터 달력의 기록이 다시 이어지고 있다. 그날 나는 감자를 캤다. 감자를 자루에 넣어 산장까지 끌고 와서는 침실에 펼쳐놓았다. 산장 뒤에 산을 파서 만든 지하실이 있었지만 감자를 그곳에 둘 엄두는 나지 않았다. 시험 삼아 감자 몇 개를 거기 갖다두었더니 첫서리가 내리자마자 얼고 말았다. 덧창을 내리면 침실은 캄캄하고 서늘한데 신기하게도 눅눅하지는 않았다. 그곳은 이제 발 디딜 틈도 없었다. 저장해야 할 것들은 전부 거기 쌓아두었기 때문이었다. 내 재산은 처음의 몇 배로 늘어난 것이다. 그날 무척 고단했지만 저녁에 감자를 한 솥 삶아서 신선한 버터를 발라 먹었다. 말 그대로 성찬이었다. 나는 모처럼 배부르게 먹고 식탁에 앉은 채 잠이 들었다. 한 시간쯤 뒤에 나를 원망하듯 깨운 룩스에게도 감자를 주었다. 고양이는 맹수의 체면을 지키려는 듯 감자를 먹지 않았다. 룩스는 감자를 아주 잘 먹었지만 자주 주지는 않았다. 개한테 감자가 좋지 않다는 것을 알고 있었다.

밭을 아무렇게나 방치할 수는 없었다. 첫해는 잡초를 제대로 뽑아내지 못했다. 그래서 나는 감자를 수확한 후에 곧바로 땅을 갈아엎기로 했다. 콩을 수확하느라 하루를 보내고 나서 나는 밭을 갈기 시작했다. 그 일을 다 끝내고 나서야 안심이 되었다. 콩은 햇볕에 말렸고 종자로 쓰기 위해 치워두었다. 한참 생각하고 고민한 끝에 감자 일부를 한곳에 치워두었다. 거기엔 손을 대지 않을 작정이었다. 내년에 굶어 죽는 것보다는 지금 몇 주 동안 배고픔에 시달리는 것이 낫다. 수확을 끝내고 나자 벨라를 발견했던 초원에서 본 과일 나무들이 생각났다. 그곳에는 사과나무 한 그루와 자두나무 두 그루 그리고 능금나무 한 그루가 있었다. 자두나무에는 열매가 스물네 개 달려 있었는데 작고, 더러 껍질이 벗어져 있고 수지 냄새 같은 게 났지만 굉장히 달았다. 나는 자두를 그 자리에서 다 먹어치우고 저녁에 배탈이 났다. 사과는 쉰 개쯤 매달려 있었는데 알이 굵고 껍질이 두껍고 빨간 종자로 산에서만 자라는 종이었다. 전에는 사과를 먹으면서 무 같은 맛이 난다고 생각했었다. 그때는 내가 고생도 모르고 철도 없던 시절이었다. 능금나무는 자잘한 열매들로 뒤덮여 있었다. 그 능금으로는 원래 과일주를 담가 마시지만, 나는 비타민을 섭취하기 위해서 꾹꾹 참아가며 1년 내내 생과일로 먹고 있다. 사과는 그때까지도 완전히 익질 않아 한동안 그대로 놔두었다. 날씨가 매우 화창한 날이었다. 바람은 이미 싸늘했다. 나는 벽 너머에 있는 나무와 집 들을 똑똑히 볼 수 있었다.

커튼은 내려진 채 그대로였고 벨라의 친구들일 것 같은 두 마리의 소들도 여전히 돌처럼 깊은 잠에 빠져 드러누워 있었다. 한 번도 베지 않았을 풀들이 소의 옆구리까지 자라 있어서 소들의 코는 내가 서 있는 곳에서 보이지 않았다. 집 주변은 온통 쐐기풀로 뒤덮여 있었다. 꽤 괜찮은 산책이 될 수도 있었을 텐데 두 마리의 소와 쐐기풀 덤불을 보고 나니 우울하고 마음이 무거웠다.

가을은 언제나 내가 가장 좋아하는 계절이었지만 몸은 늘 별로 좋지 못했다. 낮에는 노곤한데도 잠이 오지 않았고 밤에는 몇 시간씩 뒤숭숭한 반수면 상태로 어느 때보다 생생한 꿈들을 많이 꾸었다. 가을 병은 산속까지 쫓아왔지만 내가 마음 놓고 병을 앓을 만한 상황이 아니어서 그랬는지 그해에는 좀 덜한 것 같았다. 어쩌면 거기에 신경을 쓸 시간이 없었던 것인지도 모른다. 룩스는 매우 신이 나 있었다. 그를 처음 보는 사람은 아마 차이를 느끼지 못했을 것이다. 룩스는 거의 언제나 신이 나 있으니까. 나는 룩스가 3분 이상 풀이 죽어 있는 것을 본 적이 없다. 룩스는 언제나 즐거워야 한다는 생각에 꽉 차 있는 것 같았다. 산속에서의 생활은 개에게 흥밋거리들을 많이 가져다주었을 것이다. 태양, 비, 바람, 소나기, 이 모든 것이 룩스를 신나게 했다. 룩스가 곁에 있으면 오래 슬픔에 잠길 겨를이 없었다. 나와 함께 있는 것이 그를 그토록 행복하게 하는데, 내가 행복하지 않다면 개에게 너무 미안한 일이다. 야생에서 자란 개들이 모두 그렇게 행복하고 밝은 성격일 거라고는 생각지 않는다. 사람과 함께하는 삶이 개에게 그런 능력을 일깨워주었을 것이다. 왜 우리가 개에게 그런 묘약 같은 존재가 되는지는 모르겠다. 인간의 과대망상증은 아마도 이런 개들이 키워준 것일지 모른다. 내가 던지는 눈길 한 번에 룩스가 기뻐 날뛰는 것을 볼 때면 내가 어떤 특별한 존재가 된 착각에 빠진다. 물론 나한테 특별한 것이라곤 없다. 다른 개들과 마찬가지로 룩스도 그냥 사람을 좋아하는 것뿐이다.

요즘도 겨울 산길을 혼자 걸을 때면 나는 전에 룩스에게 하던 것처럼 말을 건넨다. 내가 혼잣말을 하고 있다는 것을 나는 눈치채지 못한다. 그러다가 정신이 번쩍 들면 입을 꾹 다물어버린다. 나는 고개를 들고 룩스의 적갈색 털을 찾아 두리번거린다. 그러나 길은 텅 비어 있다. 앙상한 나뭇가지와 눅눅한 바위뿐이다. 나뭇가지들이 개의 발밑에 깔리는 소리가 등 뒤에서 계속 들리는 것 같을 때에 나는 놀라지 않는다. 룩스의 작은 유령이 나를 따라다니지 않으면 도대체 어딜 가겠는가? 그는 다정한 유령이다. 그의 유령이라면 무섭지 않다. 룩스, 나의 착한 개 룩스, 너의 발소리와 탐스럽게 반짝이는 털을 가진 너의 환영은 가엾은 내 머릿속에서 만들어지는 거겠지. 내가 살아 있는 한 너는 나의 발자국을 따라오겠지. 허기와 그리움에 가득 차서. 나 역시 허기와 그리움에 가득 차서 보이지 않는 너의 발자국을 좇겠지. 우리 둘이 다시 만날 수는 없겠지만.

10월 10일에는 사과를 따서 침실에 담요 한 장을 깔고 그 위에 펼쳐두었다. 아침에는 제법 쌀쌀했다. 곧 서리가 내릴 것 같았다. 월귤을 따러 갈 때가 되었다.

이번에는 내가 골라두었던 전망대에서 발걸음을 멈추지 않았다. 힐끗 눈에 들어온 광경에 달라진 것이라곤 아무것도 없었다. 들판의 빛깔만 조금 달라졌을 뿐이었다. 바람이 불고 해가 나오지도 않은 날이라 월귤을 따는 동안 손이 곱았다. 초막에 들어가 차를 끓였고 룩스에게 고기를 조금 주었다. 그러고 나서 월귤을 담은 양동이를 배낭에 넣고 골짜기로 내려왔다. 월귤로는 잼을 만들어 유리병들에 꾹꾹 담았다. 이 소박한 식량도 겨울을 나는 데 도움이 될 것 같았다.

아직도 해야 할 일이 두 가지 더 있었다. 추위가 몰려오기 전에 벨라에게 먹일 풀을 베어 차고에 쌓아두어야 했다. 시간은 넉넉했다. 그 뒤로도 한동안 날씨는 온화했다. 나는 낫으로 풀을 베어 마른 나뭇잎과 함께 말렸다. 말리는 데는 하루면 충분했다. 그것을 외양간 처마 밑에 쌓았다. 거기에 넣지 못해서 남은 것은 외양간 한구석에 쌓았다. 건초를 차고 안으로 다 옮기고 난 뒤에야 나는 푹 쉴 수 있었다.

나는 정오의 햇살 속에서 가을볕을 쬐면서 벤치에 앉아 있었다. 너무 지쳐 아무 생각도 할 수 없었기 때문에 넋 놓고 앉아 있는 것도 나쁠 것 같지 않았다.

나는 두 손을 숄 아래 집어넣고 얼굴에 부드러운 가을햇살을 받으며 가만히 앉아 있었다. 룩스는 덤불 속을 헤집고 돌아다니다가 가끔씩 내가 잘 있는지 보러 오곤 했다. 페를레는 베란다 아래에서 송어 한 마리를 먹고 나서 내 옆에 앉아 긴 털을 깨끗이 다듬고 있었다. 고양이는 이따금 하던 일을 멈추고 나를 쳐다보며 가르릉 소리를 냈다. 그러고는 다시 몸을 가꾸는 일에 몰두했다. 날씨가 좋았기 때문에 나는 벨라를 들로 내보내 풀을 뜯게 했다. 그리고 저녁에는 갓 말린 건초를 주었다. 들판의 풀은 이미 질겨지고 물기가 다 빠져 벨라의 마음에 들지 않았을 것이다. 그나마 대부분은 내가 건초를 만들기 위해 베어버린 뒤였다. 벨라는 다시 통통해졌다. 하지만 새끼를 가졌는지는 알 수가 없었다. 몇 달 동안 수소를 찾는 기색이 없는 것을 보면 기대를 해볼 만도 했다. 그렇지만 확실한 것은 아니었다.

봄, 여름, 그리고 가을이 지나갔다. 나는 내가 할 수 있는 일을 다 했다.(어쩌면 무의미한 짓이었을지도 모른다. 나는 더 생각할 수 없을 만큼 피곤했다.) 동물들은 모두 내 곁에 있었고 나는 힘이 닿는 데까지 동물들을 돌보아주었다. 눈부신 햇살 때문에 나는 눈을 감았다. 그러나 잠이 들지는 않았다. 너무 피곤해서 잠도 들 수 없었다. 나는 몸을 움직이지도 않았다. 조금만 움직여도 온몸이 쑤셨다. 아무 통증도 느끼지 않고 햇빛 속에 가만히 앉아 있고 싶었다. 아무 생각도 하고 싶지 않았다.

그날의 일들은 생생하게 기억하고 있다. 가문비나무 숲 아래, 외양간 옆에 서 있는 나무들 사이에서 아롱거리는 거미줄을 보았다. 거미줄은 공중에서 아름다운 황금빛을 띠며 떨리고 있었다. 풍경에는 새로운 깊이와 깨끗함이 더해지고 있었다. 나는 하루 종일 그렇게 앉아 풍경을 바라보고 싶었다.

저녁에, 외양간 일을 마치고 산장으로 돌아오며 올려다보니 하늘이 흐렸다. 조금 더워진 것 같기도 했다. 몹시 피곤했음에도 잠이 잘 오지 않았다. 그러나 그다지 신경이 쓰이지는 않았다. 나는 편안한 마음으로 발을 쭉 뻗고 누워서 잠을 기다렸다. 그러다 문득 잠을 자는 일은 사실 큰 시간 낭비가 아닌가 하는 생각이 들었다. 아침에 고양이가 집으로 돌아와 내 발 아래로 기어들면서 가르릉 소리를 냈다. 아늑하고 따뜻했다. 잠을 더 잘 필요가 없을 것 같았다. 하지만 그래도 잠이 들었던 모양이다. 깨어보니 꽤 늦은 시간이었다. 룩스는 밖으로 나가고 싶어 야단이었다. 비가 오고 있었다. 오랫동안 가물었기 때문에 비가 무척 반가웠다. 개울물이 말라 송어들도 궁지에 몰려 있던 참이었다. 회색 장막 같은 비가 산을 뒤덮었고 산꼭대기에서는 안개로 피어오르고 있었다. 비가 오지 않던 날들보다 따뜻했고 온 세상이 비를 맞아 반짝이고 있었다. 비가 그치면 가을도 끝날 것이다. 그리고 긴 겨울이 시작될 것이다. 겨울이 두려웠다. 나는 천천히 집 안으로 들어가 불을 지폈다.

비는 이틀 동안 내렸다. 날씨가 점점 싸늘해졌다. 10월 27일에는 첫눈이 왔다. 룩스는 눈을 보고 신이 났고 어미 고양이는 우울해졌다. 페를레는 호기심 가득한 눈으로 눈송이를 바라보았다. 내가 문을 열어주었더니 페를레는 길을 뒤덮고 있는 낯설고 하얀 것에 조심스럽게 다가갔다. 천천히 한쪽 앞발을 들어 눈을 만져보더니 깜짝 놀라 몸을 털고 산장 안으로 돌아왔다. 페를레는 하루에 열 번씩 그 일을 반복했는데 단 한 번도 그 차가운 눈 속에 앞발을 푹 집어넣지는 못했다. 그러더니 창턱에 올라앉아 어미 고양이와 마찬가지로 멍하니 눈을 바라보기만 했다. 어미 고양이는 강인하고 용감한 편이었지만 축축한 눈을 밟으려고 하지는 않았다. 어미 고양이는 밤이 되면 욕구를 채우기 위해 나갔지만 금세 돌아왔다. 어미 고양이는 유난히 깔끔하다. 집 안을 돌아다닐 때 보면 마치 투명한 유령 같다. 새끼들에게도 청결에 대한 교육을 엄하게 시켰다. 사냥한 먹이도 바깥에서 먹고 들어왔다. 아마 예전 주인이 집 안에 그런 포획물을 들이지 않았던 모양이었다. 반면 페를레는 송어를 집 안으로 물고 들어왔으며 티거는 잡은 것을 항상 내 발밑에 먼저 갖다놓고 내가 쓰다듬어주면 그제야 먹이에 손을 댔다. 나는 고양이들이 내 관심을 끌려고 애쓰는 것이 기뻤다. 그러면서 그토록 독립적인 것도 기뻤다. 고양이들은 위험에 처하더라도 내 도움 없이 잘 이겨 나갈 것이다.

고양이들은 먹이를 먹고 난 다음에는 그릇 앞에 둘러앉아 바닥을 발톱으로 긁곤 했다. 왜 그러는지는 모르겠다. 여하튼 고양이들은 그 일을 거르는 법이 없다. 고양이들은 그 신성한 의식을 꼭 지키고 있어서 그걸 방해라도 하면 기분이 매우 나빠졌다. 고양이에 비하면 룩스는 철없는 어린아이 같았다. 그래서 고양이들은 룩스를 무시하는 눈치였다.

내가 고양이를 벤치에 올려놓으면 고양이는 다시 뛰어내려서 세 번은 벤치에 올라갔다 내려갔다 하다가 내가 처음 앉혔던 자리에 앉는다. 그런 몸짓으로 고양이는 자기의 자유와 독립성을 알렸다. 고양이를 바라보면 언제나 즐거워졌지만 나의 애정 속에는 늘 의아함이 조금 섞여 있었다. 룩스도 나와 비슷한 느낌을 가지고 있는 것 같았다. 룩스는 고양이들을 좋아했다. 우리 모두는 한 가족이기 때문이었다. 룩스는 특히 페를레를 예뻐했다. 페를레는 룩스에게 쌀쌀맞게 굴거나 대드는 법이 없었다. 그럼에도 룩스는 고양이들에게 늘 어떤 거리감을 느끼는 눈치였다.

룩스, 페를레, 어미 고양이와 함께 보낸 그 첫 번째 10월은 아름다웠다. 그제야 비로소 나는 그들과 한 가족처럼 지낼 수 있었다.

겨울이 오는가 싶더니 며칠 만에 날씨가 달라졌다. 산바람이 불어와 갓 내린 눈을 쓸어갔다. 점점 후덥지근해지더니 산장이 덜컹거릴 정도로 밤낮 바람이 휘몰아쳤다. 나는 잠을 잘 수가 없었다. 발정 난 사슴의 울음소리가 고원에서 들려왔다. 룩스도 안절부절못하며 짖어대고 잠이 들었을 때도 킹킹거렸다. 오래전 사냥하며 뛰어다니던 꿈을 꾸었는지도 모르겠다. 고양이 두 마리는 후덥지근하고 축축한 숲으로 갔다. 나는 잠들지 못하고 페를레 걱정을 했다. 사슴의 울음소리는 슬프고 애절했고, 거의 절망스럽게 들렸다. 내 귀에만 그렇게 들렸던 것인지도 모른다. 책에서는 다른 설명을 읽은 적이 있는 것 같다. 사슴의 울음소리는 당당한 욕구와 자존심, 그리고 욕망에 가득 찬 것이라고 쓰여 있었다. 내게는 그렇게 들리지 않았다면 내 탓일 것이다. 내 귀에는 사슴의 울음소리가 위험 속에 뛰어들기 직전의 끔직한 두려움을 담고 있는 것처럼 들렸다. 그해에는 사냥꾼들의 위협을 두려워하지 않아도 된다는 사실을 사슴들이 알 리 없었다. 발정기에 잡은 사슴의 고기는 지독하게 맛이 없다. 나는 잠을 이루지 못한 채 아무것도 모르고 올빼미와 여우와 너구리 사이를 위험하게 돌아다니고 있을 어린 페를레를 걱정했다. 어서 바람이 잔잔해지고 겨울이 찾아와 우리를 평온하게 만들어주기만 바랄 뿐이었다. 바람은 다행히 사흘 만에 그쳤다. 하지만 그것은 페를레를 죽이기에 충분한 시간이었다.

11월 3일, 페를레는 아침이 되어도 집에 돌아오지 않았다. 나는 룩스와 함께 페를레를 찾아다녔지만 어디서도 찾을 수가 없었다. 시간은 아주 느리게, 덧없이 흘러갔다. 산바람이 아직 불고 있었다. 그 후덥지근한 바람은 나를 안절부절못하게 했다. 룩스도 계속 우왕좌왕하고 있었다. 밖에 나갔다가도 금세 집 안에 들어와 나를 멍하니 바라보는 것이었다. 어미 고양이는 내 침대에 누워 잠만 자고 있었다. 페를레 때문에 애를 태우지도 않는 것 같았다. 저녁이 되었다. 나는 소를 돌본 뒤 감자를 삶아 룩스와 고양이에게 먹였다. 갑자기 어두워지더니 덧창이 바람에 덜컹거렸다. 나는 등잔불을 켜고 탁자에 앉았다. 달력을 들여다보려고 했지만 눈길은 자꾸만 뒤쪽에 있는 캄캄한 고양이 출입구로 향했다. 그때 부스럭 소리가 나더니 페를레가 기어들어왔다.

어미 고양이가 사지를 확 펴더니 찢어지는 비명을 지르며 침대에서 뛰어내렸다. 이 비명에 얼어붙은 나는 의자에서 일어설 수도 없었다. 페를레는 천천히 기어왔다. 온몸이 다 부스러진 것처럼 보였다. 내 앞까지 기어와 몸을 일으키려고 하다가 괴로운 신음을 내뱉으며 머리를 바닥에 박고 쓰러졌다. 입에서는 피가 쏟아져 나왔다. 페를레는 몸을 덜덜 떨더니 축 늘어지고 말았다. 내가 무릎을 꿇고 그 옆에 앉았을 때 페를레는 이미 죽어 있었다. 룩스는 내 옆에 서 있다가 피를 쏟는 페를레를 보더니 킹킹거리며 뒷걸음질을 쳤다. 나는 흠뻑 젖은 페를레의 털을 쓸어주었다. 그 순간 나는 페를레가 태어난 뒤부터 줄곧 이 시간을 기다려온 듯한 기분이 들었다. 나는 페를레의 몸을 수건으로 쌌다. 그리고 다음 날 아침 초원에 묻어주었다. 바싹 말라 있던 마룻바닥은 페를레의 피를 흠뻑 빨아들였다. 지금도 핏자국이 흐려지기는 했지만 완전히 지울 수는 없다. 룩스는 하루 종일 페를레를 찾았다. 그러더니 페를레가 영원히 사라져버렸다는 것을 깨닫게 된 모양이었다. 개는 페를레가 죽는 것을 보았지만 그 장면이 무엇을 뜻하는지는 이해하지 못했던 모양이다. 어미 고양이는 이틀 동안 보이지 않더니 그 뒤엔 예전의 생활로 돌아갔다.

나는 페를레를 잊지 않았다. 페를레의 죽음은 내가 이곳에서 겪게 된 최초의 상실이었다. 페를레를 생각하면 그 하얀 고양이가 벤치에 앉아 작고 푸른 나비들을 눈으로 좇던 모습은 떠오르지 않는다. 대부분은 피로 범벅이 된 가엾은 박제 동물의 모습으로 떠오른다. 눈을 반쯤 뜬 채 만신창이가 되어 분홍빛 혀를 이빨 사이에 내밀고 쓰러진 모습이 떠오른다. 아무리 다른 모습을 떠올려보려고 해도 바뀌지 않는다. 머릿속의 그림들을 억지로 지우려 하는 것은 소용없는 일이다. 그들은 단지 떠올랐다 사라지기를 반복할 뿐이다. 그것을 거부하려고 하면 할수록 더 끔찍한 모습으로 나타난다.

페를레는 땅에 묻혔다. 그날 밤, 바람은 이젠 할 일을 다 했다는 듯이 수그러들었다. 하늘에서 눈송이가 다시 내렸고 사슴들의 울음소리가 잦아들더니 며칠 뒤에는 뚝 멎었다. 나는 일을 시작하며 나에게 닥친 슬픔에서 벗어나려고 노력했다. 겨울의 고요가 시작되었다. 그러나 그것은 내가 바랐던 고요함은 아니었다. 희생을 치른 뒤의 적막일 뿐이었다. 이제는 난로의 따스함도 등잔의 불빛도 집 안에 아늑함을 만들어줄 수는 없었다. 그런 아늑함은 이제 나와는 상관없는 일이었다. 나는 룩스를 데리고 자주 숲에 갔으며 룩스는 매일 기분이 좋았다. 숲은 춥고 황량했다. 그래도 따뜻한 집 안에 불을 밝히고 앉아 평온함을 가장하고 있는 것보다는 나았다.

산짐승을 쏘는 일은 힘이 들었다. 나는 꾸역꾸역 먹었지만 건초 수확을 막 끝냈을 때만큼 다시 야위었다. 살생에 대한 혐오에서 벗어날 수 없었다. 태어날 때부터 그랬던 것 같다. 고기가 필요할 때마다 그 혐오감을 꾹 참아낼 뿐이었다. 후고가 루이제 혹은 사업 파트너들과 함께 사냥을 다니지 않았던 이유를 알 것 같다. 때때로 나는 루이제가 여기 남지 않은 것이 유감스럽다는 생각을 했다. 그녀는 적어도 고기를 조달하는 일에서만큼은 아무 어려움이 없었을 것이다. 루이제는 어떤 일에서도 물러설 줄 몰랐고 결국 불쌍한 후고를 죽음으로 끌고 가고 말았다. 루이제는 지금도 술집 탁자 앞에 앉아 있을지 모른다. 립스틱 바른 입술과 금빛 나는 머리털이 달린 딱딱한 무생물이 되어버린 채. 그녀는 삶을 정말 거리낌 없이 즐겼다. 그리고 항상 모든 것을 엉망으로 만들어버렸다. 우리가 사는 세상에서 내키는 대로 사는 만큼의 대가는 누구나 치러야 하는 법이다. 루이제가 살아 있었을 때, 나는 그녀가 나와는 무척 다른 사람이라고 생각했고 서로 감정이 부딪치기도 했다. 그런데 루이제가 죽고 난 뒤에는 마치 내가 그녀를 좋아하고 있었던 것처럼 느껴졌다. 루이제에 대해서 생각하는 시간이 많아졌기 때문일지도 모르겠다. 하지만 엄밀히 말해 내가 벨라나 고양이에 관해서 아는 것보다 루이제를 더 잘 안다고 말할 수는 없다. 한 인간을 사랑하는 일보다는 벨라나 고양이를 사랑하는 일이 훨씬 쉽기는 하지만.

11월 6일에 룩스를 데리고 좀 멀리 가보기로 했다. 나는 한 번도 가보지 않은 길을 따라갔다. 나의 방향 감각은 형편없었다. 나는 자꾸 엉뚱한 길로 접어들었고, 내가 길을 잃을 때마다 룩스가 방향을 잡아 나를 산장으로 데려왔다. 이제는 잘 아는 길로만 다니거나 돌아올 때 길을 잘 찾을 수 있도록 나무에 표시를 해둔다. 길을 잃을 만큼 산속을 이리저리 헤맬 일도 없긴 하지만 말이다. 산속 동물들은 항상 다니는 길로만 다닌다. 나는 밭이나 개울가로 가는 길이라면 눈을 감고도 찾을 수 있다. 그러나 비록 인정하고 싶지는 않지만, 룩스가 죽은 뒤 내가 이 분지에서 옴짝달싹 못하게 돼버린 건 사실이다.

그 11월 6일은 싸늘하지만 화창한 날이었다. 나는 가보지 않은 길을 따라 산책을 나섰다. 눈이 다시 녹았다. 적갈색 낙엽들로 덮인 길은 축축하고 미끄러웠다. 나는 산등성이를 하나 올라가 목재 활송로를 넘어갔다. 활송로는 눈에 젖어 미끄러웠는데, 골짜기까지 이어져 있었다. 그곳을 지나니 넓지 않은 고원에 너도밤나무와 가문비나무가 빽빽이 들어서 있었다. 나는 그곳에 앉아 잠시 쉬었다. 정오가 되니 태양이 안개를 뚫고 나타났고 등에 따뜻한 햇볕이 느껴졌다. 룩스는 햇살을 보더니 기분이 좋아져서 나한테 뛰어올랐다. 개는 그날은 내가 사냥을 하지 않으리라는 것을 알고 있었다. 내가 총을 들고 나오지 않았기 때문이다. 그날 하루는 자유를 만끽해도 된다는 것을 그는 알고 있었다. 개의 발은 온통 흙이 묻어 지저분했다. 내 외투에도 나뭇잎과 흙을 묻혔다. 얼마 뒤 룩스가 진정하더니 졸졸 흐르는 개울을 찾아 물을 마셨다. 눈이 녹으며 물이 흘러들기 시작한 개울 같았다.

룩스와 함께 산속을 거닐 때면 늘 그렇듯 평온하고 밝은 기분이 찾아왔다. 다른 것은 바라지 않았다. 다만 개를 좀 뛰어놀게 해주고 쓸데없는 잡념에서 벗어나고 싶었다. 산속을 걸으면 나 자신에게서 벗어날 수 있었다. 천천히 걸으며 주위를 둘러보고 차가운 공기를 들이마시면 기분이 좋았다. 나는 작은 개울을 따라 내려왔다. 개울은 점점 좁아졌다. 결국엔 개울 바닥 위를 걷게 되었다. 오솔길은 무성한 잡초와 나무들로 뒤덮여 있었다. 나뭇가지들을 옆으로 젖힐 때마다 차가운 물을 목덜미에 뒤집어써야 했다. 룩스가 불안해하기 시작하면서 길을 살폈다. 개는 어떤 발자국을 쫓고 있었다. 소리 없이, 코를 땅에 바짝 대고 개는 앞서 걸어가고 있었다. 개암나무 덤불로 반쯤 덮인 작은 구덩이 앞에서 개는 걸음을 멈추더니 찾아낸 것을 보여주었다. 개는 흥분해 있긴 했지만 사냥감을 잡아챘을 때처럼 기쁜 표정은 아니었다.

나는 물방울이 떨어지는 나뭇가지를 헤치고 컴컴한 구덩이를 살펴보았다. 산양 한 마리가 죽어 있었다. 다 자란 산양이었는데 죽어 있는 모습은 이상하게도 작아 보였다. 비루 오른 산양의 이마와 눈자위는 마치 독버섯처럼 보였다. 버림받은 이 외로운 동물은 잡초와 왜송나무 수풀과 석남꽃 사이로 굴러떨어져 이 구덩이로 기어들어오려고 온갖 애를 다 썼던 모양이었다. 나는 나뭇가지를 다시 덮어주고 가까이 들여다보려고 하는 룩스를 쫓았다. 개는 주춤대기는 했지만 얌전히 말을 들으며 내 뒤를 따라 산을 내려왔다. 갑자기 피로가 몰려왔고 어서 집으로 돌아가고 싶었다. 룩스는 피부병에 걸려 죽은 그 산양 때문에 내 기분이 우울한 것을 알고는 풀이 죽어 고개를 숙인 채 걷고 있었다. 즐겁게 시작되었던 우리들의 산책은 그렇게 끝났고 우리는 묵묵히 발길을 돌렸다. 그 작은 개울은 우리가 잘 알고 있는 개울로 이어지고 있었다. 우리는 골짜기를 지나 집으로 돌아왔다. 송어 한 마리가 흙빛 늪 위에 꼼짝도 않고 떠 있었다. 그것을 보게 된 순간 몸이 떨리기 시작했다. 계곡의 바위들은 차갑고 황량해 보였다. 그날은 해를 더 보지 못했다. 집에 돌아왔을 때 해는 다시 안개 속으로 사라진 뒤였다. 계곡의 습기가 마치 축축하게 젖은 수건처럼 내 얼굴을 덮고 있었다.

가문비나무 숲에는 까마귀들이 모여 있었다. 룩스가 까마귀들을 보고 짖어대자 그들은 다른 나무로 날아가 앉았다. 까마귀들은 개가 짖는 소리가 자기들에게 아무 위협도 되지 못한다는 것을 알고 있었다. 룩스는 까마귀를 싫어해서 보기만 하면 쫓아버리려고 했다. 나중에는 마지못해 조금 참을성을 보이며 까마귀들을 무시했다. 나는 까마귀를 싫어하지는 않았다. 그래서 먹다 남은 음식 찌꺼기가 있으면 까마귀들에게 주었다. 내가 사냥을 한 날이면 까마귀들은 진수성찬을 받아먹었다. 사실 까마귀는 멋진 날개와 두꺼운 부리, 반짝이는 검은 눈을 가진 아름다운 새다. 눈 속에서 까마귀 시체를 볼 때가 종종 있었다. 다음 날이면 그것은 사라지고 없기 마련이다. 여우가 나타나 물어갔을 것이다. 페를레를 물어 죽인 그 여우일지도 모른다. 페를레한테는 물린 자국이 있었다. 목숨을 잃게 된 것은 몸속까지 깊이 다쳤기 때문이었다. 물린 상처뿐이라면 페를레가 이겨냈을 것이다.

언젠가, 아마도 첫해 겨울이었던 것 같은데, 나는 여우가 개울가에 서서 물을 마시고 있는 것을 보았다. 여우의 회갈색 털에는 하얀 서리가 내려 있었다. 눈밭의 나른한 정적 가운데 서 있던 그 여우는 생명력이 넘쳐 보였다. 나는 그때 손에 든 총으로 여우를 쏘아버릴 수도 있었다. 그러나 쏘지 않았다. 페를레가 죽은 것은 연약한 앙고라 고양이의 후손이었기 때문이었다. 페를레는 처음부터 여우나 올빼미, 너구리에게 희생당할 운명이었던 것이다. 그 때문에 내가 살아 있는 아름다운 여우를 죽여야 한단 말인가? 페를레는 부당한 일을 당했다. 하지만 그와 똑같은 부당한 일을 페를레의 희생물인 송어도 당하지 않았는가. 내가 그와 똑같은 일을 여우한테 해야 할까? 산속에서 정당한 일과 부당한 일을 가려서 할 수 있는 존재는 나밖에 없었다. 다시 말하면 오직 나만이 자비를 베풀 수 있었다. 나는 이런 결정을 내려야 하는 부담을 벗어던지고 싶다고 생각한 적이 많았다. 그러나 나는 인간이었다. 인간답게 생각하고 인간답게 행동할 수밖에 없다. 거기서 벗어나는 길은 죽음뿐이다. '겨울'을 생각하면 항상 눈 쌓인 개울가에 서 있던, 하얀 서리를 뒤집어쓴 여우가 떠오른다. 자기에게 주어진 길을 가고 있는 고독하고 어른스러운 짐승. 그의 모습은 나에게 뭔가 중요한 것을 가르쳐주는 것 같았다. 어떤 특별한 것에 대한 암시 같았다. 그러나 그것이 무엇인지는 알 수 없다.

룩스가 죽은 산양을 발견했던 그날의 산책이 그해의 마지막 나들이였다. 다시 눈이 내리기 시작하더니 발목까지 눈이 쌓였다. 나는 자질구레한 집안일을 하고 벨라를 돌보느라고 바빴다. 벨라는 젖이 줄기 시작했고 눈에 띌 정도로 뚱뚱해졌다. 정말로 새끼가 태어날지도 모른다는 생각이 들었다. 나는 잠을 이루지 못한 채 일어날 수 있는 일들을 생각해보았다. 벨라한테 사고라도 생기는 날에는 내가 살아남을 가능성도 줄어든다. 암송아지가 태어나도 상황은 별로 나을 것이 없다. 수소가 태어나야만 내가 산에서 오래 버틸 가능성이 커질 것이다. 그때까지만 해도 나는 사람들이 언젠가 나를 구조하러 올 거라고 생각했던 것이다. 그래도 나는 가능한 한 과거의 일이나 먼 미래의 일은 될 수 있는 대로 생각지 않고 눈앞에 닥친 일들만 생각하려고 했다. 다음 해의 감자 농사라든가 풀이 무성하게 자라 있는 고원의 초원 같은 것 말이다. 여름을 고원에서 나는 방법에 대해 나는 밤마다 고민하고 있었다. 밖에서 하는 일이 줄어드니 잠도 잘 오지 않았다. 그래서 밤마다 늦게까지 찜찜한 마음으로 등잔의 기름을 허비하며 루이제가 가지고 있던 잡지들과 농사력과 탐정소설을 읽었다. 잡지나 소설은 금세 싫증이 났지만 농사력은 점점 마음에 들었다. 나는 요즘도 농사력을 읽는다.

가축 사육에 관해서 내가 알고 있는 얼마 안 되는 지식도 모두 농사력을 읽고 알게 된 것이다. 예전 같으면 그저 코웃음을 치고 말았을 농사력 속의 이야기들이 점점 마음을 끌었다. 거기에는 감동적인 이야기도 있고 무시무시한 이야기도 있었다. 뱀장어 왕 이야기도 있는데 이 뱀장어 왕은 동물들을 못살게 구는 농부를 끝까지 쫓아가 극적인 상황에서 농부의 목을 조른다. 이 이야기는 정말 재미있는데 읽을 때마다 등골이 오싹해진다. 그러나 첫해 겨울에는 이런 이야기들은 별로 읽지 않았다. 루이제가 모아둔 잡지들에는 화장법이라든가 밍크코트, 그릇 수집 같은 것에 관해 여러 페이지에 걸쳐 쓴 기사들이 실려 있었다. 어떤 피부 손질법은 일단 꿀과 밀가루를 섞은 것에서 시작하는데, 그것을 읽을 때마다 나는 허기가 느껴졌다. 가장 마음에 들었던 것은 현란한 사진과 함께 편집된 조리법이었다. 배가 몹시 고팠던 어느 날, 나는 몹시 화가 나서 조리법이 있는 페이지들을 전부 뜯어내 태워버렸다. 가끔씩 화가 불끈 치밀어오를 때가 있다. 마지막으로 본 것은 마요네즈를 얹은 갯가재였는데 불에 타들어가는 순간 가재가 구부러지는 것 같았다. 그걸 모두 태운 것은 정말 어리석은 짓이었다. 그걸로 불쏘시개를 삼으면 3주는 버틸 수 있었는데 그걸 하루 저녁에 모조리 태워버린 것이다.

결국엔 책 읽는 걸 집어치우고 카드 게임을 시작했다. 카드 게임은 마음을 안정시키는 데가 있었다. 눈에 익은 카드 속 인물들을 보고 있노라면 쓸데없는 생각이 사라졌다. 나는 불을 끄고 잠자리에 들어야 하는 순간이 무서웠다. 저녁 내내 이 두려움이 나와 함께 탁자에 앉아 있었다. 고양이는 그 시간이면 밖으로 나가고 없었고 룩스는 난로 앞에서 잠이 들었다. 나 혼자 카드를 앞에 두고 무서움을 견디며 앉아 있었다. 매일 잠을 자긴 자야 했다. 너무 지쳐 탁자 아래로 몸이 쓰러질 것 같다가도 막상 침대에 누우면 어둠과 적막 속에서 잠이 달아나곤 했다. 그러면 온갖 생각들이 벌 떼처럼 몰려들었다. 힘겹게 잠이 들면 꿈을 꾸었고, 울면서 잠에서 깨어났다. 그러고는 다시 그 끔찍한 꿈속으로 되돌아갔다.

자면서 꿈을 꾸지 않았었는데 겨울이 시작되면서 온갖 꿈에 시달리게 되었다. 꿈속에서는 죽은 사람들만 나타났다. 이 세상에 살아 있는 사람은 더 이상 없다는 것을 나는 꿈속에서도 알고 있었다. 꿈은 평온하게 시작되었다가 점점 끔찍한 상황으로 치닫곤 했다. 나는 뭔가 심각한 일이 벌어지리라는 것을 처음부터 알고 있었다. 꿈속의 사건들은 숨 가쁘게 전개되고 마침내 내가 알고 있던 사람들의 얼굴이 모두 돌처럼 굳어진다. 그러면 나는 신음을 내뱉으며 잠에서 깨어난다. 울다가 다시 잠이 들면 꿈속의 죽은 사람들이 기다리는 나락으로 떨어졌다. 점점 더 깊이, 점점 더 빨리. 그러다가 비명을 지르면서 다시 잠에서 깨어나곤 했다. 낮에는 피곤하고 아무 의욕도 없었다. 룩스는 나에게 용기를 북돋아주기 위해서 온갖 노력을 다했다. 내 일에는 별로 상관하지 않던 고양이까지도 다정하게 굴었다. 개와 고양이가 없었다면 나는 첫해 겨울을 살아내지 못했을 것이다.

벨라를 위해 해야 할 일이 많아진 것이 나에게는 그나마 다행이었다. 벨라는 배가 많이 불러 있었다. 당장이라도 새끼를 낳을 것만 같았다. 소의 몸은 무거워지고 숨을 헐떡였다. 나는 벨라에게 용기를 주기 위해 매일 다정한 이야기를 들려주었다. 벨라의 아름다운 눈은 걱정과 불안의 빛을 띠었다. 자신이 처한 상황에 대해 생각을 해보는 눈빛이었다. 어쩌면 나 혼자 그렇게 상상한 것인지도 모르겠다. 여하튼 그렇게 나의 생활은 끔찍한 밤과 평범한 낮, 너무 피곤해서 허리를 꼿꼿이 펼 수도 없는 낮으로 나뉘어 있었다.

시간은 빠르게 흘러갔다. 12월 중순이 되자 날씨가 따뜻해지고 눈이 녹았다. 나는 매일 룩스와 함께 사냥 구역을 돌아다녔다. 그런 날은 잠을 좀 잘 수 있었다. 그러나 여전히 꿈은 꾸었다. 내가 이곳에 갇힌 첫날부터 줄곧 유지했던 침착함은 사실 일종의 마취였다는 것이 분명해졌다. 이제는 그런 마취가 풀리고 절망적인 상황에 내가 제대로 반응을 보이기 시작한 것이었다. 날이 밝으면 내게 몰려드는 걱정들, 동물들과 감자와 건초를 돌보아야 한다는 생각들은 성가시긴 했지만 견딜 만했다. 내가 문제들을 잘 헤쳐나가리라는 것을 알고 있었고 그럴 준비도 되어 있었다. 그에 반해 밤마다 나를 엄습하는 불안감은 아무 쓸모가 없다. 그것은 지난 일들과 내가 다시 살려낼 수 없는 죽은 사람들에 대한 걱정이었다. 밤의 어둠 속에서 나는 속수무책으로 그런 걱정들에 사로잡혀 있었던 것이다. 어쩌면 지난 일들을 잊기 위해 이를 악물고 몸부림쳤기 때문에 더욱더 과거에서 벗어날 수 없었는지도 모른다. 하지만 그때는 그것을 알지 못했다. 크리스마스가 점점 다가오고 있었고, 나는 그것이 두려웠다.

12월 24일에 바람은 잔잔했고 하늘은 흐렸다. 오전에 나는 룩스와 함께 사냥 구역을 한 바퀴 돌았는데 눈이 쌓여 있지 않은 것이 그나마 다행이라는 생각이 들었다. 지금 생각하면 우스꽝스러운 발상이었지만 눈이 내리지 않는 크리스마스가 조금 더 견디기 쉬울 거라는 기분이었다. 그런데 매일 다니는 산길에 들어섰을 때 첫 번째 눈송이가 떨어지더니 천천히 그리고 조용히 눈이 내리기 시작했다. 날씨까지도 나를 괴롭히려는 것 같았다. 룩스는 뿌연 하늘에서 눈송이가 펑펑 쏟아지며 춤을 추는데 내가 왜 좋아하지 않는지 의아해하는 눈치였다. 룩스를 위해서라도 기쁜 척해보려 했지만 그럴 수가 없었다. 개는 근심스러운 얼굴로 고개를 숙인 채 타박타박 나를 따라왔다. 점심때쯤 창밖을 내다보니 나무들이 하얀 눈에 온통 뒤덮여 있었다. 그리고 저녁 무렵 외양간에 가는 길에 보니 숲이 하나의 거대한 크리스마스 트리가 되어 있었다. 발밑에서는 눈이 밟히는 소리가 뽀드득 들렸다. 등잔에 불을 붙일 때, 불현듯 이렇게 살 수는 없다는 생각이 들었다. 가슴속에서 무엇인가가 세차게 솟아오르는 것 같았다. 그만 포기하고 모든 것을 있는 그대로 받아들이라고 말하는 것 같았다. 끊임없이 회피하는 일에 나는 지쳐 있었다. 이제는 그만두고 싶었다. 나는 탁자 앞에 앉아 더는 저항하지 않기로 했다. 그러자 근육의 긴장이 풀리고 심장이 서서히 고르게 뛰기 시작하는 것이 느껴졌다. 받아들이기로 결심만 했을 뿐인데도 뭔가 달라진 것 같았다. 지난 일들이 또렷이 다 기억났다. 나는 솔직해지겠다고, 지난 일들을 미화하지도 왜곡하지도 않겠다고 결심했다.

자신의 과거에 대해 솔직해지는 것은 매우 힘들었다. 먼 과거의 현실 속에서 크리스마스는 언제나 아름답고 비밀에 가득 찬 축제였다. 내가 아직 어린아이였고 기적을 믿던 그 시절 말이다. 시간이 좀 더 흐른 뒤에도 크리스마스는 여전히 즐거운 축제였다. 크리스마스가 되면 선물이 곳곳에서 쏟아졌고 나는 내가 우리 집의 기둥이라고 생각했다. 크리스마스가 내 부모나 조부모에게는 어떤 날이었을까를 생각해본 적은 없었다. 그러다가 마술이 점점 풀리는 것 같더니 마침내 크리스마스의 화려한 광채는 사라졌다. 딸들이 태어나고 아이들이 어렸을 때는 크리스마스가 잠시 축제일로 되돌아왔었지만 그것도 오래가지는 못했다. 딸들은 내가 어렸을 때만큼 비밀이나 기적 같은 것에 열광하지 않았다. 그러다가 아이들이 사방에서 선물을 받기 시작하자 크리스마스는 다시 한번 떠들썩한 집안의 축제가 되었다. 딸들도 나처럼 모든 일이 자기들 때문에 일어난다고 생각했을 것이다. 그리고 사실이 그랬다. 그러나 또 얼마 가지 않아서 크리스마스는 축제일이 아니라 어차피 한번은 사야만 하는 물건들을 서로 습관적으로 선물하는 날이 되고 말았다. 그러니까 이 산속에서 홀로 보내야 하는 12월 24일이 아니라, 그때 이미 크리스마스는 내게서 사라진 셈이었다. 나는 딸들이 더는 어린아이가 아니라는 것을 인정하기가 두려웠던 것 같다. 시들어가는 축제일을 다시 부활시킬 힘도 내게는 없었다. 수십 번 크리스마스를 치렀던 나는 산속에 혼자 남겨졌다. 소와 개와 고양이와 함께. 40년 동안 내 생애를 꾸며왔던 것은 아무것도 남아 있지 않았다. 눈은 가문비나무 위에 쌓여 있고 난로의 불은 타닥타닥 타고 있었다. 모든 것이 애초에 그랬어야 했을지도 몰랐다. 다만 딸들은 없었고 기적도 일어나지 않았다. 백화점을 뛰어다니면서 쓸데없는 물건을 살 필요도 없었다. 산속에서 푸른 이파리를 틔우며 쑥쑥 자라야 할 나무들이 크리스마스트리가 되어 훈훈한 방에서 죽어갈 일도 없었다. 은은한 촛불도, 도금을 한 천사도, 달콤한 노래도 없었다.

어린아이였을 때 「아이들아 오너라」라는 노래를 즐

겨 불렀다. 언제부턴가 그 노래를 더는 부르지 않게 되었지만 지금까지도 내가 가장 좋아하는 크리스마스캐럴로 남아 있는 노래였다. "아이들아, 모두 어디에 갔니, 악마에게 속아 아무것도 없는 무시무시한 나라로 끌려갔니?" 나는 이 세상에서 이런 케케묵은 노래를 기억하는 유일한 사람이 되었다. 충실히 계획했던 일들은 엉망이 되고 말았다. 그러나 불평을 해서는 안 된다. 죽은 사람들에게 책임이 있다면 나에게 역시 그들만큼의 책임이 있다. 인간은 수많은 축일들을 만들어왔다. 그리고 결국엔 그것을 기억하는 마지막 한 사람과 함께 모든 축일은 사라져갔다. 나와 함께 「아이들아 오너라」를 부르던 축제는 사라질 것이다. 이제 눈 덮인 산은 눈 덮인 산에 불과하고 외양간의 구유도 외양간 구유일 뿐, 그 이상의 의미는 없다.

나는 자리에서 일어나 문밖에 나가보았다. 등잔의 불빛이 길 위를 비추었다. 어린 가문비나무 위에 쌓여 있는 눈이 불빛을 받아 노랗게 반짝였다. 이런 풍경들이 의미해왔던 것들을 나의 눈이 잊게 되기를 바랐다. 모든 사물 뒤에는 무엇인가 새로운 것이 기다리고 있다. 내 머리가 과거의 일로 가득 차 있고 내 눈이 새로운 것을 찾지 않기 때문에 내가 그것을 보지 못하는 것뿐이다.

나는 과거를 잃어버렸고 아직 내 앞에 몸을 숨기고 있는 새로운 것을 찾아내지는 못하고 있었다. 하지만 그것이 존재하고 있다는 것은 알고 있었다. 이런 생각이 왜 나에게 작은 설렘을 주는지는 알 수 없다. 그러나 나는 오랜만에 그 어느 때보다 행복한 기분이 들었다.

나는 신을 신고 다시 외양간에 가보았다. 벨라는 몸을 눕힌 채 잠들어 있었다. 투명한 온기가 벨라를 감싸고 있었다. 잠들어 있는 그 커다란 덩치에 평온과 인내가 넘치고 있었다. 나는 외양간에서 나와 눈을 밟고 다시 산장으로 들어왔다. 나를 따라 밖에 나갔던 룩스가 덤불 속에서 나왔다. 나는 문을 잠갔다. 룩스가 의자로 뛰어오르더니 머리를 내 무릎 사이에 묻었다. 나는 개에게 이야기를 들려주었다. 개가 좋아하는 것이 보였다. 지난 몇 주 동안을 우울하게 보내야 했을 테니 이제는 그에게 관심을 가져주어야 했다. 개는 내가 다시 자기 곁으로 돌아왔다는 것을 알았다. 이제는 나한테 달려들고 킁킁거리며 내 손을 핥아도 괜찮다는 것을 알았다. 룩스는 기분이 매우 좋았다. 그러더니 금세 지쳐 잠이 들고 말았다. 개는 안정감을 느끼는 것 같았다. 그가 따라갈 수 없었던 낯선 세계로 훌쩍 떠났던 주인이 다시 돌아왔기 때문이다. 나는 카드 게임을 시작했다. 이제는 무섭다는 생각이 들지 않았다. 밤이 힘겹든 즐겁든 나는 그대로 받아들일 것이다. 결코 그것에 맞서 저항하지 않을 것이다.

10시에 나는 룩스를 조심스럽게 내 몸에서 떼어놓고 카드를 가지런히 모아놓은 다음 잠자리에 들었다. 온몸을 쭉 뻗고 어둠 속에 누워 어두운 마룻바닥을 비추는 불그스레한 불빛을 보며 잠에 빠져들었다. 여러 가지 생각이 오갔지만 이제는 아무 두려움도 없었다. 마룻바닥의 불빛이 흔들리다 멈추었고 생각을 많이 한 탓인지 조금 어지러웠다. 무엇이 잘못되어 있었는지, 어떻게 하면 더 잘할 수 있었는지를 알게 되었다. 나는 매우 현명했지만 나의 현명함은 너무 늦게 나타났다. 태어날 때부터 현명했다 하더라도 현명하지 않은 세상에서 할 수 있는 일은 별로 없었을 것이다. 나는 죽은 사람들을 생각해보았다. 마음이 아팠다. 그들이 죽었기 때문이 아니었다. 그들이 살아 있는 동안 삶의 즐거움을 발견하지 못했기 때문이었다. 내가 알던 사람들 모두를 생각해보았다. 나는 그들을 생각하는 일이 좋다. 세상을 떠나는 그날까지 그들은 내 삶의 일부다. 내가 마음의 평화를 원한다면 나의 새로운 인생에 그들을 위한 자리를 마련해야 한다. 나는 잠에 빠져들었다. 잠 속에서 죽은 사람들을 찾아갔다. 그러나 전에 꾸던 꿈들과는 달랐다. 무섭지 않았다. 다만 슬플 뿐이었다. 슬픔이 머리끝까지 차올랐다. 고양이가 내 침대로 뛰어올라 나에게 몸을 비비는 바람에 잠에서 깼다. 고양이에게 손을 내밀다가 다시 잠이 들었고, 그러고는 아침이 밝을 때까지 꿈도 꾸지 않고 잘 잤다. 잠에서 깨어날 때 몸은 무거웠지만 마치 힘든 일을 다 끝내고 났을 때처럼 기분은 상쾌했다.

그날 이후부터는 점차 악몽이 사라졌다. 심란한 꿈들이 서서히 희미해지더니 낮에 다시 일을 할 수 있게 되었다. 장작이 얼마 남지 않았다는 사실이 맨 먼저 떠올랐다. 하늘은 흐렸지만 춥지는 않았다. 그래서 나는 날씨가 온화한 참에 장작을 패두기로 했다. 장작더미의 눈을 쓸어내고 톱질을 시작했다. 일이 하고 싶기도 했고, 앞으로 날씨가 또 어떻게 변할지 알 수 없다는 생각이 들기도 했다. 내가 병이 날 수도 있는 일이었다. 감기라도 들면 장작은 팰 수 없게 될 것이었다. 손에는 다시 물집이 잡혔지만 며칠 지나고는 물집 자리에 못이 박히더니 통증도 사라졌다.

장작을 넉넉하게 톱질해놓은 다음 잘게 토막을 냈다. 한번은 잠깐 정신을 놓은 사이 허벅지를 다쳤다. 상처가 깊지는 않았지만 피를 많이 쏟았다. 그리고 일을 할 때 얼마나 정신을 바싹 차려야 하는가를 배웠다. 쉽지는 않았지만 나는 곧 조심하는 법에 익숙해졌다. 혼자 산속에서 사는 사람은, 죽고 싶지 않다면, 앞일을 내다보며 살아야 한다. 허벅지의 상처는 사실 바늘로 꿰매야 할 만큼 넓게 벌어진 상처였다. 결국 커다란 상처 자국이 남았는데 궂은 날이면 욱신거리고 아팠다. 그래도 나는 운이 좋았다. 상처가 나더라도 금세 아물고 곪은 적이 없었다. 처음에는 반창고라도 있었지만 지금은 상처가 나면 헝겊 조각으로 싸맬 뿐이다. 그런데도 잘 낫는다.

겨울 내내 나는 한 번도 앓지 않았다. 나는 감기를 달고 살다시피 했었는데 어느 날부턴가 감기에 걸리지 않게 되었다. 특별히 조심을 한 것도 아니었다. 지쳐서 비를 맞으며 집에 돌아온 적도 많았다. 나를 오래전부터 괴롭혔던 두통도 초여름부터 사라졌다. 머리가 아플 때라고는 우연히 장작이 머리 위로 떨어졌을 때뿐이었다. 저녁이면 근육과 뼈마디는 쑤셨다. 장작을 패거나 건초를 골짜기로 끌고 온 날은 더 그랬다. 나는 별로 힘이 센 편이 아니었다. 단지 우직하고 끈기가 있을 뿐이었다. 어느 샌가 나는 내 손으로 뭐든 다 할 수 있다는 것을 깨닫게 되었다. 손이란 정말 놀라운 도구였다. 나는 어느 날 갑자기 룩스에게 손이 생기고 그가 생각과 말을 할 수 있게 되는 상상을 하기도 했다.

물론 내가 결코 손에 익히지 못할 것 같은 일들도 아직 많다. 나는 마흔이 되어서야 내게도 손이 있다는 것을 깨달은 사람이다. 나에게 너무 많은 것을 기대해서는 안 된다. 내가 가장 큰 뿌듯함을 느끼게 될 일이 있다면 그것은 내 손으로 벨라의 새 외양간에 문을 깔끔하게 달아주는 것이다. 목수 일은 유난히 힘든 것 같다. 그에 비하면 농사를 짓고 가축을 돌보는 일에는 나도 재주가 있는 편이었다. 농사와 가축 사육에 관한 것이라면 일찌감치 거의 다 깨우쳤다. 다만 그때까지 그런 천부적인 재능을 써볼 기회가 없었던 것뿐이었다. 그 일들을 하고 나면 만족감도 컸다. 크리스마스가 끼어 있는 일주일 동안 나는 장작을 톱질하고 패는 일만 했다. 기분이 좋았다. 밤에는 꿈도 꾸지 않고 곤하게 잤다. 12월 29일에는 하룻밤 사이 날씨가 몹시 쌀쌀해졌다. 그래서 장작 패는 일을 중단하고 집 안에 틀어박혔다. 나는 외양간과 집 안의 창틈과 문틈을 낡은 담요에서 뜯어낸 헝겊 조각으로 매웠다. 외양간은 견고하게 지어졌기 때문에 벨라는 아직 추위에 떨지 않았다. 외양간 안에 잔뜩 쌓아둔 건초더미도 추위를 막아주고 있었다. 고양이는 추운 걸 질색했다. 그 작고 동그란 머리를 굴리며 나를 탓할

구실을 찾는 것 같았다. 고양이는 심술 맞고 화난 눈빛으로 나를 책망했다. 추위를 몰아낼 궁리를 좀 해보라고 보채는 것 같기도 했다. 룩스에게는 추위가 아무 문제도 아니었다. 그러고 보면 룩스는 어떤 날씨든 항상 즐겁게 맞았다. 개가 조금 의기소침해 있었던 이유는 내가 살을 에는 추위에 밖에 나갈 엄두를 내지 않았기 때문이었다. 룩스는 포기하지 않고 짧은 산책이라도 나가자고 졸라댔다. 문득 산짐승들이 걱정되었다. 1미터 이상 눈이 쌓였으니 먹이를 찾을 길이 없을 것이다. 내게는 마로니에 열매 두 자루가 있었다. 그것은 지난해 비상식량으로 남겨두었던 것이다. 언젠가 그것이 큰 도움이 될 날이 올지도 몰랐다. 하지만 맹렬한 추위가 시작되자 마음이 흔들렸다. 침실에 저장되어 있는 마로니에 열매 두 자루가 머리에서 떠나지 않았다. 1월 6일, 동방박사 축일에 그냥 집 안에 들어앉아 있을 수만은 없었다. 고양이는 아직도 내 무능력에 잔뜩 골이 나 있었다. 그래서 얼룩무늬가 있는 엉덩이를 보이며 돌아앉아 있었다. 룩스는 밖에 나가고 싶어 안달했다. 나는 있는 대로 옷을 껴입고 개와 함께 밖으로 나왔다.

눈부시게 아름다운 겨울날이었다. 눈 쌓인 나무들은 햇살 속에서 가슴이 저릴 만큼 아름답게 반짝이고 있었다. 발밑에서는 눈이 뽀드득 소리를 냈다. 룩스는 눈길을 헤치며 달려갔다. 공기가 너무 차가워 입김은 금세 얼어붙었고 숨을 들이마시면 폐를 찌르는 것 같았다. 나는 얼굴에 수건을 묶어 입과 코를 가렸고 모자를 이마까지 푹 눌러썼다. 먼저 산짐승들의 먹이굴로 가보았다. 수없이 많은 발자국이 찍혀 있었다. 산짐승들이 궁지에 몰리고 텅 빈 먹이굴을 보고 절망하는 모습이 눈에 보이는 것 같았다. 그러자 추위가 뼛속까지 스며드는 것 같았다.

불현듯 이 푸르고 차가운 공기가 원망스러웠다. 눈도 원망스럽고 나 자신도 미웠다. 그 짐승들에게 아무것도 해줄 수 없기 때문이었다. 내가 저장해둔 마로니에 열매는 이런 상황에서는 아무 도움이 되지 않을 것이다. 굳이 그것을 꺼내 오는 것은 어리석기 짝이 없는 행동일 것이다. 하지만 그것 말고 내가 할 수 있는 일은 없었다. 나는 곧바로 산장으로 돌아가 자루를 침실에서 끌어내고 두 자루를 하나로 묶어 눈밭을 헤치며 끌고 왔다. 룩스는 신이 나서 내 주위를 뛰어다니며 즐겁게 짖어댔다. 먹이굴은 산장에서 20분 정도 떨어진 곳에 있었지만 길이 가파르고 눈까지 쌓여 있었기 때문에, 그곳에 다시 올라갔을 때에는 기운이 다 빠지고 두 손은 꽁꽁 얼어붙어 있었다. 나는 마로니에 열매를 구덩이에 부은 다음 우두커니 서 있었다. 너무 추웠기 때문에 거기 잠시라도 앉아 있을 엄두가 나지 않았다. 나는 다시 천천히 산을 내려왔다. 곳곳에 산짐승들의 발자국이 찍혀 있었다. 고원에 사는 산짐승도 그곳을 떠나 노루를 잡으러 내려왔던 것이다. 어둠이 내리기 시작하면 모두들 먹이굴로 몰려들어 적어도 한 번은 배부르게 먹을 수 있을 것이다.

산짐승들이 어린 나무들의 겉껍질을 갉아 먹은 흔적이 눈에 띄었다. 내년 여름에는 산짐승들을 위해 건초를 조금 남겨두어야겠다고 생각했다. 어렵지 않은 결심이었다. 여름은 한참 후에나 찾아올 테니까. 막상 여름이 되어 낫으로 풀을 베기 시작했을 때는 생각이 달라져 있었지만, 어쨌든 나는 기근이 닥쳤을 때를 대비해 산짐승들을 일주일 정도 먹일 만큼의 건초를 마련해놓았다. 어쩌면 그들에게 건초를 주지 않는 편이 현명할지 모른다. 그러지 않아도 산짐승들은 얼마든지 늘어난다. 하지만 나는 산짐승들이 비참하게 굶어 죽는 것을 그대로 내버려둘 수 없다.

15분쯤 뒤 추위를 더는 참을 수가 없어서 발길을 돌렸다. 룩스도 동의하는 눈치였다. 처음에 기뻐 날뛰던 기분은 금세 식어버리고 없었다. 돌아오는 길에 나는 눈 속에 노루 한 마리가 쓰러져 있는 것을 보았다. 뒷다리가 부러져 움직이지 못하고 있었다. 다리가 얼마나 세게 부러졌는지 뼈가 살 밖으로 드러나 있었다. 나는 그의 고통을 끝내줄 사람이 나뿐이란 걸 알았다. 아직 어리고 바짝 마른 노루였다. 나는 총을 들고 오지 않았기 때문에 접이칼을 노루의 목에 깊이 찔러넣었다. 순간 노루가 고개를 들더니 나를 바라보고 한숨을 쉬었다. 그러고는 몸을 부르르 떨고 눈 위로 푹 쓰러졌다. 제대로 찌른 것이었다.

어린 노루였지만 산장까지 메고 오려니 무거웠다. 집으로 돌아와 손을 녹인 다음 나는 노루의 배를 갈랐다. 가죽은 얼음처럼 차가웠지만 배를 가르니 김이 올라왔다. 심장은 아직도 따뜻했다. 나는 고기를 나무통에 넣어서 2층에 있는 방에 가져다두었다. 다음 날 아침이면 얼어 있을 것이다. 간은 룩스와 고양이에게 주었다. 나는 따뜻한 우유를 마시고 싶은 생각뿐이었다. 밤에는 추위에 장작이 갈라지는 소리가 들렸다. 불을 많이 땠는데도 담요를 덮은 몸이 덜덜 떨려 잠이 오지 않았다. 장작이 딱딱 소리를 내면서 타들어가다가 불길이 꺼졌고 나는 몸이 아파오는 것 같았다. 나는 알고 있었다. 내 몸이 아픈 것은 내가 끊임없이 짐승들을 죽여야 하기 때문이었다. 무엇인가를 죽이는 일이 즐겁다고 느끼는 인간들은 도대체 어떤 사람들일까 생각해보았다. 나는 그렇게 될 수 없었다. 팔뚝의 털이 모두 곤두섰고 혐오감에 입안이 타들어갔다. 다시 태어나지 않는 한 그렇게 될 수는 없었다. 좀 더 신속하고 능숙하게 일을 해내도록 솜씨를 단련할 수 있을지는 몰라도 결코 그 일에 익숙해질 수는 없을 것이다. 나는 어둠 속에 누운 채 위층에서 얼음 덩어리가 되어가는 작은 심장을 생각하고 있었다.

1월 7일로 넘어가는 밤이었다. 추위는 사흘간 더 이어졌다. 다음 날 아침에 가보니 마로니에 열매는 모두 사라지고 없었다.

나는 얼어 죽은 노루 세 마리와 새끼 사슴 한 마리를 더 보았다. 내가 발견하지 못한 시체들은 또 얼마나 많겠는가.

지독한 추위가 지나가고 눅눅하고 온화한 바람이 불어왔다. 외양간으로 가는 길은 미끄러운 얼음판으로 변했다. 그 위에 재를 뿌리고 얼음을 깨뜨려야 했다. 그런데 서풍이 진로를 바꾸었고 남쪽으로부터 불어온 바람이 낮이고 밤이고 산장을 뒤흔들었다. 벨라는 점점 불안해했고 나는 하루에도 열 번은 벨라를 들여다보았다. 소는 거의 먹지 않았다. 제자리걸음하듯 앞발과 뒷발을 번갈아 들어올리기를 반복했고 젖을 짜줄 때는 고통스러운 듯 몸을 움찔거렸다. 벨라가 새끼 낳을 일을 생각하면 너무나 걱정이 되었다. 내가 새끼를 받아낼 수 있을까? 전에 소가 새끼 낳는 것을 본 적이 있기 때문에 어떻게 하는지는 어렴풋이 알고 있었다. 건장한 남자 두 명이 새끼를 어미의 몸에서 끄집어내다시피 했다. 그 모습은 매우 야만적으로 보였고 소가 너무도 불쌍했다. 그렇지만 그렇게 해야 하는 일인지도 모른다. 어쨌든 그 이상은 아무것도 몰랐다.

1월 11일에 벨라는 약간의 출혈을 했다. 저녁을 먹고 난 뒤였는데 나는 그날 밤은 외양간에서 자야겠다고 생각했다. 보온병에 뜨거운 차를 따르고 튼튼한 밧줄과 가위를 준비한 다음 화덕에 물을 올려놓았다. 룩스도 따라 나서려고 했지만 개는 집 안에 가두었다. 외양간에 데려오면 정신만 사나워질 것 같았다. 나는 송아지를 위해서 널빤지로 작은 우리를 세워두었고 거기에 건초도 쌓아놓았다. 벨라는 나지막하게 음매 하고 울면서 내가 나타난 것을 기뻐하는 눈치였다. 나는 벨라가 새끼를 낳는 것이 이번이 처음이 아니기만을 바랐다. 나는 소를 쓰다듬으며 용기를 북돋아주었다. 소는 산통을 느끼고 있었고 자기 몸에서 일어나는 변화 때문에 정신이 나간 것처럼 보였다. 불안하게 발을 들썩거렸으며 몸을 앉히려 하지 않았다. 내가 말을 하고 있으면 소가 조금 안심하는 것 같았기 때문에 나는 아이를 낳을 때 산파가 했던 말들을 소에게 해주었다. 곧 괜찮아질 거야, 오래 걸리지 않아, 별로 아프지 않아 같은 어리석은 소리들. 나는 차고에서 가져온 의자에 앉았다. 조금 뒤에는 화덕에 올려두었던 물을 가지고 왔다. 펄펄 김이 솟는 뜨거운 물이었다. 물을 식힐 시간은 충분했다. 뜨거운 수증기가 얼굴을 감쌌을 때는 마치 내가 아이를 낳기라도 하는 것처럼 가슴이 조였다.

9시가 되었다. 산바람이 지붕을 뒤흔들었고 너무 신경을 곤두세우고 있었던 탓인지 오한이 났다. 나는 차를 한 잔 따라 마셨다. 벨라에게는 틀림없이 예쁜 새끼를 순산하게 될 거라는 말을 한 번 더 해주었다. 벨라는 고개를 내 쪽으로 돌리고 차분한 눈빛으로 나를 쳐다보았다. 벨라는 내가 도와주려고 한다는 것을 알고 있었다. 그것이 나에게 약간의 자신감을 주었다.

그러고는 꽤 오랜 시간이 흐르는 동안 아무 일도 일어나지 않았다. 한 번 더 배설물을 치워주고 새 건초를 깔아주었다. 바람이 잦아들더니 한순간에 정적이 찾아왔다. 등잔불은 화덕 위에서 조용히 타고 있었다. 등잔을 쓰러뜨리면 안 되었다. 신경 써야 할 일들이 한두 가지가 아니었다. 등잔의 불빛만으로는 새끼를 낳을 때 너무 어둡지 않을까 걱정되었다.

그 순간 갑자기 피로감이 몰려왔다. 어깨가 아팠다. 잠이 쏟아져 고개가 저절로 끄덕거렸다. 태어날 송아지를 위해 새로 깔아놓은 건초더미 위에 누워 한잠 잤으면 싶었다. 고개를 푹 수그린 채 졸다가 깜짝 놀라 깨어났다. 벨라가 다시 피를 흘리고 있었고 산통이 심해 보였다. 옆구리가 꿈틀하더니 거세게 들썩대기 시작했다. 벨라는 나지막한 신음을 뱉었고 나는 벨라에게 용기를 북돋는 말을 해주었다. 벨라는 물을 마셨다. 새끼가 나올 때가 된 것 같았다. 마침내 축축한 다리 한쪽이 나왔고 곧이어 다른 쪽 다리도 나왔다. 벨라는 몹시 괴로워했다. 나는 당혹스러움에 몸을 떨며 송아지의 작은 갈색 다리들을 묶어 밧줄을 당겨보았다. 하지만 그건 아무 도움도 되지 않았다. 건장한 남자 두 사람만큼의 힘을 내가 가졌을 리 없었다. 벨라만 멍하니 바라보고 있는데 갑자기 머릿속이 밝아지며 문제가 풀리는 느낌이 들었다. 벨라의 몸속에 송아지가 어떤 자세로 들어 있는지 알 것 같았다. 앞다리를 잡아당기는 것은 어리석은 일이었다. 그렇게 하면 송아지의 머리를 뒤로 밀어버리는 셈이 된다. 나는 손을 씻고 나서 벨라의 따뜻한 몸속에 집어넣고 더 들어보았다. 생각했던 것보다 어려운 일이었다. 손을 더 깊이 집어넣기 전에 우선 산통이 좀 가라앉기를 기다려야 했다. 마침내 나는 송아지의 머리를 잡아 두 손으로 누르기 시작했다. 다음 산통에 내 팔이 조여졌지만 송아지의 머리는 앞쪽으로 나오기 시작했다. 벨라는 크게 신음하면서 옆으로 쓰러졌다. 나는 벨라를 격려하면서 송아지의 머리를 눌렀다. 너무 힘이 들어 땀이 비 오듯 쏟아졌다. 그때 송아지의 머리가 밖으로 나왔다. 벨라는 숨을 크게 내쉬었다.

나는 다음번 산통이 올 때까지 기다리고 있다가 다리에 매어두었던 밧줄을 잡아당겼다. 그러자 갑자기 송아지가 쑥 나왔다. 너무나 갑작스럽게 나오는 바람에 내 몸이 앞으로 고꾸라져 송아지를 무릎에 덜컥 받았다. 나는 송아지를 조심스레 바닥에 내려놓았다. 탯줄은 끊어져 있었다. 송아지를 앞다리 앞에 놓아주자 벨라는 곧바로 새끼를 핥기 시작했다. 일이 너무나도 순조롭게 끝났기 때문에 우리 둘은 무척 기뻤다. 송아지는 수놈이었다. 우리 둘이 그 녀석에게 세상 빛을 보여준 것이다. 벨라는 지치지도 않고 새끼를 핥고 또 핥았다. 축축하게 젖어 있는 송아지의 털은 곱슬곱슬했다. 새끼는 어미와 마찬가지로 회갈색이었다. 자라면서 색깔이 조금 더 진해질 것이다. 태어난 지 몇 분밖에 지나지 않았는데 새끼는 벌써 일어서려고 했다. 벨라는 새끼가 너무 사랑스러워 깨물고 싶어 하는 것처럼 보였다. 어미가 웬만큼 다 핥아주었다 싶었을 때 나는 송아지를 새 우리로 옮겨주었다. 송아지를 그곳에 두어도 벨라가 고개만 수그리면 새끼의 얼굴을 마음껏 핥아줄 수 있었다. 나는 벨라에게 미지근한 물과 신선한 건초를 먹였다. 출산이 다 끝나지 않았다는 것을 알고 있었다. 온몸이 땀에 흠뻑 젖은 나는 의자에 앉아 따뜻한 차를 한 잔 따라 마셨다. 잠이 들어서는 안 되기 때문에 일어서서 외양간 안을 이리저리 왔다 갔다 했다.

한 시간쯤 뒤 벨라가 고통스러워하며 숨이 다시 가빠졌다. 이번에는 채 몇 분 걸리지 않았다. 후산도 끝냈다. 벨라는 기진맥진하며 쓰러졌다. 나는 외양간을 깨끗이 치우고 짚을 새로 깔아주고 다시 한번 송아지를 들여다보았다. 송아지는 짚더미에 기어들어가 곤히 잠들어 있었다. 나는 등잔을 들고 외양간 문을 잠근 다음 산장으로 돌아왔다. 룩스가 나를 반갑게 맞아주었다. 나는 무슨 일이 있었는지 룩스에게 이야기해주었다. 내 말을 다 알아듣지는 못했겠지만 룩스는 벨라한테 무언가 좋은 일이 일어났다는 것은 알아차렸을 것이다. 개는 안심한 듯 난로 앞으로 기어갔다. 나는 몸을 깨끗이 씻은 뒤 장작을 몇 개 더 불에 얹어놓고 잠자리에 들었다.

그날 밤은 고양이가 침대 위로 뛰어오르는 것도 모르고 아침 햇살에 눈이 뜨일 때까지 푹 잤다. 나는 일어나자마자 외양간에 가보았다. 외양간 빗장을 빼는데 가슴이 두근거렸다. 벨라는 새끼의 얼굴을 핥아주고 있었다. 그 순간 안도의 한숨이 나왔다. 송아지는 단단한 두 다리로 버티고 서 있었다. 나는 송아지를 어미에게로 데리고 가서 입에 젖을 물려주었다. 새끼는 무슨 일인지 금세 알아차리더니 배불리 젖을 빨았다. 새끼가 둥그스름한 머리로 품에 파고들면 벨라는 앞뒤 다리를 번갈아 들어 올리며 자리를 만들었다. 송아지는 정말로 영리한 것 같았다. 송아지가 실컷 젖을 빨고 난 뒤 내가 벨라의 젖을 다 짜주었다. 뒤에 나온 젖은 노르스름하고 기름진 것이 영 맛이 없었다. 벨라는 조금 지치고 야윈 듯했지만 잘 쉬고 나면 곧 괜찮아질 것 같았다. 촉촉하게 반짝이는 벨라의 눈을 보면 포근한 행복감에 빠져 있다는 것을 알 수 있었다. 순간 야릇한 기분에 휩싸여 도망치듯 외양간을 빠져나왔다.

산바람이 그칠 줄 몰랐고 끊임없이 비가 내렸다. 떠가는 구름 사이로 푸른 하늘이 얼핏 나타났다가 검은 그림자가 공터를 뒤덮었다. 심장이 쿵쿵거리고 몸이 뻣뻣해지는 것 같았다. 고양이한테는 정전기가 일었다. 손으로 쓰다듬어주려 하면 고양이의 털이 곤두서고 바작바작 소리가 났다. 고양이는 안절부절못하고 소리를 지르며 내 품에 달려들어 뜨겁고 바싹 마른 코를 내 손바닥에 비벼댔다. 먹이를 보아도 아무것도 먹으려 하지 않았다. 처음에는 고양이가 이상한 병에 걸린 것이 아닌가 걱정을 했다. 하지만 곧 수고양이를 찾고 있다는 것을 알게 되었다. 고양이는 수백 번 들로 나갔다 돌아왔고 애처롭게 내 품을 파고들었다. 바람의 변화 같은 것에는 거의 무감각한 룩스조차도 고양이의 불안 증세를 옮아서 안절부절못하며 집 안을 돌아다녔다. 밤이면 산속에서 낯선 동물이 카아우카아우 하고 우는 소리에 잠이 깨곤 했다. 수고양이 소리 같기도 하다가, 다시 들어보면 아닌 것 같기도 했다. 고양이가 걱정되었다. 녀석은 밖에 나간 지 사흘이 넘도록 돌아오지 않고 있었다. 이윽고 나는 고양이가 다시 돌아오리라는 기대를 접었다.

날씨가 갑자기 돌변하더니 눈이 내리기 시작했다. 날이 험악해지는 것이 차라리 잘되었다고 생각됐다. 어차피 나는 너무 기진맥진해서 밖에 나가 아무 일도 할 수 없었기 때문이었다. 미지근한 바람은 나를 몽롱하게 했다. 그 바람에서는 무엇인가 썩는 냄새가 나는 것 같았다. 기분 탓만은 아니었을 것이다. 산속에 쓰러져 꽁꽁 얼어붙어 있던 시체들이 녹고 있는지도 몰랐다. 바람 소리가 그치고 창가에서 가볍게 흩날리는 눈송이를 바라보는 것은 즐거운 일이었다.

그날 밤에 고양이가 돌아왔다. 촛불을 켰더니 고양이가 내 무릎 위로 뛰어올랐다. 잠옷 위로 고양이의 차갑게 젖은 몸이 느껴졌다. 나는 고양이를 두 팔로 꼭 안았다. 고양이는 날카로운 소리를 내지르며 그사이 무슨 일이 있었는지 나에게 얘기하고 싶어 하는 것 같았다. 고양이는 얼굴을 내 이마에 계속 비벼댔다. 고양이 울음소리에 룩스가 기어 나왔다. 그러고는 집에 돌아온 고양이를 반갑게 맞아주었다. 나는 자리에서 일어나 고양이와 개에게 줄 우유를 데웠다. 고양이는 굶어 죽기 직전처럼 보였다. 정신이 나가고 지친 모습이 처음에 우리 집에 나타났을 때 같았다. 나는 웃음 띤 얼굴로 고양이를 꾸짖는 동시에 칭찬했다. 룩스는 고양이가 머리로 비벼대자 무척 당황해했다. 고양이에게 뭔가 특별한 일이 일어난 것이 틀림없었다. 룩스가 고양이의 울음소리를 나보다는 잘 이해한 것 같았다. 어쨌든 기쁜 일처럼 보였다. 개가 유쾌한 기분으로 잠자리에 돌아가는 걸 보면 알 수 있었다. 고양이는 룩스처럼 금세 마음을 진정하지는 못했다. 꼬리를 세운 채 왔다 갔다 하더니 내 다리 주위를 맴돌며 다시 작은 울음소리를 냈다. 내가 누워서 촛불을 끈 뒤에야 고양이는 침대로 와서 몸을 핥기 시작했다. 며칠 만에 편안한 기분이 되었고 걱정이 사라졌다. 산바람이 요란하게 불고 간 터라 겨울밤의 정적이 마치 기적처럼 느껴졌다. 나는 고양이가 만족스럽게 가르릉거리는 소리를 들으며 잠이 들었다.

아침에 눈을 떠보니 눈이 10센티미터쯤 쌓여 있었다. 바람은 아직 잔잔했다. 희미한 햇살이 들판을 비추고 있었다. 외양간에서는 벨라가 나를 목이 빠지게 기다린 눈치였다. 배가 고플 송아지에게 얼른 젖을 먹이고 싶었던 것이다.

송아지는 날이 갈수록 건강하고 명랑해졌다. 야위었던 벨라도 다시 살이 붙기 시작했다. 우리 둘이 송아지를 세상에 데려왔던 그 바람 불던 1월의 밤은 머지않아 잊힐 것이었다.

벨라와 송아지는 서로에게만 푹 빠져 있었다. 나는 조금 쓸쓸하고 외톨이가 된 기분이었다. 벨라를 부러워하고 있는 것이 확실했다. 외양간에서 나가야겠다고 생각했다. 그곳에 남아 내가 할 수 있는 일이라고는 먹이를 주고 젖을 짜고 청소를 해주는 것밖에 없었다. 내가 문을 닫고 나가면 외양간은 사랑이 넘치고, 동물들의 따뜻한 숨결로 가득 찬 행복의 섬이 될 것이다. 이런 생각을 하기보다는 차라리 다른 일거리를 찾아 거기 몰두하는 편이 나았다. 차고에는 건초가 조금밖에 남아 있지 않았다. 나는 아침을 먹고 나서 룩스를 데리고 계곡으로 건초를 가지러 갔다. 고양이는 내 침대에 누워 늘어지게 자고 있었다. 고양이는 그사이 부쩍 마르고 털의 윤기도 사라졌다. 나는 오전에 두 번 건초를 날랐고 오후에도 한 번 더 건초를 가지러 갔다. 그다음 날도 건초 나르는 일을 했다. 날씨는 춥지 않았다. 이따금 작은 눈송이들이 날렸고 바람은 잔잔했다. 겨울의 적막이 이어졌다. 그것은 내가 좋아하는 겨울의 분위기, 꼭 그대로였다. 개울과 산장 사이를 계속 왔다 갔다 하는 일에 지쳤는지 룩스는 난로 곁을 떠나려고 하지 않았고 고양이는 하루 종일 잠을 잤다. 잠에서 깨어날 때는 먹을 때와 밤나들이를 할 때뿐이었다. 고양이에게 잠은 묘약과도 같았다. 눈빛은 다시 맑아졌고 털도 윤기를 되찾았다. 고양이는 매우 만족스러워 보였다. 숲속에서 들려왔던 그 낯선 소리의 주인이 수고양이가 아닐까 생각했다. 나는 그를 카아우카아우 씨라고 이름 지었다. 그는 매우 자존심이 강하고 용감할 것 같았다. 그렇지 않고서는 산속에서 살아남지 못했을 것이다. 고양이 새끼가 또 태어나는 것은 반갑지 않았다. 그들은 나에게 다시 걱정거리만 안겨줄 것이다. 하지만 고양이가 행복해졌으면 하는 마음도 있었다.

그동안 많은 일이 일어났다. 페를레가 죽었고 송아지가 태어났고 고양이가 수놈을 만났고 노루가 얼어 죽어 산짐승들은 두둑한 겨울을 보낼 수 있었다. 그동안 너무 큰일들을 치렀다. 나는 몹시 지쳐 있었다. 벤치에 누워 눈을 감았다. 먼 지평선에 눈 덮인 산들이 보이고 거대하고 하얀 적막 속에서 내 얼굴 위로 떨어지는 눈송이들이 보인다. 생각이란 생각, 기억이란 기억은 하나도 남아 있지 않았다. 다만 고요한 눈의 반짝임만 남아 있었다. 머릿속에 이런 그림을 그리는 것이 외로운 사람에게는 위험하다는 것을 알고 있었지만 거기에 저항할 힘을 낼 수 없었다.

룩스는 나를 잠시도 가만 내버려두지 않았다. 자꾸 다가와서 내게 주둥이를 비벼댔다. 나는 힘겹게 고개를 돌렸다. 그의 눈동자 속에는 따스하고 희망차게 반짝이는 삶이 있었다. 나는 한숨을 한 번 몰아쉬고 일어났다. 그리고 나의 일과를 시작했다. 지금은 룩스가 내 곁에 없다. 나의 친구이자 파수꾼 룩스는 이제 없다. 그리고 고통 없는 순백의 정적 속으로 들어가고 싶은 욕망이 가끔 내 안에서 걷잡을 수 없이 커진다. 나 스스로 나를 지켜야 한다. 나 자신에 대해 예전보다 엄격해져야 한다.

고양이는 노란 눈동자로 먼 곳을 응시하고 있다. 그러다가 갑자기 내게로 달려온다. 고양이의 눈은 나에게 손을 뻗어 이마에 M자 모양의 검은 무늬가 있는 둥그스름한 머리를 쓰다듬어달라고 말하는 것 같다. 기분이 좋으면 고양이는 가르릉 소리를 냈다. 내가 손대는 것을 귀찮아할 때도 많다. 그러나 고양이는 내게 무안을 주지 않으려는 듯 피하거나 하지는 않았다. 그냥 내 손길 아래 가만히 앉아 있을 뿐이다. 그러면 나는 천천히 손을 거둔다. 룩스는 내가 쓰다듬어주면 언제나 행복해했다. 그렇다, 그것은 그의 천성이었다. 어쨌든 나는 룩스가 무척 그립다. 룩스는 나의 여섯 번째 감각이었다. 룩스가 죽고 난 뒤 나는 불구가 된 것 같다. 언제나 허전함이 따라다닌다. 앞으로도 늘 이럴 것이다. 내가 룩스를 아쉬워하는 것은 사냥을 나가거나 수색을 할 때, 몇 시간이고 총에 맞은 사냥감을 찾아 헤매야 할 때만이 아니다. 룩스가 없어서 그런 일들이 더 힘들어진 것은 사실이지만 단지 그런 이유에서 룩스를 그리워하는 것은 아니다. 룩스가 떠난 뒤 가장 힘든 것은 내가 혼자라는 사실을 정말로 있는 그대로 느껴야 하는 일이다.

룩스가 죽고 난 뒤부터 꿈에 동물들이 자주 나온다. 그들은 마치 사람처럼 나에게 이야기를 한다. 그리고 꿈속에서는 그것이 그저 당연하게 느껴진다. 첫해 겨울 꿈속에 나타나던 사람들은 지금은 모두 사라졌다. 그들은 더 볼 수가 없다. 꿈속에서 사람들이 다정하게 느껴진 적은 한 번도 없었다. 기껏해야 아무 관심 없다는 표정 정도를 보여줄 뿐이었다. 그러나 꿈에 나타나는 동물들은 항상 다정하고 생기로 가득 차 있었다. 그것은 사실 별로 이상할 것도 없는 일이다. 그건 단지 내가 사람들과 동물들에 대해서 평소 품은 생각이 표출된 것뿐이다.

꿈은 차라리 꾸지 않는 편이 나을 것이다. 나는 산속에서 꽤 오래 살고 있다. 그동안 사람들, 동물들, 그 밖의 여러 가지 것들에 대한 꿈을 꾸었다. 그러나 벽이 꿈에 나타난 적은 단 한 번도 없었다. 나는 건초를 가지러 갈 때마다 벽을 본다. 그것은 벽을 통해서 벽 너머를 바라본다는 말이다. 지금은 겨울이라 나뭇잎이 전부 다 떨어졌기 때문에 그 작은 집이 또렷이 보인다. 눈이 쌓이면 이쪽이나 저쪽이나 아무런 차이가 없다. 온통 하얀 풍경뿐이다. 단지 이쪽에는 나의 발자국이 눈 위에 깊이 찍혀 있을 뿐이다.

벽은 이제 내 삶의 일부분이 되었기 때문에 몇 주씩 벽을 잊어버리고 지내기도 한다. 벽을 떠올릴 일이 있더라도 이제 벽은 내 발길을 가로막는 벽돌담이나 정원의 울타리 같은 것일 뿐이다. 사실 벽이 그들과 다를 게 뭐란 말인가? 내가 모르는 물질과 방식으로 만들어진 대상일 뿐이다. 지금까지 살아오는 동안 그런 것들은 벽 말고도 얼마든지 있었다. 벽 때문에 나는 완전히 새로운 삶을 시작할 수밖에 없었다. 하지만 지금도 내 마음을 움직이는 것들은 이전이나 다름이 없다. 태어남, 죽음, 계절의 바뀜, 성장과 소멸. 벽은 죽어 있지도 않고 살아 있지도 않다. 말하자면 벽은 내가 마음을 쏟을 문제가 아니다. 그렇기 때문에 나는 벽에 관해서는 꿈을 꾸지 않는 것이다.

언젠가는 벽과 맞설 날이 올 것이다. 영원히 이곳에서 살 수는 없기 때문이다. 그러나 그날까지 나는 벽과는 무관한 삶을 살고 싶다.

오늘 아침 일찍, 내가 앞으로 인간을 만나게 되는 일은 일어나지 않을 거라는 생각이 들었다. 이 산속에 살아 있는 사람은 아무도 없을 것이다. 만약 살아남은 사람들이 있다면 산 위로 한 번쯤은 비행기가 날아갔을 것이다. 나는 하늘에 낮게 걸린 구름들이 벽을 넘나드는 것을 보았다. 그러나 그것이 치명적인 독 같은 것을 몰아오지는 않는다. 그랬다면 나는 이미 죽었을 것이다. 비행기가 날아다니지 않는다는 것이 무엇을 뜻하겠는가? 이런 생각은 좀 더 일찍 했어야 했다. 어떻게 이런 생각이 단 한 번도 떠오르지 않았는지 모르겠다. 승리자들의 정찰기는 어디에 있는가? 승리자는 없는 것일까? 내가 그들과 맞닥뜨리게 될 것 같지는 않다. 비행기 생각을 하지 못한 것이 내게는 오히려 다행이었다. 1년 전에 이런 생각이 들었다면 나는 걷잡을 수 없이 절망했을 것이다. 하지만 지금은 그렇지 않다.

몇 주 전부터 눈에 이상이 생긴 것 같다. 먼 곳은 잘 보이는데 글을 쓰고 있으면 글줄들이 서로 겹쳐 보인다. 아마 희미한 불빛 아래에서 연필을 꾹꾹 눌러 쓰기 때문인지도 모른다. 이제껏 나는 내 눈에 자부심을 갖고 살아왔다. 신체의 일부에 자부심을 갖는다는 것이 어리석은 일이긴 하지만 말이다. 그 눈이 멀게 되는 것보다 더 나쁜 상황은 상상할 수가 없었다. 아마 약간 원시가 된 것뿐, 더 걱정할 일은 없을 것이다. 얼마 후면 내 생일이다. 산에서 살게 된 후 나는 나이 먹는 것을 느끼지 못한다. 그것을 상기시켜줄 사람도 없다. 내 모습이 어떤지 말해주는 사람도 없고 나도 그런 일에 대해 생각하지 않는다. 오늘은 12월 20일이다. 봄에 일을 시작하게 될 때까지는 글을 쓰려고 한다. 올여름은 고되지 않을 것이다. 고원에 올라가지 않을 것이기 때문이다. 벨라는 첫해와 마찬가지로 초원에서 풀을 뜯게 할 것이다. 멀리 힘들게 오르내리는 것은 이제 그만둘 것이다.

나의 달력에 첫해의 2월에는 아무것도 적혀 있지 않다. 하지만 그때의 기억은 있다. 그해 2월은 춥지 않았고, 온화하고 습한 날이 이어졌던 것 같다. 공터의 풀은 뿌리 쪽에서부터 푸르러 가고 있었다. 지난가을 누렇게 시들었던 줄기들은 그대로 남아 있었다. 산바람은 불지 않았다. 대신 훈훈한 서풍이 불었다. 2월의 날씨로는 새삼스러울 것도 없었다. 산짐승들의 먹이가 곳곳에 널려 있어 그들이 한숨 돌리며 허기를 달랠 것을 생각하니 흐뭇했다. 새들의 형편도 좋아졌다. 새들은 산장 가까이 날아오지 않았는데, 그것은 이제 나의 도움이 필요 없다는 뜻이었다. 까마귀들만은 봄이 완연해질 때까지 계속 날아왔다. 까마귀들은 가문비나무에 앉아 내가 음식 찌꺼기를 내다줄 때까지 기다렸다. 까마귀들은 엄격한 규칙에 따라 생활하고 있었다. 그들은 매일 아침 같은 시각에 공터로 날아와 하늘을 몇 바퀴 선회한 다음 요란한 울음소리와 함께 나뭇가지에 내려앉았다. 그리고 황혼이 깃들 무렵이면 다시 요란한 울음소리와 함께 다시 숲속으로 사라졌다. 까마귀들은 묘한 이중생활을 했다. 시간이 지나면서 나는 까마귀들을 좋아하게 되었다. 전에는 왜 까마귀를 좋아하지 않았는지 이해가 안 되었다. 도시에서는 더러운 쓰레기더미 위에 앉아 있는 모습만 보았기 때문에 까마귀를 형편없고 지저분한 새로 생각했던 것 같다. 그러나 이곳에서 반짝이는 가문비나무 위에 앉아 있는 까마귀들은 완전히 다른 새다. 그래서 나는 까마귀를 싫어했던 기억들을 전부 잊었다. 지금도 나는 매일 까마귀들이 날아올 때를 기다린다. 까마귀들이 시각을 알려주기 때문이다. 룩스도 까마귀에 익숙해져서 까마귀를 보아도 더는 짖지 않았다. 룩스는 적응이 뛰어난 녀석이었다. 고양이는 끝내 까마귀를 참지 못했고 그들만 보면 성을 냈다. 고양이는 창턱에 올라앉아 털을 바짝 세우고 반짝이는 이를 드러내며 까마귀들을 노려보았다. 실컷 성질을 부리고 나면 못마땅하다는 듯 꾸르륵 소리를 내며 벤치로 내려와 잠으로 화를 풀어버리곤 했다. 산장의 위쪽에는 올빼미 한 마리가 살았다. 까마귀들이 오면서 그 올빼미는 사라졌다. 나는 올빼미가 싫었던 것은 아니지만 고양이가 새끼를 밴 것 같았기에 까마귀들이 올빼미를 쫓아버린 것이 다행스러웠다.

2월 말이 되자 고양이의 상태가 눈에 띄게 달라졌다. 살이 부쩍 찌고 기분이 좋았다 나빴다 변덕이 심해졌다. 룩스는 그저 얼떨떨한 모양이었다. 한번 심하게 박치기를 당하고 나더니 그다음부터는 몸을 사리며 변덕스러운 친구를 슬슬 피하기 시작했다. 룩스는 전에도 똑같은 일이 한 번 있었다는 것을 잊어버린 것 같았다. 이번에는 페를레와는 다른 고양이가 태어날 것이다. 어쩌면 그것이 훨씬 나을지도 몰랐다. 이런저런 혈통이 섞여 태어날 새끼들에 대해서 자신 있게 말할 것은 아무것도 없었다. 아무리 냉정해지려고 해도 고양이 새끼가 태어난다고 생각하면 마음이 들떴다. 잡념이 사라지고 마음이 바빠졌다. 낮이 점점 길어지고 봄이 가까워질수록 기분도 좋아졌다. 산속에서는 겨울을 견뎌내기가 너무 힘들다. 곁에 아무도 없다면 더 말할 것도 없다.

아직 2월이었지만 나는 될 수 있는 대로 많은 시간을 바깥에서 보냈다. 바람은 나를 노곤하고 허기지게 했다. 저장해둔 감자를 살펴보니 수확 때까지 버티려면 아껴 먹어야 했다. 절대로 종자에 손을 대어서는 안 되었다. 여름은 또 고기와 우유만으로 나야 할 것 같았다. 여름에는 밭을 넓혀야겠다고 생각했다. 감자를 먹을 때는 껍질까지 다 먹었다. 비타민을 섭취하기 위해서였다. 껍질을 먹는 것이 정말 효과가 있는지는 알 수 없었지만 비타민을 먹었다고 생각하는 것만으로도 어느 정도 안심은 되었다. 이틀 혹은 사흘에 한 번은 사과를 한 알 먹었다. 사과를 먹지 않는 날은 능금을 먹었다. 능금은 너무 시어서 씹어 삼키기가 힘들 정도였다. 능금은 겨울을 나고도 남을 만큼 있었다. 벨라는 젖이 너무 많이 나와서 송아지가 아무리 먹어도 남았다. 그래서 남은 우유로 버터를 만들 수 있었다. 먹을 것을 조달하는 일은 여름보다 겨울이 나았다. 고기를 더 오래 보관할 수 있기 때문이었다. 과일과 채소는 여전히 그리웠다. 송아지가 앞으로 더 얼마나 어미젖을 먹을지 알 수 없었다. 농사력을 샅샅이 읽어보았지만 그런 것에 대한 설명은 없었다. 농사의 기본 정도는 이미 다 아는 사람들을 위해서 만든 것이었다. 나의 무지가 때로는 이곳 생활을 흥미진진한 것으로 만들기도 했다. 나는 하마터면 큰일 날 뻔했다고 가슴을 쓸어내리곤 했다. 당황스러운 일들은 끊이지 않았지만 침착하게 인내하는 것밖에는 별 도리가 없었다.

나는 송아지가 원하는 만큼 실컷 젖을 빨게 내버려 두었다. 송아지가 어서 자라 튼튼해지기를 바랐다. 수소가 얼마나 자라야 새끼를 가질 수 있는지는 몰랐다. 나는 송아지가 어서 자라 스스로 수컷의 할 일을 깨닫게 되기를 바랐다. 나의 계획이 무모한 것인지 모른다는 생각도 있었다. 하지만 나는 그 일이 성사되기를 바랄 수밖에 없었다. 그런 식의 교배가 가능한 것인지 아닌지도 몰랐다. 그럴 경우에는 새끼가 생기지 않거나 기형이 나오게 될지도 몰랐다. 그러나 그것에 관해서도 농사력에는 쓰여 있지 않았다. 물론 수소를 어미 소와 교배시키는 일은 흔치 않을 것이다. 아무 계획 없이 시간을 죽이며 막연함 속을 헤매는 건 내 성미에 맞지 않았기 때문에 가만히 기다리는 일은 쉽지 않았다. 기다리지 못하는 것이야말로 내가 가진 가장 나쁜 단점 중 하나였다. 그러나 산속에 사는 동안 나는 기다리는 법을 배웠다. 내가 두 손 모아 빈다고 해도 감자는 더 빨리 자라지 않는다. 송아지가 하룻밤 사이 건장한 소가 되지도 않는다. 막상 송아지가 다 자란 뒤에는 차라리 작고 통통한 송아지로 영원히 남아 있었더라면 더 좋았을 것이라고 생각한 때가 많았다. 송아지는 여러 가지 문제를 일으켰고, 그것 때문에 사는 게 너무 힘들다고 생각한 적이 많았던 것이다.

나는 기다리고 또 기다려야 했다. 여기서는 모든 일에 시간적 여유가 있었다. 시계를 수천 개 가져다놓고 가리킨다 한들 시간에 쫓기지 않을 것이다. 재촉하고 등을 떠미는 것도 없다. 산속에서 조급해하는 것은 나뿐이다. 나는 지금도 그 때문에 힘이 든다.

3월이 되자 날씨가 겨울로 돌아갔다. 눈이 오고 얼어붙더니 밤사이 산중은 눈부신 겨울 풍경으로 바뀌었다. 그러나 그다지 춥지는 않았다. 한낮에는 햇살이 산언덕에 환하게 내려앉았고 지붕의 눈이 녹아 물이 똑똑 떨어졌다. 산짐승들한테도 위험한 시기는 지나갔다. 해가 드는 쪽 눈이 녹은 자리에서는 풀과 나뭇잎이 드러나 있었다. 그해 봄에는 죽어 있는 노루를 한 마리도 보지 못했다. 해가 나는 날은 룩스와 함께 사냥 구역을 돌아보거나 헛간에서 건초를 날랐다. 한번은 다 쓰러져가는 산양을 잡아다가 얼려두었다. 마침내 날이 풀렸다. 며칠 동안 비가 그치지 않았다. 산장에서는 외양간까지밖에 보이지 않았다. 안개가 그만큼 짙었다. 나는 눅눅한 안개의 바다 한가운데 작고 따스한 섬에서 살고 있었다. 룩스는 침울해져서 산장과 공터 사이를 오락가락했다. 내가 그를 도와줄 길은 없었다. 습기 찬 날씨는 몸에 좋지 않았다. 나는 감기에 걸리고 싶지는 않았다. 그러나 벌써 목이 따끔거리고 가벼운 기침이 시작되었다. 그래도 더 심해지지는 않았고 며칠 뒤에는 씻은 듯이 나아 있었다. 더 심각한 것은 뼈마디에 관절염이 생긴 것이었다. 갑자기 손가락이 붓고 빨개지더니 너무 아파서 손가락을 구부릴 수 없었다. 몸에 열도 올랐다. 나는 후고의 관절염 약을 몇 개 집어삼키고 신경이 날카로워진 채 산장에 들어앉았다. 결국 손가락 하나 꼼짝할 수 없는 신세가 되는 것은 아닌가 하는 생각이 들었다.

비가 진눈깨비로 바뀌더니 다시 하얀 눈이 내리기 시작했다. 손가락은 계속 부어올라 손으로 무언가 잡을 때마다 쑤시고 아팠다. 룩스는 내가 아프다는 것을 알고 내게 더욱 살갑게 굴었다. 한번은 그런 룩스를 바라보다가 울음을 터뜨리고 말았다. 내가 울음을 그친 뒤 우리 둘은 한동안 망연히 벤치에 앉아 있었다. 까마귀들은 가문비나무에 앉아 음식 찌꺼기를 던져주기만 기다리고 있었다. 까마귀들은 내가 가진 것이 많다고 생각하는 것 같았다. 내가 그들을 돌보는 일이 당연한 거라고 여기는 듯 그들은 날이 갈수록 게을러졌다.

3월 11일에 고양이가 침대에서 내려와 옷장 앞으로 오더니 그 안으로 들어가려고 했다. 나는 낡은 수건을 꺼내 옷장 안에 깔아주었다. 고양이는 그 안으로 들어갔다. 나는 일을 하러 나갔다. 저녁에 외양간에서 일을 마치고 돌아왔을 때 고양이 생각이 났다. 옷장 안을 들여다보니 일은 모두 끝나 있었다. 고양이는 큰소리로 울면서 내 손을 기쁘게 핥았다. 이번에는 세 마리였다. 옅은 회색에서 진한 회색까지 호랑이 같은 무늬가 있는 고양이들이 먹을 것을 찾고 있었다. 어미 고양이는 우유를 제대로 먹지도 못하고 새끼들한테로 돌아갔다. 나는 옷장의 문을 젖혀두고 무슨 일인가 궁금해하는 룩스를 쫓았다. 어미 고양이는 페를레를 낳았을 때처럼 사납지는 않았다. 룩스에게 위협적인 소리를 지르기는 했지만 그냥 흉내만 내는 것처럼 보였다. 룩스는 고양이가 새끼를 낳은 것을 무척 기뻐하며 흥분해 있었다.

그 흥분을 달리 표현할 길이 없었기 때문에 룩스는 보통 때보다 두 배를 먹었다. 나는 개가 먹는 것으로 흥분을 가라앉힌다는 것을 알고 있었다. 고양이도 비슷했다. 까마귀 때문에 화가 나면 고양이는 밥그릇을 찾곤 했다. 그날 밤 고양이는 내 침대로 오지 않았다. 나는 침대에 누워 페를레를 생각했다. 마룻바닥의 핏자국은 여전히 남아 있었다. 나는 핏자국을 가려두지 않았다. 핏자국에 익숙해져야 했다. 그것과 함께 살아야만 했다. 그런데 이제 또다시 새끼 고양이가 세 마리 태어났다. 나는 고양이들을 사랑하지 않기로 결심했다. 그러나 그 결심을 지킬 수 있을 것 같지는 않았다.

날씨는 서서히 좋아지기 시작했다. 평지에서라면 벌

써 날씨가 화창해졌겠지만 계곡에서는 일주일씩 안개가 끼어 있다가 걷히는 적도 많았다. 그러다가 순식간에 거의 한여름처럼 더운 날씨가 찾아왔다. 밤사이 촉촉한 땅에서 풀과 꽃들이 솟아났다. 가문비나무에는 어린 싹이 돋았고 퇴비 주변에는 쐐기풀이 나오기 시작했다. 날씨의 변화가 너무나도 갑작스러워 정신을 차릴 수가 없었다. 날씨가 풀렸다고 해서 몸이 금세 좋아지지는 않았다. 온화한 날씨가 시작될 때는 오히려 겨울보다 노곤했다. 그러나 손가락은 많이 좋아졌다. 새끼 고양이들은 무럭무럭 자랐지만 아직은 옷장 안에서 나오지 않고 있었다. 어미 고양이는 페를레를 키울 때보다 신경을 덜 쓰는 것 같았다. 밤마다 한 시간씩 돌아다녔다. 나에 대한 믿음이 그동안 더 두터워졌거나 아니면 이번에 태어난 새끼들은 좀 더 다부지다고 생각하는지도 몰랐다. 어미 고양이는 벨라의 젖을 한 사발씩 먹었다. 그것은 고양이의 몸속에서 새끼들에게 먹일 젖으로 바뀌었다. 3월 20일에 고양이는 새끼들을 나에게 처음 소개했다. 세 마리 모두 통통하고 윤기가 흘렀다. 하지만 페를레처럼 털이 탐스러운 고양이는 한 마리도 없었다. 한 마리는 다른 고양이들보다 얼굴이 갸름했는데 암놈인 것 같았다. 그렇게 어린 고양이를 보고 암놈인지 수놈인지 구별하는 것은 힘든 일이었다. 그런 일에는 별로 경험도 없었다. 그날부터 고양이는 방 안에서 새끼들과 함께 놀면서 지냈다. 룩스는 고양이들을 아주 좋아했는데 마치 그들의 아버지라도 되는 것처럼 굴었다. 룩스가 무섭지 않다는 것을 알고 나자 새끼 고양이들은 어미 고양이를 들볶듯 룩스도 못살게 굴었다. 새끼 고양이들의 짓궂은 장난이 지나치다 싶어질 때면 룩스는 고양이들의 잠투정이 시작되는 것임을 알았다. 그러면 룩스는 고양이들을 조심스럽게 옷장으로 물어다놓았다. 마지막 놈을 물어다 놓으면 첫 번째 물어온 고양이가 방 안으로 다시 나왔다. 어미 고양이는 룩스를 바라보고만 있었다. 골탕 좀 먹어보라는 심술맞은 웃음이 고양이 얼굴에도 나타날 수 있는 거라면 바로 그때 내가 어미 고양이의 얼굴에서 보았던 표정과 같을 것이다. 보다 못한 어미 고양이는 결국 새끼들을 한 대씩 쥐어박은 다음 옷장 속으로 쫓는다. 어미 고양이는 페를레를 키울 때보다 새끼들을 훨씬 거칠게 다룬다. 그럴 수밖에 없었다. 새끼들은 말도 듣지 않고 휘젓고 다니며 놀려고만 했기 때문이다. 새끼들은 카아우카아우 씨를 많이 닮은 것 같았다. 새끼 고양이들은 정말 하루 종일 집 안을 헤집고 다녔다. 고양이들을 밟지 않으려면 항상 신경을 곤두세우고 있어야 했다.

왜 그런 일이 일어났는지는 지금도 모르겠다. 어느 날 정오 무렵 떠들썩한 장난을 치고 나자마자 얼굴이 갸름한 고양이가 갑자기 경련을 일으키고 몸부림을 치더니 몇 분 뒤에 죽고 말았다. 고양이들이 눈에 보이지 않았었기 때문에 무슨 일이 벌어졌는지는 알 수가 없었다. 다친 데는 없어 보였다. 어미 고양이가 달려가서 정성스럽게 핥아주었지만 이미 모든 것이 끝난 뒤였다. 나는 그 작은 고양이를 페를레 옆에 묻어주었다. 어미 고양이는 한 시간쯤 그 고양이를 찾는 것 같더니 마치 새끼가 처음부터 두 마리밖에 없었던 것처럼 그들에게만 신경을 썼다. 새끼들도 죽은 고양이를 찾지 않는 것 같았다. 룩스는 그 일이 벌어졌을 때 집 안에 없었다. 집에 돌아온 뒤 룩스는 무슨 일이 있었느냐고 묻는 표정으로 나를 쳐다보았다. 그러더니 옷장을 들여다보았다. 그러고는 뭔가 다른 일에 주의를 돌리더니 옷장을 왜 들여다보았는지 금세 잊어버린 것 같았다. 룩스는 고양이 한 마리가 없어진 것을 분명히 알았을 것이다. 하지만 지금까지도 얼굴이 갸름했던 그 고양이를 가끔 생각하는 것은 나뿐이다. 고양이는 머리를 벽에 부딪쳤던 것일까? 아니면 고양이들도 간질을 앓는 것일까? 새끼 고양이가 오래 고통받지 않고 죽은 것, 그렇게 된 것을 내가 본 것은 다행이었다. 페를레가 죽었을 때만큼 슬프지는 않았다. 그래도 그 고양이가 조금은 그리웠다.

남아 있는 고양이들은 짐작대로 수고양이들이었다. 날씨가 따뜻해지자 고양이들은 문밖으로 나가려고 했다. 새끼 고양이들이 자꾸 덤불 속으로 기어들어가 걱정이 되었다. 그들은 일찍부터 파리와 벌레 들을 잡는 데 재미를 붙였고 큰 불개미들에게 물려 혼쭐이 나기도 했다. 어미 고양이는 처음에는 새끼를 주의 깊게 지켜보는 것 같더니 금세 진력이 난 모양이었다. 여하튼 어미 고양이는 날이 갈수록 새끼들을 세게 쥐어박았다. 어미가 나쁘다고만 할 수도 없었다. 새끼 고양이들은 두 마리 모두 정말 드세고 제멋대로였다. 나는 그들을 티거와 판터*라고 이름 붙였다. 판터는 연회색과 검정 줄무늬가 있었고 티거는 불그스름한 바탕에 진한 회색과 검정 줄무늬가 있었다. 한가한 날엔 새끼 고양이들의 맹수 놀이를 구경했다. 새끼 고양이 두 마리에게 이름이 생겼는데 송아지는 여전히 이름이 없었다. 송아지에게 붙여줄 마땅한 이름이 잘 떠오르지 않았다. 어미 고양이도 이름이 없었다. 별명은 수백 개도 더 되었지만 이름은 여태 짓

* 각각 호랑이와 표범이라는 뜻.

지 못했다. 이제 와 새삼 이름을 지어준다고 해도 어미 고양이는 이름에 익숙해지지 않을 것 같았다.

새끼 고양이들에겐 위협적이 될 수도 있는 까마귀들은 날씨가 따뜻해지자 여름을 날 곳을 찾아 날아가버렸고, 올빼미 우는 소리도 더는 들리지 않았다. 햇살을 받으며 벤치에 앉아 판터와 티거의 혈통을 떠올릴 때면 그들이 언젠가 훌쩍 떠나버릴지도 모른다는 생각이 들었다. 새끼 고양이들에게 정을 주지 않기로 했지만 그것이 생각대로 될 리가 없었다. 나는 언제부턴가 고양이들 걱정을 하고 있었다. 새끼 고양이들이 어서 크기를 바랐다. 얼른 힘이 세지고, 영리한 어미 고양이한테서 온갖 요령들을 다 배웠으면 좋겠다고 생각했다. 그런데 파리 잡는 것이나 겨우 익혔을 무렵, 판터가 덤불 속으로 사라져 돌아오지 않았다. 룩스가 고양이를 찾아다녔지만 아무데도 없었다. 산짐승이 물고 갔는지 모른다.

티거만 남았다. 티거는 오랫동안 판터를 찾아 헤맸다. 그 어디에서도 형제를 찾을 수 없자 그는 다시 어미 고양이와 룩스와 나에게로 돌아왔다. 아무도 관심을 가져주지 않으면 티거는 파리를 쫓거나 작은 나뭇가지나 종이 공을 가지고 놀았다. 그 공은 내가 탐정소설을 찢어서 만든 것이었다. 티거가 혼자 노는 것을 보면 마음이 아팠다. 티거는 보면 볼수록 잘생긴 녀석이었고 이름값을 하고 다녔다. 티거보다 더 용맹스럽고 활기가 넘치는 고양이는 본 적이 없다. 점차 나는 티거의 주인이 되어가고 있었다. 어미 고양이는 새끼에게 별 관심을 쏟지 않았고, 룩스는 티거의 날카로운 울음소리를 좋아하지 않았다. 그래서 티거는 오로지 나한테 매달려 나를 어미로 생각하기도 하고 함께 뒹굴며 싸움질도 하는 친구로 생각하는 것 같았다. 내 몸은 곳곳에 할퀸 자국투성이였다. 놀이를 할 때는 발톱을 쓰면 안 된다는 사실을 티거가 깨닫게 될 때까지는 말이다. 티거는 집 안에서 손이 닿는 것은 무엇이든 다 찢어버렸다. 탁자다리나 침대다리에 발톱을 날카롭게 갈기도 했다. 그래도 상관은 없었다. 그곳에 값비싼 가구 따위가 있을 리 없었고, 설령 있었다 하더라도 나에게는 살아 있는 고양이가 번지르르한 가구들보다 소중했다. 티거는 내가 쓰고 있는 글에 앞으로도 자주 등장할 것이다. 티거는 나와 채 1년도 함께 살지 못했다. 지금도 나는 그렇게 생기발랄하던 고양이가 죽었다는 것이 믿기지 않는다. 때때로 나는 티거가 카아우카아우 씨를 찾아 숲속으로 들어갔으며 그곳에서 야생의 삶을 즐기고 있을 것이라고 상상해본다. 그러나 헛된 바람에 불과하다. 나는 티거가 죽었다는 것을 알고 있다. 살아 있다면 한두 번이라도 나를 찾아왔을 것이다.

어미 고양이는 봄이 오면 다시 숲에 가서 새끼를 배게 될지도 모른다. 하지만 누가 알겠는가. 그 늠름한 야생 고양이는 이미 죽었을지도 모른다. 지난해에 심하게 앓았던 어미 고양이도 더는 새끼를 밸 수 없을지도 모른다. 그래도 고양이 새끼가 태어난다면 모든 것이 똑같이 반복될 것이다. 나는 고양이들에게 무심하기로 작정했다가 결국은 그들을 또 사랑하게 될 것이고, 그들을 다시 잃게 될 것이다. 마음을 줄 대상이 남김없이 사라진 데 안도감이 드는 때가 있다. 모든 것을 처음부터 다시 시작하는 일에 지쳤기 때문이다. 하지만 도망갈 길은 없다. 이 산속에 내가 사랑할 수 있는 것이 하나라도 살아 있는 한 나는 사랑을 할 것이다. 그리하여 정말로 아무것도 찾을 수 없게 되는 날, 나는 삶을 멈출 것이다. 모든 사람들이 나와 같은 부류였다면 벽은 존재하지 않았을 것이다. 노인이 샘터에서 쓰러져 돌이 되는 일도 없었을 것이다. 그러나 나는 다른 사람들이 왜 그랬는지도 이해한다. 사랑을 하고 다른 존재를 돌보는 일은 매우 힘이 드는 일이다. 그것은 살생하고 파괴하는 것보다 훨씬 어렵다. 아이를 키우는 데는 20년이 걸린다. 반면 아이를 죽이는 일은 10초면 끝난다. 송아지도 크고 힘센 소로 자라는 데 1년은 걸린다. 그러나 도끼만 두어 번 내리치면 소를 죽일 수 있다. 벨라가 새끼를 몸속에서 키우던 그 기나긴 시간과, 새끼를 낳던 그 고통의 시간과, 어린 송아지를 늠름한 수소로 키워낸 날들을 생각해본다. 태양은 뜨겁게 타오르고 풀은 풍성하게 자랐다. 하늘에서는 비가 내리고 땅에서는 물이 솟아 송아지의 목을 축여주었다. 시시때때로 빗질을 해주고 솔질도 해주어야 했으며 배설물도 깨끗이 치워주었다.

그런데 이 모든 일이 허사가 되고 말았다. 그것은 추악한 만행이었다. 송아지를 도살한 남자는 아마 제정신이 아니었을 것이다. 그러나 정신착란이란 것도 사실은 인간의 본성일 뿐이다. 살해에 대한 은밀한 욕망이 항상 그의 마음속에 도사리고 있었을 것이다. 그가 그런 본성을 갖게 된 것이 불쌍하다는 생각도 든다. 그러나 나는 그에 대한 기억을 떨쳐버리고 말 것이다. 왜냐하면 그와 같은 인간의 살생과 파괴가 계속될지도 모른다고 생각하면 견딜 수가 없기 때문이다. 그런 인간이 산속에 또 살고 있으리라고는 생각지 않는다. 하지만 나는 어미 고양이처럼 의심이 많아졌다. 총을 장전해서 언제나 벽에 걸어놓고 있으며 밖에 나갈 때는 항상 날카로운 접이칼을 가지고 나간다. 나는 이런 일들에 대해 생각하고 또 생각해보았다. 지금은 살인자들까지도 이해할 수 있을 것 같다. 새로운 생명을 만들어내는 모든 것들에 대한 그들의 증오는 걷잡을 수 없이 강렬했던 것이다. 나는 이해할 수 있다. 그러나 나는 스스로 그런 증오로부터 나를 지키는 수밖에 없다. 나를 지켜줄 사람, 내가 조용히 생각에 몰두할 수 있도록 나를 위해 일을 해줄 사람은 없다.

4월이 되어 한동안 좋은 날씨가 이어졌을 때 나는 감자밭에 거름을 주기로 했다. 퇴비는 많았다. 나는 자루 두 개에 퇴비를 채워 너도밤나무 가지로 만든 지게에 얹고 밭으로 끌고 갔다. 퇴비를 고랑에 뿌리고 그 위에 흙을 덮었다. 콩밭에도 거름을 주었다. 그런 뒤에는 건초를 날랐다. 장작이 모자랄 것 같아서 2주간은 장작을 톱질하고 패며 보냈다. 몸은 피곤했지만 일을 다시 시작하게 된 것과 낮이 점점 길어지는 것이 기뻤다. 고원으로 이사 가는 문제에 대해서는 매일 고민을 했다. 꼭 필요한 물건만 가지고 가서 아주 원시적인 생활을 한다 하더라도 고원으로 옮겨 가는 일은 무척 힘들 것이었다. 그리고 고양이 생각도 하지 않을 수 없었다. 고양이는 사람보다 집을 더 좋아한다는 말도 있지 않던가. 이사를 가게 되면 고양이는 꼭 데려가고 싶은데 그게 불행

한 결과를 낳을지도 몰랐다. 이 문제에 대해서는 생각을 하면 할수록 어려움만 더 늘어나는 것 같았다. 개울가의 초원과 감자밭도 잊으면 안 되었다. 건초를 헛간에 쌓아야 하는데 그러려면 하루에 일곱 시간을 걸은 뒤에 일을 더 해야 했다. 장작 패는 일도 가을로 미루어야 하고 송어 낚시 같은 건 꿈도 못 꿀 일이 될 것이다. 이런저런 핑곗거리를 찾으며 고원으로 이사하기는 어렵다는 결론을 내리면서도 마음 깊은 곳에서는 고원으로 옮겨 갈 결심을 오래전에 굳혔다는 것을 깨달았다. 그것은 벨라와 송아지를 위해서 해야 하는 일이었고, 내가 치러내야만 하는 일이었다. 우리 모두의 생사는 이 두 마리의 소에 달려 있었기 때문에 더 생각하고 말고 할 것도 없었다. 개울가 초원의 풀은 소 두 마리가 뜯기에는 충분치 않았다. 그리고 그 건초는 소들의 겨울 식량으로 아껴둬야 했다. 고원의 푸른 들판을 처음 보았던 순간부터 내가 이미 이사를 결심하고 있었음을 깨닫자 마음이 편안해졌다. 물론 부담이 되기는 했다. 우선 감자를 심을 때까지는 산장에 머물기로 했다. 그리고 그때까지 장작을 다 마련해놓을 계획을 세웠다. 화창한 날씨가 이어지고 있었지만 감자 심는 일은 시작하지 않았다. 날씨가 갑자기 나빠질지도 모르기 때문이었다. 장작부터 패기 시작했다. 일을 서두르지는 않았지만 하루도 거르지 않고 했다. 어느새 장작더미가 산장을 둘러쌌다. 일요일이 되면 나는 외양간 일만 한 뒤에 남는 시간은 줄곧 잠을 잤다. 너무 힘들어서 다시는 일어설 수 있을 것 같지 않았다. 그러나 월요일에는 장작더미로 가서 장작을 날랐다.

봄이 한창 피어나고 있었지만 나는 장작만 생각했다. 노란 톱밥이 날이 갈수록 높이 쌓였다. 송진이 손에 들러붙고 나무 가시가 손을 찌르고 어깨가 쑤셨지만 나는 될 수 있는 대로 장작을 많이 쌓아두겠다는 생각밖에 없었다. 그 생각을 하고 있으면 안심이 되는 것 같았다. 피곤해서 배가 고픈 줄도 몰랐다. 동물들에게는 습관적으로 먹이를 주었다. 나는 거의 우유만 먹으며 살았다. 그전에는 이만큼 우유를 많이 마셔본 적이 없었다. 그러던 어느 날 문득 이젠 그만해야겠다는 생각이 들었다. 힘이 하나도 남아 있지 않았다. 일중독 상태에서 깨어난 며칠 동안은 잠옷과 슬리퍼 차림으로 지내면서 푹 쉬었다. 천천히 식욕도 돌아왔다. 쐐기풀과 감자를 먹기 시작했다.

그사이 어미 고양이는 버릇없는 새끼를 봐주던 일을 집어치웠다. 새끼가 성가시게 굴면 고양이는 새끼를 사정없이 쥐어박은 다음 더는 젖먹이가 아니라는 사실을 똑똑히 가르쳐주었다. 티거는 정말 말썽을 많이 피웠다.

어미한테 대들지 못하는 대신 불쌍한 룩스를 하루 종일 못살게 굴었다. 룩스는 얼마나 참을성이 많은 개였는지 모른다! 힘으로라면 룩스는 티거를 단번에 물어 죽일 수도 있다. 그런데도 티거를 아주 조심스럽게 다루었다. 하지만 그런 룩스도 하루는 인내심이 바닥나 티거를 혼쭐내야겠다고 생각한 듯했다. 룩스는 새끼 고양이의 귀를 물어 들어 올리더니 몸부림치며 비명을 질러대는 녀석을 방 안을 가로질러 내 침대 밑에 집어던졌다. 그러고는 당당하게 벽난로로 가서 조용히 잠들 준비를 하는 것이었다. 그제야 티거도 정신을 차렸다. 그러나 티거는 얌전하고 조용하게 가만있지 못하는 성미였기 때문에 다음번 상대로 나를 고르고 내게 덤벼들었다.

나는 장작을 패느라 무척 고단한 터였다. 그런데 티거는 나를 가만 놔두지 않았다. 나는 티거에게 공을 던져주거나 티거가 굴린 공을 잡으러 뛰어다녀야 했다. 티거가 가장 좋아하는 놀이는 몰래 숨어 있다가 내가 무심코 그 앞을 지나갈 때 갑자기 내 다리를 깨무는 것이었다. 내가 화들짝 놀라 옆으로 비켜서면 티거는 재미있어 죽겠다는 표정이었다. 그에게 손만 두 개 있었다면 손뼉을 쳐댔을 것이다. 어미 고양이는 나를 못마땅한 눈으로 바라보곤 했다. 나를 한심하다고 생각하는 것 같았다.

내가 새끼 고양이를 내치지 못하는 것에 대해서 말이다. 나도 티거가 귀찮을 때가 많았다. 하지만 다른 고양이들의 죽음을 떠올리면 티거를 밀어낼 수가 없었다. 티거는 그 나름으로 고마움을 표현했다. 내가 잠을 자려고 누우면 내 무릎 위에 올라앉거나 머리를 내 이마에 비볐다. 때로는 탁자 위에 올라서서 앞발을 내 가슴에 대고 꿀처럼 노란 눈으로 나를 바라보았다. 티거의 눈빛은 어미 고양이의 눈보다 깊고 따뜻했다. 그리고 콧등에는 금방 커피라도 마신 것처럼 섬세한 갈색 무늬가 있었다. 나는 티거를 매우 좋아했으며 티거도 나의 애정에 적극적인 반응을 보였다. 티거는 누군가에게 괴롭힘을 당할 일도 없었으며 어미가 겪었던 쓰라린 경험 같은 것을 겪을 기회도 없었다. 티거는 항상 나를 따라 외양간에 가고 싶어 했다. 외양간에 가면 티거는 화덕 위에 올라앉아 내가 벨라와 송아지를 돌보는 것을 흥미롭게 쳐다보았다. 티거는 곧 벨라한테서 달콤한 우유가 나온다는 것을 알게 되었다. 그래서 젖을 짠 다음에는 얼른 티거의 작은 접시에 우유를 부어주어야 했다. 티거에게는 송아지도 거인이나 마찬가지였기 때문에 두 마리의 소에게 살금살금 다가갈 때는 항상 도망갈 태세를 갖추고 있었다.

티거가 내 옆에 늘 붙어 있게 되자 룩스가 샘을 냈다.

그래서 하루는 내가 룩스를 앞에 앉혀놓고 쓰다듬은 다음, 새끼 고양이도 쓰다듬어주며 우리 사이의 우정에는 달라진 것이 없다고 설명해주었다. 룩스가 모두 알아들었는지는 모르겠지만 그다음부터 룩스는 잘 참았다. 내가 티거를 소중히 대하는 것을 보고 룩스는 티거의 보호자 노릇을 시작했다. 티거가 덤불 쪽으로 기어가면 룩스는 고양이의 목덜미를 물어 끌고 왔다. 어미 고양이는 이런 일에는 신경을 쓰지 않았다. 어미는 과거의 생활로 되돌아가 낮에는 자고 밤이면 사냥을 나갔다. 그리고 아침에 돌아오면 내 다리에 기댄 채 가르릉거리며 잠이 들었다. 티거는 태어날 때부터 정이 든 옷장을 떠날 줄 몰랐고 계속 그 자리에서 잠을 잤다. 그는 자신이 야행성 동물이라는 것을 깨닫지 못하는지 햇빛 속에서 놀기를 더 좋아했다. 나는 그것이 다행이라고 생각했다. 티거가 무엇을 하든 낮에는 그를 지켜볼 수 있었기 때문이었다. 룩스와 함께 나가야 할 때는 나는 티거를 산장 안에 가두었다.

내가 막연히 짐작했던 것이 틀리지 않았다. 5월이 되자 날씨가 추워지고 습기도 많아졌다. 눈도 오고 우박까지 쏟아졌다. 사과나무에 꽃이 일찌감치 피었던 것이 다행스러웠다. 쪼글쪼글해진 사과가 세 개 남아 있었는데 심한 허기가 몰려왔던 어느 날 한자리에서 세 개를 모두 먹어치웠다. 쐐기풀은 다시 눈에 덮였다. 다른 꽃들도 마찬가지였다. 하지만 나한테 꽃을 걱정할 시간은 없었다.

봄에 헛간에서 건초를 가져오다가 제비꽃 서너 송이가 피어 있는 것을 본 적이 있었다. 아무 생각 없이 꽃으로 손을 뻗은 순간 벽에 부딪치고 말았다. 분명히 꽃향기를 맡은 것 같았는데 손이 벽에 닿는 순간 향기도 사라져버렸다. 제비꽃은 보랏빛 얼굴을 내게 치켜들고 있었지만 나는 그들을 만질 수가 없었다. 그 일은 사소한 것이었지만 마음에 큰 상처를 주었다. 그날 밤 나는 등잔불 앞에 앉아 티거를 무릎에 앉히고 마음을 안정시키려고 노력했다. 티거가 잠들 때까지 쓰다듬어주며 서서히 제비꽃은 잊어버리고 다시 편안한 마음을 되찾았다. 첫해 봄, 꽃에 대해 남아 있는 기억은 그것뿐이다. 제비꽃과 내 손바닥에 느껴지던 벽의 차가운 감촉.

5월 10일에 나는 고원에 가져갈 물건들의 목록을 짜보았다. 많지는 않았다. 하지만 전부 혼자 어깨에 지고 가야 한다고 생각하면 그것도 너무 많게 느껴졌다. 훑어보고 또 훑어보았지만 뺄 것이 없었다. 결국 짐을 몇 덩어리로 나누었다. 여러 날 동안 짐을 차근차근 나르는 수밖에 없었다. 그렇게 많은 짐을 한 번에 끌고 산길을 오를 수는 없었다. 어떻게 하면 짐을 가장 현명하고 좋은 방법으로 운반할 수 있을까 매일 궁리를 했다. 5월 14일에 마침내 날씨가 화창하게 개어 감자를 심기로 했다. 감자는 며칠 뒤에 심어도 상관없었지만 이사를 더 미룰 수는 없었다. 밭은 지난가을에 넓혀두었다. 하지만 감자를 심는 동안 밭이 그래도 부족하다는 것을 깨달아 한쪽을 더 넓히며 일구었다. 나는 새로 일군 감자밭에 나뭇가지를 꽂았다. 거름을 준 밭의 수확량이 정말 더 많은지 나중에 확인해보기 위해서였다. 울타리 한쪽도 허물고 나뭇가지들과 덩굴을 가져다 다시 세워야 했다. 마침내 그 일도 다 끝냈다. 감자가 얼마 남아 있지 않았지만 종자로 쓸 감자에는 손을 대지 않았던 것이 다행이었다.

5월 20일에 이사를 시작했다. 후고의 커다란 배낭과 내 배낭 한가득 짐을 싸고 룩스와 함께 길을 떠났다. 들판의 눈이 다 녹았고 어린 풀들이 푸른 하늘 아래 반짝이고 있었다. 룩스는 부드러운 풀밭 위를 신나게 달렸다. 무엇에 취했는지 룩스는 계속 달렸고 그 모습이 우스꽝스러워 보였다. 나는 배낭을 내려놓고 보온병에서 차를 따라 마신 뒤 짚을 채운 자루 위에 누웠다. 초막에는 침대가 놓인 부엌과 작은 곁방이 있었다. 오래 누워 있을 수는 없었다. 얼른 외양간에 가봐야 할 것 같았다. 외양간은 산장 옆에 있는 것보다 훨씬 컸고 초막보다 깨끗했다. 샘까지 멀지 않았다. 서른 걸음쯤 떨어진 거리였다. 나무 홈통이 조금 부식되어 있었지만 쓸 만했다. 외양간에는 장작이 쌓여 있었는데, 2주 정도는 쓸 수 있을 것 같았다. 여름을 나는 동안은 부러진 나뭇가지들을 때면서 지낼 작정이었다. 도끼도 하나 있었다. 더 이상 필요한 것은 없었다. 양동이와 질그릇이 그곳에 여러 개 있었는데, 아마 전에 치즈를 만들 때 썼던 것 같았다. 음식을 담을 그릇 같은 것은 한 사람이 쓰기에 충분했기 때문에 산장에서 가져올 필요가 없었다. 부엌 살림살이보다 우유통들이 훨씬 깨끗했다. 초막 안보다 외양간이 깨끗한 것과 마찬가지였다. 목동은 사생활과 업무를 엄격히 구분하고 살았던 사람인 모양이다.

등잔은 산장에 놓아두고 고원에서는 초와 손전등만 사용하기로 했다. 작은 알코올버너는 가져올 생각이었다. 그러면 따뜻한 날은 아궁이에 불을 땔 필요가 없을 것이다. 벨라와 송아지에게는 그곳에서 여름을 나는 편이 훨씬 좋을 것 같았다. 고원에는 해도 잘 들고 여러 달 동안 뜯어 먹을 싱싱한 풀들이 있었다. 그리고 여름을 나는 동안—여름은 순식간에 지나갈 것이었다.—건조하고 화창한 햇볕 속에서 내 관절염도 완전히 치료될지 몰랐다. 룩스는 호기심 가득한 표정으로 이곳저곳을 킁킁거리고 다녔다. 내가 계획한 일이 마음에 드는 눈치였다. 내가 하는 일이라면 뭐든 기분 좋게 받아들이는 것은 룩스가 가진 최고의 장점이었다. 그러나 그것 때문에 나는 때로 위험하고 어리석은 일들도 스스럼없이 저지르곤 했다.

그 뒤 며칠 동안 나는 꼭 필요한 물건들을 차근차근 고원으로 날랐다. 5월 25일, 산장과 이별을 하게 되었다. 마지막 며칠 동안 나는 벨라와 송아지를 공터에 풀어주고 풀을 뜯게 했다. 송아지가 바깥에서 걷는 데 익숙해지도록 하기 위해서였다. 송아지는 이사에 들떴다. 송아지는 지금껏 침침한 외양간밖에는 모르고 지냈다. 처음으로 풀밭에 나갔던 날, 그날이 그의 일생에서 가장 행복한 날이었을 것이다. 나는 탁자 위에 쪽지를 하나 남겼다. "고원에 올라갔음"이라고 쓴 쪽지였다. 그러고는 산장 문을 잠갔다. 쪽지를 쓰며 내 어리석은 희망에 스스로도 기가 막혔지만 달리 어쩔 수가 없었다. 나는 배낭, 쌍권총, 망원경과 등산지팡이를 가지고 나왔다. 벨라는 내 옆에서 걷게 했다. 송아지는 어미 소에 바싹 붙어 있어서 도망갈 염려가 없었다. 룩스에게 송아지를 잘 지켜보라는 지시도 해두었다.

고양이 두 마리는 공기구멍을 낸 상자에 넣어 배낭 위에 올렸다. 다른 방법은 도무지 떠오르지 않았다. 고양이들은 이런 푸대접에 기분이 상해 감옥 안에 갇힌 듯 울부짖었다. 벨라는 처음에 고양이의 울음소리 때문에 불안해했지만 이내 거기 익숙해져서는 묵묵히 걸었다. 나는 몹시 긴장하고 있었다. 벨라나 송아지가 넘어지거나 발을 헛디디지 않을까 걱정이 되었다. 다행히 내가 걱정했던 것보다는 일이 수월했다. 한 시간쯤 지나자 어미 고양이는 운명에 몸을 맡긴 것 같았다. 티거의 가냘픈 비명만 들렸다. 송아지가 쉴 수 있도록 나는 중간에 몇 번 걸음을 멈추었다. 송아지가 걷는 데 미숙했기 때문이었다. 쉬는 동안 송아지와 벨라는 어린 나뭇잎을 뜯어 먹었다. 소들은 나보다 훨씬 차분했으며 그날의 나들이에 만족하는 것 같았다. 나는 계속 울어대는 티거에게 말을 걸었다. 하지만 이는 어미 고양이의 화만 북돋아 어미 고양이까지 소리를 지르기 시작했다. 결국 나는 고양이 두 마리가 성에 찰 때까지 울도록 내버려둘 수밖에 없었다.

길은 나쁘지는 않았지만 꼬불꼬불했다. 우리들의 이

상한 행렬이 고원에 도착하는 데는 네 시간이 걸렸다. 벌써 정오가 가까웠다. 벨라와 송아지를 초막 옆의 풀밭에서 풀을 뜯게 하고 룩스에게 지키라고 했다. 나는 완전히 지쳐 있었다. 육체적인 피로보다는 정신적인 긴장이 더 심했다. 고양이들의 울음소리는 거의 견딜 수 없을 정도로 극에 달했다. 초막에 들어와 문과 창문을 닫은 다음 울어대는 고양이 두 마리를 풀어주었다. 어미 고양이는 싯 소리를 내면서 침대 밑으로 들어갔고 티거는 울음을 그치자마자 화덕 앞으로 기어갔다. 위로의 말을 해주어도 고양이들은 내 말에 귀를 기울이지 않았다. 그냥 내버려두는 수밖에 없었다. 나는 침대에 누워 눈을 감았다. 반 시간쯤 지나 밖으로 나가보았다. 룩스는 소에게서 눈을 떼지 않은 채 샘물을 마시고 있었다. 나는 개를 칭찬하고 쓰다듬어주었다. 룩스는 소를 감시하는 일에서 벗어날 수 있어 좋아하는 눈치였다. 벨라는 누워 있었고 송아지도 어미 소 옆에 바짝 붙어 누워 있었다. 그들이 지쳐 있는 것을 보니 걱정이 되었다. 나는 소에게 물 한 통을 길어다주었다. 앞으로는 샘물을 마셔야 할 것이었다. 너무들 지쳐 있었기 때문에 멀리 달아날 위험은 없었다. 우리 모두에게는 휴식이 필요했다. 나는 다시 침대에 누웠다. 문은 고양이 때문에 닫아두었다.

룩스도 그늘에 누워 잠깐 눈을 붙이고 있었다. 몇 분 지나지 않아 나는 잠이 들었고 어둑어둑해질 때까지 잤다. 잠에서 깨었을 때도 여전히 고단하고 기운이 없었다. 초막 안은 너무 지저분했다. 그것이 신경에 거슬리기 시작했다. 하지만 청소를 하기에는 너무 늦은 시각이었다. 나는 꼭 필요한 그릇만 솔과 모래로 닦은 뒤 작은 냄비에 감자를 넣고 알코올버너에 얹었다. 침대를 분해해서 짚을 채운 곰팡내 나는 요를 풀밭으로 끌고 나가 막대기로 털었다. 먼지가 구름처럼 솟아올랐다. 더는 할 수 없었다. 날씨가 좋을 때마다 요를 밖으로 들고 나가 먼지를 털어야겠다고 생각했다.

태양이 가문비나무 숲 뒤로, 완만한 언덕 너머로 졌다. 밤기운이 차가웠다. 벨라와 송아지는 기운을 차리고 새 풀밭에서 평화롭게 풀을 뜯고 있었다. 그곳에서 밤새도록 풀을 뜯게 할까 하는 생각도 들었지만 그럴 수는 없었다. 소들을 외양간에 들였다. 짚이 아직 없었기 때문에 소들은 나무 바닥에서 자는 수밖에 없었다. 나는 여물통에 물을 부어준 뒤 외양간에 그들을 남겨두고 나왔다. 그사이 감자가 푹 익었다. 나는 버터와 우유를 곁들여 감자를 먹었다. 룩스도 감자와 버터와 우유를 먹었다. 우리가 저녁을 먹는 동안 달콤한 우유 냄새를 맡은 티거가 기어 나왔다. 티거는 따뜻한 우유를 조금 마신 뒤 호기심 가득한 눈으로 초막 안에 있는 물건들을 살펴보았다. 내가 벽장문을 열자마자 티거는 그 안으로 들어갔다. 여기에도 산장처럼 부엌에 벽장이 있는 것이 천만다행이었다. 그 순간부터 티거는 새집을 받아들이기로 한 것 같았다. 여름 내내 티거는 벽장 안에서 잤다. 어미 고양이는 침대 밑에서 나오려고 하지 않았기 때문에 우유를 그 앞에 놔주었다. 나는 샘물로 시원하게 씻은 다음 잠자리에 들었다. 창문을 열어놓았더니 서늘한 바람이 얼굴을 스치고 지나갔다. 작은 베개와 담요 두 개로 이부자리를 펴고 나니 따뜻하고 푹신한 누비이불 생각이 간절했다. 요 속의 짚이 버석거렸지만 나는 너무 피곤해서 금세 잠이 들었다.

한밤중에 얼굴을 비추는 달빛 때문에 잠에서 깨었다. 모든 것이 낯설었다. 그 순간 내가 산장을 그리워하고 있다는 것을 깨닫고 조금 놀랐다. 난로 앞에서 나지막하게 코를 고는 룩스를 보자 마음이 조금 가벼워졌다. 다시 눈을 감았지만 한참 동안 잠이 들지 않았다. 나는 일어나서 침대 밑을 들여다보았다. 어미 고양이는 거기 없었다. 초막 안을 샅샅이 뒤져보았지만 아무 데도 없었다. 고양이는 내가 잠든 사이 창문으로 나가버린 것이 틀림

없었다. 고양이를 아무리 불러보아도 소용없었다. 고양이는 돌아오지 않았다. 나는 다시 누워서 창문을 바라보며 혹시 고양이가 돌아오지 않을까 기다렸다. 그러다 지쳐 어느새 다시 잠이 들고 말았다.

티거가 산보를 나가자고 보채며 차가운 코를 내 뺨에 문지르는 바람에 눈을 떴다. 아직 어두웠다. 머릿속이 몽롱했다. 내 침대가 왜 거꾸로 놓여 있는지 이해가 되지 않았다. 티거는 푹 자고 나서 다시 뛰어놀 채비가 되어 있었다. 그때 내가 어디에 있는지 생각이 났고, 어미 고양이가 간밤에 집을 나갔다는 사실도 떠올랐다. 나는 그곳에서의 첫날 맞닥뜨려야 할 모든 일들에서 벗어나 다시 잠 속으로 도피하려고 했다. 그것이 티거의 화를 돋웠다. 티거는 발톱으로 담요를 긁으면서 시끄럽게 울어댔다. 그 바람에 더 잘 수가 없었다. 나는 티거에 항복하고 일어나서 촛불을 켰다. 4시 반이었다. 차가운 새벽 공기를 노란 촛불이 비추고 있었다. 새벽부터 신바람이 나는 것은 티거의 성가신 버릇 중 하나였다. 나는 한숨을 쉬며 일어나 어미 고양이를 찾아보았다. 고양이는 돌아오지 않았다. 마음이 무거웠다. 나는 우유를 버너에 데운 다음 티거를 달래기 시작했다. 티거는 우유를 먹더니 기분이 더욱 좋아져 내 복사뼈를 하얀 생쥐로 삼아 공격을 시작했다. 물론 모두 장난이었다. 티거는 요란한 소리를 내면서 물어뜯고 할퀴는 시늉을 했지만 상처를 내지는 않았다. 티거 덕분에 졸음은 다 달아났다. 소란에 잠이 깨어 화덕에서 기어 나온 룩스는 덩달아 신이 나서 티거의 가짜 전투에 맞장구를 쳐주었다. 룩스에겐 정해진 취침 시간이 없었다. 내가 조금만 부스럭대면 금세 잠에서 깨었다. 내가 다른 일로 분주해 관심을 끌 수 없을 것 같을 때는 잠만 잤다. 만약 내가 어느 날 갑자기 사라져버린다면 룩스는 영원히 잠만 잘 수도 있을 것 같았다. 나는 어미 고양이에 대한 걱정 때문에 룩스와 티거의 신나는 기분에 함께 어울릴 수가 없었다. 문을 열어주자 룩스는 밖으로 달려나갔고 티거는 신나는 춤을 계속 추었다.

하늘은 창백한 회색이었다. 동쪽 하늘은 분홍색으로 물들고 있었고, 들판은 이슬에 젖어 있었다. 날씨가 화창할 것 같았다. 산이나 나무에 시야가 막히지 않고 넓은 평지를 내려다보는 기분이 묘했다. 편안하고 자유로운 느낌이 들지는 않았다. 지난 1년 동안 좁은 골짜기에서 지내왔기 때문에 훤히 틘 광경에 눈이 익숙지 않았던 것이다. 몸이 으스스할 정도로 추웠다. 나는 옷을 더 껴입기 위해 초막 안으로 들어왔다. 고양이가 돌아오지 않은 것이 마음을 짓눌렀다. 나는 고양이가 골짜기로 내려갔다는 것을 알았다. 그런데 산장까지 제대로 찾아가기는 했을까? 어미 고양이와 서로 어느 정도 신뢰를 쌓았다고 생각했는데 실망이 컸다. 고양이의 가출은 새로 시작되는 여름날에 어두운 그림자를 드리웠다. 그러나 나는 여느 때처럼 일을 시작했다. 벨라의 젖을 짜준 다음 벨라와 송아지를 들로 내보냈다. 티거는 도망갈 생각은 하지 않았다. 아직 어린 데다 초막에도 그럭저럭 적응해 가는 것 같았던 그는 혼자 돌아다닐 만한 힘이 아직 자신에게 없다는 것을 알고 있었는지도 모른다.

그날 아침 나는 차를 마시며 근심을 달랬다.(차가 아직 남아 있던 때를 회상하는 것은 즐거운 일이다.) 차의 향기가 기분을 밝게 해주었다. 나는 어미 고양이가 산장에서 여름을 잘 보내고, 가을에 내가 산장으로 되돌아가면 그곳에서 나를 반갑게 맞이할 거라고 스스로를 위로했다. 충분히 있을 수 있는 일이었다. 어미 고양이는 아주 약아서 어떤 위험도 넘길 수 있을 것이다. 나는 한동안 지저분한 탁자 앞에 조용히 앉아 하늘이 붉은색으로 물들어가는 것을 작은 창문 너머로 바라보았다. 룩스는 주위를 두리번거리고 있었고, 티거는 한참을 놀더니 기운이 빠져 벽장으로 들어가 잠이 들었다. 초막 안은 매우 조용했다.

새로운 일이 시작되고 있었다. 그 일이 나에게 무엇을 가져다줄 것인지는 알 수 없었다. 하지만 집에 대한 그리움과 미래에 대한 불안이 서서히 사라지고 있었다. 나는 고원의 초원과 그 너머의 숲, 서쪽에는 창백한 달이 떠 있고 동쪽에서는 해가 떠오르기 시작하는 거대한 하늘을 바라보고 있었다. 고원이 아름답다는 느낌이 들기 시작했다. 비밀스러운 유혹으로 가득 찬 세상의 모든 낯선 것들처럼 낯설고 위협적이기도 했다.

나는 정신을 가다듬고 초막 안을 치우기 시작했다. 우선 난로에 불을 지펴 물을 끓이고, 탁자와 의자와 마룻바닥을 방에서 찾은 낡은 솔과 모래로 문질렀다. 나는 이 일을 두 번 반복했는데 그러느라고 초막 안이 온통 물바다가 되었다. 그렇게 열심히 닦았음에도 초막 안은 그다지 아늑해지지 않았다. 아쉬운 대로 깨끗해지기는 했다. 몇몇 군데는 칼로 때를 긁어내야만 했다. 이전에는 바닥을 물로 닦은 적이 한 번도 없었던 모양이었다. 적어도 여배우들을 동경하던 목동이 사는 동안은 그랬을 것이다. 나는 그 여배우의 포스터를 벽장에 그냥 붙여두었다. 얼마쯤 지나자 그 사진은 내 마음에도 들었다. 사진을 보면 딸들 생각이 날 때도 있었다. 초막 청소는 즐겁게 할 수 있었다. 문과 창문을 활짝 열어 맑은 공기가 안으로 들어오게 했다. 오전에 물기가 다 마르고 나자 바닥은 불그스름하게 반짝거리기 시작했다. 나는 성공적으로 청소를 마친 것이 뿌듯했다. 짚을 채운 요를 풀밭에 널었더니 룩스가 그것을 자기 자리인 양 차지해 버렸다. 내가 거기서 쫓아냈더니 룩스는 풀이 죽어 초막 뒤편으로 사라졌다. 룩스는 집 안 청소를 싫어했다. 내가 젖은 마룻바닥을 딛지 못하게 잔소리를 하기 때문이었다. 물로 닦고 환기했더니 초막에서 시큼한 냄새가 빠졌다. 아늑한 기분이 들기 시작했다. 점심에는 우유와 감자를 먹었다. 룩스 때문에라도 가능한 한 빨리 고기를 마련해야 할 것 같았다. 사냥을 될 수 있는 대로 빨리 시작하기로 했다. 그곳은 여러모로 낯설었기 때문에 뭔가 잡힐 때까지 생각보다 시간이 많이 걸릴 수도 있었다. 다음다음 날에야 네 번의 실패 끝에 어린 사슴 한 마리를 잡았다. 그런데 아주 곤란한 문제가 생겼다. 고기를 서늘하게 보관할 수 있는 샘이 그곳에는 없었다. 그래서 상하기 쉬운 부분은 빨리 먹고, 나머지는 삶거나 구워서 서늘한 방에 보관해야 했다. 우리는 여름 내내 고기에 굶주리는 기간과 고기를 배터지게 먹는 기간을 번갈아 겪어야 했다. 그러고도 고기는 매번 썩어서 내다 버리지 않을 수 없었다. 나는 썩은 고깃덩어리를 초막에서 멀리 떨어진 숲속에다 갖다 버렸는데 하룻밤만 지나면 곧 없어졌다. 어떤 산짐승인지는 몰라도 그해 여름에 무척 잘 먹고 지냈을 것이다. 감자가 조금밖에 남지 않았기 때문에 풍족하게 먹고 지낼 수는 없었다. 그렇다고 배를 곯으며 지낸 것은 아니다. 고원에 있는 동안은 메모를 하지 않았다. 달력을 가지고 가서 매일 의무적으로 날짜를 하나씩 지우기는 했다. 하지만 그곳에서 지내는 동안 건초 수확 이외에는 중요한 사건이 없었다. 그 시기에 대한 기억은 그럼에도 아직 생생하게 머릿속에 남아 있기 때문에 그때 일을 기록하는 것은 어렵지 않다. 그 여름의 향기와 소나기, 그리고 별이 반짝이던 밤들은 결코 잊지 못할 것이다.

고원에서의 첫날 오후, 나는 초막 앞의 벤치에 앉아 햇볕을 쬐고 있었다. 벨라는 말뚝에 매어놓았다. 송아지는 어미 소에게서 떨어지지를 않았다. 일주일쯤 지난 뒤부터는 더 감시할 필요도 없었다. 벨라는 점잖고 얌전해서 문제를 일으킨 적이 한 번도 없었다. 송아지는 티 없이 명랑했다. 그리고 날이 갈수록 쑥쑥 자라며 힘이 세졌다. 그런데도 나는 아직 이름을 지어주지 못했다. 수소에 갖다 붙일 수 있는 이름이야 수없이 많았지만, 마음에 드는 이름이 없었다. 게다가 이제는 송아지도 내가

'송아지'라고 부르는 데 익숙해진 것 같았다. 송아지는 마치 커다란 개처럼 나를 따라다녔다. 그래서 그를 그냥 그렇게 부르기로 하고, 더 이상 다른 이름을 지어줄 생각은 하지 않았다. 송아지는 근심을 몰랐다. 그에게는 살아 있는 것 자체가 큰 행복인 것 같았다. 지금도 나는 송아지가 그렇게 행복한 어린 시절을 보낼 수 있었던 것을 기쁘게 생각한다. 험악한 말을 들은 적도, 들이받힌 적도, 매 맞은 적도 없었다. 어미 소의 젖을 빨고 부드러운 고원의 풀을 뜯고 밤이면 어미의 따스한 숨결 속에서 잠이 들었다. 송아지에게 그 이상 행복한 삶은 있을 수 없었다. 적어도 한동안은 그렇게 지낼 수 있었다. 만약 다른 시기에 골짜기에서 태어났더라면 이미 오래전에 도살장에 끌려갔을 것이다.

첫 주에 초막을 치우는 일과 외양간 일, 떨어진 나뭇가지를 모으는 일을 끝내고 나서 그 주변을 둘러보기로 했다. 초막은 가파른 산허리 사이의 푸른 초원에 자리 잡고 있었다. 나는 가파른 산에는 올라갈 수 없었다. 고소공포증이 조금 있는 데다 산양이 다니는 길로는 올라갈 엄두가 나지 않았기 때문이다. 나는 전망대로 한 번 더 가서 망원경으로 평지를 내려다보았다. 지붕에서 연기가 올라오는 곳은 없었다. 길에서 움직이는 것도 보이지 않았다. 이제는 길들도 잘 보이지 않았다. 그사이 무성하게 자란 풀에 길이 덮인 것이다. 후고의 자동차용 지도로 다시 방향을 찾아보았다. 나는 기다란 산맥의 북쪽 끝에 있었다. 산맥은 거기서부터 남동쪽으로 뻗어 있었다. 그곳에서 알프스 밑으로 갈라지는 두 개의 계곡은 내가 잘 알고 있었다. 그중 하나는 내가 살던 곳이었다. 그러나 그곳도 긴 산맥의 한 귀퉁이에 불과했다. 산맥이 남동쪽으로 얼마나 멀리까지 이어져 있는지는 알 수가 없었다. 오래 초막을 비울 수는 없었다. 룩스와 함께 간다 하더라도 위험할 것 같았다. 그 산속에 아무도 살지 않는 것은 그곳이 사냥 구역으로 지정되어 아무나 들어갈 수 없었기 때문일 것이다. 그렇지 않다면 5월 1일에 수많은 등산객이 그곳에 몰려왔을 것이며 누군가는 나와 마주쳤을 것이다. 나는 오랫동안 내 앞의 산등성이와 골짜기들을 샅샅이 내려다보았다. 그러나 사람이 살고 있는 듯한 흔적은 발견할 수 없었다. 벽이 산맥을 가로질러 세워져 있거나, 아니면 그 긴 산맥에 오로지 나 혼자 살고 있는 것이었다. 후자는 있을 수 없는 일 같았지만, 불가능한 일도 아니었다. 휴일 전날 저녁이면 산속에서 일하는 사람들이나 사냥꾼들은 집에 있었을 것이다. 그리고 언제부턴가 우리 사냥 구역에서는 전에 한 번도 본 적이 없는 사슴들이 눈에 띄기 시작했다. 처음에는 사슴들이 다 똑같아 보였지만, 1년이 지나는 동안 나는 우리 구역의 사슴과 다른 구역에서 넘어온 사슴을 구별할 줄 알게 되었다. 이 낯선 사슴들은 어디서부턴가 이쪽으로 넘어온 것이었다. 그렇다면 적어도 산의 어느 한 부분은 막혀 있지 않은지도 몰랐다. 석회석 바위 위에는 영양들이 눈에 띄었다. 많지는 않았다. 그들은 비루*에 걸려 죽은 것 같았다.

나는 간단한 답사를 해보기로 하고 왜송나무 구역에서 찾아낸 오솔길로 들어섰다. 새벽에 벨라의 젖을 짜주고 6시에 출발했으니 네 시간 동안 산속을 돌아다닌다 해도 아직 해가 있을 때 되돌아갈 수 있었다. 벨라와 송아지는 매놓고 갔지만, 하루 종일 걱정이 되었다. 그날 낯선 사냥 구역으로 가보았는데 몇 군데서 사냥과 벌목을 위해 쓰이던 초막들을 발견했다. 그리고 그곳에서 쓸만한 물건들을 몇 가지 건졌다. 가장 반가웠던 수확은 밀가루 한 포대였다. 밀가루는 놀랍게도 그때까지 마른 상태로 남아 있었다. 그 초막이 해가 잘 드는 곳에 위치한 데다 밀가루를 상자 속에 보관한 덕분이었다. 그 외

* 피부가 헐고 털이 빠지는 병.

에도 차 한 상자, 담배와 술 한 병, 낡은 신문, 구더기가 파먹은 베이컨을 발견했다. 베이컨은 놔두고 왔다. 초막마다 덤불과 쐐기풀이 무성했고 몇 곳은 비가 새서 엉망이었다.

초막들은 대체로 뒤숭숭하고 섬뜩한 분위기였다. 1년 전만 하더라도 장정들이 잠을 잤을 짚으로 만든 요 속에는 쥐들이 들끓었다. 쥐들이 이제는 빈 초막의 주인이었다. 봉해놓지 않은 물건들은 모두 쥐가 갉아먹었다. 쥐들은 낡은 외투와 신발까지 갉아놓았다. 사방에서 쥐 냄새가 진동했다. 그 지독한 냄새는 어느 초막을 가도 마찬가지였는데 담배 연기와 땀에 젖은 남자들의 냄새, 베이컨 냄새 같은 것들을 다 몰아내고도 남았다. 탐사에 열심히 따라다니던 룩스도 초막에 들어서면 기분이 나빠져 얼른 밖으로 나갔다. 그런 초막 안에서는 아무것도 먹을 수 없었다. 그래서 우리는 나무 둥지에 앉아서 차가운 음식을 먹었다. 룩스는 초막 옆에 흐르는 개울물을 마셨다. 나는 돌아다니는 데 금세 지쳤다. 여기저기 다녀봤자 쐐기풀과 쥐 냄새, 차갑게 식은 난로밖에 없었다. 소중한 수확물인 밀가루는 따뜻하고 바람이 잔잔한 날 헝겊 위에 쏟아 햇볕에 말렸다. 눅눅하지는 않았지만 거기에서도 쥐 냄새가 나는 것 같았다. 하루 내내 햇볕과 바람을 쏘이고 나자 먹을 만했다. 그 밀가루는 내가 다음 감자 수확 때까지 버티는 데 큰 도움이 되었다. 나는 우유와 버터를 밀가루에 섞어서 프라이팬에 얄팍한 빵을 구웠다. 일 년 만에 먹는 빵이었다. 마치 축제일 같았다. 김이 올라오는 것을 보자 룩스도 전에 먹던 빵이 기억나는 듯했다. 물론 룩스를 빼놓고 먹을 수는 없었다.

하루는 전망대에 앉아 있는데 가문비나무 사이로 연기가 올라오는 것을 본 것 같았다. 나는 손이 떨려 망원경을 떨어뜨리고 말았다. 정신을 차리고 다시 망원경으로 보았을 때는 아무것도 보이지 않았다. 망원경을 너무 오래 대고 있어서 눈에 눈물이 고였다. 전부 초록색 점으로밖에는 보이지 않았다. 나는 한 시간쯤 기다렸고 다음 날에도 또 가보았지만 연기는 두 번 다시 볼 수 없었다. 내가 잘못 본 것이거나 바람이 일으킨 먼지 같은 것인도 몰랐다. 그것이 무엇이었는지 알 길은 앞으로도 없을 것이다. 오후 내내 내 곁에 앉아서 기다리던 룩스는 아마 나를 바보라고 생각했을 것이다. 룩스는 전망대를 좋아하지 않았으며 항상 나를 다른 길로 끌고 가려고 꼬드겼다. '꼬드겼다'라는 말로밖에 룩스의 행동을 표현할 수가 없다. 룩스는 앞에 서서 다른 방향으로 나를 밀었다. 몇 발짝 앞서서 나를 돌아보며 그쪽으로 따라오라는 듯한 표정을 지었다. 그는 내가 포기하고 그를 따라갈 때까지 그 몸짓을 반복했다. 내가 마음을 돌리지 않을 것 같으면 결국 포기하고 나를 따라온 적도 있었다. 룩스가 전망대를 싫어하는 이유는 그곳에선 그저 가만히 앉아 있어야 하기 때문이었다. 전망대에만 가면 내가 룩스에게 전혀 관심을 두지 않기 때문이기도 했다. 망원경을 들여다보는 날은 내가 언제나 우울해진다는 것을 알아차렸는지도 모른다. 룩스는 나보다 먼저 내 기분을 눈치챈 적도 많았다. 내가 지금처럼 매일 집에만 들어앉아 있는 것도 룩스는 좋아하지 않을 것이다. 하지만 이제 그의 작은 그림자는 나를 다른 길로 끌고 갈 힘이 없다.

룩스는 지금 고원에 묻혀 있다. 짙푸른 잎사귀가 무성한 덤불 아래에 누워 있다. 그 나뭇잎을 손으로 문질러보면 부드러운 향기가 난다. 우리가 고원에 올라갔던 날 처음으로 룩스가 낮잠을 잤던 바로 그 자리다. 룩스는 나를 보호하기 위해 목숨을 바쳤다. 비록 그에게 다른 선택의 여지가 없었다 하더라도, 그는 나를 위해 바칠 수 있는 모든 것을 바친 것이었다. 룩스의 목숨이야말로 룩스가 가진 전부였다. 짧고 행복한 삶을 살았던 개의 일생. 마음을 들뜨게 하는 수천 가지의 냄새들, 등 위에 내리쬐는 따스한 햇살, 혀끝에 닿는 차가운 샘물,

숨 가쁘게 산짐승을 향해 달리던 사냥, 겨울바람이 집 주변에 휘몰아칠 때 따스한 난로 앞에서 잠들던 일, 쓰다듬어주는 인간의 손길, 다정한 인간의 목소리, 그것이 룩스의 삶이었다. 나는 햇살이 아롱거리는 고원의 들판은 두 번 다시 보지 않을 것이다. 들판의 향기도 다시는 맡지 않을 것이다. 이제 나에게 고원은 없다. 다시는 그곳에 발을 딛지 않을 것이다.

다른 사냥 구역을 돌아보는 일을 포기한 후, 나는 서서히 무기력 상태에 빠져들었다. 나는 일도 집어치우고 초막 앞의 벤치에 앉아 푸른 하늘만 바라보았다. 부지런히 일할 마음이 사라졌다. 그저 나른하게 늘어져 있고 싶었다. 그런 상태가 위험하다는 것을 알고는 있었지만 어쩔 도리가 없었다. 나는 마치 태곳적의 여름 피서지에서 지내고 있는 것 같았다. 태양과 들판 위의 높은 하늘과 들판의 향기가 나를 서서히 낯선 여자로 만들어놓았다. 내가 그곳에 사는 동안 아무 메모도 하지 않은 것도 거기서는 모든 것이 비현실적으로 느껴졌기 때문이었다. 고원은 시간을 초월하여 존재하고 있었다. 나중에 건초 수확기가 되어 눅눅한 계곡에서 일을 마치고 그곳으로 돌아왔을 때는 마치 은밀한 방법으로 나를 나로부터 분리하는 이상한 나라에 되돌아온 느낌이었다. 모든 불안과 추억은 어두운 가문비나무 숲에 남아 있었다. 그것은 내가 계곡에 내려갈 때마다 다시 나에게 몰려들었다. 고원의 들판은 망각이라는 부드러운 마취제에 빠져 있는 것 같았다.

3주를 고원에서 지낸 뒤 나는 감자밭에 한번 가보기로 했다. 맑은 날이 이어지다가 그날은 춥고 흐렸다. 벨라와 송아지는 외양간에 넣어놓고 먹을 풀과 물을 주었다. 티거는 초막 안에 가두었다. 벽장 안에 정성껏 흙을 깔아주고 고기와 우유를 준비해두었다. 룩스는 여느 때와 마찬가지로 데리고 갔다. 오전 9시에 산장에 도착했다. 내가 무엇을 기대하고, 걱정했었는지는 모르겠다. 그곳에는 달라진 것이 없었다. 쐐기풀이 자라 퇴비더미를 온통 덮고 있었다. 산장 안으로 들어서니 침대 위에 눌린 자국이 눈에 띄었다. 집 주변을 돌면서 고양이를 불러보았지만 고양이는 나타나지 않았다. 침대에 누군가 앉았던 자국은 5월부터 있었는지도 몰랐다. 그래서 나는 이불을 다시 판판하게 펴고 고양이 그릇에 고기도 약간 놔주었다. 룩스는 마룻바닥과 고양이 구멍을 킁킁거리고 있었다. 하지만 룩스가 쫓던 것은 오래전 냄새의 흔적일 뿐이었다. 나는 창문을 열었다. 곁방의 창문까지 열어 신선한 공기가 집 안으로 들어오게 했다. 외양간도 환기를 했다. 그런 다음 밭에 가보았다. 감자는 잘 자라고 있었다. 거름을 주지 않은 쪽은 키가 좀 더 작고 빛깔도 흐렸다. 오랫동안 가뭄이 계속되었기 때문에 밭에는 잡초가 많지 않았다. 제초는 비가 온 뒤에 하기로 했다. 콩도 많이 자랐다. 개울가의 풀은 전해만큼 무성하지 않았다. 어서 비가 와야 할 것 같았다. 풀을 벨 때까지는 아직 몇 주나 남아 있으니 비만 한 번 오면 충분히 자랄 수 있을 것이다. 넓디넓은 초원을 바라보고 있자니 갑자기 기운이 빠지는 것 같았다. 그것을 혼자 다 벨 수 있을 것 같지가 않았다. 1년 전에 풀을 베고 나서 거의 죽을 것처럼 힘들었던 기억이 떠올랐다. 고원에 있는 동안 어떻게 그 생각을 한 번도 해보지 않았는지 이상했다. 정말 묘한 일이었다. 계곡에 내려오면 고원이 두렵고 싫어졌다. 그러나 고원에서 지낼 때에는 계곡에서 어떻게 살 수 있을까 싶었다. 내 속에 마치 완전히 다른 두 사람이 살고 있어서 한 사람은 계곡에서밖에 살 수 없고, 한 사람은 고원에서 살아야만 하는 것 같았다. 이런 기분이 들면 조금 무서웠다. 이것이 무엇을 뜻하는지 알 수 없었기 때문이다.

벽 너머가 보였다. 집들은 완전히 덤불로 덮여 있었다. 노인은 보이지 않았다. 어느 쐐기풀더미 속에 쓰러져 있을 것이다. 쐐기풀은 샘터를 완전히 뒤덮고 있었다. 온 세상이 쐐기풀로 뒤덮일 것 같았다. 개울은 말라붙어 매우 좁아져 있었다. 웅덩이에 송어 몇 마리가 보였는데 거의 움직이지 않았다. 여름에 아무도 낚시를 하지 않았으니 그들은 잘 지냈을 것이다.

골짜기는 전과 마찬가지로 음침하고 눅눅했다. 변한 것은 하나도 없었다. 보슬비가 약간 내렸다. 너도밤나무 주변에는 부연 안개가 끼었다. 도롱뇽은 한 마리도 보이지 않았다. 아마도 축축한 바위틈에서 잠들어 있을 것이다. 그해 여름에 도롱뇽은 한 마리도 눈에 띄지 않았다. 고원에서 초록색 도마뱀과 밤색 도마뱀을 보았을 뿐이다. 언젠가 티거가 도마뱀 한 마리를 물어다가 내 발 앞에다 갖다놓은 적이 있었다. 티거는 항상 포획한 것을 내 앞에 가져오곤 했다. 커다란 메뚜기라든가 풍뎅이 또는 날개가 영롱한 파리 같은 것을. 도마뱀을 잡은 날이 티거가 처음 그럴듯한 것을 잡아온 날이었다. 티거는 의기양양한 눈으로 나를 올려다보았다. 햇살이 티거의 눈에서 황금빛으로 반사되고 있었다. 나는 티거를 칭찬하고 쓰다듬어줄 수밖에 없었다. 내가 달리 무엇을 할 수 있단 말인가? 나는 도마뱀의 신(神)도 아니고 고양이의 신도 아니었다. 나는 아무것도 할 수 없는 아웃사이더에 불과하다. 때로는 어쩔 도리 없이 그저 섭리에 몸을 맡긴다. 나는 죽어가는 동물을 구해주기도 했다가 고기가 필요하면 산짐승에게 총을 겨눈다. 내가 어떤 서툰 짓거리를 해도 산은 변함이 없다. 노루가 새로 태어나 자라나고, 또 어떤 동물은 죽는다. 나는 별 볼 일 없는 훼방꾼에 불과하다. 외양간 곁의 쐐기풀은 계속 자란다. 내가 수백 번 뽑아낸다 한들 쐐기풀은 죽지 않을 것이다. 쐐기풀은 나보다도 오래 산다. 언젠가 나는 이 세상에 존재하지 않게 될 것이고, 그러면 아무도 풀을 베지 않을 것이다. 잡초가 자라 숲이 벽을 덮고, 사람들이 강탈해간 평지까지 다시 뒤덮을 것이다. 이런 생각을 하면 머리가 복잡해진다. 마치 숲이 내 머릿속에 뿌리를 내리고, 그 속에서 영원히 끝없는 생각을 하고 있는 것 같다. 숲은 사람들이 되돌아오는 것을 원치 않는다.

그때, 그러니까 두 번째 여름까지만 해도 나는 이런 생각은 못하고 있었다. 경계가 분명히 그어져 있었다. 글을 쓰면서 과거의 나와 새로운 나를 구분하는 것은 쉽지 않다. 특히 새로운 나에 관해서는 자신이 없다. 그것이 서서히 보다 큰 '우리'로 녹아 사라지지는 않을까 생각하게 된다. 엄밀히 말하면 그런 변화는 이미 시작되었다. 그것은 고원 때문이었다. 거대한 하늘 아래 초원의 적막 한가운데에서 개별적이고 특수한 '나'로 머무는 것은 거의 불가능했다. 보잘것없는 나, 아무것도 보지 못하는 나, 고집스러운 나로 남아 거대한 공동체를 거부하는 것은 불가능했다. 한때는 내가 그런 존재라는 사실에 굉장한 자부심을 가졌었지만, 고원에 올라간 뒤 나는 그런 내가 매우 초라하고 우스꽝스럽다고 느꼈으며 빈 껍질에 불과하다는 것을 깨닫게 되었다.

산장에 처음 내려갔던 날, 나는 후고의 잠옷과 남아 있던 감자들을 배낭에 한가득 가지고 올라왔다. 밤에는 한기가 돌았기 때문에 따뜻한 누비이불 생각이 간절했다. 5시가 다 되어서야 나는 초막에 돌아왔다. 초막은 회색빛으로, 비를 맞아 반짝거리는 모습으로 나타났다. 불현듯 나는 아무 데도 속하지 않는 사람이라는 불편한 기분이 들었지만, 조금 지나자 그런 생각이 사라지고 마치 고원에서 태어나 자란 사람처럼 마음이 놓였다. 티거는 나를 보더니 소리를 지르고 밖으로 뛰쳐나갔다. 흙을 깔아준 벽장에는 들어갔던 흔적이 없었다. 먹이도 그대로 있었다. 굉장히 화가 났던 모양이었다. 나중에 다시 들어와서도 방구석에 앉아 둥그스름한 궁둥이를 내 쪽으로 돌리고 있었다. 어미 고양이도 그런 자세로 나를 무시하곤 했었다. 어린 티거는 10분쯤 지나자 나와 함께 놀고 싶은 유혹에 굴복하고 말았다. 그쯤 했으면 만족한다는 듯 티거는 벽장 속으로 들어갔다. 나는 외양간을 치운 다음 빵을 먹고 우유를 마셨다. 그러고는 후고의 헐렁한 잠옷을 입고 이불 속으로 들어갔다. 계곡에 아무 일도 없는 것은 다행이었다. 산장은 그 자리에 그대로 있었다. 어미 고양이도 살아 있는 것 같았다. 어렸을 적에 나는 내 눈앞의 모든 것이 내가 등을 돌리는 순간 사라지지 않을까 하는 바보 같은 걱정을 한 적이 있었다. 어떤 설명도 그 걱정을 덜어주지 못했다. 학교에서 집 생각을 하면 집이 커다란 공터로 변해 있을 것 같았다. 식구들이 집에 없을 때에는 안절부절못하게 되었다. 식구들이 모두 잠자리에 누워 있거나 식탁에 다 함께 앉아 있을 때만 안심이 되었다. 나에게 확실하다는 것은 보거나 만질 수 있다는 뜻이었다. 그해 여름에도 같은 기분이었다. 내가 고원에 있으면 산장이 없어질 것 같았고, 계곡에 있을 때에는 머릿속에서 고원이 사라져버렸다. 나의 두려움은 정말 바보스러운 것이었을까? 벽은 내가 어린 시절 가졌던 공포의 증거는 아니었을까? 하룻밤 사이에, 내가 집착하던 나의 모든 과거가 사라져버렸다. 그런 일도 가능했으니 이제 어떤 일이 일어날지 모른다. 이런 두려움이 덮치려고 할 때마다 물리칠 만큼의 이성은 가지고 있다. 하지만 이성적인 태도를 가지는 것이 정상적인지는 모르겠다. 지금까지 나에게 일어난 일들에 대한 정상적 반응은 아마 미쳐버리는 것인지도 모른다.

며칠 동안 비가 내렸다. 벨라와 송아지는 촉촉한 비를 맞으며 들판에서 풀을 뜯거나 쉬었다. 룩스와 티거는 단잠을 잤고, 나는 외양간에서 땔나무를 톱질했다. 초막에는 불을 때야만 했다. 따뜻한 것을 포기하느니 차라리 먹는 것을 포기하는 편이 나았다. 땔나무는 얼마든지 있었다. 겨울에 불었던 폭풍이 나뭇가지를 죄다 부러트렸다. 작은 나무들 중에는 뿌리째 뽑혀 있는 것들도 있었다. 톱은 있었지만 잘 들지 않았다. 다행히 부러진 가지들은 자르기가 쉬워 별로 힘들지 않았다. 나는 장작을 집 안으로 가지고 들어와서 곁방에 쌓았다. 벨라와 송아지를 위해 외양간에 깔아줄 건초가 없는 것이 유감이었다. 고원에는 활엽수가 없었다. 그나마 외양간은 깨끗하고 건조했으며 춥지는 않았다. 내가 고생하면서 계곡으로 끌고 내려갔던 버터통은 다시 산 위로 끌고 와야 했다. 그것을 포기할 수는 없었다. 벨라는 젖이 많이 나왔기 때문에 여름 내내 버터를 만들어둘 계획이었다. 고원에 올라오고 나자 우유는 맛이 더 좋아졌다. 티거도 이를 아는 모양이었다. 여기에 올라온 뒤 티거는 살이 통통하게 올랐다.

벨라에게 솔질을 해주면서 나는 벨라가 우리 모두에게 얼마나 소중한 존재인가를 말해줄 때가 많았다. 벨라는 촉촉한 눈으로 다정하게 나를 바라보면서 내 얼굴을 핥았다. 벨라는 자신이 얼마나 소중한 존재인지 짐작도 못했다. 그녀는 그저 갈색 살갗을 반짝이며, 푸근하고 의젓하게, 거기에 서 있었다. 우리 모두의 위대한 어머니 벨라. 내가 벨라에게 고마움을 전하는 길은 그녀를 잘 돌봐주는 것뿐이었다. 벨라와 지내는 동안 내가 인간이 자신이 가진 유일한 소에게 할 수 있는 모든 것을 해주었기를 바란다. 벨라는 내가 이야기를 해주면 좋아했다. 사람의 목소리라면 누구의 것이든 다 좋아했을지도 모른다. 나를 밟아버리거나 뿔로 받아버리는 일쯤은 벨라에게 아무것도 아니었을 것이다. 그러나 벨라는 내 얼굴을 핥고 코를 내 손바닥에 문질렀다. 나는 벨라가 나보다 먼저 죽기를 바란다. 내가 없으면 벨라는 겨울을 나지 못하고 비참하게 죽을 것이다. 나는 이제 벨라를 외양간에 묶어놓지 않는다. 만약 나한테 무슨 일이 벌어지더라도 벨라는 외양간에서 나와 물을 마실 수 있어야 하기 때문이다. 힘이 센 남자가 나타나 외양간 빗장을 걸 수도 있겠지만 벨라는 힘이 센 남자보다 더 힘이 세다.

나는 낮이고 밤이고 이런 걱정을 하면서 살고 있다. 아무리 그러지 않으려고 해도 걱정은 내가 쓰고 있는 글에서도 자꾸 튀어나온다.

며칠 비가 내린 뒤 그쳤다. 건초를 수확할 때까지는 몇 주 정도 남아 있었다. 나는 그 기간을 건강을 회복하는 데 쓰기로 했다. 날씨가 다시 따뜻해지긴 했지만 한낮에만 더웠다. 높은 지대라 그런지 밤에는 아직 추웠다. 비는 자주 오지 않았다. 비가 올 때는 천둥부터 먼저 쳤고, 일단 비가 시작되면 요란하게 쏟아졌다. 그러나 그렇게 비가 쏟아진 다음에는 곧 해가 났다. 며칠씩 안개가 끼어 있던 계곡과는 달랐다. 동물들은 모두 잘 자랐고 자유로운 생활 속에서 즐겁게 지내고 있었기 때문에 나도 만족스러웠다. 다만 이따금 어미 고양이를 생각하면 마음이 아팠다. 고양이가 내 곁에서 맛있는 우유를 먹으며 지내는 것보다, 쓸쓸한 산장에서 혼자 지내며 밤마다 숲에 나가 먹이를 찾아다니는 생활을 더 좋아한다고 생각하면 서운했다. 그러나 나는 나중에 산장으로 돌아가면 고양이를 다시 만나게 될 것이라고 스스로를 달랬다. 소나기가 지나간 뒤 나는 잡초를 뽑기 위해 계곡으로 내려갔다. 산장 안에 들어가니 이불 위에 또 움푹 팬 자국이 나 있었다. 고양이는 보이지 않았다. 나는 차가운 이

불을 만지면서 나의 체취가 그곳에 남기를 바랐다. 고양이가 그것을 맡을 수 있을지는 알 수 없었다. 고양이의 후각은 별로 좋은 것 같지 않았다. 고양이에게 뛰어난 감각은 청각이었다. 내가 지난번에 놓고 간 고기는 손도 대지 않은 채 바짝 말라 있었다. 고양이는 워낙 의심이 많아 못 보던 고기는 입에 대지 않았을 거라고 나는 생각했다.

감자에는 연보랏빛 꽃이 피었고, 비가 온 뒤 부쩍 많이 자라 있었다. 흙이 물러 있어서 잡초는 쉽게 뽑혔다. 나는 땅을 한 뼘 정도 돋우었다. 산장으로 돌아가 룩스와 내가 먹을 음식을 준비하기도 전에 벌써 3시가 넘었다. 우리가 고원으로 돌아왔을 때는 7시가 다 되어 있었다. 서둘러 벨라와 송아지를 돌보아야 했다. 돌아가보니 티거는 벽장에도 안 들어가고 먹이에도 손을 대지 않고 있다가 성난 채 밖으로 도망가버렸다. 집 안에 가둬두는 것이 티거에게는 잔인한 일임을 알았다. 다음에는 창문은 열어두어야겠다고 생각했다. 집에 있거나 밖에 나가는 것을 마음대로 선택할 수 있게 되면 티거는 오히려 아무 데도 가지 않고 얌전하게 있을지도 몰랐다. 내가 하루 종일 밖에 나가 있는 날에 벨라와 송아지는 외양간에 넣어둘 수밖에 없었다. 갑작스럽게 놀랄 일이 생겼을 때 소들이 줄을 끊고 달려가다 초원 끄트머리에 있는 암벽으로 굴러떨어지지 않을까 걱정이 되었기 때문이다. 외양간 일을 끝내고 토라져 아무 말도 않던 티거의 화를 어느 정도 가라앉힌 뒤 나는 잠자리에 누울 수 있었다.

고원의 밤은 언제나 짧았다. 나는 꿈을 꾸지 않았다. 서늘한 밤공기가 내 얼굴을 스쳤고, 모든 것이 가볍고 자유로웠다. 밤에도 완전히 깜깜해진 적은 없었다. 해도 늦게 졌기 때문에 나는 계곡에서 지낼 때보다 늦게 잤다. 날씨가 좋은 날 저녁이면 나는 외투로 몸을 감싸고 초막 앞 벤치에 앉아 서쪽 하늘이 황혼에 물드는 것을 바라보았다. 룩스는 내 곁에 앉아 있었다. 작은 회색 그림자를 드리우고 다니는 티거는 날아가는 나비를 쫓아 덤불 사이로 들어갔다가 지치면 내 무릎 위의 목도리 속으로 기어들어와 가르릉거렸다. 나는 아무것도 생각하지 않았다. 지난 일도 돌이키지 않았다. 나는 무섭지 않았다. 나무 벽에 기댄 채 조용히 앉아 있었다. 피곤했지만 머릿속은 맑았다. 나는 가만히 하늘을 바라보고 있었다. 하늘의 별들을 다 알게 되었다. 별들의 이름은 몰랐지만 어디에 어떤 별이 뜨는지는 금세 알게 되었다. 내가 이름을 아는 별은 큰곰자리와 금성뿐이었다. 다른 별들은 이름이 없었다. 빨강별, 초록별, 파랑별, 노랑별. 실

눈을 뜨고 보면 별무리 사이의 무한한 심연이 보였다. 둥그스름한 별빛 뒤로는 거대한 검은 구멍이 있었다. 망원경으로 볼 때도 있었지만 그냥 바라보는 것이 더 좋았다. 그렇게 해야 하늘 전체를 관망할 수 있었다. 망원경을 통해서 보는 것이 오히려 모호했다. 도시에서는 항상 불을 켜놓고 지내던 밤이 이 고원에서는 전혀 두렵지 않았다. 돌로 지은 집 안에서 덧창을 내리고 커튼을 치고 갇혀 지낼 때 나는 밤을 몰랐던 것이다. 밤은 전혀 으스스하지 않았다. 밤은 아름다웠으며 나는 밤을 사랑하기 시작했다. 비가 오고 구름이 하늘을 뒤덮고 있을 때에도 나는 그 너머에 별이 있다는 것을 알 수 있었다. 빨강별, 초록별, 파랑별, 노랑별. 그들은 언제나 거기에 있었다. 내가 그들을 눈으로 볼 수 없는 한낮에도.

기온이 내려가고 이슬이 내리기 시작하면 나는 초막 안으로 들어갔다. 룩스는 잠에 취해서 나를 따라 들어왔다. 티거는 기고만장한 걸음걸이로 벽장 속의 잠자리를 찾아 들어갔다. 나는 등을 벽 쪽으로 돌리고 잠이 들었다. 그때 생애 처음으로 안온함을 느꼈다. 충족감이나 행복감과는 달랐다. 그것은 안온함이었다. 별들 덕분이었다. 별들이 정말 그곳에 있다는 것을 내가 알게 되었기 때문이었다. 왜 그런지를 설명할 수는 없을 것 같다. 그저 그런 기분이 들었다는 말밖에는.

밤마다 어떤 거대한 손이 내 머릿속의 시계를 정지시키는 것 같았다. 그러다 금세 아침이 밝았다. 티거가 내 몸 위에서 산보를 시작하고 아침 햇살이 얼굴에 떨어진다. 저 멀리 숲속에서 새 한 마리가 울고 있다. 처음에는 어렴풋이 잠에서 깨어날 때 들리던 새들의 지저귐이 그리웠다. 계곡에서는 새들의 노랫소리가 나를 깨웠던 것이다. 하지만 고원의 새들은 노래하거나 지저귀지 않는다. 그들은 높고 강렬한 소리로 울 뿐이다.

나는 잠에서 깨어 맨발로 동이 트는 아침 속으로 달려나갔다. 초원은 조용했고 투명한 이슬방울에 덮여 있었다. 이슬방울은 태양이 떠오르면 무지개 색으로 빛났다. 나는 외양간으로 가서 벨라의 젖을 짜주고 벨라와 송아지를 초원으로 내보냈다. 벨라는 이미 잠에서 깨어 나를 기다리고 있었다. 늦잠꾸러기 송아지는 고개를 수그린 채 자고 있다가 머리를 들었다. 외양간을 치우고 초막 안으로 들어와 씻은 다음 옷을 갈아입고 아침을 먹었다. 룩스와 티거는 갓 짜온 우유를 먹은 뒤 밖으로 달려나갔다. 하루 종일 초막의 문을 열어두었다. 햇살이 내 침대 위로 떨어졌다. 춥고 비가 오는 날이면 초막 안은 음습했다. 머리 위에 지붕만 하나 얹어놓고 있는 형색에 불과했다. 산장에 있는 것처럼 집의 분위기가 나지 않았다. 다행히 비가 오는 날은 많지 않았다. 비가 오더라도 하루나 이틀이면 그쳤다. 비가 오면 티거는 종이 공을 가지고 놀았고 룩스는 난로 앞에서 낮잠을 잤다. 나는 고양이와 시간을 보냈다. 티거는 이제 젖먹이가 아니었다. 다 자라서 근육도 튼튼했다. 털에는 윤기가 돌았으며 수염도 촘촘하게 나 있었다. 티거는 어미와는 달리 성질이 급했고, 정이 많았으며 장난기가 흘러넘쳤다. 티거가 제일 좋아하는 것은 연극이었다. 연극의 주인공은 매번 같았다. 무시무시하고 사나운 야수 아니면 연약하고 어린 고양이가 되었다. 또는 현실에 초연하고 조용한 명상가(이 역할은 2분 이상 하지 못했다.) 자존심을 다치며 굴욕을 당한 수고양이가 되기도 했다. 유일한 관객은 나였다. 룩스는 연극이 시작되면 항상 잠이 들었다. 레퍼토리가 늘 똑같았기 때문이었다. 다 자란 고양이들에게 흔히 나타나는 침울하고 우울한 기색이 티거에게는 없었다. 고원에서는 시간이 많이 남았기 때문에 나는 티거와 자주 놀아줄 수 있었다. 그러나 티거는 나보다 자유를 좋아했다. 티거는 갇혀 있는 것을 참지 못했다. 문과 창문이 열려 있는지를 하루에도 스무 번은 확인해보았다. 대부분은 문이 열려 있다는 사실을 확인하는 것만으로 충분했다.

그걸 확인하고 나면 티거는 안심한 듯 벽장 속에 들어가서 잠을 잤다. 룩스가 티거를 질투하지 않은 지는 오래되었다. 룩스는 티거를 경쟁자로 진지하게 생각하지 않는 것 같았다. 티거와 너그럽게 놀아줄 때도 많았지만 티거의 변덕은 싫어했다. 티거가 변덕을 부리며 집 안을 헤집고 다니면 룩스는 한심하다는 표정을 어른처럼 나에게 지어 보였다. 어이가 없고 이해도 안 된다는 표정이었다. 내가 잊어서는 안 되는 일은 룩스를 칭찬해주는 것이었다. 룩스는 내 칭찬으로 살았다. 그가 최고이며 가장 아름답고 훌륭한 개라는 말을 항상 듣고 싶어 했다. 룩스에게 칭찬은 먹이나 외출 못지않게 중요했다.

나는 산짐승을 쏘아야 할 때가 많았다. 그것은 언제나 꺼림칙하게 피를 보아야 하는 일이었지만, 언제부턴가 쓸데없는 고민 없이 그 일을 할 수 있게 되었다. 고원에 차가운 샘물이 솟았으면 좋겠다는 생각을 자주 했다. 나는 고기를 한번 삶아서 질그릇에 넣은 다음 차가운 물을 담은 그릇에 담가 서늘한 방에 보관해야 했다. 샘물은 벨라와 송아지가 마셔야 하기 때문에 거기에 고기를 담가둘 수는 없었다. 티거는 날고기를 좋아했다. 그래서 내가 날고기를 주지 못할 때면 쥐 사냥을 나갔다. 티거는 이제 훌쩍 자라서 혼자서도 살아갈 수 있게 되었다.

그것은 좋은 일이었다. 언젠가는 티거도 혼자서, 나의 도움 없이 살아가야 할 것이다. 나는 푸성귀를 찾아다녔다. 향기가 괜찮고 먹을 수 있을 것 같은 풀은 모두 먹었다. 꼭 한 번 풀을 잘못 먹어서 복통이 난 적이 있다. 고원에서는 쐐기풀을 본 적이 없었다. 그곳에서는 쐐기풀이 자라지 않는 모양이었다. 여름 내내 초원은 뜨겁고 건조했던 것 같았다. 서너 번 거센 소나기가 쏟아졌는데, 고원에 내리는 소나기는 산장에서 맞았던 소나기보다 지독한 것 같았다. 산장에서는 키 큰 나무들과 집 뒤의 산등성이로부터 보호받는 기분을 느낄 수 있었는데 고원에서는 요동하는 구름 한가운데 들어가 있는 느낌이었다. 고막이 터질 듯 크게 들려오는 소리에 나는 겁이 났고, 전에 느껴본 적이 없는 이상한 현기증도 일었다. 티거와 룩스도 겁을 내고 난롯가로 다가갔다. 벨라와 송아지는 외양간에 같이 매어놓았다. 덧창은 잠가두었다. 그나마 둘이 함께 있어 조금 안심이 되었다. 벨라와 송아지는 겁이 나면 서로의 품에 파고들 수 있을 것이다.

소나기가 아무리 험악하게 퍼붓더라도 다음 날이 되면 하늘은 맑았다. 계곡에만 안개가 조금 끼어 있었다. 부글부글 끓어오르는 바다의 흰 파도 위로 떠가는 초록빛 배처럼 초원이 구름 위로 흘러가는 것 같았다. 안개가 서서히 사라지고 나자 비에 젖은 가문비나무가 아름답게 드러났다. 내일은 햇살이 산장에까지 비쳐들 거라고 생각했다. 나는 그 습기 찬 계곡에서 혼자서 지내고 있을 고양이를 생각했다.

벨라와 송아지가 외양간에서 보내게 될 기나긴 겨울에 대해서 모르고 있는 것이 다행스러웠다. 소들은 현재만을 알 뿐이다. 부드러운 풀과 넓은 초원, 등에 내리쬐는 따뜻한 햇볕과 밤에 잠자리를 비춰주는 달빛만을 알 뿐이다. 두려움이란 것도, 희망이란 것도 없는 생활이었다. 나는 겨울이 두려웠다. 추위에 떨며 장작을 패야 한다는 것, 습기가 두려웠다. 증세가 없어진 관절염도 겨울이 오면 재발할 것이다. 동물들을 살리려면 어떤 일이 있어도 움직여야 한다. 나는 몇 시간씩 햇볕을 받으며 누워 있었다. 기나긴 겨울을 나기 위한 햇볕을 내 몸에 저장해두고 싶었다. 살갗이 타지는 않았다. 피부가 햇볕에 단련이 된 모양이었다. 그러나 머리가 아프고 심장이 평소보다 빨리 뛰었다. 곧 정신을 차리고 일광욕을 그만두었지만 그때 몸이 얼마나 상했는지 회복하는 데 일주일이나 걸렸다.

룩스는 뾰로통해 있었다. 내가 숲속으로 데리고 나다니지 않았기 때문이었다. 티거도 징징대면서 함께 놀자고 졸랐다. 7월이 왔다. 몸이 허약해져 아무 의욕도 없었다. 나는 억지로 먹어댔다. 기운을 되찾기 위해 할 수 있는 일은 뭐든 다 했다. 건초 수확 때까지는 힘을 되찾아야 했다. 7월 20일에는 보름달이 떴다. 더는 일을 미룰 수 없어 적당한 날을 고르기로 했다. 어느 월요일엔가 나는 새벽 3시에 일어났다. 때아닌 법석에 어리둥절해하는 벨라의 젖을 짜주고 하루 동안 먹을 풀과 물을 외양간에 넣어주었다. 걱정이 되긴 했지만 초막의 창문을 열어놓은 채 티거에게 고기와 우유를 놓아주었다. 그런 다음 아침을 든든히 먹고 룩스와 함께 4시쯤 고원을 떠났다.

7시에 나는 이미 개울가 초원에 도착해 낫을 들었다. 그리고 어설픈 자세로 낫질을 시작했다. 다행히도 계곡에는 9시쯤 되어서야 햇볕이 들어왔다. 사실 너무 늦게 풀을 베기 시작했다. 나는 세 시간 동안 풀을 베었다. 먼 길을 걸어온 뒤였지만 일은 생각했던 것보다는 수월했다. 지난해보다 나았다. 한 해 전에 나는 20년 만에 낫을 손에 쥐고 험한 일을 했었다. 낫으로 풀을 베던 중에 나는 개암나무 아래서 쓰러지고 말았다. 그리고 꼼짝도 하지 못했다. 룩스가 잠깐 내 곁을 비운 사이였다. 주위를 어슬렁거리다 돌아온 룩스는 숨을 헐떡이며 내 곁에 와

앉았다. 나는 힘겹게 몸을 일으켜 차를 한 잔 따라 마신 다음 그곳에서 잠이 들고 말았다. 깨어보니 개미들이 내 팔 위를 기어다니고 있었다. 2시였다. 룩스는 나를 걱정스럽게 바라보고 있었다. 내가 깨어나자 안심이 되는지 신이 나서 껑충거렸다. 나는 말할 수 없이 지쳐 있었으며 어깨가 너무나 아팠다.

햇볕이 산허리에 뜨겁게 내리쬐고 있었다. 갓 베어낸 건초더미는 벌써 바싹 말라 있었다. 쇠스랑으로 건초를 뒤집었더니 풀밭의 벌레들이 놀라서 야단이었다. 나는 천천히, 마치 잠에 취한 사람처럼 일을 했다. 벌레들이 웅웅거리는 뜨거운 적막 속에 몸을 맡긴 채. 내가 아무렇지도 않은 것을 본 룩스는 개울로 달려가 길게 목을 빼고 물을 마신 다음 그늘에 누웠다. 개는 얼굴을 기다란 귀로 살포시 덮더니 졸기 시작했다. 나는 룩스가 부러웠다.

건초더미를 다 뒤집어놓은 다음 산장에 들어가보았다. 침대 위에 어미 고양이가 남긴 흔적이 있는 것을 보니 마음이 가벼워졌다. 룩스에게 먹이를 주고 나도 차가운 고기를 조금 먹고 난 뒤 집 앞의 벤치에 앉았다. 고양이를 불러보았지만 나타나지 않았다. 나는 이불을 다시 반듯하게 펴놓고 문을 잠근 다음 고원으로 오르기 시작했다.

고원에 도착하니 벌써 7시였다. 나는 곧장 외양간으로 가서 초조해하고 있는 벨라의 젖을 짜주었다. 벨라는 젖이 불어서 불안해하고 있었다. 날씨가 좋았기 때문에 벨라와 송아지를 들로 내보내 풀을 뜯게 했다. 티거는 내 침대에 누워서 다정하면서도, 투정을 부리는 태도로 나를 맞이했다. 이번에는 놓아주고 간 것을 다 먹어치웠다. 초막 안에 가둬두지 않은 것에 대한 인사인 모양이었다. 룩스에게 따뜻한 우유를 주고 몸을 씻은 다음 자명종 시계를 3시에 맞춰놓고 잠이 들었다. 얼마 못 잔 것 같은데 자명종이 다시 울렸다. 나는 비틀거리며 침대에서 일어났다. 초막의 문은 밤새 열어둔 채였다. 룩스가 저녁 늦게까지 돌아오지 않았기 때문에 열어놓은 것이었다. 달빛이 마룻바닥을 비추고 들판도 달빛 속에 빛나고 있었다. 룩스는 문지방에 누워 자고 있었다. 불쌍한 룩스는 나를 지키느라고 여느 때처럼 난로 앞에서 자지 못했던 것이었다. 나는 룩스를 칭찬하고 쓰다듬어준 다음, 함께 벨라와 송아지를 들판에서 데리고 왔다. 소를 외양간에 들여놓은 다음 벨라의 젖을 짜주고 물과 건초를 준비해주었다. 전날과 마찬가지로 우리는 새벽에 계곡을 향해 길을 떠났다. 별은 빛을 잃어갔고, 동쪽 하늘에서는 불그스레한 아침 햇살이 떠오르고 있었다.

그날은 풀을 베는 것이 정말 고통스러웠다. 움직일 때마다 온몸이 쑤셨다. 나는 첫날보다 천천히 일을 했다. 그러고는 세 시간 뒤 기운이 다 빠져 개암나무 밑에 누워서 낮잠을 잤다. 정오쯤 깨어나보니 룩스가 내 옆에 앉아 꼼짝도 않고 계곡을 내려다보고 있었다. 계곡 아래에는 풀이 무성했으며 허연 꽃가루로 뿌옇게 뒤덮여 있었다. 그곳은 벌도, 메뚜기도, 새도 없는 땅이었다. 태양 아래 죽음의 적막만이 드리워져 있는 곳이었다. 룩스는 매우 진지하고 고독해 보였다. 룩스의 그런 모습은 처음 보았다. 내가 조심스럽게 몸을 움직이자 룩스는 고개를 돌리고 반가워하면서 짖어댔다. 룩스의 눈빛은 생기가 돌며 따스해졌다. 외로움은 이내 사라졌다. 룩스는 외로움을 그 자리에서 잊어버렸다. 룩스는 개울로 달려갔고 나는 건초더미를 뒤집기 시작했다. 전날 베어놓은 건초는 이제 헛간으로 날라도 될 것 같았다. 그늘에 놓여 있던 건초더미만 빼고는 바싹 말라 있었다. 그날은 저녁 8시에야 고원에 도착해서 벨라와 송아지를 풀어줄 수 있었다. 티거는 귀찮게 굴기 시작했다. 하루 종일 혼자 있었는데 마침내 함께 놀아줄 상대가 나타난 것이었다. 그러나 나는 손 하나 까딱할 힘도 없었다.

그다음 날은 풀을 더 조금 베었다. 높은 데로 올라갈수록 햇살이 이른 시간부터 따가웠다. 날씨는 일주일 내내 화창했다. 달이 차는 것을 보고 날씨를 점쳤던 것이 맞아떨어져 기분이 좋았다. 여드레 되는 날에는 비가 와서 집에 있었다. 들판의 풀을 이미 반은 벤 상태였고 나에게는 휴식이 필요했다. 나는 걷기도 버거울 정도로 피곤해서 아무것도 먹지 않고 우유와 차만 마셨다. 벨라의 젖을 평소에 짜던 시간에 짜줄 수 있었다. 젖의 양은 줄었다. 나흘 동안 회색 비가 조용히 내렸다. 아주 작은 빗방울들이 흩날렸다. 침대에 누운 채 나는 거미줄 같은 빗줄기 너머로 들판과 산을 바라보았다. 부러진 나뭇가지들을 톱으로 잘게 자르고 고기도 준비했다. 지난번에 잡았던 사슴은 날씨가 너무 더워 3분의 1은 내다버릴 수밖에 없었다. 살덩이를 내버리는 것이 마음에 걸렸지만 달리 방법이 없었다. 나흘 내내 나는 잠을 자거나 티거와 놀아주었다. 티거는 비가 오면 바깥에 나가려고 하지 않았다. 나의 두 손은 온통 긁히고 찔린 상처투성이였는데 다 나으려면 시간이 걸렸다. 뼈 마디마디 쑤시지 않는 곳이 없었지만 그런 통증들이 나와는 아무 상관이 없다는 것처럼 나는 무덤덤했다.

닷새째 되는 날 정오쯤 날이 맑아지더니 오후에는

해가 나왔다. 비온 뒤의 서늘함은 조금 더 오래 남아 있었다. 빗방울은 풀잎 위에서 떨고 있었다. 송아지는 기분이 좋아 들판을 뛰어다녔고 티거는 사냥을 할까 말까 망설이듯 앞발을 수풀 속에 넣고 있었다. 룩스도 힘이 나는지 잠을 털어버리고 근처로 탐색을 나갔다. 나는 풀을 베어다가(물론 고원에도 낫이 있었다.) 외양간으로 날랐다. 벨라와 송아지에게 가장 아름다운 계절은 끝나가고 있었다. 날씨는 나흘 동안 화창하더니 무더워졌고 하늘이 다시금 흐려지기 시작했다.

나는 풀을 3분의 2쯤 베고 나서 무더위 속을 걸어 고원으로 돌아가고 있었다. 가슴팍이 아팠다. 너무 피곤해서 그런지도 몰랐다. 관절염이 남긴 후유증인지도 몰랐다. 룩스도 지치고 기운이 빠져 내 뒤를 따라오고 있었다. 나는 일이 힘든 데다 먹은 것이 없어 그럴 거라고 생각했다. 걷는 것도 힘들었다. 무거운 등산화를 신어 발꿈치에 물집이 생기고 양말이 상처를 조였기 때문이었다. 불현듯 내가 하고 있는 모든 일들이 다 헛수고라는 생각이 들었다. 총을 쏴 죽어버리는 게 나았을 거라는 생각도 들었다. 나에게 총을 겨누는 것이 힘들다면 벽을 넘어갈 수도 있을 것이다. 저 벽 너머에는 100년쯤 먹고살만한 것이 있거나, 아니면 신속하고도 고통 없는 죽음이 나를 기다리고 있을 것이다. 도대체 나는 무엇을 기다리는 것일까? 내가 기적적으로 구조된다 하더라도 그것은 아무 의미가 없다. 내가 사랑했던 사람들은 모두 죽었을 것이기 때문이다. 룩스는 데려가고 싶었다. 고양이들은 내버려두어도 살아남을 수 있을 것이다. 벨라와 송아지는 죽여야 할 것이다. 그렇지 않으면 겨울에 굶어 죽고 말 테니까.

하늘을 뒤덮은 구름이 회색으로 변하고 희미한 빛이 산 위에 걸려 있었다. 나는 소나기가 쏟아지기 전 초막에 도착하기 위해 발길을 재촉했다. 룩스도 내 뒤에서 헐떡거리며 부지런히 따라오고 있었다. 나는 기진맥진하여 룩스에게 위로의 말조차 해줄 수 없었다. 그렇다, 그 모든 것이 무의미하고 하찮은 일이었다.

숲을 빠져나왔을 때 첫 번째 천둥소리가 머리 위에서 들렸다. 나는 룩스를 초막 안으로 들여보낸 다음에 신을 벗고 벨라의 젖을 짜기 위해 외양간으로 달려갔다. 외양간에서 일을 하는 동안 소나기가 퍼붓기 시작했다. 폭풍은 초원 위로 휘몰아치고 있었다. 구름은 낮게 드리워진 채 누르스름하고 흉했다. 나는 겁이 나기도 했고 동물들과 함께 내가 당해야 하는 이 폭력에 대해서 화가 나기도 했다. 나는 벨라와 송아지를 단단히 묶어놓은 다음 덧창을 닫았다. 송아지는 벨라 옆에 꼭 붙어 있었다. 벨라는 송아지의 코를 다정하고도 차분하게 핥아주고 있었다. 마치 송아지가 아직도 철없는 갓난아기인 것처럼. 벨라도 나 못지않게 겁을 내고 있었지만 송아지를 안심시키느라 애를 쓰고 있었다. 망연히 소의 등을 쓸어주는 동안, 문득 도망갈 수 없을 거라는 생각이 들었다. 어리석은 생각인지는 몰라도 아무튼 그랬다. 이곳을 떠남으로써 동물들을 곤경에 빠뜨릴 수는 없었다. 그것은 곰곰이 생각한 끝에 내린 결정도 아니었고, 순간적인 감정에 따른 결정도 아니었다. 내 마음속에 이미 오래전부터 자리 잡은 어떤 것이 있었고, 그것 때문에 나는 내게 의지하고 있는 동물들을 궁지에 빠뜨릴 수는 없었다. 그걸 깨닫게 된 순간부터 나는 마음이 편안해졌고 겁도 나지 않았다. 나는 비바람에 문이 떨어지지 않도록 외양간 문에 빗장을 걸고 우유가 넘치지 않도록 조심하면서 초막으로 달려왔다. 바람은 문밖에서 요란한 소리로 불고 있었다. 나는 안도의 숨을 내쉬면서 문을 잠갔다. 이제는 안전지대로 들어왔다. 작고 형편없는 안전지대지만 그래도 비와 바람을 피할 수 있는 곳이었다. 티거와 룩스는 서로 부둥켜안고 난로 앞에 누워 자고 있었다. 나는 따뜻한 우유를 마시고 탁자 앞에 앉았다. 촛불을 켜는 것은 어리석은 일이었지만 어둠 속에 앉아 있고 싶지는 않았다. 나는 구름 속에서 천둥이 우르릉대는 소리는 될 수 있는 대로 듣지 않으려고 했다. 그래서 상처가 난 발을 들여다보았다. 물집이 터져 피 딱지가 앉아 있었다. 발을 씻고 나서 상처에 요오드를 발랐다. 그 이상은 할 수 있는 일이 없었다. 촛불을 끄고 옷을 입은 채 침대에 누웠다. 덧창 틈새로 번개가 번쩍이는 것이 보였다. 드디어 폭풍이 본격적으로 시작되는 것 같았다. 고원에 비가 쏟아지기 시작했다. 계속 천둥과 번개가 쳤지만 빗소리를 들으니 마음이 안정되었다. 조금 뒤 천둥소리가 서서히 멀어져갔다. 그와 동시에 나는 잠에서 깨어났다. 햇살이 덧창 사이로 비치고 있었다. 티거는 야옹거리고 있었고, 룩스도 나한테 주둥이를 비비고 있었다. 나는 일어나서 문을 열었다. 둘은 밖으로 달려나갔다. 밤새도록 이불을 덮지 않았기 때문에 몸이 으스스했다. 8시였다. 해는 벌써 숲 위로 떠올라 있었다. 벨라와 송아지를 풀어준 뒤에 나는 주변을 둘러보았다.

비에 젖은 초원은 아침 햇살을 받고 있었다. 어젯밤 폭풍의 흔적은 하나도 남아 있지 않았다. 계곡에는 아직도 보슬비가 내리고 있을지 모른다. 날씨가 궂으면 언제나 그렇듯 나는 어미 고양이 생각을 했다. 고양이는 스스로 자유를 선택했다. 하지만 정말로 그랬던 것일까? 고양이에겐 선택의 여지가 없었는지도 모른다. 고양이와 나 사이에 사실 큰 차이가 있는 것 같지는 않았다. 나도 선택은 할 수 있었다. 다만 머리로만 가능한 선택이었다. 그리고 그것은 나에게 좋을 것도 나쁠 것도 없다. 고양이와 나, 우리 둘은 결국 같은 성분으로 만들어진 존재이고, 우리는 같은 배에 타고 있었다. 살아 있는 모든 것을 거대한 암흑의 구렁텅이로 떨어뜨릴 수도 있는 배. 인간이기 때문에 다만 나는 이를 인식할 수 있었을 뿐이다. 그렇지만 내가 할 수 있는 일은 아무것도 없었다. 생각해보면 인식이라는 것은 자연이 인간에게 준 쓸모없는 선물일 뿐이다. 나는 이런 생각을 집어치우기 위해서 고개를 저었다. 그렇다, 그 순간은 확실하게 기억난다. 그때 고개를 너무 세게 저었기 때문에 목덜미에서 딱 하는 소리가 났고, 하루 종일 목이 뻣뻣했다. 정신을 가다듬고 나서 나는 그 뒤 며칠 동안은 장작을 패고 발꿈치를 치료하면서 보냈다. 맨발로 다니며 발에 냉찜질을 했더니 염증은 많이 가라앉았다. 우유를 많이 마시고 버터를 만들었다. 집 안 구석구석을 닦고 해진 양말을 기웠다. 얼마 안 되는 빨래를 한 다음 벤치에 앉아 햇볕을 쪼였다. 폭풍이 지나간 뒤 닷새째 되는 날 나는 룩스와 함께 계곡에 내려가보았다. 그 뒤 며칠 동안은 남은 건초를 거둬들였다. 2시에 일을 모두 끝내고서 너도밤나무 가지를 헛간으로 날랐다.

이제 버거운 일 하나는 다 끝낸 셈이었다. 몇 달 동안 어마어마한 산처럼 내 앞을 가로막고 있던 일을 해결한 것이다. 피곤했지만 마음은 즐거웠다. 딸들이 다 큰 뒤로는 그런 만족감을 맛본 기억이 없었다. 딸들이 어렸을 때는 하루 종일 힘든 집안일을 끝내고 난 뒤, 장난감을 치우고 아이들을 씻겨서 잠자리에 눕히고 나면 나는 행복했다. 그때는 좋은 어머니였다. 그러나 아이들이 자라서 학교에 가기 시작하면서 나는 그것을 거부했다. 왜 그랬는지 몰라도 딸들이 커갈수록 나는 아이들에게서 등을 돌렸다. 물론 아이들을 최선을 다해 돌보긴 했지만, 아이들 곁에 있을 때 행복하다고 느낀 적은 별로 없었다. 그때쯤 나는 남편한테로 다시 마음을 돌리고 있었다. 아이들보다는 남편이 나를 더 필요로 하는 것처럼 보였다. 아이들은 모두 떠나버렸다. 손에 손을 잡고 가방을 등에 메고 머리카락을 바람에 흩날리면서. 나는 그것이 종말의 시작인 것을 모르고 있었다. 아니, 어느 정도 예감하고 있었는지도 모르겠다. 이후 나는 행복하다고 생각한 적이 별로 없었다. 모든 것이 절망적으로 변해갔으며 나는 사는 일을 포기해버렸다.

나는 낫과 쇠스랑과 갈퀴를 헛간에 갖다놓고 문을 잠갔다. 그러고는 산장에 가보았다. 벽 쪽으로 개울물이 불어 있었다. 나는 차가운 개울물을 건너가 룩스를 개울가로 불렀다. 그리고 산장 안으로 들어가 차를 끓여 룩스와 함께 점심을 먹었다. 침대에는 어미 고양이가 남긴 흔적이 있었다. 그것을 보니 마음이 놓였다. 가을이 되면 우리는 함께 따뜻한 난로 앞에 다시 모이게 될 것이다. 이불을 반듯하게 펴놓고 나는 콩밭에 가보았다. 여름 내내 빨갛고 하얗게 꽃이 피더니 이제는 작고 푸른 콩깍지가 잔뜩 매달려 있었다. 폭풍이 꽃잎을 떨어뜨렸지만 덩굴과 버팀목은 부러지지 않았다. 다음에는 콩밭을 더 넓혀서 콩을 실컷 먹을 만큼 키워야겠다고 생각했다. 벌써 8월이었고 몇 주 뒤면 우리들의 겨울 처소로 돌아와야 했다. 나는 불씨가 남지 않았는지 확인한 다음 룩스와 함께 귀로에 올랐다. 큰일들을 다 끝내서 다행이었다. 벨라와 송아지는 낮에 들판에 나가 풀을 뜯게 될 테고, 젖을 짜는 시간도 제대로 지킬 수 있었다.

티거가 이번에는 조용히 우리를 맞이했다. 기가 죽어 어깨를 치켜세운 채 난로 옆에 오그리고 앉아 있다가 나지막하고 걱정스럽게 야옹 하고 울 뿐이었다. 내가 쓰다듬어주어도 꼼짝도 하지 않았다. 룩스가 킁킁거리면서 다가가자 티거는 신경질을 부리면서 싯 하는 소리를 냈다. 일과를 마치고 살펴보니 티거는 세 발로 절뚝거리며 다니고 있었다. 다친 고양이의 몸을 살펴보는 것은 쉬운 일이 아니었다. 하물며 티거처럼 불같은 성질을 가진 수고양이의 몸을 살펴보는 일이라니. 나는 티거를 바닥에 눕힌 다음 배를 문질러주다가 다친 다리를 꽉 붙잡았다. 공놀이를 하다가 가시나 나무토막에 찔린 모양이었다. 핀셋으로 그것을 빼내려고 열 번도 더 시도해보았다. 새 한 마리가 문 앞에서 날아가 티거의 관심이 그 새한테 쏠리는 덕택에 간신히 가시를 빼낼 수 있었다. 작은 수술이었지만 성공이었다. 화가 난 티거는 일어나더니 핀셋을 내 손에서 떨어뜨리고는 밖으로 달려나갔다.

나중에 보니 티거는 상처를 부지런히 핥으면서 벤치에 앉아 있었다. 사실 티거는 자라는 동안 행동이 조금은 점잖아졌다. 고양이란 동물들은 매우 잘 놀란다. 종이가 팔랑거리기만 해도, 아주 작은 부스럭거림만 일어도 고양이들은 혼이 다 빠진 것처럼 놀라기도 한다. 고양이들은 외톨이이기 때문에 계속 주변을 돌아보면서 항상 도망갈 준비를 하고 있어야 한다. 덤불이나 집 모퉁이에 그들의 적이 숨어 있을 수도 있다. 고양이들의 불신감이

나 조심성보다 강한 것이 있다면 그것은 호기심뿐이다.

그사이 날이 어두워졌다. 나는 저녁을 준비했다. 산장에서 올라올 때 가져온 마지막 남은 잼으로 계란이 빠진 과자를 구웠다. 익숙해지면 그 맛도 괜찮다. 건초 수확이 끝났으니 그런 만찬을 먹어도 될 것 같았다. 그때도 먹을 수 없는 음식이 먹고 싶어서 고생을 하진 않았다. 음식에 대한 상상을 자극하는 일이 별로 없었고, 그런 욕구도 내 안에서 서서히 잠들어갔다. 나와 동물들이 배부르게 먹을 수 있고 굶어 죽지만 않는다면 그것으로 만족이었다. 설탕도 그립지 않았다. 그해 여름에는 딸기밭에 딱 두 번 가서 양동이 한 가득 따왔을 뿐이다. 가는 길은 너무나도 멀고 힘들었다. 게다가 첫해 여름보다 딸기도 적었다. 아마 비가 많이 오지 않아 그런 모양이었다. 열매는 작았지만 매우 달았다. 딸기 덤불에는 잡초가 나기 시작했다. 몇 년 못 가 잡초로 뒤덮이면 딸기 덤불은 결국 말라 죽고 말 것이다.

건초 수확을 끝낸 뒤에는 초막 안에서 편안히 지내면서 벤치에 앉아 시간을 보낼 때가 많았다. 나는 매우 피곤하고 지쳐 있었는데 신비로운 마법의 힘으로 나의 생활은 새롭게 돌아가기 시작했다. 내 하루 일과는 매우 규칙적이었다. 6시에 일어나 벨라의 젖을 짠 다음 벨라와 송아지를 들판으로 내보낸다. 그런 다음 외양간을 치우고 우유를 초막으로 가지고 와 질그릇에 쏟아붓는다. 유지를 띄우기 위해서다. 아침을 먹고 룩스와 티거에게도 먹인다. 룩스는 제 몫의 아침을 다 먹지만 티거는 우유만 먹는다. 야행성동물이라 그런 것 같다. 티거는 저녁이 되어야 밥을 제대로 먹는다. 룩스는 저녁에 우유만 먹는다. 아침을 먹고 나면 티거의 장난이 시작된다. 초막 주변에서 술래잡기를 하는 것인데 때때로 마지못해 할 때도 있었지만 그래도 그렇게 움직이는 것이 내게는 유익했다. 티거는 한바탕 놀고 나야 기분이 좋아졌다. 그 놀이에는 엄격한 규칙이 있었는데 모두 티거가 만들어내고 지켜온 규칙들이었다. 즉 서로 쫓고 쫓길 때 언제나 한 방향으로 돌아야만 했고 숨는 자리도 정해져 있었다. 집 모퉁이, 낡은 빗물통, 땔나무더미, 커다란 바위, 그리고 낡은 도마가 지정 장소였다. 티거가 집 모퉁이로 달려가면 나는 아무것도 모르는 체하며 티거를 열심히 찾아야 한다. 티거가 모퉁이에서 흘깃거릴 때 눈길을 주어서는 안 된다. 그러면 티거는 갑자기 내 발을 밟고 달려간다. 그다음은 빗물통이다. 나는 그 옆을 지나가며 티거한테 물려야 한다. 티거는 세차게, 그러나 아프지는 않게 깨문다. 나는 비명을 지르는 시늉을 하고 티거는 다시 꼬리를 치켜든 채 땔나무 뒤에 숨는다. 나는 한참 동안 주위를 두리번거리며 티거를 찾는다. 보호색을 한 작은 고양이는 눈에 잘 띄지 않는다. 내가 헤매고 있으면 티거는 발꿈치를 들고 마치 한 마리의 종마처럼 절도 있게 걸어와 내 앞에서 위엄 있는 자세를 취한다. 이것이 자존심 강하고 똑똑한 고양이가 멍청하고 우스꽝스러운 인간을 깜짝 놀래주는 게임이다. 그 바보스러운 인간이 착하고 사랑스러운 사람이기도 하기 때문에 티거는 그를 물어뜯지는 않는다. 오히려 놀이가 끝난 다음 다정하게 핥아준다. 이런 장난을 티거하고 지속했던 것이 잘못이었다. 내가 그렇게 놀아주었기 때문에 티거는 일종의 과대망상을 가지게 되었고 실제 위험에 처했을 때도 전혀 조심하지 않았는지도 모른다. 티거는 이런 장난이라면 쉰 번이라도 할 수 있었지만, 나는 기껏해야 열 번이면 지쳤다. 실컷 놀고 나면 티거는 벽장으로 들어가 잠깐 낮잠을 잔다. 처음에는 룩스도 이 놀이에 열심히 끼어 요란하게 짖고 이리저리 뛰면서 어울렸다. 그러나 룩스는 티거한테 한 번 심하게 혼이 난 뒤부터는 멀리서 꼬리를 흔들거나 숨을 헐떡이면서 우리를 따라다닐 뿐이었다. 내가 시간이 없거나 기분이 아주 우울할 때만 룩스가 나 대신 이 놀이를 할 수 있었다. 그러나 그런 날에는 둘 다 이 놀이에 시큰둥한 것처럼 보였다.

잠시 쉬고 난 뒤에는 우유를 처리하기 시작했다. 우유 때문에 생기는 일거리들은 끊이지를 않았다. 우유에서 유지를 걷어내고 기름을 뺀 우유의 대부분은 다시 송아지가 먹었다. 때로는 우유를 저어서 버터를 만들었고 버터가 남으면 치즈를 만들기도 했다. 치즈가 넉넉한 적은 없었다. 유지를 넉넉하게 건지려면 여러 날이 걸린다. 단조로운 식사에서 섭취하지 못하는 영양소를 보충하기 위해서 나는 우유를 많이 마신다. 룩스와 티거에게도 꾸준히 우유를 먹였다. 우유를 처리하는 일이 끝나면 초막을 치운다. 이부자리를 털고, 빨래와 청소를 한 다음에 점심을 준비한다. 점심은 별것이 없다. 대부분은 초원에서 먹을 만한 풀을 찾아내고 그것으로 고기를 버무린다. 들판에는 버섯도 있다. 하지만 버섯에 대해서는 잘 모르기 때문에 먹지 않는다. 버섯들은 대체로 입맛을 당기게 생겼지만 벨라가 그것에 입을 대지 않는 것을 보고 나도 허기를 참았다.

점심을 먹고 난 다음에는 벤치에 앉아서 꾸벅꾸벅 졸았다. 태양이 내 얼굴을 비추면 잠을 못 이긴 내 고개는 앞으로 푹 수그러졌다. 정말 잠이 들 것 같으면 나는 자리에서 일어나 룩스와 함께 숲으로 갔다. 우리가 매일 하는 이 산보를 룩스는 티거의 아침 놀이만큼 중요하게 생각했다. 나는 대개 전망대로 가서 망원경으로 평지를 내려다보았다. 이제는 그것이 습관이 되어버렸다. 교회의 탑은 아직도 붉게 빛나고 있었고, 들판의 색은 조금 달라져 있었다. 산바람이 불 때는 이 모든 것이 마치 손에 잡힐 듯 또렷하고 가깝게 보였다. 동풍이 부는 날은 마을이 푸르스름한 베일 뒤에 있는 것처럼 보였다. 안개가 강물 위를 뒤덮고 있을 때는 아무것도 보이지 않았다. 그곳에 오래 앉아 있진 않았다. 룩스가 지루해했기 때문이다. 나는 산모퉁이의 길로 접어들어 걷다가 대개 4~5시경에 초막으로 돌아왔다. 그곳을 걷다 보면 고산 동물들만 눈에 띄었다. 노루는 그렇게 높은 곳까지는 올라오지 않았다. 망원경으로 보면 하얀 석회석 바위 위에 산양들이 보일 때가 있었다. 그곳에서 여름을 나는 동안 숲에서 죽은 산양을 네 마리 보았다. 눈이 멀게 되면 산양들은 계곡으로 내려왔다. 죽은 산양 네 마리는 그다지 많이 내려오지도 못한 상태였다. 죽음이 그들을 황급히 데려갔던 것이다. 전염병을 막고 가엾은 동물들을 고통에서 한시라도 빨리 벗어나게 해주려면 그들을 총으로 쏘아 죽여야 했다. 하지만 내가 먼 거리에서 그들을 명중시키지는 못했을 것이다. 게다가 나는 탄환도 아껴야 했다. 내가 할 수 있는 것이라곤 그 처참한 모습을 그냥 바라보는 것뿐이었다.

산책을 다녀온 뒤에는 룩스가 벤치를 차지하고 햇볕 아래서 잠이 든다. 그렇게 몇 시간씩 자도 끄떡없는 걸 보면 털이 몸을 보호해주는 모양이다. 룩스가 잠들어 있는 동안 나는 외양간을 치우거나 장작을 패거나 다른 일들을 했다.

때로는 아무 일도 하지 않고 벨라와 송아지를 쳐다보거나 숲에서 빙빙 날고 있는 말똥가리를 바라보았다. 그 새가 말똥가리였는지는 알 수 없다. 매였을 수도 있고 보라매였을 수도 있다. 날고기를 먹는 새를 나는 무조건 말똥가리라고 불렀다. 그냥 그 이름이 마음에 들었기 때문이었다. 말똥가리가 자주 눈에 띄면 티거가 걱정되었다. 다행히 티거는 집 근처에서 노는 것을 더 좋아했으며 넓은 들을 가로질러 숲속에 들어가는 일은 좋아하지 않았다. 집 주변에도 먹을거리는 얼마든지 있었다. 통통한 메뚜기가 바로 티거의 코앞에서 문지방을 넘어 초막으로 들어오기도 했다. 나는 말똥가리를 무서워하면서도 좋아했다. 그 새는 매우 아름다웠다. 나는 새가 푸른 하늘을 날아가다가 어디엔가 내려앉을 때까지 새에게서 눈을 떼지 않고 바라보았다. 쉰 듯한 말똥가리의 울음이야말로 내가 이 고원에서 들을 수 있는 유일한 새소리였다.

내가 제일 좋아하는 일은 그저 망연히 초원을 바라보는 것이었다. 바람이 없는 것 같은 날에도 초원은 항상 조금씩 움직이고 있었다. 초원은 평화와 향기가 넘치는 잔잔한 물결이었다. 거기에는 라벤더가 자라고 있었다. 접시꽃, 고양이발톱, 백리향도 있었다. 백리향만큼이나 좋은 향기를 가진, 이름을 알 수 없는 풀들이 가득했다. 티거는 향기로운 꽃 앞에 고개를 수그리고 앉아 황홀한 기분에 빠지곤 했다. 마치 아편쟁이가 아편을 찾듯이 티거는 꽃들을 찾았다. 티거의 황홀감은 아편쟁이의 무아지경과는 달리 그를 나쁜 길로 인도하지는 않았다. 해가 지면 나는 벨라와 송아지를 외양간으로 데리고 온 뒤 일상적인 일들을 했다. 저녁은 대체로 아주 조금만 먹었다. 점심때 먹다 남긴 것과 우유를 한 잔 마시는 경우가 많았다. 사냥을 한 날은 굉장히 잘 먹었지만 며칠 지나면 고기만 보아도 구역질이 났다. 그 무렵에는 빵도 감자도 없었다. 밀가루는 고기가 떨어질 날을 위해서 아껴두어야 했다.

저녁을 먹고 나면 나는 벤치에 앉아 기다렸다. 초원이 서서히 잠이 들었다. 별들이 나타났고 조금 뒤에는 달이 떠서 초원에 차가운 달빛을 비추었다. 이 시간을 나는 하루 종일 애타게 기다리곤 했다. 이 시간이야말로 내가 쓸데없는 망상에서 벗어나 명료하게 생각할 수 있는 유일한 시간이었다. 나는 더 이상 삶을 견뎌낼 만한 것으로 만들어줄 의미 같은 것을 찾으려 하지 않았다. 그런 바람은 어쩐지 너무 뻔뻔하다는 생각이 들었다. 사람들은 자신이 선택한 역할을 하며 인생을 살았을 뿐이다. 그리고 그 인생들 거의 모두가 형편없이 막을 내리고 말았던 것이다. 거기에 대해 내가 불평할 이유가 무엇이란 말인가? 나 역시 그들 중 한 사람이기에 그들을 심판할 수 없다. 그들을 너무나 잘 이해하기 때문이다. 인간에 대해서는 생각하지 않는 편이 나았다. 해와 달과 별의 위대한 운행은 탁월한 것이었다. 그것은 인간의 것이 아니었다. 그러나 그것 역시 아직 끝난 것이 아니니 파멸의 씨앗을 품고 있을지도 모르는 일이었다. 나는 주의 깊고 열광적인 관객에 불과했다. 나의 생애는 이 우주의 일부분도 제대로 볼 수 없을 정도로 짧은 것이다. 나는 생애의 대부분을 일상적인 일들에 허비해버렸다. 그나마 지금은 남아 있는 것이 없기 때문에 벤치에 앉아 별들이 검은 우주 속에서 춤추고 있는 것을 바라보고 있다. 나는 나 자신으로부터 무한히 멀리 떨어져나와 있었다. 내가 삶을 지속하고 싶어 한다면 이런 상태에 붙잡혀 있어서는 안 된다는 것을 알고 있었다. 나중에는 초원에서 내가 경험한 일들을 모두 잊게 되리라는 것을 나는 그때 알고 있었다. 내가 생각하고 행동한 것 모두가 서투른 모방에 불과하다는 것도 알고 있었다. 모두가 다른 사람들이 나보다 먼저 생각하고 행동한 것들이었다. 나는 그들의 흔적을 좇아가고 있는 것에 불과했다. 초막 앞의 벤치에서 보낸 그 시간은 나의 현실이었고, 또한 불완전하더라도 그것이 나의 개인적 체험이었다. 하지만 언제나 생각이 눈보다 빨랐고, 그래서 현실의 진면을 보지 못했다.

잠에서 깨어날 때, 아직 잠에 취해 있는 눈으로 보면 어떤 사물을 잘 알아볼 수 없는 때가 있다. 그때 사물은 무섭고 위협적으로 다가온다. 그것이 내 옷을 걸쳐둔 의자였음을 알게 된 후에야 사물은 친숙한 대상으로 다가온다. 그러고도 잠시 동안은 말로 표현할 수 없을 정도로 낯설게 보이고 가슴이 쿵쿵거린다. 이런 일들이 자주 일어나지는 않지만 내가 그런 기분에 휩싸이게 되는 데도 이상할 것은 없다. 이곳에는 내가 마음을 쏟고 정신적으로 몰두할 만한 것이 하나도 없다. 책도 없고 대화할 사람도 없고 음악도 들을 수 없다. 아무것도 없다. 어려서부터 나는 사물을 나 자신의 눈으로는 볼 수 없었다. 나는 이 세상이 오래전에는 싱싱하고 완벽하고 매우 아름답고도 무시무시한 곳이었다는 사실을 잊어버렸다. 나는 돌이킬 수 없었으며 더 이상 어린아이도 아니었다. 그래서 어린아이처럼 느낄 수 없었다. 그러나 고독은 나로 하여금 모든 기억과 의식을 던져버리고 다시 한번 삶의 위대한 광채를 바라보게 했다. 동물들은 죽는 날까지 두려움과 환희 속에서 살지 모른다. 그들은 도망갈 수도 없다. 죽을 때까지 현실을 견딜 수밖에 없다. 죽음 역시 그들에겐 아무 위로도 희망도 없는, 있는 그대로의 죽음일 뿐이다. 그러나 나는, 다른 모든 인간들과 마찬가지로, 항상 어디론가 서둘러 도피하고 있었으며 환상에서 벗어나지 못했다. 딸들이 죽는 것을 내 눈으로 보지 않았기 때문에 나는 이따금 딸들이 아직도 살아 있을 거라고 생각한다. 그러나 나는 룩스가 죽는 것은 내 눈으로 보았다. 도끼에 맞아 송아지의 뇌수가 쏟아져 나오는 것을 보았다. 페를레가 뼈 없는 동물처럼 바닥을 기며 피를 흘리는 것을 보았고, 노루의 뜨끈한 심장이 내 손에서 식어가는 것을 여러 번 경험했다.

그것이 현실이었다. 그 모든 것을 눈으로 보고 손으로 만졌기 때문에 나는 헛된 환상에 빠지기 힘들었다.

나는 환상을 격렬히 거부하고 모든 희망이 내 마음속에서 사라져버리는 것을 느낀다. 그것이 나를 두렵게 한다. 오로지 현실에 둘러싸인 채로 살아가는 것을 내가 참아낼 수 있을지 모르겠다. 나는 스스로를 마치 로봇처럼 조종할 때가 많다. 이걸 해, 저리 가, 그걸 해야 한다는 걸 잊지 마, 그렇게 나 자신에게 말한다. 하지만 그것도 잠시뿐이다. 나는 로봇치고는 형편없는 로봇이다. 아직도 생각하고 느낄 수 있는 인간인 것이다. 그리고 생각하고 느끼는 것을 포기하고 싶지 않다. 그렇기 때문에 나는 지금 여기에 앉아 무슨 일이 일어났었는지를 기록하고 있다. 쥐들이 이 글을 갉아먹든지 말든지 신경 쓰지 않는다. 지금 내게는 글을 쓴다는 사실만이 중요하다. 누군가와 대화를 할 수 없기 때문에 참담한 독백을 할 수밖에 없다. 이 글이 유일한 기록이 될 것이다. 이것을 다 쓰고 나면 이곳에는 글을 쓸 만한 종이가 한 장도 남지 않을 것이다. 잠자리에 들 시간이 다가오는 것이 벌써 두렵다. 나는 눈을 뜬 채 침대에 누워 고양이가 돌아와 따스한 체온으로 나를 잠들게 할 때까지 기다릴 것이다. 어쩌면 고양이가 곁에 있다 해도 안심해선 안 될 것이다. 내가 무방비 상태가 되면 꿈들이 나를 덮쳐버릴 수 있을 테니까. 어두운 악몽들이……

고원에서 보냈던 그 여름을 떠올리는 일은 어렵다. 그 여름은 매우 비현실적이고 아득하게 느껴진다. 그때는 룩스가 살아 있었고 티거와 송아지도 있었다. 그리고 나는 아무것도 예감하지 못하고 있었다. 나는 지금도 이따금 꿈에서 고원을 찾아간다. 하지만 꿈속에서 그곳을 찾지는 못한다. 나는 잡목들 사이와 숲을 지나 울퉁불퉁한 오솔길을 걷는다. 잠에서 깨어나면 몹시 피곤하고 지쳐 있다. 꿈속에서는 고원을 찾아 헤매는데, 깨어 있을 때는 그곳에 대한 생각이 한 번도 떠오르지 않는 것을 다행이라고 여기니 참 기이한 일이다. 나는 그곳에 다시는 가고 싶지 않다. 두 번 다시는.

8월에도 두세 번 소나기가 왔다. 하지만 심하게 쏟아지지는 않았고 두세 시간 만에 그쳤다. 막연하게 나를 불안하게 만드는 것이 있다면 모든 것이 너무도 원만하다는 사실이었다. 우리는 모두 건강했다. 낮에는 따뜻하고 향기로운 바람이 불었고 밤에는 별들이 하늘을 가득 채웠다. 다른 일들은 일어나지 않았기 때문에 나는 그런 삶에 익숙해졌고, 마치 처음부터 그 이상은 아무것도 바라지 않은 것처럼 그 평온을 묵묵히 받아들이고 있었다. 과거와 미래는 '지금 여기'라는 작고 따사로운 섬을 비껴 흘러가버렸다. 그것이 지속되지 않으리라는 것을 알고 있었지만 다른 걱정은 하지 않았다. 나의 기억 속에서는 그 여름이 훨씬 뒤에 겪게 되는 여러 가지 사건들로 얼룩져 있다. 그곳에서 얼마나 즐거웠는지 나는 더 이상 느낄 수 없다. 내가 그곳에서 즐거웠다는 것을 알고 있을 뿐이다. 느끼는 것과 아는 것의 차이는 어마어마한 것이다. 느낌을 잃었기 때문에 나는 고원에서의 생활을 생생하게 그려낼 수가 없다. 내 감각의 기억력이 두뇌의 기억력보다 나쁜 것이다. 언젠가는 내 감각이 기억하는 일을 완전히 멈출지도 모른다. 그렇게 되기 전에 나는 모든 것들을 여기에 기록해놓아야 한다.

여름이 끝나가고 있었다. 8월의 마지막 주에는 날씨가 내내 궂었다. 춥고 비가 왔다. 나는 하루 종일 불을 때야만 했다. 내가 초막을 나서기만 하면 땔나무의 불이 꺼졌기 때문에 그때 성냥을 많이 허비했다. 벨라와 송아지는 계속 초원에서 지내고 있었다. 추위에 떠는 것 같지는 않았지만 여름보다는 풀이 죽어 있는 것처럼 보였다. 티거는 초막 안에서 재미없는 일주일을 보냈다. 창턱에 올라앉아 비가 내리는 것을 침울하게 바라보고 있었다. 나는 일상적인 일을 했다. 서서히 산장이 그리워졌다. 나이트가운과 누비이불과 활활 타오르던 너도밤나무 장작이 그리워지기 시작했다. 매일 오후 나는 외투를 입고 모자를 뒤집어쓴 채 룩스와 함께 숲으로 나갔다. 정처 없이 빗방울이 떨어지는 나무 사이로 돌아다녔다. 룩스의 기분을 북돋아주기 위해 산책을 시킨 다음 몸이 언 채로 덜덜 떨며 초막으로 돌아왔다. 그 밖에는 별로 할 일이 없었기 때문에 나는 잠자리에 일찍 들었다. 잠을 자면 잘수록 점점 더 졸렸다. 나는 그것이 싫었다. 그 생각을 하면 우울해지기까지 했다. 티거는 부엌과 방을 왔다 갔다 하면서 함께 놀자고 보챘지만 제 풀에 지쳐 먼저 포기하고 말았다. 그러나 룩스만큼은 비가 와도 기분이 우울해지지 않았다. 잠깐 밖에 나가 산책하는 시간을 제외하면 룩스는 낮이고 밤이고 난로 앞에서 잤다. 커다란 눈송이가 날리기 시작하더니 눈보라까지 몰려왔다. 나는 옷을 껴입고 나가 벨라와 송아지를 외양간에 데려다놓았다. 밤새 눈이 내렸다. 아침에 일어나보니 눈이 10센티미터 정도 쌓여 있었다. 하늘은 흐렸고 차가운 바람이 불고 있었다. 점심때쯤 되니 조금 따뜻해졌고 비가 조금 내렸다. 산장으로 돌아가는 일을 미룰 수는 없겠다고 생각했다.

일주일 뒤 나는 얼굴에 떨어지는 햇살에 잠에서 깨었다. 날씨가 다시 좋아졌다. 공기는 차가웠지만 하늘은 맑고 푸르렀다. 태양은 조금 흐려지고 작아진 것처럼 보였다. 아마 단지 내 느낌이 그랬을 것이다. 날씨는 틀림없이 매우 화창했지만 무엇인가 달라져 있었다. 밖에 나가보니 암벽에 쌓인 첫눈이 은은하게 빛나고 있었고 공기는 서늘했다. 룩스와 티거는 벌써 문 앞에 서 있었다. 그들을 밖으로 내보낸 다음 벨라와 송아지도 들로 내보냈다. 공기에서는 눈의 냄새가 나는 것 같았고 점심때가 지나서야 따뜻해졌다. 여름은 끝났다. 하지만 나는 고원에서 내려가는 것을 조금 더 미루기로 했다. 다행히 9월 20일까지는 날씨가 좋았다. 그래도 저녁에는 초막에 들어앉아 창문을 통해 별들을 바라보아야 했다. 밖에 오래 앉아 있기에는 너무 추웠다. 별들은 머나먼 우주 속으로 한층 멀어진 것 같았으며 별빛 역시 여름보다 차가워진 것 같았다.

나는 예전의 생활로 되돌아가 룩스와 함께 산보를 했고 티거와 장난을 쳤으며 집안일을 했다. 나는 이상할 정도로 덤덤해져 있었다. 어느 날 밤(밤에 이불 속에서도 덜덜 떨릴 만큼 기온이 내려가고 있었다.) 그곳에 더 오래 머무는 것은 위험하다는 생각이 들었다. 다음 날 아침 나는 꼭 필요한 물건을 배낭에 넣고, 티거를 끔찍이도 싫어하는 상자에다 넣은 다음 벨라와 송아지를 외양간에서 데리고 나와 길을 떠났다. 7시에 출발했는데 산장에 도착한 것은 11시였다. 맨 먼저 칭얼대는 티거를 감옥에서 풀어준 다음 산장 안에 감금시키고, 벨라와 송아지는 샘터에서 물을 마시게 한 뒤 풀을 뜯도록 내버려두었다. 날씨는 화창했으며 고원보다 따뜻했다. 산장 안에 들어가 보니 티거는 편안하게 옷장 속에 들어가 있었다. 룩스는 산장에 돌아온 것을 좋아했다. 룩스는 우리가 집에 돌아온 것을 알고 있었다. 그는 하루 종일 신이 나서 숨 가쁘게 이리저리 나를 따라다녔다. 그날은 오후 늦게까지 집 안에서 일을 했다. 그리고 벨라의 젖을 짠 다음 벨라와 송아지를 외양간에 넣고 나서야 저녁을 먹을 수 있었다. 불은 난로에서 활활 타고 있었다. 너도밤나무 장작이 탁탁 소리를 내면서 제대로 타오르고 있었다. 집 안에서는 바람 냄새와 물에 젖은 나무 냄새가 났다. 창문을 열고 마룻바닥을 물로 닦았기 때문이었다. 룩스는 난로 앞으로 기어갔고 나도 지쳐서 이불 속으로 들어갔다. 나는 몸을 쭉 편 다음 촛불을 끄고 곧 잠이 들었다.

무엇인가 차고 축축한 것이 내 얼굴에 닿았다. 작고 친근한 소리에 잠이 깨 불을 켰다. 그리고 이슬에 젖은 그것을 두 팔로 꼭 껴안았다. 정말로 어미 고양이가 돌아온 것이었다. 온갖 소리를 내가면서 고양이는 길고 고독했던 여름날의 일들을 나에게 들려주었다. 나는 일어나서 고양이의 밥그릇에 따뜻한 우유를 부어주었다. 고양이는 허겁지겁 먹었다. 살이 빠졌고 털도 상해 있었지만 건강해 보였다. 룩스가 다가와 다정한 인사를 나누었다. 고양이를 냉정하고 쌀쌀맞다고 본 것은 내가 잘못 생각한 것 같았다. 아니면 고양이는 그저 따뜻한 난로와 달콤한 우유, 침대 속의 안전한 잠자리가 맘에 들어 기쁨의 환성을 질렀는지도 몰랐다. 어쨌든 우리 모두 다시 만나 행복했다. 침대에 누운 채로 고양이의 친숙한 몸뚱이를 내 발치에서 느낄 때 나는 다시 한번 집에 돌아온 것이 진심으로 기뻤다. 고원에서의 생활은 아름다웠다. 산장에서 지낼 때보다 아름다웠다고 말할 수도 있을 것이다. 그러나 나의 집은 산장이었다. 고원의 여름이 나쁘진 않았지만 나는 다시 일상으로 돌아온 것이 기뻤다.

그다음 며칠 동안은 동물들에게 신경을 쓸 시간이 없었다. 나는 매일 아침 룩스와 함께 고원에 올라가 커다란 배낭 한 가득 살림살이를 옮겨와야 했다. 그래도 5월에 이사 갈 때보다는 힘이 덜 들었다. 이번에는 짐을 지고 산을 내려오는 것이었기 때문이다. 버터통은 이번에도 내 등에 멍을 남겼다. 숲으로 들어서기 전 나는 등을 돌려 가을바람이 불고 있는 높고 푸른 하늘 아래의 초원을 다시 한번 쳐다보았다. 나는 이제 거대한 들판과 적막과 이별한 사람이었다. 다시는 그해 여름처럼 지내지는 못하리라는 것을 나는 알고 있었다. 왜 그렇게 생각했는지는 모르지만 나는 그렇게 확신하고 있었다. 지금은 그때 내가 같은 일을 또 한번 반복하는 것이 싫어 그렇게 믿었던 거라고 생각한다. 고원으로 올라가는 일은 나와 동물들을 큰 위험에 빠뜨릴 수도 있었다.

내려오는 동안은 빽빽한 가문비나무와 울퉁불퉁한 길밖에 보이지 않았다. 언뜻언뜻 보이는 파란 조각하늘은 고원에서 항상 바라보던 하늘과는 완전히 달랐다. 길가의 돌멩이나 관목 숲은 모두 낯익은 것이었다. 이런 것들은 눈 덮인 암벽보다 친숙한 것들이었다. 그리고 이러한 친숙함은 내가 인간으로 남기를 원하는 한 나를 삶 속으로 이끌어주는 것들이었다. 고원에서는 차갑고 높은 창공이 내 가슴속에 자리 잡고 나를 이상하게 삶에서 멀어지도록 만들었다. 그런 일은 이제는 다 지나간 일이었다. 계곡으로 내려오는 동안 내 등을 무겁게 짓누른 것은 버터통만이 아니었다. 내가 잊고 있었던 걱정거리들이 모두 되살아나기 시작했다. 나는 대지에서 벗어날 수 없었다. 인간이 짊어져야 하는 모든 짐들이 나를 힘들고 무겁게 짓누르기 시작했다. 그러나 그것이 정당하고 옳은 것이라고 생각했기에 나는 그 무거운 짐을 기꺼이 짧어졌다.

이틀을 쉰 다음 나는 감자밭을 둘러보았다. 이파리는 무성하게 자라 푸르렀다. 아직은 수확기가 아닌 것 같았다. 몇 주 더 고기와 밀가루로 버티는 수밖에 없었다. 밀가루도 조금밖에 남지 않았다. 나는 쐐기풀을 삶았다. 봄처럼 맛이 있지는 않았지만 그런대로 배를 채울 수는 있었다. 과일나무들을 살펴보았다. 꽃이 만개하고 열매가 많이 달렸던 자두나무의 자두는 여름에 다 떨어져버린 것 같았다. 사과는 지난해보다 많이 달려 있었다. 능금도 많았다. 그러나 수확까지는 조금 더 기다려야 했다. 나는 설익은 사과를 하나 따먹었다가 배탈을 앓았다.

산속에서 맞는 두 번째 가을이 왔다. 개암나무 아래 그늘지고 눅눅한 곳에서는 시클라멘이 피어났고 골짜기는 용담꽃으로 푸르게 뒤덮였다. 동풍이 남풍으로 바뀌더니 불쾌하게 더운 바람을 몰고 왔다. 너무 서둘러 고원에서 철수한 것인지도 몰랐다. 하지만 이런 열풍이 불고 나면 날씨가 급격히 나빠진다는 것을 알고 있었다. 피곤하고 짜증스러웠지만 나는 건초를 차고로 날랐다. 봄에 장작을 많이 패놓았기 때문에 장작일은 안 해도 되어서 그나마 다행이었다.

드디어 비가 내리기 시작했다. 그러나 아직도 날씨는

따뜻한 편이었다. 저녁에는 불을 때야 했다. 계곡에서는 날이 선선하면 한여름에도 불을 때야 했다. 나는 산장 안에 들어앉아 후고의 옷을 고쳐 내 옷을 만들었다. 바느질은 잘 못했고 재주도 없었지만, 여기서 굉장한 솜씨는 필요 없었다. 별로 좋아하지 않는 일을 해야 할 때면 나는 그저 손만 쓸 뿐이었다. 머릿속은 온통 다른 생각들로 채워져 있었다. 따뜻한 방 안에서 지내는 일은 기분이 좋았다. 룩스는 난로 앞에서 잠이 들었고, 고양이는 내 침대 위에 있었으며 티거는 종이 공을 가지고 이리저리로 굴리고 다녔다. 티거는 거의 다 자라서 어미 고양이보다도 컸다. 티거의 얼굴은 이미 어미의 자그마한 얼굴보다 두 배 정도는 컸다. 계곡으로 돌아온 뒤 어미 고양이는 티거를 적대적으로 대했다. 은근히 티거를 겁내는 것 같았다. 티거도 어미 고양이한테 사납게 대들었다. 시간이 조금 흐른 뒤부터는 서로 못 본 체했다. 상대를 무시한다는 뜻이었다. 둘 다 자기가 이 집의 유일한 고양이인 것처럼 굴었다. 티거는 어미 고양이가 자기 어미라는 것을 알아보지 못했다. 고원으로 올라갈 때 티거는 너무 어렸고 어미 고양이는 티거를 돌보지 않은 지 너무 오래됐었다. 비가 온 뒤 날은 일찍 컴컴해졌고 나는 등잔 기름을 아끼기 위해 일찍 잠자리에 들었다. 그러나 고원에서 지낼 때만큼 잘 자진 못했다. 고원에서는 공기부터가 사람을 녹초로 만들곤 했었다. 밤마다 나는 두세 번씩 잠에서 깼다. 그럴 때마다 아무 생각도 하지 않으려고 애썼다. 한번 생각에 빠지게 되면 잠을 제대로 잘 수 없기 때문이었다. 나는 7시경에 일어나 외양간으로 갔다. 벨라와 송아지는 이곳 생활에 완전히 익숙해져 있었다. 다만 먹는 것이 달라졌기 때문에 벨라의 젖이 덜 나왔다. 건초를 먹이면 나아질 거라 기대하고 있었다.

서서히 날씨가 추워지고 나빠졌다. 나는 매일 룩스와 함께 숲에 가보았다. 비가 그친 뒤에는 송어를 잡으러 갔다. 어느 날 오후엔 두 마리를 잡았다. 한 마리밖에 못 잡은 날도 있었다. 손으로 잡은 것이었다. 물고기도 물속에서 잠을 자는지 모르겠다. 아무튼 나중에 잡았던 송어는 졸고 있던 것 같았다. 고기 잡는 일은 그리 잘되지 않았다. 송어들은 낚싯밥을 물려고 하지 않았다. 나는 그때 금렵 기간을 엄격히 지킬 형편이 아니었다. 하지만 물고기들이 잡히지 않아 본의 아니게 금렵기를 지킨 셈이 되었다. 열풍이 불면서 사슴들의 발정기가 일찍 시작된 것 같았다. 그 때문에 나는 잠들기가 더 힘들었다. 사슴은 지난해보다 늘어난 것 같았다. 나는 걱정스러웠다. 다른 사냥 구역에서는 아무도 사냥을 하지 않을 테니 사슴의 수는 점점 늘어날 것이다. 그러면 사슴은 이쪽 사냥 구역으로 넘어올 것이다. 만약 어느 해든 그다지 춥지 않은 겨울이 온다면 이 산은 온통 사슴으로 뒤덮이게 될 것이다. 어떤 일이 벌어질지는 아무도 알 수 없다. 만약 내가 벽 아래로 터널을 파고 들어간다면 이 마지막 일은 아주 꼼꼼하게 해야 하고 흙과 돌멩이로 문을 만들어 단단히 막아놓아야 할 것이다. 동물들에게 죽음으로 가는 마지막 출구를 열어주어서는 안 된다.

드디어 바람이 바뀌더니 동풍이 불기 시작했다. 날씨는 다시 좋아졌다. 점심때는 햇볕이 따뜻해서 벤치에 앉아 햇볕을 쪼일 수 있을 정도였다. 커다란 불개미들이 열심히 움직이면서 새까맣게 행렬을 지어 내 옆을 지나가고 있었다. 개미들은 목표가 뚜렷해 보였으며 오로지 일에만 몰두해 있었다. 개미들은 가문비나무의 가지라든가 작은 풍뎅이, 흙덩이 같은 것을 나르는 데 열심이었다. 개미들은 보면 나는 왠지 안됐다는 생각이 들었다. 나는 한 번도 개미굴을 부숴본 적이 없었다. 이 작은 로봇들은 경탄스럽기도 하고 불쌍하기도 했다. 물론 그것은 그들을 인간의 눈으로 바라보기 때문이다. 어마어마하게 큰 왕개미의 눈에는 아마 내 행동이 이상하고 우스꽝스럽게 보일지도 모른다.

벨라와 송아지는 하루 종일 풀밭에서 지냈으며 이제는 맛이 없고 질겨진 풀을 뜯었다. 소들은 내가 저녁 때 갖다주는 신선하고 향기로운 건초를 더 좋아했다. 티거는 항상 내 곁에서 놀았으며 개미들을 피했다. 룩스는 잠깐씩 숲으로 달려나갔지만 10분도 못 되어 되돌아와 질문하는 듯한 얼굴로 나를 쳐다보았다. 내가 칭찬을 해주면 개는 다시 안심하고 밖으로 나갔다.

10월 내내 날씨가 화창했다. 화창한 날 동안 나는 장작을 두 배로 늘려놓았다. 베란다까지 장작으로 뒤덮여 산장은 마치 요새 같았고 작은 창문들은 포문처럼 보였다. 장작에서는 노란 송진이 흘렀기 때문에 집 주변에 송진 냄새가 진동했다. 나는 지나치게 서두르는 법 없이 천천히 그리고 조금씩 일을 해나갔다. 첫해에는 그렇지 못했었다. 나에게 적당한 리듬을 제대로 알지 못했던 것이다. 그것을 점차 배우게 되었으며 그렇게 산에 적응했다. 사람들은 도시에서 1년 내내 신경질적으로 서두르며 산다. 그것이 신경을 망가뜨리지만 어쨌든 살 수는 있다. 그러나 어떤 사람도 두 달 이상 신경질적으로 서두르면서 산에 오르고 감자를 심고 장작을 패고 풀을 벨 수는 없다. 아직 이곳에 적응하지 못했던 첫해에 나는 항상 힘에 부치게 일을 했으며 한 번도 제대로 쉬어본 적이 없었다. 어리석게도 나는 그런 식으로 기록을 내는 것을 자랑스럽게까지 생각하고 있었다. 그러나 지금은 집에서 외양간까지 갈 때에도 느릿느릿한 시골 사람의 걸음으로 걷는다. 몸은 긴장이 풀려 있고 주위를 둘러볼 여유도 있다. 달려가는 사람은 주위를 제대로 보지 못한다. 1년 내내 어떤 할머니가 비둘기에게 먹이를 주는 광장을 지나다닌 일이 있었다. 나는 동물을 좋아했으므로 지금은 화석이 되어버렸을 그 비둘기에 대해서도 호의를 가지고 있었지만, 그들이 어떻게 생겼었는지 한 마리도 기억할 수가 없다. 비둘기의 눈이나 부리가 무슨 색깔이었는지 전혀 생각나지 않는다. 이것이야말로 내가 도시에서 얼마나 허겁지겁 살았는가를 말해준다. 내가 느려지기 시작한 후에야 산은 생생한 모습을 드러내기 시작했다. 이렇게 사는 것이 살아가는 유일한 방법이라고 말하고 싶지는 않지만, 나에게는 적합한 방식인 것 같다. 이런 깨달음을 얻기까지는 물론 많은 일들을 겪어야 했다. 전에 나는 항상 어디론가 가고 있는 중이었다. 그것도 아주 성급하게 달려가고 있었다. 그러나 목적지에 가서는 또 오랜 시간을 기다려야 했다. 차라리 천천히 가는 편이 나았다. 나의 처지와 우리가 살고 있는 세계가 확실하게 보일 때도 있었지만 그것을 깨고 나올 능력은 내게 없었다. 때때로 나를 엄습했던 지루함은 자동차 생산업자들의 회의에 앉아 있는 정원사가 느낄 만한 지루함이었다. 생각해보면 나는 평생 동안 그런 회의 한가운데 앉아 있었는데 내가 권태에 지쳐 죽지 않은 것이 신기했다. 아마 내가 살아남을 수 있었던 것은 도피할 수 있는 가정이 있었기 때문일 것이다. 물론 몇 년 동안은 가족들마저 원수처럼 되어 사는 것이 정말 지겹고 우울하게 느껴진 적도 많았다.

여기, 이 산속에서 나는 나에게 꼭 어울리는 장소를 발견했다. 나는 자동차 업자들을 원망하지 않는다. 그들에겐 이제 흥미도 없다. 과거에 그런 사람들이 내가 참을 수 없는 일들을 가지고 나를 괴롭히긴 했지만 말이다. 나는 아주 소박한 삶이면 족했다. 그러나 그들은 나를 그냥 내버려두지 않았다. 가스관, 화물차, 송유관 등등. 이제는 인간들이 이 세상에 존재하지 않기 때문에 이런 것들이 흉측한 모습을 드러낸다. 그런 것들은 실용적인 물건 이상으로 우상화되어왔다. 이 산속 한가운데에도 그런 물건이 하나 있다. 후고의 검은 벤츠가 그것이다. 우리가 그 차를 타고 여기 올 때 차는 거의 새것이었다. 지금 그것은 수풀이 우거진, 쥐와 새들의 보금자리가 되었다. 사워질빵*이 만발하는 6월에는 흡사 결혼식

부케처럼 아름다워 보이기도 한다. 서리가 내리고 하얀 눈을 뒤집어쓰는 겨울에도 차는 아름다워 보인다. 봄, 가을에는 갈색의 풀줄기 사이로 누르스름해진 자동차 시트의 속과 너도밤나무 잎사귀와 쥐들이 갉아 먹은 시트의 스펀지가 보였다. 후고의 벤츠는 따뜻하고 바람을 막아주는 좋은 보금자리가 된 것이다. 산속에 더 많은 자동차를 세워놓았으면 더 좋았을 뻔했다. 차는 동물들에게 쓸 만한 둥지가 되었다. 평지의 길에는 아마 자동차들이 수천 대쯤 서 있을 것이다. 차들은 덩굴과 쐐기풀에 뒤덮여 있을 것이다. 그러나 그 차에는 텅 빈 채 어떤 생물도 들어가 살고 있지 않을 것이다.

나는 나무들이 푸르고 무성하게, 그리고 소리 없이 자라는 것을 본다. 그리고 바람 소리와 죽은 도시에서 들려오는 수많은 소음, 돌쩌귀가 녹이 슬어 유리창이 길바닥에 떨어지는 소리, 삭아버린 수도꼭지에서 물이 떨어지는 소리, 수천 개의 문이 바람에 닫히는 소리를 듣는다. 바람이 심하게 부는 날이면 돌덩이가 되어버린 사람의 시체가 식탁 의자에서 마룻바닥으로 쓰러져 요란한 소리를 내기도 할 것이다. 한동안은 큰 화재가 이어

* 미나리아재빛과의 덩굴성 식물.

졌을 것이다. 그러나 이제는 모두 지나간 일들이며 그 잔해들은 풀이 뒤덮고 있다. 벽 너머의 땅을 건너다보면 개미 한 마리, 풍뎅이 한 마리, 아주 작은 곤충 한 마리조차 볼 수 없다. 그러나 언젠가는 달라질 것이다. 개울 속에서 생명이, 아주 작은 생명체가 태어날 것이며 그것이 땅으로 올라와 대지에 생명이 넘치도록 만들 것이다. 그런 일은 나와는 별 상관이 없지만, 그런 생각을 하면 묘한 기쁨이 가슴에 차오른다.

고원에서 산장으로 돌아온 후 나는 10월 16일부터 다시 메모를 시작했다. 10월 16일에는 감자를 캐서 흙이 묻은 감자를 자루에 넣었다. 수확량은 좋았다. 쥐들이 많이 갉아 먹지 않은 것 같았다. 나는 뿌듯한 마음으로 겨울을 안심하고 맞게 되었다. 나는 까매진 손을 자루에 닦은 다음 나무 그루터기에 가 앉았다. 배를 곯던 시절은 이제 지나갔다. 맛있는 감자에 버터를 발라 먹을 저녁 성찬을 생각하니 벌써 군침이 돌았다. 저녁햇살은 너도밤나무 사이를 비추고 있었고, 몸은 지쳤지만 마음은 충만했다. 허리를 구부리고 감자를 캤기 때문에 등이 아팠지만 그 아픔도 즐거운 아픔이었다. 나에게 등이 있다는 것을 기분 좋게 알려주는 통증이었다. 감자 포대들은 나뭇가지로 만든 지게에 얹어 산장으로 끌고 가야 했다.

나는 두 자루를 너도밤나무 지게에 올렸다. 그것은 여름에는 마차 대신, 겨울에는 썰매 대신 쓸 수 있었다. 나는 그렇게 감자 포대를 끌고 산장으로 돌아왔다. 감자를 모두 방 안으로 들여놓고 난 뒤, 나는 너무나도 지쳐 저녁도 먹지 않은 채 잠들고 말았다. 성찬은 미룰 수밖에 없었다.

10월 21일에도 날씨가 좋았다. 나는 사과와 능금을 따러 갔다. 사과는 아직 익지 않았지만 맛이 좋았다. 나는 사과를 방에 들여놓고 서로 닿지 않도록 조심했다. 상처가 난 것은 맨 앞줄에 놓았는데 될 수 있는 대로 빨리 먹어버리기 위해서였다. 사과는 매우 아름다웠다. 곳곳에 빨갛게 익어가는 자국을 보니 그것이 마치 백설 공주 이야기에 나오는 사과 같았다.

내가 읽었던 동화들에 대한 기억은 아직 생생했다. 하지만 다른 것들은 거의 다 잊고 말았다. 물론 애초에 아는 것도 별로 없었지만 그나마 그 가운데서 기억에 남아 있는 것이 거의 없다. 몇몇 이름들이 기억에 남아 있었지만 그 사람들이 언제 살았던 사람들인지 알 수가 없다. 내가 공부를 했던 것은 오로지 시험 때문이었다. 그리고 나중에는 가방 속에 사전을 넣어가지고 다니는 것만으로 안심하고 지냈다. 사전이 없으니 지금 내 머릿속은 모든 것이 엉망진창이었다. 때로 어떤 시의 구절이 기억나기도 했지만 그게 누구의 시인지는 기억나지 않았다. 가까운 도서관으로 달려가서 책을 빌려오고 싶은 갈망만 고통스럽게 일어날 뿐이었다. 이 세상에 아직도 책이 있다는 사실, 그리고 언젠가는 내가 그것을 볼 수 있으리라는 사실을 생각하면 어느 정도 안심이 되었다. 지금은 그때가 되면 너무 늦으리라는 것도 알고 있다. 만약 다시 정상적인 생활로 돌아간다 하더라도 나의 부족함을 모두 채우기에는 시간이 턱없이 모자랄 것이다. 여기서 살아남아 빠져나가게 된다면 내가 발견하게 될 책들을 다정하고 간절한 마음으로 쓰다듬기는 하겠지만, 그것을 읽지는 않을 것이다. 살아 있는 동안 나는 내가 가진 힘을 나와 내 동물들의 목숨을 보전하는 일에 써야 할 테니까. 나는 교양 있는 여자는 되지 못할 것이다. 이 정도면 됐다.

아직 햇볕은 있지만 하루가 다르게 추워지기 시작했다. 아침에 서리가 내린 적도 많았다. 콩 수확은 매우 좋았다. 고원에 올라가서 월귤을 따올 때가 되었다. 고원에 올라가기는 싫었지만 월귤을 포기할 수는 없었다. 고원은 흐릿한 10월 하늘 아래 적막하고 묘한 분위기를 띠고 있었다. 나는 전망대로 가서 평지를 내려다보았다. 여름보다 더 멀리까지 잘 보였다. 전에 보지 못했던 아주 작은 교회 탑도 하나 더 보였다. 들판은 노랗게 물들어 있었다. 갈색 머릿수건을 덮어놓은 것 같았다. 씨앗이 익어서 그렇게 보이는 것이었다. 그 사이사이 정사각형이나 직사각형 모양의 땅이 보였는데, 한때 밭이었던 곳이다. 밭의 군데군데에 잡초가 무성하게 자라 초록빛을 띠고 있었다. 참새들에게는 낙원일 것 같았다. 그러나 거기에 참새는 한 마리도 남아 있지 않았다. 참새들은 장난감 새마냥 풀 위에 놓여 있었는데 이미 반쯤은 땅속에 묻힌 채였다. 전망대에 오를 때 어떤 희망을 품었던 것은 아니었다. 하지만 연기 한 점 올라오지 않았고 살아 있는 것의 흔적이라고는 전혀 찾아볼 수 없다는 것을 다시 확인하고 나자 깊은 절망감이 몰려들었다. 룩스는 내 눈치를 살피더니 어서 그곳을 뜨자고 보챘다. 나는 세 시간 동안 월귤을 땄다. 힘든 일이었다. 내 손이 그렇게 작은 열매를 다루는 데 익숙지 않아서 일이 더뎠다. 양동이 하나를 다 채우고 난 뒤 나는 초막 앞의 벤치에 앉아 뜨거운 차를 마셨다. 초원에는 커다란 빈터가 있었는데 여름에 소들이 풀을 뜯던 자리였다. 그곳에서 다시 풀이 돋기 시작하고 있었다. 초원의 풀들은 이미 누렇게 메말라 있었다. 여기저기 키가 작은 보랏빛 용담꽃이 피어 있었다. 마치 부드러운 비단으로 만들어진 것 같은 이 꽃들은 연약한 가을꽃이었다. 나는 말똥가리가 하늘 위에서 선회하다가 숲으로 내려앉는 것도 보았다. 고원에는 다시 오지 않는 것이 좋겠다는 생각이 들었다.

누군가 달려들 것만 같은 느낌이 들어 얼른 총을 집어 들었다. 사실 고원에 오지 말아야 할 이유는 없었다. 마음이 내키지 않는 이유는 고원으로 이사하는 일이 너무 힘들기 때문일 것이다. 그러나 내 게으름의 응석까지 다 받아줄 수는 없었다. 결정은 이미 내려져 있었다. 그런데도 나는 누런 초원과 바위와 연약해 보이는 용담꽃을 보자 으스스한 기분이 들었다. 거대한 고독과 공허 같은 감정이 갑작스럽게 몰려와 나는 그곳을 허겁지겁 떠났다. 낯익은 숲길에 접어들었는데도 모든 것이 비현실적으로 보였다. 갑자기 서늘해졌다. 룩스도 따뜻한 집 안으로 서둘러 달려가고 있었다.

그다음 날은 월귤을 끓여서 잼을 만들었다. 그것을 유리병에 넣어 신문지로 봉해놓았다. 얼마 남지 않은 화창한 날들은 벨라와 송아지에게 깔아줄 짚을 베는 데 썼다. 어차피 일을 하는 김에 산짐승들이 먹도록 풀밭의 건초를 좀 더 베어놓았다. 외양간에 깔고도 남은 짚은 위층으로 날랐다. 건초는 잘 말린 뒤 처마 밑에 쌓아놓았다. 그곳은 전에도 산짐승들에게 먹일 건초를 쌓아두었던 곳이다. 감자밭은 그대로 두었다가 봄에 땅을 갈고 거름을 줄 생각이었다. 몸은 피곤했지만 겨울날 준비를 다 끝낸 것이 즐겁기도 했다. 지금까지도 괜찮았으니 또 한번 괜찮은 1년이 되지 않겠는가?

성인대축일(11월 1일)에는 날씨가 갑자기 따뜻해졌다. 겨울이 오는 징조라는 것을 나는 알고 있었다. 하루 종일 나는 묘지를 생각했다. 특별한 이유는 없었지만 나는 그맘때쯤 되면 꼭 묘지 생각을 하곤 했다. 무덤 위의 꽃을 풀들이 뒤덮어 꽃들이 죽어버리고, 비석과 십자가가 서서히 땅속에 파묻히고 그 위로 쐐기풀이 무성하게 자라나는 장면을 상상했다. 나는 십자가를 덮고 있는 덩굴식물과 깨어진 등과 토막 난 초에 불이 꺼져 있는 것을 보고 있었다. 밤에는 묘지가 너무나 쓸쓸했다. 불빛 하나 보이지 않았고 마른 풀 위로 바람 소리만 들릴 뿐이었다. 나는 바구니 가득 커다란 국화를 들고 있는 사람들의 행렬과 남의 눈에 띄지 않도록 바쁘게 묘지를 파고 덮는 일들을 기억했다. 나는 위령의 날(11월 2일)을 좋아하지 않았다. 병과 죽음에 관한 노파들의 수군거림, 죽은 사람에 대한 두려움과 무정함, 이런 장례 의식에 아무리 아름다운 의미를 덧붙이려고 해도 죽은 사람에 대한 산 사람의 공포는 없앨 수가 없다. 사람들이 죽은 사람들의 묘지를 장식하는 것은 그들을 잊기 위해서였다. 나는 어려서부터 사람들이 죽은 사람을 그렇게 함부로 대하는 것을 보면 마음이 아팠다. 인간이라면 누구나 알고 있어야 한다. 언젠가는 자기도 죽을 것이고 다른 사람들이 자기의 입을 종이꽃과 초와 근심스러운 기도로 막아버릴 것임을.

죽은 사람들은 마침내 죄를 범하는 사람들의 무지막지한 손길로부터 벗어나 쐐기풀과 잡초로 뒤덮인 채 땅의 습기를 마시고 끝없이 살랑대는 바람 소리를 들으면서 평화롭게 잠들어 있다. 언젠가 생명이 다시 이 땅에 생겨난다면 그것은 흙이 된 이들의 몸에서 자라날 것이다. 무생물로 태어나 영원히 돌덩이로 남는 것에서는 생명이 태어나지 못할 것이다. 나는 그들 모두에게 연민을 느꼈다. 연민이야말로 내게 남아 있던 사랑의 유일한 형태다.

산에서 불어오는 더운 바람은 나를 침울한 어둠으로 휘감았다. 거기에 저항하는 것은 헛된 일이었다. 동물들도 이 열풍 때문에 고생을 했다. 룩스는 힘이 빠져 수풀 아래에 누워 있었으며 티거는 하루 종일 징징거리며 어미 고양이를 따라다녔다. 그래도 어미가 전혀 관심을 보이지 않자 티거는 풀밭으로 달려나가 큰 소리로 울어대면서 머리를 나무에 박았다. 내가 놀라서 쓰다듬어주자 티거는 소리 내어 울며 뜨거운 코를 내 손에 비볐다. 티거는 이제 사랑을 갈구하는 수고양이가 된 것이다. 어미 고양이는 티거에게 관심이 없었다. 얼마 전부터 어미 고양이는 눈에 띄게 날카로워져 있었다. 티거는 숲에 가서 부지런히 암놈을 찾았지만 암고양이가 있을 리 없었다. 나는 열풍을 탓하면서 우울한 마음으로 잠자리에 들었다. 고양이는 두 마리가 모두 밖에 나가고 없었다. 곧 숲에서 티거의 울음소리가 들려왔다. 티거는 목소리가 아주 좋았는데 카아우카아우 씨를 닮아서 그런 것 같았다. 티거의 목소리는 카아우카아우 씨 목소리보다 더 젊고 부드러웠다. 불쌍한 티거, 아무리 울어도 소용없을 것을.

밤새도록 반쯤은 깬 상태로 누워 있었다. 내 침대가 커다란 바다 위에 떠 있는 쪽배처럼 느껴졌다. 열이 올라 기운이 빠지고 어지러웠다. 땅속으로 끊임없이 가라앉는 기분이 들고 무서운 형상들이 보였다. 이 모든 일들이 출렁대는 물 위에서 일어나고 있었고, 그것이 현실이 아니라는 말을 나는 스스로에게 할 기력조차 없었다. 꼭 실제 같았다. 아무리 정신을 차리려고 해도 그렇게 할 수가 없었다. 아침이 되어 고양이가 내 침대로 들어왔을 때에야 나는 그 끔찍한 상황에서 벗어날 수 있었다. 갑자기 모든 혼란이 완전히 사라져버렸으며 나는 깊이 잠을 이룰 수 있었다.

아침이 되어도 하늘은 캄캄했다. 눅눅한 바람이 불었고 먹구름이 덮인 채 계속 후덥지근했다. 낮이 되어도 공기는 여전히 답답하고 눅눅했다. 숨쉬기조차 곤란할 지경이었다. 티거는 집에 돌아오지 않았다. 룩스는 힘이 빠져 이리저리 돌아다녔다. 룩스는 열풍보다 나의 우울한 기분 때문에 더 풀이 죽어 있었다. 내가 우울할 때는 룩스에게서 멀어지고 말도 걸지 않았기 때문이었다. 나는 외양간에서 일을 했다. 젖을 짜기 전에 벨라를 억지로 붙잡아 와야 했다. 송아지도 이상할 정도로 불안해했으며 말을 안 들었다. 일을 끝낸 뒤 나는 침대에 누웠다. 밤이 되어도 잠을 잘 수가 없었다. 창문과 문은 열어두었다. 잠자는 동안 나를 지키려고 룩스는 문지방 앞에 누워 있었다. 그러다가 깜박 잠이 들었는데 너무나도 생생한 꿈을 꾸었다.

나는 연회장처럼 넓은 아주 환한 방에 있었다. 그 방은 흰색과 황금색으로 칠해져 있었는데, 화려한 바로크식 가구가 놓여 있었고 바닥에도 귀한 쪽마루가 깔려 있었다. 창밖을 내다보니 프랑스식 정원에 작은 정자가 눈에 띄었다. 어디선가 모차르트의 소야곡이 연주되고 있었다. 그때 갑자기 이 모든 것이 나의 환상일 뿐이라는 생각이 들었다. 끔찍한 상실감이 나를 엄습했다. 비명을 지르지 않으려고 나는 두 손을 입에다 갖다 댔다. 그러자 환한 빛이 사라지고 황금빛도 어둠 속으로 사라지면서 음악은 단조로운 북소리로 바뀌었다. 그 순간 나는 잠에서 깨어났다. 비는 창문을 두드리고 있었다. 나는 조용히 침대에 누운 채 빗소리에 귀를 기울였다. 소야곡은 빗소리 너머로 잦아들었고 다시는 들리지 않았다. 잠들어 있던 나의 뇌가 과거의 세계를 새롭게 불러낸 것은 기적과도 같았다. 어떻게 그런 일이 가능했는지는 지금도 모르겠다.

그날 저녁에 우리 모두 악몽에서 벗어났다. 티거는 고양이 구멍으로 기어들어왔는데 털이 완전히 흐트러진 채 온몸에 흙과 나뭇잎을 묻히고 있었지만 그를 괴롭히던 흥분은 진정한 것처럼 보였다. 티거는 큰 울음소리를 한 번 내더니 우유를 마시고는 벽장 속으로 들어가버렸다. 어미 고양이는 이제 내가 몸에 손을 대도 가만히 있었다. 내가 이전의 주인으로 다시 돌아온 것을 본 룩스도 잠자리로 들어갔다. 나는 등잔불 밑에 낡은 카드를 꺼내놓고 앉아서 창문을 때리는 빗소리에 귀를 기울이고 있었다. 나는 머리 감을 물을 받기 위해 홈통 밑에 양동이를 갖다놓은 뒤 외양간에 가서 소에게 먹이를 먹이고 젖을 짜주었다. 그러고는 아침까지 푹 잤다. 아침에 일어나니 비가 내리고 있었다. 그다음 며칠 동안 조용한 비가 이어졌다. 비가 내리는 동안 나는 집 안에 있었다. 나는 머리를 감았다. 물기가 마른 머리카락은 전보다 가볍고 숱이 많아진 것 같았다. 빗물에 닿은 머리카락은 부드럽고 매끄러웠다. 거울 앞에 앉아 나는 머리카락을 짧게 잘랐다. 귀만 살짝 덮일 정도로. 그러고는 햇빛에 그을린 내 얼굴을 들여다보았다. 밖에 나갈 때 쓰고 다니는 모자도 햇빛에 색이 바래져 있었다. 내 얼굴이 낯설어 보였다. 마르고, 뺨이 움푹 패여 있었다. 입술은 더 얇아져 있었다. 그 낯선 얼굴에는 뭔가가 빠져 있는 것처럼 보였다. 이 얼굴을 사랑할 사람이 이 세상에 있을 리 없다는 생각 따위는 할 필요도 없었다. 헐벗고 비참한 얼굴이었다. 나는 이 얼굴이 부끄러웠으며 아무에게도 보여주고 싶지 않았다. 동물들은 나의 냄새와 목소리, 그리고 나의 움직임을 보고 나를 따른다. 얼굴 같은 것은 없어도 된다. 얼굴을 이용할 일은 없을 것이다. 그러나 이런 생각들은 이상하게도 내 마음속에 공허감만 불러왔다. 거기에서 벗어나야 했다. 나는 할 일을 찾았다.

일을 시작하며 내 처지에 얼굴 때문에 슬퍼하는 것은 유치한 일이라고 중얼거렸다. 하지만 무엇인가 중요한 것을 잃어버린 듯한 고통스러운 감정에서 벗어날 수는 없었다.

나흘째 되니 비가 지긋지긋해졌다. 열풍에서 우리를 구해준 비가 고맙긴 했지만, 어쩔 수 없었다. 비는 지겨울 정도로 내렸고 동물들도 나와 생각이 같았을 것이다. 우리는 서로 비슷했다. 바람이 잔잔하고 화창한 날을 모두들 좋아했다. 비 오는 날은 일주일에 한 번이면 족했다. 그 정도면 푹 쉬고도 남았다. 그러나 우리가 조바심을 낸다 한들 달라질 것은 아무것도 없었다. 빗방울 떨어지는 소리를 그 뒤로도 나흘은 더 들어야 했다. 룩스와 함께 숲으로 산보를 나가면 비에 젖은 나뭇가지들이 다리에 스쳤고 옷도 눅눅해졌다. 그때 비가 지속되는 동안 멍하니 회색 하늘만 바라보고 지냈던 기간이 한 달도 넘은 것처럼 생각될 때도 있다. 그러나 지난 2년 반 동안 열흘 이상 비가 내린 적은 없었다.

그사이 외양간에서 놀랄 만한 일이 벌어졌다. 벨라가 수놈을 찾으면서 하루 종일 울부짖었다. 새삼스러운 일은 아니었다. 2주 정도 간격으로 되풀이되던 일이었다. 하지만 나로서는 벨라를 도와줄 방법이 없었기 때문에 그저 무시하며 지내온 터였다. 내가 왜 더 생각을 못 했었는지는 지금도 이해가 안 된다. 언젠가는 송아지가 건장한 수소가 될 거라는 사실을 내 마음 한구석에 묻어 두려 했던 것이다. 그러면서도 사실 송아지가 태어났을 때부터 이 순간을 생각했었다. 여하튼 어느 날 나는 소가 어미 소에게 가까이 다가가는 것을 목격하게 되었다. 맨 처음 든 기분은 분노와 경악이었다. 소는 고삐가 풀린 채 몸을 떨면서 빨갛게 충혈된 눈으로 나를 보고 있었다. 소도 무척 놀란 것 같았다. 그러나 내가 고삐를 잡아 묶어주는 대로 얌전히 서 있었고 그 이상은 아무 일도 없었다.

나는 산장 안으로 들어와 탁자 앞에 앉았다. 그리고 곰곰이 생각해보았다. 어떻게 하는 게 좋을지 알 수가 없었다. 수소보다 약한 벨라를 보호해야 하니까 두 마리를 서로 떼어놔야 하지 않을까? 이후부터 소는 점점 더 어미한테 귀찮게 굴었고 벨라는 새끼를 무서워하는 것 같았다. 나는 두 마리를 떼어놓는 수밖에 없었다. 그동안은 송아지가 어서 어른이 되기를 기다려왔지만 이제는 그가 다 자랐다는 사실에 화만 날 뿐이었다. 소를 단단한 울타리에 가두고 밖으로 나오지 못하게 막아야 할 것 같았다. 널빤지만으로는 안심할 수 없으니 나무그루터기라도 갖다 막아야 할 것 같았다. 나는 어린 나무 두 그루를 베기까지 했지만 그것으로 울타리를 세울 수는 없었다. 목수가 되기에는 너무 힘이 없었고 손재간도 모자랐다. 너무 화가 나고 실망스러워서 나는 눈물이 났다. 그러다 다른 해결책을 찾기로 했다. 소를 차고로 데려다 놓으면 될 것 같았다. 일거리는 훨씬 늘어났다. 우선 차고에 쌓아둔 건초를 2층으로 옮겨야 했다. 그곳에서 건초를 매일 양쪽 외양간으로 날라다주는 일은 힘이 들었다. 소에게 있어 거처를 옮기는 일은 추위와 어둠 속으로 내쫓기는 것을 의미했다. 그러나 다른 수가 없었다.

나는 오물이 빠져나갈 수 있도록 차고에 배수구를 팠고 바닥에는 널빤지와 짚을 깔았다. 여물통으로 쓰던 그릇도 들고 왔다. 캄캄한 곳에서는 내가 일을 할 수 없을 것이기 때문에 널빤지 벽을 부수고 다른 데서 떼어온 유리창으로 창문도 달았다. 그러고 나니 차고에도 빛이 들었다. 벽의 틈새를 흙과 이끼로 막은 다음 여물통에 건초를 잔뜩 넣고 물도 한 통 갖다놓았다. 그런 다음 새끼 소를 데리고 왔다. 소는 이사하는 것이 반갑지 않은 눈치였다. 내 기분도 썩 좋지는 않았다. 새끼 소는 커다란 머리를 수그린 채 멍하니 하라는 대로 하고 있었다. 그는 아무것도 잘못한 일이 없었지만 다 자랐다는 이유만으로 벌을 받게 된 것이다. 나는 새끼 소와 어미 소의 울음소리를 듣지 않으려고 룩스를 데리고 숲으로 갔다. 이제부터는 외양간 일을 두 배로 해야 했다. 스스로 생각하기에도 끔찍한 결정을 내린 것 같았다. 가엾은 두 마리의 소가 이 세상에서 누릴 수 있는 것이라곤 서로의 따뜻한 몸이 나누는 비밀스러운 대화뿐일 것이었다. 나는 벨라가 다시 새끼를 가져 외로움을 덜기를 바랐다. 새끼 소에게 빌어줄 만한 희망은 없었다.

3주가 지났다. 소가 아직 다 자라지 않았기 때문이거나, 너무 오래 혼자 지냈기 때문인지 벨라는 새끼를 밸 능력을 상실한 것 같았다. 그때 일은 지금까지도 알 수가 없다. 벨라가 다시 울부짖기 시작했을 때 나는 소를 벨라한테 데리고 갔다. 새끼는 신이 나서 내 뒤를 따라왔는데, 나는 소가 작고 힘없는 어미 소를 다치게 하거나 죽이지 않을까 내내 불안하고 걱정이 되었다. 다 자란 소는 마치 야수 같았다. 그러나 벨라의 생각은 나와 다른 것 같았다. 그래서 조금 안심이 되기도 했다. 3주 뒤에 벨라가 다시 울부짖었고 끔찍스러운 장면은 되풀이되었다. 성공의 기미가 보이지 않자 나는 어떻게 하는 게 좋을지 점점 알 수가 없었다. 이런 식으로 소를 다루는 것이 아닌가 하는 생각도 들었다. 나는 두세 달만 더 기다려보기로 했다. 처음에는 벨라의 울음소리를 참는 것이 어렵지 않았다. 그러나 울음을 달래줄 방법을 알게 된 이후부터는 그 소리를 참기가 점점 더 힘들어졌다. 벨라가 울부짖기 시작할 때마다 나는 룩스를 데리고 될 수 있는 대로 멀리 숲속으로 산보를 나갔다. 그럴 때면 소도 과도한 흥분 상태에 빠졌기 때문에 외양간에 들어가기가 무서웠다. 그사이 소는 더 자라 크고 잘생긴 수소가 되었으며 장난도 잘 치고 내게도 다정해졌다. 평화로웠던 어미 소와 새끼 소의 외양간을 고독한 지옥으로, 광기가 발작하는 지옥으로 바꾸어놓은 생식과 출산의 순환에 대해 나는 몇 달 동안 저주를 퍼부으며 지냈다.

벨라의 울음소리를 들은 지도 오래되었다. 정말로 새끼를 뱄거나 더는 새끼를 가질 수 없게 되어서 그런지도 모른다. 이제는 벨라에게 외양간의 온기와 먹이, 되새김질과 서서히 사라지기 시작하는 흐릿한 기억만이 남아 있다. 모든 일을 함께 겪고 난 지금, 벨라는 나보다 더 인내심 많은 불쌍한 나의 자매 같은 기분이 든다. 나는 진심으로 벨라가 새끼를 가졌기를 바란다. 내 노동 시간이 늘어나고 나에게 새로운 짐을 더 지우겠지만, 벨라는 새끼를 가져야 하고 행복해져야만 한다. 그 일이 내 계획에 맞아떨어지는가 아닌가를 물어서는 안 된다.

11월과 12월 초는 새로 옮긴 외양간 일과 소와 벨라의 일 때문에 정신없이 지나갔다. 겨울의 휴식 같은 것은 생각도 못했다. 나는 언제나 동물을 좋아하긴 했지만 그것은 도시에 사는 사람들이 동물들에 대해서 흔히 갖고 있는 가볍고 표면적인 애정일 뿐이었다. 그러나 내 곁에 동물들만 남게 된 지금은 모든 것이 변했다. 쥐와 거미와 파리를 돌보고 사랑하게 된 죄수들 이야기를 들은 적이 있다. 주어진 상황이 그들을 그렇게 만들었을 것이다. 동물과 사람 사이의 벽은 쉽게 헐린다. 우리 모두는 결국 커다란 가족의 일원이며, 외롭고 불행해지면 아주 먼 친척들 사이에도 우정이 생기는 법이다. 동물들도 고통을 당하면 나처럼 괴로워하고, 내가 먹을 것과 사랑이 필요한 것처럼 그들 역시 먹이와 사랑을 필요로 한다.

나의 사랑에는 분별력이 없다. 꿈속에서 나는 아이들을 낳는다. 사람의 아이도 있지만 고양이, 강아지, 송아지, 곰, 처음 보는 짐승의 아이도 있다. 모두 내 몸에서 나온 것이다. 그래서 그들은 나에게 거부감이나 혐오감을 주지 않는다. 단지 내가 그들에 관해 인간의 문자와 인간의 말로 적으려다 보니 낯설게 느껴질 뿐이다. 이런 꿈에 대해서는 아마도 푸른 이끼 위에 자갈로 그림을 그리거나 눈밭에 막대기로 새겨야 하는지도 모르겠다. 그러나 아직 그런 일은 할 수 없다. 나 자신이 그렇게까지 변화될 만큼 오래 살 수 없을 것 같다. 천재라면 그런 일을 할 수도 있겠지만 나는 평범한 인간일 뿐이다. 자신의 세계를 잃어버리고 새로운 세계를 찾아가고 있는 한 인간에 불과하다. 이 길은 고통스럽다. 그리고 쉬이 끝날 것 같지 않다.

12월 6일에 첫눈이 내렸다. 룩스는 좋아 날뛰었고 어미 고양이는 눈을 외면했다. 티거는 어린아이처럼 호기심에 차서 눈을 바라보았다. 티거는 하늘에서 떨어지는 눈을 흰 종이 공 같은 장난감이라고 생각하는 모양인지 흥겨워하며 눈을 맞았다. 페를레도 그랬었다. 티거보다는 조심스럽고 얌전했지만. 페를레는 눈을 제대로 알지도 못한 채 일찍 죽고 말았다. 나는 티거에게도 별로 시간이 없을 거라는 생각은 하지 못했다. 나는 여느 때처럼 내가 해야 할 일을 했다. 건초를 날랐고 신선한 고기를 구하느라 정신이 없었다. 노루들은 겨울이 다가오는 것을 느끼는 모양이었다. 공터에 자주 모습을 드러냈고 새벽녘이나 황혼이 깃들 무렵 음식 찌꺼기를 먹어치웠다. 나는 산장 근처에서는 되도록 노루를 쏘지 않았다. 가능한 한 멀리 떨어진 곳에서 노루를 잡았다. 노루들을 산장 주변의 초원에서 쫓아내고 싶지 않았던 것이다. 이곳이야말로 노루들이 한겨울을 나며 변변치 않으나마 먹이를 찾을 수 있는 곳이었다. 그리고 나는 노루를 바라보는 것이 좋았다. 공터에 있는 노루는 사냥감이 아니며 우리가 보호해주어야 할 먼 친척쯤 된다는 것을 룩스도 오래전부터 이해하고 있었다. 10월 말부터 매일 우리를 찾아오는 까마귀도 마찬가지였다.

이때부터 내 다리에 힘이 빠지기 시작하더니 침대에 누우면 몹시 아팠다. 과로 후유증이 나타나기 시작한 것이다. 그 뒤로는 다리가 늘 말썽이었다.

12월 10일 날짜에는 "시간이 너무 빨리 지나간다"라고 쓰인 이상한 글이 있다. 내가 그런 말을 쓴 기억은 없다. 12월 10일에 무슨 일이 있었기에 "송아지 곁의 벨라" "첫눈" "건초를 날랐다"라고 쓰고 나서 맨 밑에 "시간이 너무 빨리 지나간다"라고 썼는지 모르겠다. 정말 그때 시간이 유난히 빨리 흘렀던 것일까? 잘 기억이 나지 않는다. 그래서 거기에 관해서는 더 할 말이 없다. 시간이 특별히 빨리 지나가진 않았을 것이다. 다만 내가 그렇게 느꼈을 뿐. 시간은 가만히 정지해 있는데 나 혼자 그 안에서 움직이고 있는 것이다. 때로는 천천히, 때로는 미친 듯이 서두르며.

룩스가 죽고 난 뒤로 나는 그것을 확실히 느끼고 있었다. 나는 탁자 앞에 앉아 있다. 시간은 조용히 정지해 있다. 시간을 볼 수도, 냄새 맡을 수도, 들을 수도 없지만 그것은 나를 에워싸고 있다. 시간의 적막과 정지는 끔찍하다. 나는 벌떡 일어나서 집 밖으로 달려나가 시간으로부터 벗어나보려고 일에 열중한다. 그러면 잠시 시간을 잊는다. 그러다가도 갑자기 시간은 다시 나를 에워싼다. 문 앞에 서서 까마귀를 바라보고 있는 동안 시간은 형체도 없이 조용히 나타나 우리를, 풀밭과 까마귀와 나를 포박한다. 나는 시간에 길들여져야 할 것이다. 시간의 무심함과 그 항존성에 말이다. 시간은 거대한 거미줄처럼 무한히 퍼져 있다. 수억 개의 작은 고치가 시간의 거미줄에 매달려 있다. 햇빛 속에 누워 있는 도마뱀, 불타고 있는 집, 죽어가는 군인, 모든 죽은 자와 산 자들이 거기 매달려 있다. 시간은 거대하다. 새 고치들이 들어갈 자리는 얼마든지 있다. 시간은 끔찍한 그물망이며 내 삶의 매 순간이 거기에 포박되어 있다. 시간이 나에게 더욱 끔찍스럽게 느껴지는 것은 그것이 모든 것을 간직한 채 아무것도 끝내려 하지 않기 때문이다.

시간이 오직 내 머릿속에만 존재한다면, 내가 이 세상에 살아남은 최후의 인간이라면, 내가 죽는 순간 시간도 멈출 것이다. 이 생각을 하면 기분이 좋아진다. 어쩌면 내가 시간을 살해할 수도 있는 것이다. 그 거대한 그물망이 찢겨지며 시간은 품에 안고 있던 모든 것들과 함께 망각 속에 묻힐 것이다. 이 일에 대해서 사람들은 나한테 마땅히 고마워해야 하겠지만, 내가 죽고 난 다음 시간을 살해한 것이 나라는 걸 알아줄 사람은 없다. 사실 이런 생각은 아무 의미도 없다. 세상일이란 그냥 일어나는 것일 뿐이다. 나보다 먼저 살았던 수백만 명의 사람들과 마찬가지로 나는 거기에서 의미를 찾으려고 애쓰고 있다. 어떤 일의 의미라는 것은 단지 그것이 일일 뿐이라는 사실을 허영심이 인정하려고 하지 않기 때문이다. 내가 무심코 밟아 죽인 풍뎅이는 비극적인 이 사건에 우주 전체를 놓고 볼 때 중요한 의미가 있는, 비밀스러운 연관 관계가 있을 거라고 생각하지 않는다. 풍뎅이는 그저 내가 걸어가고 있던 순간 내 발밑에 있었던 것뿐이다. 햇빛 속을 맘 놓고 기어가다가 짤막한 비명을 질렀고, 그러고는 끝이었다. 오직 인간들만이 있을 수도 없는 의미를 찾아 헤매느라 고생을 한다. 내가 언젠가는 이런 인식을 편안한 마음으로 받아들일 수 있을지 모르겠다. 태곳적부터 인간의 몸속에 뿌리 깊이 박혀 있던, 굳건한 망상에서 벗어나는 것은 어려운 일이다. 동물들은 안쓰럽다. 인간들도 안쓰럽다. 그들은 자기 의지와는 관계없이 이 삶 속으로 내던져진 것이다. 인간이 가장 불쌍할지 모른다. 인간에겐 이성이 있어서 자연의 순환을 막기도 하기 때문이다. 그것이 인간을 악하게 만들고 절망적으로 만들었으며 흉하게 만들고 말았다. 다른 식으로 살 수도 있었을 것이다. 사랑보다 더 현명한 감정은 없다. 사랑은 사랑하고 있는 사람과 사랑받고 있는 사람 모두가 삶은 그래도 견딜 만한 것이라고 생각하게 만든다. 이것만이 나은 인생을 살아갈 유일한 희망, 유일한 가능성이라는 것을 좀 더 일찍 알았어야 했다. 죽은 자들은 이제 그 유일한 가능성을 잃고 말았다. 그 생각이 계속 떠나지 않았다. 우리가 왜 잘못된 길에 접어들었는지 이해할 수 없었다. 내가 아는 것이라곤 모든 것이 너무 늦었다는 것뿐이었다.

12월 10일부터 일주일 동안 계속 눈이 내렸다. 날씨는 내가 바랐던 대로 바람이 잔잔하고 고요했다. 소리 없이 떨어지는 눈송이나 벼락이 친 뒤 내리는 조용한 여름비보다 평화로운 것은 없다. 칙칙한 하늘의 한쪽이 이따금 분홍빛으로 물들었고, 숲은 부드럽게 반짝이는 눈의 베일 너머로 가라앉았다. 태양은 눈 덮인 이 세상 어딘가에 떠 있겠지만 우리에겐 모습을 드러내지 않았다.

까마귀들은 몇 시간씩 가문비나무에 꼼짝 않고 앉아 있었다. 회색과 붉은색이 뒤섞인 하늘을 배경으로 앉아 있는 까마귀의 칠칠한 실루엣에는 내 마음을 움직이는 뭔가가 있었다. 낯설지만, 그러면서도 친밀한 삶, 검은 깃털 속을 흐르는 붉은 피, 까마귀들은 나에게 금욕적 인내의 상징처럼 보였다. 아무것도 바라지 않는 기다림, 좋은 것이든 나쁜 것이든 모두 받아들일 준비가 되어 있는 그런 인내의 상징이었다. 까마귀에 대해 아는 것은 별로 없었다. 내가 만약 공터에 쓰러져 죽는다면 까마귀들은 나의 시체를 뜯어 먹을 것이다. 숲에서 시체를 치워버리는 게 그들의 임무다.

그 무렵 룩스와 함께 숲속을 돌아다니는 일은 정말 즐거웠다. 작은 눈송이들이 얼굴에 달라붙었고 발밑에서는 눈이 뽀드득 소리를 냈다. 룩스가 뒤에서 따라오는 소리는 거의 들리지 않았다. 나는 눈 위에 찍힌 우리의 발자국을 자꾸 돌아보았다. 나의 무거운 발자국과 귀엽고 동그스름한 개의 발자국. 그것은 사람과 개를 가장 간단한 형태로 축소해놓은 무늬였다. 공기는 맑았고, 그다지 차갑지 않았다. 걷고 숨 쉬는 일이 즐거웠다. 내 다리만 더 튼튼했다면 하루 종일이라도 눈 쌓인 숲속을 걸었을 것이다. 애석하게도 내 다리는 그만큼 견디지는 못했다. 저녁에는 부어오르고 쑤시는 듯 아팠다. 잠을 자기 위해서는 다리를 차가운 수건으로 몇 번이나 찜질해야 했다. 겨울에는 통증이 조금 가라앉는 듯하다가 여름이면 다시 도졌다. 다리가 말을 듣지 않는 것은 짜증스러웠다. 그러나 나는 가급적 다리에 신경 쓰지 않으려 했다. 인간은 어느 정도까지는 통증에 익숙해질 수 있다. 다리를 고칠 수 없기에 고통에 익숙해지기로 한 것이다.

크리스마스가 다가오고 있었다. 숲의 모습도 반짝이는 크리스마스트리 같은 분위기로 변해갔다. 나는 그것이 마음에 들지 않았다. 크리스마스를 떠올리고서도 두려운 마음을 갖지 않을 자신이 없었다. 지나간 일들을 떠올릴 때면 여전히 마음이 약해졌다. 그래서 과거를 기억하는 일은 조심스러웠다. 12월 20일까지 눈이 계속 내렸다. 눈이 1미터가량 쌓였다. 세상은 회색 하늘 아래 고운 낱알로 짠 하얀 이불을 덮고 있는 것 같았다. 태양은 제 모습을 드러내지 못했다. 햇빛은 차갑고 하얗기만 했다. 산짐승 걱정은 하지 않아도 되었다. 눈이 아직 얼지 않았으니 눈 속의 풀들을 찾아낼 수 있었다. 혹한이 몰려온다면 거기 딱딱한 얼음이 생길 테고, 그러면 눈은 위험한 덫이 되어버릴 터였다. 20일 오후에는 날씨가 조금 포근해졌다. 구름이 회색으로 변하더니 눈송이가 빗방울로 변했다. 나는 진눈깨비 같은 것이 내리는 날씨는 좋아하지 않았지만 산짐승들에게는 그것이 기쁜 선물이었다. 밤에는 잠이 잘 오지 않았다. 산에서부터 불어와 지붕의 널빤지를 흔들어대는 바람 소리가 밤새도록 들렸다. 나는 잠을 이루지 못하고 뜬눈으로 오랫동안 누워 있었다. 다리 통증은 심해졌다. 아침에 일어나보니 눈이 많이 녹았다. 개울이 넘쳤다. 골짜기에 나 있는 길 위로도 흙탕물이 시내를 이루어 흐르고 있었다. 산짐승들을 생각하면 다행이었다. 눈이 녹은 길이 얼어버렸다면 그 딱딱하게 언 땅을 파헤칠 방법이 없었을 것이다. 자연이야말로 자신의 창조물에게 거대하고도 유일한 덫인 것 같았다.

한동안은 날씨가 좋았다. 눈이 씻은 듯 녹아버린 들판이 햇빛 속에 모습을 드러냈다. 태양이 갑자기 먹구름을 뚫고 보랏빛 하늘과 함께 나타났던 것이다. 크리스마스 분위기는 사라졌다. 그다음에 불어올 열풍을 감수할 준비도 되어 있었다. 가슴에 통증이 느껴졌다. 동물들도 불안해하고 예민해졌다. 티거는 다시 사랑의 열병을 앓았다. 티거의 푸른 눈이 우울한 빛을 띠었다. 코에서는 열이 나고 바싹 말라갔다. 티거는 아픔을 호소하며 내 발 앞에서 이리저리 뒹굴었다. 그러더니 숲속으로 달려

나갔다.

사랑에 빠지는 일이 동물들에게 행복을 의미하는 것 같지는 않다. 동물들은 그 순간이 지나가버리는 것임을 알 수가 없다. 그들에게는 매 순간이 영원이다. 벨라의 숨죽인 울음소리, 어미 고양이의 울부짖음, 티거의 절망, 그 어디에도 행복의 흔적은 없다. 그 뒤에 남는 것은 허탈뿐이다. 윤기가 사라진 털과 죽음과도 같은 잠뿐이다.

가엾은 티거는 울부짖으며 숲속으로 달려갔다. 어미 고양이는 마룻바닥에 웅크리고 앉아 있었다. 다정하게 다가간 티거에게 무섭게 화를 낸 뒤였다. 나는 어미 고양이를 유심히 살펴보았다. 어미 고양이는 어느 틈엔가 몸이 무거워져 있었다. 게다가 신경질적이 되어 있었다. 나는 그제야 알아차렸다. 카아우카아우 씨가 그의 아들보다 한발 앞섰던 것이다. 고양이는 내가 몸을 살피고 배를 쓰다듬는 동안 가만히 있더니 갑자기 내 손을 꽉 물었다. 마치 나의 둔함을 비웃고 있는 것 같았다.

그때 나는 그다지 티거에 대한 걱정은 하지 않았다. 한번 집을 나갔다가 돌아온 적도 있었고 티거도 이제는 다 자라 제 몸을 지킬 만큼은 강하다고 믿었기 때문이었다. 그러나 티거는 돌아오지 않았다. 그날 밤 돌아오지 않았을 뿐 아니라 영영 돌아오지 않았다. 12월 24일에 나는 룩스를 밖에 내보냈다. 티거를 찾기 위해서였다. 나도 개의 줄을 잡고 따라갔다. 룩스는 앞장서서 열심히 고양이의 흔적을 찾았다. 숲에는 다른 동물들의 흔적도 많았기 때문에 룩스가 방향을 잡지 못할 때가 많았다. 룩스는 한 시간쯤 나를 이리저리로 끌고 다녔다. 그러더니 룩스가 갑자기 격앙되었다. 그 바람에 나는 하마터면 줄을 놓칠 뻔했다. 우리는 개울가에, 산장에서 북쪽으로 멀리 떨어진 개울가에 서 있었다. 룩스는 나를 올려다보며 나지막하게 짖었다. 거기에서 티거의 흔적은 끝나고 있었다. 우리는 개울을 건너가 보았다. 하지만 그곳에서 더 이상 룩스는 고양이의 흔적을 찾지 못했다. 룩스는 티거의 흔적이 끊긴 개울가로 자꾸 되돌아갔다. 나는 개울가를 샅샅이 찾아보았지만 아무것도 발견하지 못했다. 만약 티거가 개울에 빠졌다면(그런 일이 왜 일어났는지 도무지 알 수가 없지만) 눈 때문에 불어난 개울물에 쓸려 떠내려가고 말았을 것이다. 티거에게 무슨 일이 일어났는지는 결코 알 수 없다. 그리고 그것이 아직도 내 마음을 아프게 한다.

저녁에 나는 등잔불을 켜고 앉아 농사력을 들여다보았다. 하지만 그저 눈으로만 들여다볼 뿐 마음은 숲속에 가 있었다. 나는 계속 고양이의 출입구를 쳐다보았지만 티거는 돌아오지 않았다. 다음 날엔 열풍이 가라앉더니 다시 눈이 내리기 시작했다. 하루 종일 눈이 내렸다. 나는 또다시 맞닥뜨린 이 상실도 견뎌낼 수밖에 없음을 안다. 하지만 티거에 대한 생각을 억지로 몰아내려고 하지는 않았다. 산장 앞에는 눈이 점점 더 높이 쌓였다. 외양간으로 가는 길 위에 쌓인 눈들은 매일 삽으로 치우지 않으면 안 되었다. 새로운 한 해가 시작되었다. 나는 내가 해야 할 일을 했고 눈 쌓인 들판을 넋이 빠진 채 돌아다니기도 했다. 그러던 어느 날 나는 매일 밤 티거를 기다리는 일을 그만두기로 했다. 그러나 티거를 잊지는 않았다. 지금도 이따금 꿈속에서 티거의 회색 그림자가 내 앞에 나타난다. 룩스와 송아지는 티거와 우정을 나누었다. 페를레는 티거가 태어나기 전에 죽었다. 그들 모두 나를 떠났다. 모두 아깝게 떠나갔다. 그들은 그 짧고 천진했던 일생을 기꺼이 끝까지 살고 싶어 했을 것이다. 그러나 나는 그들을 보호해줄 수가 없었다.

어미 고양이는 탁자 위에 올라앉은 채 나를 뚫어지도록 바라보고 있다. 그때, 그러니까 티거가 없어지고 난 뒤 일주일쯤 지났을 때 어미 고양이는 벽장 속으로 들어가 끔찍한 비명과 함께 새끼 네 마리를 낳았다. 새끼는 모두 죽어 있었다. 나는 새끼들을 얼른 들어다가 흙과 눈을 파고 초원에 묻었다. 티거처럼 줄무늬가 있는 작고 예쁜 고양이가 두 마리 있었고, 다른 두 마리는 적갈색이었다. 모두 흠 잡을 데 하나 없이 완벽했다. 귀에서부터 꼬리까지. 그럼에도 그들은 살아남지 못했다. 어미 고양이는 심하게 앓았다. 나는 어미마저 잃게 될까 덜컥 겁이 났다. 고양이의 몸이 뜨거웠다. 고양이는 아무것도 먹지 않았으며 계속 짤막한 비명을 질렀다. 그때 고양이가 왜 그랬었는지는 지금도 모른다. 상상도 할 수 없다. 고양이는 내 손가락에 묻은 우유를 조금 핥아 먹고는 하루 종일 굶었다. 털에서는 윤기가 사라졌다. 눈가는 짓물러 있었다. 그러고는 매일 밤 밖에 나갔다가 몇 분 뒤에 고통스러워하며 되돌아왔다. 고양이는 잠자리나 집 안을 더럽히는 법이 없었다. 나는 캐모마일 차를 고양이의 입에 흘려 넣어주기도 하고 아스피린 한 조각을 먹여보기도 했다. 고양이는 아스피린을 다시 뱉을 힘도 없었는지 그것을 삼켜버렸다. 그때 나는 처음으로 고양이가 내 새로운 삶의 한 부분이 되어 있었다는 것을 알았다. 병이 난 후로 고양이는 그 어느 때보다 나한테 의지하는 것 같았다. 일주일이 지나자 고양이는 음식을 입에 대기 시작했다. 다시 나흘이 지난 뒤에는 과거의 생활로 되돌아갔다. 하지만 어딘가 깊은 상처를 받은 모습이었다. 몇 시간씩 한자리에 앉아 있는가 하면, 내가 쓰다듬어줄 때마다 나지막한 소리로 울면서 코를 내 손바닥에 묻었다. 룩스가 고양이의 몸에 코를 갖다 대고 킁킁거려도 룩스에게 소리칠 기운도 없는 것 같았다. 고양이는 그저 고개를 수그리고 눈을 감고 있었다. 병을 앓는 동안 고양이한테서는 묘한 냄새가 났다. 찌르는 듯한 씁쓸한 냄새였다. 그 질병의 냄새가 사라지기까지는 3주가 걸렸다. 병이 낫기 시작하자 회복 속도는 빨랐다. 고양이의 털은 금세 윤기를 되찾았고 탐스러워졌다.

고양이의 병이 거의 나았을 때쯤 내가 병이 났다. 나는 이틀 내내 골짜기에서 건초를 날랐는데, 기진맥진한 채 온몸이 땀에 흠뻑 젖어 산장으로 돌아왔다. 외양간을 돌보고 산장 안으로 들어와 옷을 갈아입으려는데 몸에 한기가 돌더니 덜덜 떨리기 시작했다. 산장 안이 어두웠기 때문에 나는 등잔에 불을 붙였다. 뜨거운 차를 마셨지만 별로 나아지질 않았다. 이가 탁탁 맞부딪혔다. 몸에 두른 숄도 잡고 있을 힘이 없었다. 내 몸이 심각한 상태라는 것을 알았다. 그런데 이상하게도 기분이 밝아졌다. 나는 큰 소리로 웃고 말았다. 룩스가 다가와 걱정스럽게 코를 비볐다. 나는 웃음을 그칠 수가 없었다. 어색할 만큼 큰 소리로 나는 한참 동안을 웃었다. 그러나 내 안의

저 깊은 곳에는 차갑고 명료한 의식이 도사리고 있었다. 그곳에서 나에게 무슨 일이 일어나고 있는가를 관찰하고 있었다. 나는 이 또렷한 의식이 명령하는 대로 따랐다. 해열제를 먹었고 후고의 코냑 한 잔을 마셨다. 열이 심해 이리저리 비틀거리기도 했다. 그러고는 룩스와 고양이에게 저녁을 먹인 뒤 아궁이에 장작을 새로 얹고 잠자리에 들었다. 사람들의 목소리가 들렸고 얼굴들도 보였다. 누군가가 내 이불을 끌어당기는 것도 같았다. 때로 소음이 멀어져가기도 했다. 그러면 어둠에 휩싸였고, 내 침대 앞에서 룩스가 움직이는 것을 느낄 수 있었다. 룩스는 난로 앞으로 가지 않고 루이제의 양털 담요 위에 누워 있었다. 나는 동물들이 너무나 걱정되어 절망적으로 울음을 터트렸다.

아침이 밝아올 즈음에는 맑은 정신이 드는 순간들이 더 자주 찾아왔다. 눈이 내린 날의 석양이 방 안을 비추기 시작할 때쯤 나는 몸을 일으키고 떨면서 옷을 입은 다음 외양간에 가보았다. 머릿속은 맑았다. 어서 몸이 나아 적어도 하루에 한 번은 벨라의 젖을 짜주어야 한다는 생각을 하고 있었다. 무거운 몸을 끌고 간신히 계단을 올라 벨라와 송아지에게 건초를 갖다주었다. 이틀 동안 먹을 건초였다. 물통에 물도 채워주었다. 나는 천천히 움직였다. 옆구리에 느껴지는 통증이 매우 심했다.

산장으로 들어와 룩스와 고양이 앞에 고기와 우유를 놔주고 불 위에 새 장작을 넉넉히 얹었다. 문은 조금 열어두었다. 룩스가 밖으로 나갈 수 있도록 하기 위해서였다. 내가 거기서 죽는다면 룩스는 자유롭게 해주어야 했다. 벨라와 송아지는 쉽게 외양간 문을 부수고 나올 수 있을 것이다. 빗장은 그만큼 허술했다. 고삐는 소들이 원할 때 끊어버릴 수 있도록 느슨하게 매두었다. 하지만 이런 조치가 소에게는 아무 소용도 없을 것이다. 외양간 밖으로 나가도 그들을 기다리는 것은 추위와 굶주림뿐일 테니까. 나는 약과 코냑을 삼킨 다음 다시 비틀거리면서 침대에 쓰러졌다. 그러나 한 번 더 정신을 가다듬어야 했다. 나는 탁자 앞으로 가서 달력에 이렇게 썼다. "1월 24일 병이 났다" 그러고는 우유 한 단지를 침대 옆에 끌어다 놓고 촛불을 끈 다음 쓰러지고 말았다.

나의 혈관 속에서 열이 세차게 고동쳤다. 나는 뜨겁고 붉은 구름 위를 이리저리 떠다니고 있었다. 산장이 움직이기 시작했다. 아니, 움직이는 것은 산장이 아니라 넓고 어두운 연회장이었다. 사람들이 계속 들락거렸다. 그곳에 그렇게 많은 사람들이 있는 줄 모르고 있었다. 그들은 모두 낯모르는 사람들이었는데 하나같이 점잖지 못한 행동을 하고 있었다. 그들의 목소리는 무척 귀에 거슬렸는데 그것 때문에 나는 웃음을 참을 수가 없었다. 그러다가 나는 다시 뜨거운 붉은 구름 위를 떠다녔고 추위에 떨면서 잠에서 깨었다. 잠에서 깨어나기 전 널찍한 연회장이 땅굴로 변하는 것을 꿈속에서 보았다. 거기에는 동물들이 꽉 들어차 있었다. 거대한 동물들의 그림자가 벽을 온통 뒤덮었고 동물들은 모퉁이마다 웅크리고 앉아 붉은 눈으로 나를 쏘아보았다. 악몽을 꾸는 사이사이 룩스가 침대에 누워 있는 나에게 다가와 내 손을 핥았다. 룩스를 쓰다듬어주고 싶었지만 내가 할 수 있는 일은 그저 중얼거리는 것뿐이었다. 나는 내 상태가 심각하다는 것을 똑똑히 알고 있었다. 나와 동물들을 구할 수 있는 것은 나밖에 없다는 것도 똑똑히 알고 있었다. 이 생각을 가슴속에 새기고 절대 잊지 않기로 했다. 나는 알약을 꿀꺽 삼키고 우유를 마셨다. 그 끔찍한 악몽들이 다시 이어졌다. 어마어마하게 크고 낯선 사람들과 동물들이 또 나타났다. 그들은 수군거리면서 내 이불을 잡아당겼다. 그들의 손과 앞발이 내 옆구리를 찔렀다. 나는 그들에게 끌려갔다. 입술이 마르고 땀과 눈물이 비오듯 했다. 그러다가 나는 잠에서 깨었다.

캄캄하고 추웠다. 머리가 아팠다. 나는 촛불을 켰다.

문이 활짝 열려 있었다. 바람이 눈을 산장 안에 몰고 왔다. 나는 나이트가운을 입고 문을 닫은 다음 불을 지피기 시작했다. 아주 천천히 움직였다. 불길이 조용히 타들어가기 시작했다. 룩스가 내게 달려와 기쁨에 날뛰었다. 언제 다시 열이 오를지 알 수 없었다. 옷을 껴입고 조심조심 외양간에 가보았다. 벨라가 원망스러운 얼굴로 나를 맞았다. 나는 이틀 내내 고열에 시달렸던 모양이었다. 불쌍한 벨라의 젖을 짜주고 건초와 물도 갖다주었다. 그렇게 하는 데 한 시간쯤 걸린 것 같았다. 아무 힘도 없었지만 송아지도 돌봐주어야 했다. 다시 산장으로 돌아왔을 때는 실내가 훈훈해져 있었다. 룩스와 고양이가 먹을 우유와 고기를 바닥에 놓아주고 나도 우유를 조금 마셨다. 혀에 느껴지는 우유의 맛이 무척 썼다. 나는 문에 끈을 매고 다른 쪽 끝은 벤치에 묶어놓았다. 그렇게 해두면 룩스가 문을 조금만 밀어도 밖으로 나갈 수 있었다. 더 좋은 생각은 나지 않았다. 다시 열이 오르기 시작해 몸을 눕혔다. 약과 코냑도 삼켰다. 끔찍한 악몽이 나를 다시 엄습했다. 무엇인가가 나를 무겁게 누르고 있었다. 그러더니 갑자기 사방에서 내 몸을 붙잡아 아래로 당기는 것이었다. 나는 꿈속에서 그렇게 끌려가면 안 된다고 생각했다. 몸부림을 치면서 소리를 질렀다. 실제로 소리를 질렀는지는 확실치 않다. 갑자기 모든 것이 사라지더니 침대도 움직임을 멈췄다. 누군가가 나에게 몸을 수그렸다. 거기에 남편의 얼굴이 나타났다. 나는 그의 얼굴을 똑똑히 보았다. 무섭지도 않았다. 나는 남편이 이미 세상을 떠났다는 것을 알고 있었다. 내가 그토록 자주 쓰다듬던 친숙하고 선량한 그의 얼굴을 다시 한 번 볼 수 있게 된 것이 기뻤다. 내가 손을 내밀자 얼굴은 사라지고 말았다. 손을 뻗어서는 안 되었던 것이다. 다시 오르기 시작한 열이 나를 쓰러뜨렸다. 정신을 차렸을 때는 창 너머로 어둠이 내리고 있었다. 열은 내렸지만 기운이 다 빠지고 머릿속이 멍했다. 룩스는 작은 담요 위에서, 고양이는 나와 벽 사이에서 잠들어 있었다. 내가 움직이지도 않았는데 고양이는 잠에서 깨어 앞발을 내밀더니 조심스럽게 내 손 위에 얹었다. 내가 병이 난 것을 고양이가 알고 있었는지는 모르겠다. 그러나 내가 고열에서 제정신으로 돌아와 깨어날 때마다 고양이는 내 곁에서 나를 쳐다보고 있었다. 내가 말을 건네자 룩스는 기뻐서 꼬리를 흔들었다.

나는 혼자가 아니었다. 그들을 저버릴 수는 없었다. 그들은 인내심을 갖고 나를 기다려주었다. 나는 우유에 코냑을 부어 마신 다음 약을 먹었다. 그리고 열이 조금 내린 뒤 일어나 외양간에 가서 벨라와 송아지를 돌보았다. 내가 몇 번이나 그렇게 했는지는 기억이 나지 않았다. 불안한 반수면 상태에 빠질 때면 벨라의 젖을 짜주러 외양간에 가는 꿈을 꾸었다. 꿈에서 깨면 나는 침대에 누워 있었고, 내가 실제로는 외양간에 다녀오지 않았다는 것을 알았다. 모든 것이 풀리지 않는 수수께끼처럼 뒤엉켜 있었다. 어쨌든 실제로 한번은 외양간에 가서 일을 했던 모양이었다. 그렇지 않았다면 내가 앓는 동안 동물들은 굶어 죽고 말았을 것이다. 얼마나 오랫동안 혼수 상태에 빠져 있었는지는 알 수가 없다. 심장은 마구 고동치고 있었다. 룩스는 나를 깨우려고 안간힘을 썼다. 마침내 룩스는 나를 일으켜 앉히는 데 성공했다. 나는 주변을 둘러보았다.

환한 대낮이었다. 날씨는 추웠다. 더 이상 아픈 것 같지는 않았다. 머리는 다시 맑아졌고 옆구리 통증도 사라졌다. 일어나야 한다고 생각은 했지만 침대에서 몸을 일으키기까지는 상당히 오랜 시간이 걸렸다. 손목시계도 자명종도 전부 멈춰 있었기 때문에 날짜도 시간도 알 수 없었다. 비틀거리며 불을 지핀 다음 외양간으로 가서 고통스러워하고 있는 벨라의 젖을 짜주었다. 물통은 들 수가 없었기 때문에 눈 속에서 질질 끌고 와야 했고 건초를 나를 때는 세 번이나 층계참에 앉아 쉬었다. 일을 하는 동안 마치 무한한 시간이 흐른 뒤 다시 집으로 돌아온 기분이 들었다. 룩스는 내 발꿈치에 붙어 따라다녔다. 내 손을 핥고 몸을 비벼댔다. 그의 갈색 눈에는 근심과 기쁨이 함께 담겨 있었다. 나는 룩스와 고양이에게 먹이를 주었다. 둘 다 무척 배가 고팠을 것이다. 나도 따뜻한 우유를 마시고 침대에 쓰러졌다. 룩스는 내가 잠들지 못하게 자꾸 깨웠다. 나는 룩스를 한참 달랜 뒤 옷을 벗고 이불 속으로 들어갔다. 난로에서 불길이 타들어가는 소리가 들렸다. 심장이 불규칙하게 뛰고 있었다. 병석에서 어머니가 따뜻한 포도주를 침대로 가져다주기를 기다리고 있는 어린아이가 된 것 같다는 생각을 했다. 그러다가 곧 잠이 들었다.

오래 잠들어 있었던 것이 틀림없었다. 룩스가 보채는 소리에 잠이 깨었는데 다 나은 기분이 들었다. 다만 몸에 기운이 하나도 없을 뿐이었다. 나는 일어나서, 아직 조금 비틀거리긴 했지만, 평소 하던 일을 천천히 시작했다. 까마귀들이 요란한 울음소리를 내면서 공터에 내려앉았다. 나는 시계를 9시에 맞췄다. 그때부터 시계는 까마귀들의 시간을 가리키고 있다. 며칠 동안 아팠었는지 알 길이 없었기 때문에 나는 달력에서 일주일을 지웠다.

그때부터는 달력도 정확하지 않다.

그다음 한 주는 할 일들이 많아 매우 힘들었다. 꼭 필요할 때만 움직였는데도 피로가 풀리지 않았다. 다행히 노루 반 마리를 얼려놓은 것이 있어 집 밖으로 멀리 나갈 필요는 없었다. 나는 사과와 고기와 감자를 먹으며 기운을 되찾기 위해 무척 애를 썼다. 갑자기 오렌지가 먹고 싶었다. 다시는 오렌지를 먹을 수 없다는 생각이 들자 눈에 눈물이 핑 돌았다. 입술은 트고 피가 났지만 추위가 계속되는 동안엔 제대로 치료를 할 수가 없었다. 룩스는 나를 불쌍한 어린아이처럼 돌보아주었는데, 내가 잠이 들면 겁을 먹고 나를 깨울 때가 많았다. 고양이는 줄곧 내 침대에 누워 지내며 아주 다정하게 굴었다. 나에 대한 애착에서였는지 아니면 위로를 받고 싶어서였는지는 알 수 없었다. 고양이도 새끼를 모두 잃어버린 뒤 지독하게 앓은 적이 있었으니 말이다.

우리는 천천히 우리의 일상으로 되돌아오고 있었다. 다만 티거가 드리우고 간 작은 그림자만이 내가 회복되어가는 기쁨에 그늘을 남기고 있었다. 티거가 사라지지 않고 고양이도 아프지 않았다면 나도 그렇게까지 독한 병치레를 하지는 않았을 것이다. 내가 비에 흠뻑 젖어 집에 돌아온 적은 이전에도 많았다. 이번에는 저항력이 바닥났던 것뿐이었다. 근심이 나를 약하게 만들어 쉽게 병에 걸렸던 것이었다. 고원에서 지내는 동안 나에게 조금 변화가 있었는데, 아파 누워 있는 동안 이 변화가 더 진척된 것 같았다. 나는 서서히 과거에서 벗어나 새로운 질서에 적응하기 시작했던 것이다.

2월 중순에는 상태가 많이 좋아져 룩스와 함께 숲에도 가고 건초를 나를 수도 있었다. 나는 몸에 무리가 가지 않도록 신경을 썼다. 날씨가 그다지 춥지 않아서 산 짐승들이 이번 겨울은 잘 견디고 있는 것 같았다. 얼어 죽은 짐승이나 굶어 죽은 짐승을 본 적이 없었다. 다시 건강을 회복해서 신선한 겨울 공기를 들이마시며 살아 있다는 사실을 느끼는 것은 즐거운 일이었다. 나는 우유를 많이 마셨다. 전보다 훨씬 자주 목이 말랐기 때문이었다. 내가 앓는 동안 벨라와 송아지가 겪었을 공포와 근심에 대해서는 최선을 다해 그들을 돌봐주는 것으로 보상하고 있었다. 그러나 소들은 지난 일은 벌써 다 잊어버린 것 같았다. 나는 소의 털을 쓸어주었고 아름다운 여름을 고원에서 지내기로 약속했다. 경솔하게도 소중한 소금을 포상으로 내주기까지 했다. 소들은 주둥이를 부비면서 축축한 혀로 내 손을 핥았다.

돌이켜보면 그 시절은 티거의 실종이 남긴 어두운

그림자가 항상 드리워져 있었다. 고양이 새끼들이 죽은 채로 태어난 것은 다행이었다. 내가 또다시 사랑하고 마음을 졸일 필요는 없게 되었으니 말이다.

2월 말에는 벨라가 난폭할 정도로 송아지를 찾았다. 나는 벨라를 이기지 못하고 다시 한번 시도를 해보았다. 그러나 허사로 돌아가고 말았다. 나는 5월까지 기다리기로 했다. 이 일에 있어서만큼은 정말 무엇이 옳은 건지 알 수가 없었다. 이는 내가 감당할 수 없을 만큼의 부담이 되어갔다. 송아지는 아직도 자라고 있었고, 추위를 견디는 일도 별로 힘들어 보이지 않았다. 송아지는 털이 촘촘했고 거칠어졌는데 커다란 몸뚱이에서는 항상 따스한 온기를 내뿜고 있었다. 그는 바깥에서 겨울을 날 수 있을지도 몰랐다. 나는 항상 허약한 내 몸을 기준 삼아 동물들도 그러려니 추측했었다. 동물들 사이에도 차이는 많았다. 룩스는 더위와 추위를 어느 정도 잘 참았다. 어미 고양이는 훨씬 긴 털을 가지고 있으면서도 추위를 아주 싫어했다. 같은 고양이이지만 카아우카아우 씨는 겨울 산의 눈과 얼음 속에서도 살아남았다. 나도 추위를 탔지만 룩스처럼 하루 종일 더운 난로 앞에 누워 지내는 것은 참을 수 없을 것 같았다. 웅덩이의 송어를 보면 나는 등골이 오싹해지며 송어가 불쌍하다는 생각이 들었다. 지금도 송어를 생각하면 애달프다. 저 웅덩이 바닥의 이끼 낀 돌멩이 사이가 따뜻할 거라고는 생각할 수 없기 때문이다. 나의 상상력에는 한계가 있어서 물고기의 매끄럽고 하얀 속살까지 미치지는 못한다.

곤충은 정말 낯설게 느껴진다. 그들을 자세히 들여다보면 항상 감탄하게 된다. 하지만 나는 곤충들이 그렇게 작은 것이 너무나 다행스럽다. 사람처럼 큰 개미는 악몽 그 자체다. 뒤영벌만큼은 예외다. 뒤영벌은 불그스레한 털 때문에 포유동물처럼 느껴지기 때문이다.

이따금 이런 낯섦이 친숙함으로 바뀌기를 바라기도 한다. 그러나 내가 정말 그렇게 되려면 아직 멀었다. 어떤 동물들은 지금도 너무 낯설고 거부감이 든다. 동물들도 그런 면에서는 다르지 않은 것 같다. 가을에 하얀 까마귀 한 마리가 나타났다. 그 까마귀는 다른 까마귀들에게서 멀찍이 떨어져 날아다니며 다른 까마귀들이 앉기 싫어하는 나무에 혼자 내려앉는다. 다른 까마귀들이 왜 그 까마귀를 싫어하는지 이해가 되지 않는다. 그것은 눈에 띄게 아름다운 까마귀다. 그런데도 동족들의 마음에는 들지 않는 모양이다. 하얀 까마귀는 혼자 가문비나무에 앉아 들판을 바라본다. 세상에 존재하지 않는 것이 더 나을지도 모르는, 슬픈 하얀 까마귀. 그 까마귀는 다른 새들이 다 날아가버린 뒤에도 혼자 나뭇가지에 앉아 있다. 너무 순해서 내가 가까이 다가가도 날아가지 않는다. 나를 보고는 땅바닥에 내려앉기도 한다. 그 까마귀는 자신이 왜 외톨이가 되었는지 알지 못할 것이다. 다른 식의 삶은 살 수 없을 것이다. 그 까마귀는 언제나 외톨이다. 그래서 검은 털을 가진 형제들보다는 인간을 덜 무서워한다. 다른 까마귀한테서 미움을 받기 때문에 내가 그 하얀 까마귀를 돌보는지도 모른다. 나는 매일 하얀 까마귀가 날아오기를 기다린다. 까마귀가 날아오면 내가 있는 곳으로 손짓한다. 까마귀는 빨간 눈으로 나를 유심히 바라본다. 내가 까마귀를 위해 해줄 수 있는 일은 별로 없다. 음식 찌꺼기로 한 생명을 연장시키고 있지만 그 생명은 연장되어서는 안 되는지도 모른다. 하지만 나는 하얀 까마귀가 죽지 않기를 바란다. 때때로 나는 숲속에 하얀 까마귀가 한 마리 더 나타나 두 마리가 서로 만나게 될 날을 꿈꾼다. 그런 일이 정말 일어날 거라고 믿지는 않는다. 하지만 꼭 그렇게 되었으면 좋겠다.

병을 앓고 나니 2월은 금세 지나가버렸다. 3월 초가 되자 갑자기 따뜻해지면서 산허리에 쌓인 눈이 녹았다. 고양이가 다시 밖에 나가 모험을 감행할까 걱정이 되었지만 바람난 기색은 전혀 없었다. 병을 앓고 난 뒤

충격을 받긴 받은 모양이었다. 마치 새끼 고양이처럼 장난을 칠 때도 있었지만 금세 지치고 졸음에 빠져 장난을 그만두었다. 어미 고양이는 다정다감해지고 인내심도 많아져서 룩스와 가까이 지냈다. 두 마리가 나란히 난로 앞에서 잠이 드는 적도 많았다. 그런 변화가 나는 걱정스러웠다. 그것은 고양이가 아직 건강을 다 회복하지 않았다는 징조였기 때문이다. 나도 항상 어딘가가 곪고 있는 느낌이었다. 그것은 위험한 일이었다. 봄에 일을 시작하기 전에는 기운을 어떻게든 되찾아야 했다. 왼쪽 옆구리에는 아직도 통증이 남아 있었다. 숨을 깊게 내쉴 수가 없었기 때문에 건초를 나르거나 장작을 팰 때 밭은 숨을 쉴 수밖에 없었다. 통증은 심하지 않았지만 마치 끊이지 않는 경고장처럼 부담스러웠다. 지금도 환절기에는 통증이 재발하지만 숨은 여름부터 다시 크게 쉴 수 있게 되었다. 병 때문에 심장이 상한 것은 아닐까 걱정이다. 그러나 지금은 그런데 신경을 쓸 틈이 없다.

3월은 사람을 지치게 하고 위험하게 만들었다. 나는 조심해야 했지만 별로 몸을 돌보지 못했다. 햇빛을 보면 벤치에 나가 앉고 싶어졌지만, 그러면 금세 몸이 노곤해질 것 같아 포기했다. 건강에 대한 생각만 하며 살아야 하는 것은 답답한 일이었다. 그래서 대개는 완전히 잊고 지냈다. 대지는 아직도 차가웠다. 해가 지면 공기도 겨울처럼 차고 매서웠다. 눈에 덮였던 풀들은 겨울을 잘 견뎌냈다. 눈 속 곳곳에는 여전히 푸릇푸릇한 부분이 남아 있었다. 산짐승들의 먹이는 들판에 널려 있었다.

3월 내내 장작을 팼다. 숨을 조금씩밖에 들이쉴 수 없었기 때문에 일을 천천히 해나갔다. 장작을 패는 일은 목숨처럼 중요한 일이고 꼭 해야만 하는 일이었다. 일하는 내내 마치 꿈을 꾸고 있는 것 같았다. 딱딱한 땅바닥 위에 서 있는 것이 아니라 마치 솜 위에 서서 일을 하는 느낌이었다. 걱정거리는 별로 없었다. 갑자기 기분이 고조되었다가 알 수 없는 걱정에 사로잡히곤 했다. 병을 앓고 난 뒤 나는 어린 시절로 되돌아간 어미 고양이와 비슷하게 처신하고 있었다. 잠이 들 때면 내가 마치 부모님 침실 옆방의 호두나무 침대에 누워 부모님이 소곤소곤 나누는 대화에 귀를 기울이는 느낌이 들었다. 어린 시절에 들었던 그 소리는 벽을 뚫고 내 방에 들어와 나를 잠재우는 소리였다. 어서 병이 나아 건강해져야 한다고 스스로에게 다짐하고는 있었지만 실제로는 어린 시절 그 방의 그 따스하고 고요한 분위기로 돌아가고 싶어 했다. 아니, 더 멀리, 내가 이 세상에 태어나기 전에 머물렀던 곳의 따스함과 고요함으로 되돌아가고 싶은 생각뿐이었다. 이런 생각이 위험하다는 것을 어렴풋이 의식하고 있었지만 이제는, 이만큼 많은 날들이 흐르고 난 뒤에는, 그런 유혹에 저항하기보다는 유혹에 아무렇지 않게 몸을 내맡기고픈 생각이 더 크다. 룩스는 내가 그런 생각에 빠지면 침울해졌다. 룩스는 함께 숲으로 가서 그런 망상을 떨쳐버리라고 재촉하는 것 같았다. 그러나 속 좁고 유치한 나의 자아는 룩스한테 화를 내며 말을 들으려 하지 않았다. 나는 3월의 아름다운 봄날을 그렇게 보내고 있었다. 꽃들은 땅에서 솟아나고 있었다. 노루귀꽃, 앵초, 현호삭, 민들레가 피어났다. 모두 아름다웠고 나에게 기쁨을 주기 위해 창조된 것 같았다.

룩스가 나를 다잡지 않았더라면 내가 얼마나 오래 그런 식으로 살아갔을는지 모른다. 룩스는 혼자서는 산책을 나갔다 올 줄 몰랐다. 어느 날 오후 룩스가 절뚝거리면서 돌아와 피범벅이 된 앞발을 내게 내밀었다. 정신이 번쩍 들었다. 커다란 바위가 룩스한테 떨어진 모양이었다. 나는 발을 닦아준 다음 막대기를 다리에 대고 붕대를 감아주었다. 다리가 부러졌는지 아닌지 확실치 않았기 때문이었다. 룩스는 내가 하는 대로 가만히 있었다. 내가 관심을 가져준 것에 기뻐할 뿐이었다. 그다음 이틀 동안 룩스는 난로 앞에 엎드려 꾸벅꾸벅 졸기만 했다.

나는 내가 고집을 부려 룩스가 그 지경이 된 것에 대해 자신을 책망했다. 내가 돌보지 않았기 때문에 룩스가 그런 일을 당했던 것이다. 다리를 다시 살펴보니 부러지지는 않았다. 룩스는 붕대를 잡아 뜯기 시작했다. 나는 다시 붕대를 감아주지는 않았다. 어떻게 하는 것이 좋을지는 룩스가 더 잘 알 것 같았다. 룩스는 상처를 핥으려고 했던 것이다. 룩스는 일주일 후에 다시 뛰어다닐 수 있게 되었다. 처음에는 절뚝거렸지만 금세 좋아졌다. 다리는 전보다 약간 굵어지고 모양이 일그러진 것 같았다.

지난 몇 주 동안 일어났던 일들이 실제로 일어난 일이 아닌 것 같은 느낌이 들었다. 나는 다시 할 일들을 꼽아보았고 고원으로 이사할 계획도 세우기 시작했다. 그런데 끝나가고 있던 겨울이 다시 돌아왔다. 눈이 개울가의 나무와, 어린아이처럼 편안한 잠을 자고 싶은 나의 꿈을 온통 하얗게 뒤덮었다. 나의 세계에 안전한 것은 없었다. 사방이 위험투성이였으며 고된 일뿐이었다. 내게 일어나는 일들은 으레 그랬다. 지난 며칠 내가 궁리했던 생각들은 구역질나는 것들이었다.

산장 가까이 쌓아두었던 장작더미를 다 땠기 때문에 조금 떨어진 곳에 쌓여 있는 장작들을 눈 속에서 끌고 와야 했다. 눈은 매끄럽고 단단했다. 일은 나에게 즐거움을 주기 시작했다. 손은 다시 갈라지기 시작했다. 송진이 묻고 가시가 박히기 시작했다. 톱이 말을 듣지 않았지만 날을 갈 엄두는 나지 않았다. 손재주가 없어 자칫 나머지 날까지 못쓰게 만들지 몰랐다. 장작을 자르는 일은 매우 고된 노동이었다. 나는 매일 저녁 완전히 녹초가 되어 잠자리에 쓰러졌다. 하지만 덕분에 입맛을 되찾았고 고기도 맛있게 먹었다. 곧 기운을 찾아 능숙하게 일을 해나갈 수 있을 것 같았다. 룩스는 나와 함께 사방으로 돌아다녔는데 다리가 아무렇지도 않은 것 같았다. 우리 셋은 모두 부상병이었다. 그러나 투지에 넘치는 부상병이었다. 고양이도 이제는 어색할 정도로 얌전하던 태도를 떨쳐버리고 다시 명랑해졌다. 송아지는 점점 크고 건장하게 자라 차고가 마치 장난감 집처럼 되고 말았다. 송아지가 들어가 있으면 차고가 꽉 들어찼다. 나는 송아지가 고원의 풀을 밟게 될 날을 고대하고 있었다.

이사할 생각을 하면 고양이 때문에 마음이 무거워졌다. 고양이를 억지로 데리고 가는 것은 아무 의미도 없었다. 혼자 산장으로 기어 내려올 것이 뻔했다. 차라리 그냥 여기 두고 가는 것이 머나먼 길을 혼자 되돌아오는 위험을 덜어주는 길이었다. 고양이는 다시 전처럼 쌀쌀맞은 성격으로 되돌아갔다. 나는 고양이가 한여름의 초원에서 혼자 지낼 만큼 튼튼해지기만을 기다렸다. 고양이가 계속 앓았더라면 두말할 것도 없이 고원으로 데려갔을 것이다. 불행을 당한 뒤부터 고양이가 내게는 무척 애처롭게 느껴졌기 때문에 나는 고양이와의 이별을 생각하면 고원에 올라갈 일이 전혀 기쁘지 않았다. 차라리 산장에서 그냥 그대로 지내고 싶었다. 그토록 즐거운 여름을 보냈는데도 나는 고원에 대한 알 수 없는 불길한 기분에서 완전히 벗어나지 못하고 있었다. 아마 편하게 여름을 나고 싶은 나의 마음이 그런 기분을 부추겼는지도 모른다. 일단 고원으로 올라가면 끊임없이 할 일들이 쏟아질 테니까 말이다. 내가 바라는 대로 결정할 수도 있었지만 나는 송아지와 벨라에게 고원의 여름을 약속했던 일이 떠올랐다.

4월은 내내 춥고 눅눅했다. 마지막 열흘은 바람이 너무 불어서 내내 산장 안에 들어앉아 있었다. 어쩔 수 없이 놀아야 하는 상황이 못마땅했다. 나는 일을 할 만반의 준비가 되어 있었다. 집 안에 틀어박혀 있는 동안 여름에 입을 옷이나 손을 보기로 했다. 내 손이 너무 투박해져서 실이 자꾸 손에 들러붙었다. 그리고 바늘을 자꾸 손가락 사이에 떨어트렸다. 바늘에 실을 매번 다시 꿰어야 했다. 옷에 대해서는 한동안 별 걱정을 하지 않아도 되었다. 옷보다는 신발이 더 큰 문제였다. 나는 홈이 패여 있는 고무창을 댄 단단한 등산화 두 켤레에 루이제의 등산화도 갖고 있었다. 루이제의 등산화는 나한테 좀 컸지만 비상시에는 신을 수 있을 정도였다. 내가 신었던 운동화는 아주 형편없었다. 안이 찢어지고 신발코와 뒤축이 닳아서 여름을 못 넘길 것 같았다. 그래서 노루 가죽으로 신발을 한 켤레 만들어놓았다. 모양은 안 나지만 신기에는 편했다. 질기지 못한 것이 흠이라면 흠이었다. 그러나 그때는 아직 그런 비상수단까지는 생각지 못하고 있었다. 양말도 형편없었다. 기울 만한 실도 다 쓰고 없었기 때문에 담요에서 뽑아낸 알록달록한 실로 기워서 신었다.

제대로 된 옷을 입지 못한 지는 오래였다. 나는 실용적인 옷들을 찾아냈다. 소매를 줄인 후고의 셔츠, 낡은 우단 바지, 두툼한 재킷, 모직 조끼. 게다가 겨울에는 후고의 긴 가죽바지. 바지는 나한테 너무 커서 입으면 허리에 온통 주름이 잡혔다. 여름에는 짧은 바지를 입었는데 루이제가 저녁때 산장에서 입던 화려한 바지를 잘라 만든 것이다. 나이트가운은 아직도 멀쩡하다. 이것은 집 안에서만 입는다. 여하튼 옷다운 옷은 없었지만 모두 용도에는 적합한 복장들이었다. 나는 내 겉모습에 신경을 쓴 적이 한 번도 없었다. 내가 무슨 옷을 입든 동물들에게는 중요치 않았다. 동물들이 나를 사랑하는 것은 내 외양 때문이 아니었다. 어쩌면 동물들에겐 미적 감각이 전혀 없을지도 모른다. 인간이 동물에게 아름답게 보이리라는 생각도 할 수 없다.

나는 성가신 바느질을 하면서 며칠을 보냈다. 날씨는 추운 데다 바람도 불어서 룩스도 바깥에 나갈 생각을 하지 않았다. 룩스는 난로 앞에 앉아 따스한 불을 쪼이고 있었다. 어미 고양이는 탁자 위에 놓인 내 옷들 위에 앉아 있었다. 어미 고양이는 옷 위에 앉아 있는 것을 좋아했다. 그것은 페를레나 티거도 마찬가지였다. 내가 말을 걸면 고양이는 가르릉 소리를 냈다. 때로는 나와 눈만 마주쳐도 그런 소리를 냈다. 바람이 집 주변에 휘몰아치고 있었지만 우리는 따스하고 편안했다. 너무 조용한 것이 싫어서 내가 아무 얘기라도 시작하면 고양이는 나지막하게 가르릉거리면서 대답하는 것이었다. 나는 가끔 노래도 불렀는데 고양이도 그것을 싫어하지 않았다. 지난 일들이 생각나지만 않는다면 기쁘게 지낼 수도 있었을 것이다. 그러나 그렇게 되기는 무척 힘든 일이었다.

4월 26일에 자명종이 섰다. 시계 소리가 멈추던 순간 나는 앉아서 셔츠를 꿰매고 있었다. 처음에는 그것을 느끼지 못했다. 아니, 뭔가 달라졌다는 것은 느꼈다. 고양이가 귀를 세우고 머리를 침대 쪽으로 돌렸을 때에야 나는 이 새로운 적막을 의식했다. 시계가 죽은 것이다. 그 시계는 계곡을 답사할 때 사냥꾼 초막에서 가지고 온 것이었다. 나는 시계를 집어들고 흔들어보았다. 두어 번 재깍재깍 소리가 났으나 금세 다시 서버렸다. 나는 가위 끄트머리로 나사를 돌려 뚜껑을 열어보았다. 보기에는 멀쩡해 보였다. 톱니바퀴에도 잘못된 것이 없었으며 부러진 곳도 없었다. 그런데도 가질 않았다. 나는 내가 시계를 고칠 수 없다는 것을 알고 있었다. 그래서 시계를 그냥 두기로 하고 뚜껑을 열었다 다시 닫았다. 시간은 오후 3시, 까마귀가 올 시간이었다. 그 뒤부터 시계는 3시를 가리키고 있다. 내가 왜 시계를 아직도 가지고 있는지 알 수가 없다. 아직도 침대 옆에 놓여 있는 시계는 세시를 가리키고 있다. 그 시계 이외에 손목시계가 하나 있었다. 일할 때 망가뜨리게 될지도 몰라 손목시계는 항상 책상 서랍에 넣어두었다. 지금은 시계가 하나도 없다. 손목시계는 고원에서 내려오는 날 잃어버렸다. 아마 땅바닥에 떨어진 것을 벨라가 발로 밟아버렸는지도 모른다. 그때는 별로 중요하게 생각되지 않아서 시계를 찾으러 되돌아가지도 않았다. 돌아가보았더라도 시계는 찾지 못했을 것이다. 아주 작은 그 시계는 금도금을 한 일종의 장난감이었으며 남편이 여러 해 전에 선물한 것이었다. 남편은 내가 작고 예쁜 물건을 몸에 지니는 것을 좋아했다. 나는 내심 실용적이고 큼지막한 손목시계를 갖고 싶었다. 하지만 내가 그 선물을 받던 순간 남편 앞에서 굉장히 기쁜 척했던 것은 지금 생각해도 잘한 일이었다. 아무튼 그 작은 시계는 없어지고 말았다. 그 시계가 가리켰던 시간은 언젠가부터 까마귀들이 날아오고 날아가는 시간 그 이상도 그 이하도 아니었다. 그러니까 그때부터는 한 번도 정확한 시간을 알려준 적이 없었던 것이다. 자명종이 서고 나서 처음에는 적응이 잘 안 되었다. 며칠 동안은 적막감 때문에 밤잠을 이룰 수가 없었다. 귀에 익은 시계의 재깍거리는 소리에 잠이 깨어 보면 그것은 내 심장이 뛰는 소리였다. 시계가 죽은 것을 맨 먼저 알아차린 것은 고양이였다. 룩스는 나중에도 그것을 눈치채지 못했다. 시계가 멈춘 게 어떤 위험 혹은 산짐승이 다가오고 있는 징후는 아니었다. 그렇기 때문에 룩스가 눈치채지 못했던 것이다. 룩스는 귀에 익은 소리들에는, 그것이 아무리 격렬하고 시끄러운 소리일지라도, 매우 둔감했다. 그러나 사냥을 나갔을 때는 나뭇가지가 살짝 바스락거리는 소리만 나도 흠칫 놀라 걸음을 딱 멈추고 팽팽한 긴장 속에 서 있었다. 지금은 나를 위해 아무도 위험한 소리와 위험하지 않은 소리를 구별해주지 않는다. 내가 알아서 조심하지 않으면 안 된다. 고양이도 밤낮으로 귀를 기울이고는 있지만 나를 위해서 그러고 있는 것은 아니다.

5월이 되고 나니 날씨가 정말 좋아졌다. 산속에서 2년이 흐른 것이다. 사람들이 언젠가는 나를 구해줄 거라는 생각을 내가 하지 않고 있다는 사실이 떠올랐다. 5월 1일은 감자밭을 일구고 거름을 주면서 보냈다. 5월 2일도 그렇게 보냈다. 하룻밤 사이에 여름이 되더니 얼어붙은 누런 봄꽃 옆에서는 온갖 싹들이 얼굴을 내밀었다. 나는 다시 장작을 패기 시작했다. 다 팬 장작들은 베란다 아래에 쌓았다. 아무 준비 없이 겨울을 맞을 수는 없었다. 5월 10일은 여름처럼 날씨가 따뜻했기 때문에 감자를 심었다. 지난해보다 감자가 많이 남아 있어 기분이 좋았다. 감자밭도 좀 더 넓혀놓았다. 콩도 심었다. 그것으로 봄철의 중요한 일은 다 끝낸 셈이었다. 나는 서둘러 고원으로 옮겨 가기로 했다. 건초가 거의 떨어져가고 있어서 벨라와 송아지를 들에서 풀을 뜯게 하고 있었다. 송아지는 겨울 내내 먹고 또 먹었다. 때로는 탈지유를 먹기도 했다. 나는 헛간에서 다시 한번 건초를 가져왔다. 가을에 고원에서 돌아왔을 때 조금이라도 비축된 건초가 남아 있도록 하기 위해서였다. 과일 나무들에는 꽃이 만발했고 풀도 일주일 전부터 부쩍 자라고 있었다. 벽 너머로 보이는 집 주변에는 쐐기풀이 자라 있었다. 올해는 꽃이 늦게 피었기 때문에 서리는 맞지 않을 것 같았다.

그 뒤 며칠은 다시 추웠다. 비가 오락가락했지만 추위가 그리 심한 편은 아니었다. 5월 17일에는 날씨가 화창해져 이사를 시작할 수 있었다. 이사는 전해보다도 더 힘들고 괴로운 것 같았다. 숨을 깊게 들이쉬는 일이 힘들었다. 숨을 헐떡이면서도 무거운 짐들을 끌고 가는 수밖에 없었다. 고원에는 풀이 이미 무성하게 자라 푸르렀으며 나무 아래의 그늘에만 눈이 조금씩 쌓여 있었다.

고양이는 이사 준비하는 나를 뿌루퉁하게 쳐다보고 있었다. 쓰다듬어주려고 해도 나를 쌀쌀맞게 노려보기만 했고 가르릉거리지도 않았다. 고양이는 금방 눈치를 챘던 것이다. 나는 고양이의 불쾌함을 이해할 수 있었다. 고양이와 눈이 마주칠 때마다 나는 죄지은 기분이 되었다. 이사를 며칠 앞두고 고양이는 침대에서 내려가 딱딱한 마룻바닥에서 잤다. 우리가 떠나는 날 아침에는 집에 돌아오지도 않았다. 이삿날은 처음부터 무언가 개운치가 않았다. 지금 생각해보면 고양이가 나한테 경고했던 것이 아니었나 싶다. 하지만 그것은 엉터리다. 고양이는 단지 혼자 남겨지는 것이 싫었던 것뿐이다. 거기에 다른 의미 따위는 없었다. 혼자 남겨지는 것은 아무도 원하지 않는다. 아무리 늙은 고양이라 하더라도.

화창한 초여름 날이었다. 하지만 나는 마음이 무거웠다. 이별을 한다는 것은, 아무리 짧은 이별이라 하더라도 나에게는 무척 힘든 일이다. 나는 한 군데서 붙박이가 되는 것을 좋아하는 사람이다. 여행은 언제나 나를 불행하게 만들었다. 생각은 계속 문이 잠기고 덧창이 내려진 채 아침 햇살을 받고 있을 산장에 머물러 있었다. 사람들이 떠나간 집을 보면 슬퍼진다. 고원의 초막은 일종의 임시 거처이지 결코 내 집은 아니었다. 이번에는 탁자 위에 쪽지를 남기는 것을 잊어버렸다. 그런 생각을 하지 못했던 것이다. 점심때쯤 우리는 고원에 도착했다. 나는 이런저런 생각에서 벗어나게 되었다. 룩스는 신이 나서 들판을 가로질러 초막으로 달려갔다. 룩스는 지난해 여름을 기억하고 있었다. 고원을 완전히 자기 집처럼 느끼고 있었다. 나는 벨라와 송아지를 들판에 풀어놓은 채 초막 안으로 들어갔다. 그때까지도 우울한 마음은 사라지지 않고 있었지만, 정신을 가다듬고 잠깐 쉰 뒤에 일을 시작했다. 나는 외양간에서 나뭇가지를 날랐고, 마룻바닥에 쌓인 1년 동안의 먼지를 닦아냈다. 계속 티거 생각이 났다. 벽장을 열어보았다. 그 안에 고양이가 오그리고 자고 있을 것 같아 한동안 둘러보았다. 무릎이 후들거렸다. 희미한 통증이 지나갈 때까지 잠깐 동안이지만 마음을 진정해야만 했다.

나는 벤치에 앉았다. 우울한 마음으로 멍하니 앞을 바라보았다. 모든 것이 그대로였다. 빗물을 받는 통, 도마, 장작더미, 모든 것이 우리들이 하던 아침 놀이를 기다리고 있었다. 그런 식으로 생각해서는 안 된다는 것을 알고 있었다. 그러나 나는 괴로움을 단숨에 말끔히 씻을 능력이 없었다. 그것이 무르익고 죽어서 나로부터 완전히 떨어져 나갈 때까지 기다리지 않으면 안 되었다. 일은 할 수 있었다. 나뭇가지를 주워서 오후 내내 한 묶음씩 집으로 끌어 날랐다. 그런 다음에 햇볕에다 말리기 위해서 늘어놓았다. 이불과 침낭은 이미 점심때 풀밭에 널어놓았다. 많이 눅눅하지는 않았지만 곰팡이 냄새가 났다. 겨울에 이곳에는 눈이 지붕에 닿을 만큼 쌓였던 모양이었다. 지난해보다 더 많이 갖고 올라온 감자들도 방에 쌓아두었다. 이번에도 밀가루를 또 찾아낼 가능성은 거의 없었다. 어느 초막에 밀가루가 있다 하더라도 이미 오래전에 상했거나 쥐들이 먹어치웠을 것이다. 사흘째 되는 날에는 어린 사슴을 잡았다. 소금을 뿌린 고기를 그릇에 넣어 뚜껑을 닫은 뒤 눈 덮인 음지에 묻어두었다. 나는 계속 우울한 기분이었지만 벨라와 송아지는 만족한 모습이었다. 가끔씩 풀 뜯는 일을 멈추고 집 앞으로 와서 커다란 머리를 문 안으로 들이밀었다. 소들이 그러는 이유는 나를 보고 싶어서가 아니었다. 내 손바닥에 소금을 놓아 조금씩 핥아먹게 해주었기 때문이었다.

닷새째 되는 날에야 룩스와 함께 전망대로 올라가보았다. 들판에 꽃이 만발하고 푸르른 야생풀들이 우거져 있었다. 밭하고 풀밭이 색깔로는 구별되지 않았다. 잡초가 온 천지를 뒤덮고 있었다. 첫해 여름에 이미 작은 도로가 잡초로 뒤덮였는데 이제는 넓은 아스팔트까지도 꺼먼 흙더미로밖에는 안 보였다. 얼음이 녹은 땅 위로는 사방으로 꽃씨들이 날아가고 있었다. 언젠가는 길이 완전히 없어질 것이다. 멀리 서 있는 교회 탑을 보고도 이번에는 마음이 별로 흔들리지 않았다. 전처럼 슬픔과 절망이 밀려들 줄 알았지만 이번에는 그렇지 않았다. 마치 내가 산속에서 산 지 50년은 된 기분이었다. 종탑에 돌과 벽돌로 지은 건축물 이상의 의미는 없었다. 이제 그런 것들은 나와는 아무 상관이 없었다. 엉뚱하게도 나는 벨라의 젖이 별로 나오지 않으니 버터 통을 산장에 놓고 온 것은 잘한 일이라는 생각을 하고 있었다. 나는 일어나서 룩스와 함께 숲으로 갔다. 나의 냉정함이 놀라웠다. 무엇인가 달라져 있었다. 나는 새로운 현실에 적응하지 않으면 안 되었다. 이런 생각을 하면 마음이 불안해졌지만 내가 불안에서 벗어날 길은 불안의 한가운데를 뚫고 지나가 그것을 넘어서는 방법뿐이다. 해묵은 슬픔을 억지로 삶 속에 끼워놓으려고 할 필요는 없다. 과거의 삶은 나로 하여금 속임수를 쓰도록 했다. 그러나 이제는 누군가를 속일 만한 어떤 이유나 핑계가 없다. 내 주변에는 이제 사람들이 없다.

6월 초에는 이미 고원의 생활에 익숙해져 있었지만 지난해와는 많이 달랐다. 고원에서 보낸 첫해 여름은 다시 오지 않는 것이었다. 지난해보다 못한 한 해를 보내고 싶지는 않았다. 나는 아름다운 과거를 망가뜨리게 될까 봐 더욱 조심하고 있었다. 고원은 그 일이 힘들지 않게 만들어주었다. 고원은 내 앞에 굳게 닫힌 모습으로, 낯선 얼굴로 모습을 드러내고 있었다.

올해는 버터 만드는 일과 치즈 만드는 일이 없었기 때문에 전해보다 할 일이 적었다. 벨라는 젖이 덜 나왔다. 송아지는 이제 물만 먹고 있었다. 벨라한테서는 매일 꼭 필요한 양의 우유밖에는 나오지 않았다. 그래도 나는 그것을 막대기로 저어서 약간의 버터를 만들어냈다. 불쌍한 벨라. 기적이 일어나지 않는 한 이제는 새끼를 가질 수 없을 것이다.

한 해 전과 마찬가지로 나는 종종 벤치에 앉아 들판을 바라보았다. 전과 달라진 것은 없었다. 예전처럼 달콤한 향기가 났다. 하지만 나는 전처럼 거기에 매혹되지는 않았다. 나는 열심히 통나무를 톱질했다. 룩스와 함께 숲속으로 돌아다닐 시간은 많았다. 그러나 멀리까지 나가는 적은 없었다. 작년 여름에 이미 경계선을 그어놓았기 때문이다. 벽이 어디에 있는가 하는 것에 대해 이제는 관심도 없었다. 그리고 이제는 쥐 냄새가 나는 다 쓰러져가는 나무꾼들의 초막이 열 개쯤 더 있다고 해도 관심 없었다. 쐐기풀이 문의 틈새를 비집고 집 안에까지 들어가 온통 뒤덮고 있을 것이 뻔했다. 나는 그것보다는 차라리 룩스와 함께 숲속을 걸어 다니는 것이 즐거웠다. 그러는 것이 멍하니 벤치에 앉아 들판을 바라보는 것보다 나았다. 풀이 덮이기 시작하는 낯익은 길을 규칙적으로 산보하는 일은 마음을 가볍게 해주었다. 뿐만 아니라 룩스에게는 일상의 큰 즐거움이었다. 나는 룩스에게 많은 이야기를 했다. 룩스는 내가 하는 말을 거의 다 알아들었다. 내가 생각하는 것보다도 룩스가 더 많은 말들을 알아듣고 있는지도 몰랐다. 그 여름, 나는 룩스가 개이고 내가 인간이라는 사실을 완전히 잊어버리고 있었다. 아니, 알고는 있었다. 하지만 내가 인간이고 룩스가 개라는 사실이 우리들의 차이를 뜻하지는 않았다. 룩스도 변했다. 내가 거의 모든 시간을 룩스와 함께 보내고부터 룩스는 침착해졌다. 5분만 자리를 비워도 그사이 내가 슬그머니 사라져버릴지 모른다는 걱정 따위는 이제 하지 않는 것처럼 보였다. 돌이켜보면 개가 가장 두려워했던 것은 혼자 남겨지는 일이었다. 나도 많은 것을 배웠다. 룩스의 움직임이나 소리를 거의 다 알아듣게 되었다. 우리 둘 사이에 마침내 무언의 공감대가 성립된 것이었다.

6월 28일 저녁, 룩스와 함께 숲에서 돌아오는 길에 나는 송아지가 벨라를 올라타고 있는 것을 보았다. 나는 벨라가 밤에 울부짖었던 것에 신경을 쓰지 않고 있었다. 두 마리의 커다란 소가 불그스름한 하늘을 배경으로 하나가 되어 있는 것을 보고 나는 이번에야말로 새끼를 갖게 될 것이라고 확신했다. 그렇게 되어야 했다. 넓은 들판, 석양이 지는 하늘을 배경으로 어떤 인간의 간섭도 받지 않은 환경에서는 틀림없이 가능한 일이었다. 내 생각이 옳았었는지는 지금도 확인할 길은 없다. 어쨌든 그 날부터 벨라는 송아지를 더는 찾지 않았다. 송아지 역시 크고 건강한 몸으로 맛있는 풀을 될 수 있는 대로 많이 뜯는 일과 햇빛 속에서 조는 일, 신이 나서 들판을 돌아다니는 일에만 관심을 가졌다. 송아지는 유난히 크고 건장했으며 품성이 순했다. 내가 얼굴을 쓰다듬어줄 때면 커다란 머리를 내 어깨에 얹어놓고 기분 좋은 숨을 내쉬었다. 살아 있었더라면 나중에는 사납고 무뚝뚝한 소가 되었을지도 모르겠다. 그러나 그때는 믿음직스럽고 놀기 좋아하고 좋은 먹이를 찾아다니는 커다란 송아지에 불과했다. 새끼 소는 어미 소만큼 똑똑하지는 않은 것 같았다. 소가 똑똑해야 할 이유는 없다. 자기 덩치에 비하면 난쟁이에 불과한 룩스한테 송아지가 순종하는 것을 보면 웃음이 나왔다.

요즘 나는 벨라가 새끼를 가졌다고 믿고 있다. 벨라는 가을보다 젖이 더 많이 나오고 뚱뚱해졌다. 만약 그렇다면 내 달력으로 계산해볼 때 3월 말에는 새끼를 낳을 것이다. 벨라는 아직 눈에 띌 정도로 뚱뚱한 것은 아니지만, 건초를 많이 먹어 살이 붙은 것하고는 달랐다. 아무튼 한 달 정도는 더 지나야 확실해질 것 같다. 나는 내가 간절히 바라는 것만을 믿는다. 나는 기다려야 하고 인내심을 가져야 한다.

고원에서 지내던 때는 이것이 불확실하다는 사실 때문에 마음이 훨씬 심란했다. 벨라가 새끼를 갖는 것이 내게 그만큼 중요한 일이기도 했다. 벨라가 새끼를 배지 않은 거라면 별 쓸모도 없는 동물 두 마리를 위해 힘들여 일해야 한다는 사실을 견디기가 너무 힘들었을 것 같다. 벨라는 지도자 역할을 하고 있었다. 송아지가 너무 멋대로 굴면 벨라는 머리를 들이받아 송아지를 꾸짖었다. 그러면 송아지는 말을 들었다. 송아지는 어머니이자 아내인 아름다운 벨라로부터 멀리 떨어지는 법이 없었다. 그것은 다행스러운 일이었다. 벨라는 현명하고 믿을 만하기 때문이었다. 벨라는 항상 올바른 일만 했다. 룩스는 사냥개 역할을 하는 것을 좋아하지 않았다. 내가 이것저것을 시켜야 마지못해 따라할 뿐이었다. 건초 수확 때까지는 쉴 작정이었다. 나는 아직도 투병의 후유증에서 벗어나지 못하고 있었다. 그래서 많이 먹고 맑은 공기를 자주 쐬려고 했으며 곤하게 잠을 잤다.

달력을 보면 6월 1일에 처음으로 내가 숨을 깊게 들이마신 것으로 되어 있다. 이제는 마지막 후유증까지 사라진 것이었다. 숨을 제대로 쉴 수 있게 되고 나서야 그동안 숨을 들이쉬지 못해 얼마나 고생스러웠는지를 느낄 수 있었다. 한 시간 동안 나는 새로 태어난 기분이었다. 그 뒤에는 고생스러웠던 기억을 모두 잊어버리고 말았다. 2~3주 내로 풀베기를 시작해야 했다. 가파른 언덕을 오르락내리락하기 위해서라도 제대로 숨을 쉬는 것은 중요한 일이었다.

7월 2일에는 감자밭의 풀을 뽑기 위해서 계곡으로 내려갔다. 그동안 비가 왔기 때문에 건조했던 한 해 전보다는 잡초가 훨씬 더 무성했다. 산장에 가보니 침대에 낯익은 흔적이 눈에 띄었다. 얼마나 오래된 흔적인지는 알 수 없었다. 나는 이불을 반듯하게 펴고 배낭에 감자를 잔뜩 넣은 다음 고원으로 올라왔다. 7월 중순에 두 번째로 계곡에 내려가보았으며 개울가에도 가보았다. 풀은 부쩍 자라서 그 전해보다도 윤기가 돌았다. 여름 날씨는 변덕스러웠는데 비가 오다가 해가 쨍하니 나서 더운 날씨가 계속되기도 했다. 나무나 풀에게는 이를 데 없이 좋은 날씨였다. 시간이 없었기 때문에 나는 송어를 세 마리 잡아 그것을 산장에서 구웠다. 한 마리는 고양이가 먹도록 남겨두고 싶었지만, 내가 없으면 고양이가 아무것도 먹지 않으리라는 사실을 알고 있었다. 고양이는 언제나 교활하고 의심이 많은 동물이었다. 나는 달이 찰 때까지 기다려보기로 했다. 그때가 되면 날씨가 온화해졌기 때문이었다. 그리고 올해는 일을 좀 더 간단히 하기로 작정했다. 벨라는 젖이 많이 나오지 않았기 때문에 낮에 한 번만 젖을 짜주면 되었다. 그러니까 산장에 가서 하룻밤 푹 쉬고 나서 새벽에 풀베기를 시작해도 될 것 같았다.

7월 말이 되었다. 나는 벨라의 젖을 짜주고 벨라와 송아지를 외양간에다 가두었다. 소들은 그것을 좋아하지 않았지만 별다른 방법이 없었다. 소에게 풀과 물을 준비해준 다음, 나는 룩스와 함께 계곡으로 내려갔다. 저녁 8시에 산장에 도착해 차가운 빵을 먹었다. 그러고는 아침에 일찍 일어나기 위해 일찌감치 잠자리에 누웠다. 자명종이 없기 때문에 머릿속 시계에 맞추는 수밖에 없었다. 나는 머릿속 시계를 4시에 맞추었다. 4시에 일어날 자신이 있었다. 이미 그런 일에는 능숙했다.

고양이가 침대로 뛰어올라 반갑게 인사를 하는 바람에 나는 그만 3시에 잠이 깨었다. 고양이는 나를 원망하기도 했고 반가워하기도 했다. 나는 잠이 완전히 깨었지만 한동안 그대로 누워 있었다. 고양이는 가르릉 소리를 내면서 내 다리에 달라붙었다. 내 생각에 반 시간쯤 우리 둘은 그렇게 살아 있다는 것을 기쁜 마음으로 음미했던 것 같다. 3시 반에 일어나서 등잔불 빛에 아침을 준비했다. 고양이는 이불 속으로 기어들어가 계속 잠을 잤다. 나는 구운 고기를 고양이를 위해 약간 남겨놓고 아침을 먹은 다음 룩스에게도 아침을 먹이고 골짜기로 갔다. 그곳은 아직도 컴컴하고 추웠다. 물이 바위 사이로 흘러 길 위로 넘치고 있었다. 지난번에 온 비에 씻긴 미끄러운 돌을 헛디뎌 넘어지지 않도록 천천히 걸어야만 했다. 길의 상태는 형편없었다. 봄이 되자 눈 녹은 물이 길에 고랑을 냈고, 개울가에는 흙이 패여 있었다. 겨울이 와서 길이 완전히 망가지기 전에 길부터 고쳐야겠다. 일찌감치 해치우지 않으면 그것 때문에 마음이 내내 무거울 것 같았다. 구실이 필요할 리 없었다. 새벽의 어스름 속에서 하마터면 내 다리가 부러질 뻔했다는 것으로 이유는 충분했다. 초원에 도착하자 나는 헛간에서 낫을 가져와 망치로 때렸다. 차가운 개울물 덕택에 마지막 잠까지 다 도망가고 말았다. 풀을 베기 시작할 때쯤 날이 훤해졌다. 풀 사이에서 낫이 바쁘게 움직이고 있었고, 축축한 풀다발이 땅바닥에 내동댕이쳐졌다. 충분히 쉬었기 때문에 풀을 훨씬 더 많이 벨 수 있을 것 같았다. 세 시간쯤 풀을 베고 나니 굉장히 피곤했다. 룩스는 헛간에서 기어나와 나와 함께 초막으로 되돌아왔다. 나는 고양이가 자고 있는 침대 속으로 들어갔다. 고양이는 웅얼거리면서 나한테 들러붙었다. 나는 금세 잠이 들었다. 초막의 문은 열린 채였다. 태양은 화려한 햇살을 문지방에 비추고 있었다. 룩스도 벤치에 올라앉아 아침의 따스한 햇살 속에서 잠깐 졸고 있었다. 점심때까지 자고 나서 허기를 달랜 다음 풀을 뒤집기 위해서 나는 들판에 가보았다. 돌아와 보니 고양이는 밖으로 나가고 없었다. 고기는 고양이가 먹어치웠다. 다행스러운 일이었다. 내가 다시 떠나갈 때 고양이가 실망하는 모습은 보고 싶지 않았다.

7시경에 우리는 고원으로 돌아왔다. 나는 곧장 외양간으로 가서 벨라와 송아지를 풀어주었다. 벨라를 줄로 말뚝에 묶은 뒤 밤새 밖에 놔두었다. 그러고는 샘터에서 몸을 씻고 따뜻한 우유를 마신 다음 침대에 누웠다.

다음 날에도 저녁에 벨라의 젖을 짜주고 벨라와 송아지를 외양간에 가두었다. 나는 산장에 내려가서 잤다. 고양이가 다시 나타나 내 다리에 들러붙었다. 나는 우유 한 병을 가지고 갔는데 고양이는 머리를 들이대며 고맙다는 표시를 했다. 아침부터 다시 초원의 풀을 베었다. 그날은 누워서 쉬지 않고 전날 베어놓은 풀을 두 번째로 뒤집었다. 풀은 반쯤 말랐는데 달콤하고 좋은 향기가 났다. 오후에는 또다시 풀을 베고 아침에 벤 풀은 뒤집어 놓았다.

이런 식으로 일을 나누어 하니 일이 쉽게 진행되었다. 달이 차오르는 동안은 날씨가 따뜻하고 좋았다. 다음에는 옆에 있는 풀밭 한쪽을 벨 작정이었다. 또다시 건초가 모자랄까 봐 걱정하고 싶지는 않았다. 그러나 내가 커다란 들판을 다 베고 나자 날씨가 갑자기 험악해지더니 일주일 내내 비가 내렸다. 고원의 들판에 새로운 풀이 돋아나게 만들어줄 단비였지만 건초 말리기에는 나쁜 날씨였다. 나는 기다리기로 했다. 수확할 대부분의 풀은 베어놓았으니 별로 걱정할 필요는 없었다. 내 다리에 다시 탈이 났다. 나는 다리에 젖은 수건을 싸매고 될 수 있는 대로 낮에도 누워 있었다. 내가 이렇게 꼼짝도 하지 않자 룩스는 불만이었다. 그러나 내가 아픈 다리를 내보이며 설명을 해주니 알아듣는 눈치였다. 룩스는 혼자서 들판에 나가 돌아다녔지만, 항상 부르면 들릴 만한 거리에 가 있었다. 룩스는 쥐구멍을 파는 데 한창 재미가 들려 있었다. 날씨가 나빠진 것이 어쩌면 다행이었는지도 모른다. 오랜 휴식을 취한 덕분에 나는 집안일을 다시 시작할 수 있게 되었다. 작은 들판의 풀을 다 베는 데에는 일주일이 걸렸다. 이번에는 고양이가 나를 여유 있게 맞아들였다. 나는 고양이한테 약간 힘을 북돋아주고 싶었지만, 어쩌면 고양이는 그런 것이 필요 없었을지도 몰랐다.

여름은 이상할 정도로 빨리 지나갔다. 내 기억 속에서만 그런 것이 아니었다. 그 당시에도 굉장히 짧게 느껴졌다. 그해에는 딸기가 잡초 사이에서 더 많이 열린 것 같았다. 한 양동이를 땄는데 크기는 유난히 컸지만 별로 달지는 않았다. 나는 딸기를 혀 속에서 녹이며 과거에 먹던 달콤한 사탕들을 생각했다. 모험소설에서는 흔히 주인공이 벌집을 터는 장면이 나온다는 생각을 하니 우스웠다. 이 산에는 벌이 없었다. 그리고 만약에 있다 하더라도 나는 벌집을 털기는커녕 오히려 멀리 도망갔을 것이다. 나는 소설의 주인공도, 영리한 소년도 아니다. 나는 벌집 두 개를 단숨에 부술 수도, 부싯돌로 불을 붙일 줄도 모른다. 부싯돌과 기름이 필요한데도 후고의 라이터를 고쳐볼 생각은 하지 않았다. 나는 외양간에다 문을 달 수도 없었다. 그 일을 항상 머릿속에서 생각하고 있으면서도 말이다.

8월의 마지막을 나는 고원에서 지냈다. 다리 통증 때문에 무척 고생스러웠다. 그래도 룩스하고 숲으로 산책 나가는 일은 다시 시작했다. 멍하니 침대에 누워 있으면 오만 가지 생각이 머릿속에 떠올랐기 때문이었다. 그래도 이사할 생각을 하면 즐거웠다. 여름은 나에게 일종의 막간극처럼 느껴졌다.

9월 10일에는 감자밭의 잡초를 뽑기 위해서 다시 한번 골짜기로 내려갔다. 감자 농사가 잘되었다. 콩도 많이 늘어났다. 그해에는 소나기도, 태풍도, 홍수도 없었던 까닭이었다. 이번에는 송아지와 벨라를 들판에 풀어놓은 채 내려갔다. 날씨가 너무나 화창했기 때문에 소들에게서 그런 좋은 날씨를 빼앗고 싶지 않았다.

5시쯤 되어서 나는 고원으로 돌아왔다. 아직 초막이 제대로 모습을 드러내지도 않았는데 룩스가 달려가더니 요란하게 짖으며 들판 위로 달려갔다. 룩스가 그렇게 요란하고 무시무시하게 짖는 것을 나는 본 적이 없었다. 나는 무언가 끔찍한 일이 일어났다는 것을 직감했다. 초막이 눈앞에 모습을 드러내자 나는 그것을 보았다. 웬 남자가, 한 낯선 남자가 들판에 서 있었다. 그리고 그 앞에 송아지가 쓰러져 있었다. 송아지는 이미 죽어 있었다. 커다랗고 누런 언덕처럼 보였다. 룩스가 남자의 목덜미를 향해 달려들었다. 나는 크게 휘파람을 불어 룩스를 말렸다. 룩스는 내 뜻에 복종하며 털을 곤두세우고 그 낯선 사람 앞에 서 있었다. 나는 초막 안으로 뛰어 들어가 벽에 걸린 총을 들고 나왔다. 몇 초밖에 걸리지 않았다. 그런데 그 몇 초가 룩스의 목숨을 앗아갔다. 내가 왜 좀 더 빨리 뛰어나오지 못했을까? 들판으로 뛰어나오는 동안 나는 손도끼가 번쩍이는 것을 보았으며 그것이 둔탁하게 룩스의 머리를 내려치는 소리를 들었다.

내가 총을 겨냥하고 발사했지만 이미 룩스는 죽은 뒤였다. 그 남자는 도끼를 떨어뜨리고 이상한 원을 그리며 쓰러졌다. 나는 룩스 옆에 무릎을 꿇었다. 그 남자는 쳐다보지 않았다. 상처는 보이지 않았다. 단지 코에서 피가 몇 방울 떨어지고 있었다. 송아지는 끔찍하게 당했다. 여러 번 도끼에 맞은 송아지는 머리가 피범벅이 된 채 쓰러져 있었다. 나는 룩스를 초막 쪽으로 들어다가 벤치 위에 놓았다. 룩스는 갑자기 작고 가벼워졌다. 그때 나는 멀리서 벨라의 울음소리를 들었다. 벨라는 외양간 벽에 기댄 채 공포로 제정신이 아니었다. 나는 벨라를 외양간으로 데리고 들어가 안심시켰다. 그제야 나는 그 남자 생각이 다시 났다. 나는 그가 죽었다는 것을 알고 있었다. 덩치가 큰 목표물이었기 때문에 내가 실수했을 리가 없었다. 그가 즉사한 것은 다행이었다. 부상당한 사람을 사살해야 한다면 그것만큼 힘든 일도 없을 것이다. 그를 살려둘 수는 없었다. 글쎄, 살려둘 수도 있었을까? 잘 모르겠다. 나는 그의 몸을 돌려놓았다. 그는 매우 무거웠다. 나는 그를 자세히 들여다보고 싶지 않았다. 그의 얼굴은 흉측했다. 옷은 지저분하고 낡았지만 비싼 천으로 좋은 양복점에서 맞춘 것이었다. 아마도 그는 후고처럼 사냥 구역을 임대한 사업가이거나 후고가 자주 초대했던 변호사 또는 이사 아니면 공장 사장이었을 것이다. 그가 어떤 사람이든 간에 이제 그는 죽은 사람이었다.

나는 그를 들판에, 죽은 송아지 곁의 깨끗한 풀 위에 눕혀두고 싶지 않았다. 그래서 나는 그의 발을 잡고 전망대가 있는 데로 끌고 갔다. 바위가 가파르게 산허리까지 솟아 있고 6월이면 석남꽃이 피는 그곳에서 나는 그의 시체를 아래로 굴려 떨어뜨렸다. 송아지는 쓰러진 그 자리에 그대로 두었다. 송아지는 너무 크고 무거웠다. 여름이 되면 그의 뼈는 풀밭 위에서 허옇게 모습을 드러낼 것이며 꽃과 풀이 그 사이로 자라날 것이다. 비가 와서 눅눅한 땅속으로 그는 서서히 묻히게 될 것이다.

저녁에 룩스의 무덤을 팠다. 향기로운 나뭇잎이 있는 관목 숲 아래에 구덩이를 깊게 판 다음, 룩스를 그 안에 눕히고 흙을 덮었다. 그다음 그 위에 잔디를 빽빽이 심었다. 너무나도 피곤했다. 그렇게 피곤한 적은 처음이었다. 나는 샘에서 몸을 씻은 다음 외양간으로 벨라를 보러 갔다. 벨라는 젖이 한 방울도 나오지 않았으며 그때까지도 떨고 있었다. 나는 물을 한 양동이나 주었지만 벨라는 마시지 않았다. 나는 벤치에 앉아 기나긴 밤이 오기를 기다렸다. 별이 총총하고 환한 밤이었다. 바람은 산봉우리 쪽에서 차갑게 불어오고 있었다. 그러나 내가 바람보다도 더 차가웠기 때문에 나는 춥지 않았다.

벨라가 다시 울부짖기 시작했다. 결국 나는 침낭을 들고 외양간으로 갔다. 옷을 입은 채로 나는 침낭 위에 누웠다. 그러자 벨라가 조용해졌다. 잠이 든 것 같았다.

첫 새벽에 일어나 배낭을 챙기고 그 위에 커다란 짐 하나를 더 얹은 뒤 총을 들고 벨라와 함께 고원을 떠났다. 달은 하늘에 멍하니, 허옇게 떠 있었다. 새벽의 햇살이 바위를 붉게 물들이고 있었다. 벨라는 고개를 수그린 채 천천히 걸었다. 가끔 걸음을 멈추고 나지막한 울음소리를 내면서 돌아보았다.

꼭 필요하지 않은 물건들은 지금도 고원에 그대로 놓여 있다. 나는 그 물건들을 가져오지 않을 것이다. 이 모든 일들이 언젠가는 잊히고 내가 다시 고원을 밟게 될지도 모르겠다.

나는 벨라를 외양간으로 데리고 가 풀을 먹인 뒤 산장 안을 정돈했다. 밤이 되자 고양이가 와서 내 발치에 누웠다. 나는 너무 지쳐서 꿈도 꾸지 않고 잤다.

다음 날, 나는 평상시대로 일을 시작했다. 벨라는 이

틀을 더 울더니 조용해졌다. 날씨가 좋을 때면 나는 벨라를 밖에 내보내 풀을 뜯게 했다. 그다음 날부터 길을 새로 다지는 일에 몰두했다. 그 일을 끝내는 데 열흘이 걸렸다. 10월이 되었고 나는 감자와 콩, 과일을 거둬들였다. 그리고 밭을 뒤엎고 거름을 주었다. 봄에 장작을 많이 패두었기 때문에 베란다 아래에는 장작을 쌓아둘 자리가 모자랄 정도였다. 풀도 베었지만 그 일은 일주일밖에 안 걸렸다. 마침내 내 몸의 모든 기운이 소진되었다. 나는 이 무의미한 도피 행각을 집어치우고 생각을 가다듬어보기로 했다. 그러나 아무 결론도 없었다. 어떻게 된 일인지 이해가 되지 않았다. 지금까지도 나는 그 낯선 남자가 왜 송아지와 룩스를 죽였는지 이해가 되지 않는다. 나는 휘파람으로 룩스를 불러 세웠었다. 룩스는 무방비 상태로 기다리다가 머리를 관통당한 것이다. 그 낯선 남자가 왜 내 동물들을 죽였는지 알고 싶다. 그러나 나는 그것을 영영 알 수 없게 되고 말았다. 어쩌면 그 편이 더 나을지도 모른다.

11월이 되어 겨울이 시작되면서 나는 이 글을 쓰기로 작정했다. 이것은 마지막 시도였다. 하지만 겨울 내내 책상 앞에 앉아 이 세상의 그 누구도 대답해줄 수 없는 질문만 붙들고 머리를 썩일 수는 없다. 이 글을 쓰는 데

거의 네 달이 걸렸다.

나는 지금 아주 편안하다. 이제는 종이도 조금밖에 남지 않았다. 나는 이것이 끝이 아님을 안다. 모든 것이 계속된다. 오늘 아침부터 나는 벨라가 새끼를 낳게 될 것이라고 확신하게 되었다. 고양이도 또다시 새끼를 낳을지 모른다. 송아지, 페를레, 티거, 룩스는 다시는 이 세상에 존재하지 못할 것이다. 그러나 무언가 새로운 것이 다가온다. 나는 그것을 피할 수 없다. 성냥도 탄약도 떨어지는 때가 되면 나는 거기에 타협하고 출구를 찾아야만 할 것이다. 그러나 지금은 다른 일을 해야 한다. 날씨가 따뜻해지면 침실을 벨라의 외양간으로 고치려 한다. 문을 부수는 일도 할 수 있을 것 같다. 어떻게 하는지 아직은 모르지만 언젠가는 좋은 방법이 생각날 것이다. 나는 벨라와 새로 태어날 송아지 곁에 있을 것이다. 그리고 그들을 낮이나 밤이나 지켜줄 것이다. 추억과 슬픔과 두려움은 사라지지 않을 것이다. 힘든 노동도 마찬가지다. 내가 살아 있는 한 그들도 남아 있을 것이다.

오늘, 2월 25일에, 나는 이 글을 마치려 한다. 남아 있는 종이가 없다. 지금은 저녁 5시쯤 되었는데 아직 환해서 등잔불을 켜지 않고도 글을 쓸 수 있다. 까마귀들이 떼를 지어 날아올랐다. 그들은 숲 위를 맴돌며 울어대고 있다. 까마귀들이 보이지 않게 되면 나는 공터로 나가 하얀 까마귀에게 먹이를 줄 것이다.

그녀가 나를 기다리고 있다.

옮긴이의 말

마를렌 하우스호퍼는 1920년에 오스트리아의 프라우엔슈타인에서 태어나, 1970년 빈에서 세상을 떠났다. 전설적인 작가로 각광받은 잉게보르크 바흐만과 달리 하우스호퍼는 조용히 가정에 묻혀 지낸 작가였다. 집안일 외에도 치과의인 남편을 도와 병원 일을 돌보느라 집필에는 하루 세 시간도 내기 힘들었다. 빈을 중심으로 하는 당대의 문학계와도 접촉이랄 만한 것은 없었다. 세상을 떠난 후 1980년대 독일어권 여성 문학의 열풍 속에서 주목받기 시작했고, 대표작인 『벽(Die Wand)』(1963)이 독일어권의 필독도서로 자리매김한 것도 그때부터다. 『벽』은 2012년에는 영화로 제작되기도 했다. 울슈타인 출판사의 2019년도판 판권에는 25판임이 기록되어 있다. 2020년은 하우스호퍼 탄생 100주기이자, 사망 50주기가 되는 해다. 1994년 수문출판사에서 첫 번역서를, 2009년 문학동네에서 개정판을 낸 뒤로 한동안 절판되었던 책을 다시 선보이게 되어 기쁘다.

"나는 지금 글쓰기가 즐거워 쓰고 있는 것이 아니다. 이성을 잃지 않으려면 무엇이든 써야겠다는 생각에서 쓰고 있을 뿐이다. 이곳에 나를 생각하고 돌봐줄 사람은 아무도 없다. 나는 완전히 혼자이고 길고 어두운 겨울 몇 달을 견뎌야 한다."

하우스호퍼는 산림감독관의 딸로 태어나 린츠에서 기숙학교를 다녔고 1940년부터 빈에서 독문학을 공부한 뒤, 1941년에 치과의사와 결혼했다. 1946년에 단편 『다섯 살』로 본격적인 작품 활동을 시작했고, 여러 편의 어린이책과 함께 『한 줌의 삶』(1955), 『비밀 문』(1956), 『우리가 죽인 슈텔라』(1958), 『어디서도 끝나지 않는 하늘』(1966), 『다락방』(1969)과 같은 장편을 발표했다. 세계를 휩쓴 재앙 끝에 홀로 살아남은 어느 여성의 이야기를 다룬 『벽』은 감염병의 공포가 세계를 휩쓸고 있는 오늘 다시금 새로운 충격으로 가슴에 와닿는다.

"나는 생애의 대부분을 일상적인 일들에 허비해버렸다. 그나마 지금은 남아 있는 것이 없기 때문에 벤치에 앉아 별들이 검은 우주 속에서 춤추고 있는 것을 바라보고 있다."

『벽』의 주인공이 세상에 혼자 살아남게 된 것은 그녀가 혼자 묵게 된 산장 주변에(짐작건대 핵전쟁과 같은 참사로) 투명한 벽이 생긴 까닭이다. 벽 너머로 보이는 세계에서는 모든 생명체가 화석이 되었다. 하늘을 날던 딱따구리는 머리가 깨어지고 가슴이 피투성이가 되어 땅바닥에 쓰러져 있고, 벤치에 앉아 있는 할머니와 세수를 하던 할아버지도 그 자리에서 화석이 되고 말았다. 주인공은 처음에는 벽 너머의 세상을 넘겨다보지만 곧 별 관심을 두지 않는다. 그리고 생존을 위한 힘겨운 노동과 고독에 몸을 내던지며, 마을로 내려가 참변을 당했을 사촌 부부에 대해서도 놀랍게도 그들이 돌아오지 않은 것이 오히려 다행이라고 생각한다. 문명이 배제된 새로운 산중생활 속에서 그녀는 동물 몇 마리와 더불어 자연과 맞닥뜨리는 삶을 이어간다.

"내가 제일 좋아하는 일은 그저 망연히 초원을 바라보는 것이었다. 바람이 없는 것 같은 날에도 초원은 항상 조금씩 움직이고 있었다. 초원은 평화와 향기가 넘치는 잔잔한 물결이었다.”

계절의 변화 속에서 그녀는 씨앗을 뿌리고 수확한다. 동물들은 새끼를 낳고 그중 몇 마리는 목숨을 잃는다. 사냥개인 룩스와 암소 벨라가 그녀의 동반자들이다. “모든 일을 함께 겪고 난 지금, 벨라는 나보다 더 인내심 많은 불쌍한 나의 자매 같은 기분이 든다.”라고 그는 말한다. 참사 이전의 지구가 고도로 기술화한 세계, 인간을 소외시키는 능률 위주의 공격적인 사회라면 주인공이 동물들과 함께 영위하는 참사 이후의 세계를 자연과 합일되는 전혀 새로운 세계라고 볼 수 있을 것이다. 후자의 세계는 다른 생명을 위해 스스로를 기꺼이 희생하기도 하는, 사랑으로 충만한 사회다.

『벽』을 문명사회에 대한 비판서라고 한다면, 이는 고도의 살인 무기로 자멸한 세계에 대한 비판으로, 『로빈슨 크루소』와는 반대편에 선 작품이다. 로빈슨 크루소가 기존의 사회를 긍정하고 무인도에서 일종의 시련을 거친 뒤에 좀 더 성숙된 사회인으로 문명사회로 돌아가는 반면, 『벽』의 주인공은 현대의 문명사회를 거부하고 오히려 분리되는 태도를 취하는 까닭이다.

> “사랑보다 더 현명한 감정은 없다. 사랑은 사랑하고 있는 사람과 사랑받고 있는 사람 모두가 삶을 그래도 견딜 만한 것이라고 생각하게 만든다. 이것만이 나은 인생을 살아갈 유일한 희망, 유일한 가능성이라는 것을 좀 더 일찍 알았어야 했다.”

이 대목에서 우리는 이제 『벽』에서 가장 불가사의하고도 핵심적인 장면, 즉 주인공이 어느 날 고원에 나타난 남자를 향해 주저 없이 총을 발사하여 그를 살해하는 장면을 이해할 수 있다. 그녀는 감자밭의 잡초를 뽑기 위해 골짜기로 내려갔다가 송아지가 낯선 남자의 손도끼에 맞아 처참하게 쓰러져 있는 것을 본다. 남자는 개에게도 도끼를 휘두른다. 그러자 주인공은 집안으로 달려가 총을 들고 나와서 발사한다.

2년이 넘도록 사람이 나타난 적이 없는 고원에 어느 날 갑자기 나타난 남자가 왜 아무 말도 없이 송아지와 개를 무참하게 죽였는가는 설명되지 않는다. 그 남자는 처음부터 손도끼를 든 모습으로 나타날 뿐이다. 그리고 이 살인자를 총으로 제거한 데 대해서 주인공은 후회도 혐오도 보이지 않는다. 여자는 죽은 남자보다 죽은 동물들에 더 마음을 쓴다. 1인칭 화자와 마찬가지로 어떤 이름도 갖고 있지 않은 이 남자가 어떤 사람인가는 중요하지 않다. 주인공이 이 세상에 남은 유일한 인간을 향해 발사하는 총은 세상을 화석화하는 지난 세계에 대한 단호한 저항의 몸짓일 것이다.

"나는 내가 여자였다는 사실을 맘 편히 잊을 수 있었다. 나는 딸기를 따러 다니는 어린아이였다가 장작을 톱질하는 청년이 되기도 했고, 페를레를 야윈 무릎 위에 앉혀놓고 벤치에서 지는 해를 바라볼 때는 아주 늙은, 남자도 여자도 아닌 존재가 되었다. (……) 사람의 모양새라기보다는 나무와 비슷한 모습이 되었다. 살아남기 위해 온 힘을 다하고 있는 갈색 나무 그루터기 말이다."

그녀는 글쓰기를 통해서 일종의 치유를 경험한다. 이 마지막 장면에서 우리는 『벽』의 주인공이 희생과 수동의 상태로부터 본인 삶에 대한 깊은 성찰에 이르고, 고독 속에서 스스로 정체성을 찾았음을 목격한다.

2020년 9월

박광자